JN252872

田中巳榮子 著

近世初期俳諧の表記に関する研究

和泉書院

序文

こつこつと。本書を一言であらわせば、そういうところか。本書は、日本語表記史の記述的研究の一環として、近世初期、蕉風成立以前の俳諧集を取り上げ、漢字表記、振り仮名および仮名遣いの面から、その表記について分析を試みたものである。巻末の資料は、一〇俳諧集のみであるが、漢字の用法を悉皆調査し、節用集その他の資料と対照した基礎資料として、今後、俳諧のみならずさまざまの時代、ジャンルとの比較に一定の有効な情報を提供したものといえよう。まさに「こつこつと」調査してこられた成果である。

近年、文字表記にかかわる研究が増えてきて、ある程度の充実をみる。しかしながら、他の言語資料にくらべると、表記史の資料は多様であり、なにをどのように記述するかは、いまだ暗中模索の状況であるといえよう。今野真二らによって、通史的な記述が試みられているが、日本語の表記史において、すべてを網羅的に記述することは不可能に近い。近世にしぼって考えてみても、その資料は種類も量も多く、いまだその全貌は明らかでない。したがって、多種多様の資料の共有が求められるのである。

ここに取り上げられた俳諧の資料は、興味深い観点がいくつか措定できる。ひとつは振り仮名の問題。ここに示されたように、振り仮名の機能は多様である。なぜこの漢字にこの振り仮名が付されたのか、それは、振り仮名というもの自体の問題へと展開するはずである。また、表記の問題も考えねばならないだろう。初期俳諧の版本の多くは、漢字平仮名交じりの句に、片仮名の振り仮名が通常である。漢字平仮名交じりの資料を読む段階において、片仮名で漢字の読みが記されることは、ままある。漢字を読むという作業の中ではそれは通常の方法であろう。しかし、漢字平仮名交じりで書く段階においては、振り仮名も平仮名であってもいいわけで、とりたてて片仮名が選ばれることの意味は考えてみる必要があろう。ただ、版本の場合、どの段階で振り仮名が付されるかという問題があり、話は簡単ではない。

また漢字の含有率の問題も、興味深い課題である。そこには句風との関連もある。近世初期俳諧の文学的課題でもあり、さらに広い視野が要求される。当時の俳諧師たちの教養の問題にもかかわる。振り仮名との関係も、やはり、これにかかわってくるのである。

さらに広く、漢字字体や用字法の問題も当然、考えられなければならない。これもまた、近世初期の俳諧師たちの、教養の問題とかかわる。これには、『小野篁歌字尽』や『世話字尽』をはじめとする資料群との関係を考える必要がある。一体、近世の漢字世界の解明には、幅広い視野と資料の博捜が要求されるのである。資料の開拓も必要である。

本書に展開された考察は、そんな資料整理の初歩段階である。まさに第一歩でもある。今後、このような研究の積み重ねが、継続的になされることであろう。著者は、定年退職後、今はなき府立大阪女子大学に社会人入学され、「こつこつと」研究を続けてこられて十数年、現在に至っている。これからも、「こつこつと」このような研究の積み重ねを期待したい。また、今後、この分野にも多くの研究者に目を向けていただき、多くの目で資料が共有されることになれば、近世の表記研究の一分野として、さらなる発展が期待されよう。それは、著者にもまた、このうえない幸いであろう。大方の御批正を願うこととしきりである。

二〇一八年正月

関西大学　乾　善彦

目次

第三章　仮名遣いから見た近世初期俳諧集……二四三

――語頭に「お（オ）」「を（ヲ）」が付く語について――

序章　本書の目的と構成

1　目的と方法

一―一　はじめに

日本語の表記の史的研究において、近世に焦点を絞ってみると、近世期のまとまった資料として、俳諧というひとつの文学ジャンルがある。俳諧は当時の日常語を多く含む。したがって、日常語の表記を考える上で貴重な資料となり得ることはいうまでもない。そこに、俳諧を資料として取り上げる価値があり、検討して行く必要性がある。寛文から元禄にかけて、多数の俳諧集が出版されるようになり、その中には、振り仮名を付す俳諧集も散見する。日常語を多く含んだ俳諧の表記において、振り仮名はどのように機能しているのだろうか。振り仮名の機能には次のようなことが考えられる。

（一）日本における漢字の用法を見ると、熟漢字での漢字と訓の関係では、漢字一字に与えられる訓が必ずしも一対一の対応ではない。そこで、ヨミを助けるための振り仮名がある。

（二）同じ漢字表記でも「揚《アゲ》屋」「揚《アガリ》屋」のように、複数のヨミがあり、ヨミによって意味が異なる場合がある。このように、語義を確定するための振り仮名がある。

（三）一つの和語に対して複数の漢字が与えられる場合がある。例えば、「ホトリ」に対応する漢字に「畔」「辺」「頭」などがあり、「頭」では「アタマ」「カシラ」のヨミが常用され、使用頻度が低い「ホトリ」と読む場合には振り仮名を付す必要がある。

（四）俳諧の表記体は、概ね仮名漢字交じりで一句が構成されている。その中で、漢字を取り上げてみると、使用される漢字の中には工夫を凝らした用字が見える。そのような常用されない漢字、例えば「肋骨（あばらぼね）」の「肋」に「髻」の造字、あるいは「銑屑」の「銑」に「釦」を当てる当て字などには振り仮名がなければ意味を理解することは不可能である。

(五) 特殊なヨミが与えられる「悶る」では、「イキ（る）」と振り仮名を付すことにより、「悶」の漢字が持つ義と振り仮名「イキ（る）」で二重表現の効果をねらう機能がある。

(六) 「読《ヨム》」「照《テル》」「霞《カスム》」などのように、易しい漢字ではあるが、送り仮名を付けない代わりに語形を明示する振り仮名がある。

以上のように、振り仮名にはいくつかの目的が考えられ、様々な例があるから考える意味があり、俳諧の特質を知る手がかりともなる。

さらに加えて、振り仮名を俳諧のことばの面から考えると、これまでの律文とは異なり、方言やかたことを用いることがあり、それらのことばを文字化したときに、仮名で書けば意味が理解できず、漢字で書けば意味は理解することができるが、実際の音声言語を読み取ることは不可能という現象が起こる。このような、音声と書かれた漢字表記に差異がある場合では、俳諧の特質である俗語と表記を如何に近づけるかが問題となり、振り仮名が関わってくる。

いずれにおいても、書き手が自分だけの記録として残しておく日記のような場合は、振り仮名が付されないのは当然である。手紙のように、書き手と読み手が一対一の場合も、読み手に応じた書き方をするので、振り仮名が付されることはない。ところが、位相の異なる、多くの人を対象として書記するときには、様々な読み手を想定しなければならない。出版された俳諧集のように、書き手と読み手が場を共有しないときには、書き手の意図を伝えるために、振り仮名を付す必要性が生じてくる。

このような振り仮名に関する問題を含め、漢字で書記する場合におこる諸問題において、乾善彦氏が日本語書記の史的研究にとって「日本語書記のさまざまの方法の中で、それぞれにしめる漢字の用法や機能は、もっとも重要な研究課題のひとつなのである。[1]」と述べるように、古代から現代への通時的な考察と同時に、それぞれの時代における検討を欠かすことは出来ない。

したがって、近世初期の蕉風が確立する前の慶安元年（一六四八）から延宝九年（一六八一）までの、貞門の俳諧集では『正章千句』（慶安元年刊）『紅梅千句』（明暦元年刊）、談林では『宗因七百韻』（延宝五年刊）『江戸八百韻』（延宝六年刊）『當流籠抜』（同上）『西鶴五百韻』（延宝七年刊）『江戸蛇之鮓』（同上）『江戸宮笥』（延宝八年刊）『軒端の独活』（同上）『七百五十韻』（延宝九年刊）の俳諧集を取り上げ、江戸時代初期の俳諧における振り仮名のあり方を中心にした、表記に関する問題を考えていきたい。

一―二　表記研究における課題

今野真二氏は「和歌を分析対象とした国語学／日本語学の研究は、『万葉集』以外ではほとんど行われていないようにみえる[2]」と指摘し、「和歌も連歌も「韻文」だから特殊で国語学／日本語学の資料とはならない、と切り捨ててしまう前に、そこで使われていることばをきちんとした「方法」に基づいて「定位」させることが必要であろう」（注（2）の書一五頁）と述べる。このことは、ことばにおける問題であるが、ことばを文字化するときに、どのような形で表出されるか、その表出されたものが表記であると捉えると、ことばと表記の関係は、切り離して考えられるものではない。和歌や連歌はうたであり、使用されることばが特殊である。同時に、和歌の表記の特徴として、わずかに漢字が使用されることはあっても、主に仮名で書かれ、伝統を踏まえた表記という特徴があり、そこに、国語学研究の対象外とされていた根拠がある。

俳諧においても、今まで、特殊な文芸形態であると見做され、国語学的研究からは除外される傾向にあったようだ。しかしながら、俳諧のことばについて『日本語の歴史5』（文芸に俗語を登場させた俳諧）に次のような記述がある。

〈日本語の歴史〉の流れのなかで、近世の新しい文学様式の展開を考えるにさいして、もちろん、私たちが焦点をしぼるべきは、それらの文学に時代のことばがいかにえらびとられ、その言語表現のうえに、新しい文学の発想がいかに具現しているかの点である。

そういう意味で、いわば時代の俗語のうえに、新しい文芸の世界を展開していった俳諧こそ、まず私たちのとりあげなければならないものであった。(3)

また、潁原退蔵氏は『江戸時代語の研究』で「室町末期頃の時代語を知るべき資料として、俳諧が最も重要である事は言ふまでもなく(4)」と記す。

右の文に示される「時代の俗語」、すなわち、和歌や連歌に用いられないことばを用いることを俳諧の特質とし、俳諧は和歌や連歌の線上に位置するけれども、和歌や連歌とは、使われることばに雅語と俗語という相違がある。俳諧が今までの律文と異なるのはことばだけではない。表記体においても、一句を漢字のみで構成する例、捨て仮名を片仮名で右に小さく記す例、漢字に振り仮名が付される例などが見え、和歌や連歌に比べて多様である。その中の漢字と振り仮名の関係を取り上げてみると、ヨミが常用的か、特殊なヨミであるかが問題になり、振り仮名はどのような役目を担っているのかも問題となる。また、用字においては、偏の増画・省画、あるいはあて字的用法などの遊戯的な文字遣いが見え、これも振り仮名の問題と併せて重要な課題となる。

一－三　振り仮名に関する先行研究

振り仮名に関する先行研究を概観すると、前田富祺氏が、

近世・近代の文学者が漢字に付ける振仮名（表記されている漢字を主と考えるか、振仮名によって表わされる言葉を主と考えるかも問題であるが）に特別な文学的意図を託していたことは明らかである。これらの文字に関わる様々な問題の研究は、文章研究・文体研究としての文字の研究に止まらず、文学的な評価との関わりの面からの検討を必要としているのである。（5）

と述べる。また細川英雄氏は、

振り仮名の問題は、すなわち漢字・仮名表記の問題であり、同時に和語・漢語の問題とも深くかかわっている。従来、なぜ振り仮名が施されるのかという観点での個別的・選択的な研究はいくつかなされているものの、どのような場合にどのような形で振り仮名が付されるのか付されないのかという観点からの具体的な基礎調査は少ないのが現状である。（6）

と、振り仮名の研究は未開拓部分の多いことが指摘されている。

玉井喜代志氏は、振り仮名を「漢字」と「邦語」と「音」の関係、あるいは「漢字」と「邦語」と「意味」の関係など形態上からの分類（五三頁）、または、「文字を読ましむる爲」「翻訳に於て原文の意味なり、面影なりを、なるべく忠実に伝えるため」「字面を美しくするため」など、振り仮名の目的からの分類をし（五六頁）、ルビは上記の三つの目的のいずれかによるものでなければならないと述べる。つまり、「読ますためのルビの濫用」「不自然なるもの」「蛇足的なるもの」「ペダンチックなるもの」はルビの理想に反するとする（7）（六九頁）。

鈴木丹士郎氏は、『弓張月』『八犬伝』などを取り上げ、漢字の左右両側に付されたルビについて、字音と和語・字音と類義の字音語・左右とも和語などの例を示し、

これは文語と口語とを接近させる文章の口語化をめざしたとみるよりは、むしろ文語と口語とは性質を異にす

るものであり、両者を対にして示すことにより、ことばを教えようとすることにあったと考えられる(8)。

（六一頁）

と述べる。また、『英草紙』を取り上げ、漢字一字一字の音と訓を付していることについて、

一語両ヨミの手法は書きことばと話しことばとを近づけようとした意図とみるよりは、用語・用字を教えるためであったとみられるのである。

（注（8）の書六二頁）

と述べ、漢字の両側に付す振り仮名には「ことば」「用語」「用字」を教える機能があるとする。

屋名池誠氏は、一九世紀の日本文学の表記における外形的な共通点の一つとして総ルビを取り上げ、

「総ルビ」の文章では、動詞などの場合、原則として読みが二拍までの語では送り仮名が送られない…（ ）内省略…。そのため、たとえば〈よむ〉も〈よみ〉も「読」とだけ書かれ、漢字だけでは〈よむ〉なのか、〈よみ〉なのか決定できないことが多い(9)。

と、総ルビの文章で、ルビを取り去るとヨミが不定になる理由として、一つには送り仮名の問題があるとする。これは、本書の資料の一つである『紅梅千句』でも、当俳諧集は総ルビではないが、「読《ヨム》」「照《テル》」などと易しい漢字に振り仮名を付す例があり、振り仮名が語形を指定する機能を果たしている。

明治期では進藤咲子氏が「明治初期の振りがな」で、『近世紀聞』『生産道案内』『郵便報知新聞』『英氏経済論』『安愚楽鍋』など一〇種の資料から用例を挙げ、種々の振り仮名の機能を示している。その一つである「本文の漢字そのもののよみを助けるよみがな」では、パラルビの場合は「使用度の高い語の一般的な漢字表記には、あまり振られない傾向が見られる」と述べ、西欧の学術書の訳語では「概念を読み手に伝える効用」、戯作では「漢字と振りがなの二重表現の効果をねらって漢字を補助手段として用いたもの」などと分類し、「明治期の振りがなの特色の一つは、西欧語との交渉によって新しく生じた役割であろう(10)」と述べる。

大島中正氏は、漢字と振り仮名で示す表記形式を「並列表記」と呼び、タイプによって、何とかかわるかによって、「有用・無用の評価が変わってくる」[11]とする。

矢田勉氏は、振り仮名について「漢字には所謂辞書的意味の他に文脈によって与えられる意味があるということ」「本来の中国的カテゴリーからより大きくずれた訓も与えられ得るようにもなった」「「当用漢字音訓表」以前にあって訓は、常に新たに生産され得るものであった」（一六五頁）と述べ、日本語における漢字は、表音性の能力に乏しい記号となったことが、日本語における漢字の大きな特徴の一つであり、振り仮名が日本語表記において要請される理由になったと論述されている。また、ヨミが複数ある中で、その場でのヨミを指定するのが振り仮名の本質的・本来的機能であるとし、用途上の分類では大きく三つに分類され、「①啓蒙・学習的用途②読み指定の用途③臨時的な読みを与える用途」（一六六頁）があるとする[12]。

俳諧での振り仮名を考えてみると、ごく初期の天文年間に著された『犬筑波集』『守武千句』をはじめとして、寛永一〇年（一六三三）刊の『犬子集』『塵塚誹諧集』などでは振り仮名は施されない。俳諧に振り仮名が付されるようになるのは、江戸時代に入って、俳諧が庶民に広がるようになったことと、同時に板行が可能になり、書肆が売るための本を作ろうとしたことによると考えられる。

そして、俳諧を学ぶ人たちが増加するに従い、啓蒙書的な用途を備える書には、上述の矢田氏の分類による①「啓蒙・学習的用途」が大きく関わり、多訓を有する漢字には、作者の意図するヨミが振り仮名にあらわれ、②の「読み指定」と関係し、③の「臨時的な読み」では、熟字訓の問題や常用されないヨミが関わってくるだろう。このように、用途上の分類に示される①から③は切り離せるものではなく、臨時的なヨミは、即ちヨミを指定することにつながり、それが読み手に対してヨミを指示することにもなる。

また、矢田氏（二〇〇五）は用途上の分類に加え、機能上の分類では「A音形表示機能、B二重イメージ機能」

の二種に分類され、BはAから派生した後発の機能であるが、当該漢字と振り仮名によって与えられた語形とを合致させることが目的ではなく、表現の多層化に活かすものであるとする（注（12）の書一六八頁）。

今野真二氏は、平安期を振り仮名の始まりとし、振り仮名の機能では、室町期までは主に漢字の「読み」であった振り仮名が、室町末期頃には、「表現としての振仮名」が生まれつつあると述べる(13)。

要するに、振り仮名はヨミを指定することが基本であり、そのヨミによって文学的評価ともつながり、読み手への便宜を図ることにもなる。時には、俳諧集『當流籠抜』で、「悶る」に「イキ（る）」と振り仮名が付される場合のように、一つの語に対して、漢字が表す意味と振り仮名で表す意味の二面性を持ち、上述の矢田氏（二〇〇五）の表現の多層化「二重イメージ機能」、及び今野氏の「表現としての振仮名」に相当し、表現性を重要視する振り仮名がある。

一―四　仮名遣いに関する先行研究

次に、振り仮名との関連で、本文中の仮名遣いと振り仮名の仮名遣いに相違が見られることから、仮名遣いについても考えていきたい。仮名遣いにおける先学の研究では、中世の仮名遣いについては、大野晋氏が、

仮名の使い分けに関する規範の設定と、その実行という問題は以上述べて来た通り藤原定家に始まり、その学問につらなる行阿の『仮名文字遣』などによって中世の歌文の世界の常識となった(14)。

と述べる。しかし、また「定家はこの仮名遣を世間に強いるつもりはなかったらしい」とも記す。

一方、小松英雄氏は、「定家は当世の人たちの書く文字がでたらめであって、古来の用法を過っている」（一七五頁）と考え、「整然たる規則を定めて厳密に適用したりすることではなく、読み誤られることのないテクストを整定することであったから定めた規則の運用は柔軟である」（一八〇頁）と述べる。そして、「この特殊な技術は定家

以外のだれにとっても必要がなかった」から「定家はみずから開発した文字運用の規範を子息の爲家にすら伝授した形跡が認められない」（一八三頁）と記される。[15]

安田章氏は、個人の内部での平仮名・片仮名両種表記文献として、親鸞の『唯信鈔』（平仮名）と『唯信鈔文意』（片仮名）、北条重時の『極楽寺殿御消息』（平仮名）と『六波羅殿御家訓』（片仮名）を取り上げ、文献の質などと関係して、「ヲ―お・を」の対立、「お・を」の共用などの背景を詳しく論述されている。[16]

さらに、今野真二氏は、大山祇神社連歌や荒木田守武の独吟千句を仮名文字遣いの資料として取り上げ、後者に関して、前掲の安田氏と同様に、個人としての文字遣いの実態という事になると述べる。[17]

近世初期の仮名遣いでは、酒井憲二氏は、『寛永諸家系図伝』の仮名本を資料として取り上げ、「当時通行の仮名遣いの根幹は、やはりいわゆる「定家仮名遣」（行阿の『仮名文字遣』の源流としての）にあったとすべきもののごとくである」[18]とする。この資料は、寛永二〇年（一六四三）に完成された、江戸幕府の編纂による大名・旗本の系譜であり、本書で資料の一つとする、『正章千句』（慶安元年（一六四八）刊）と成立年代が近い関係にある。

定家の仮名遣いについては、江湖山恒明氏、[19]木枝増一氏、[20]馬淵和夫氏、[21]今野真二氏[22]などの数多くの論考があり、馬淵氏は、「かなの原則」がやぶれて「かなづかい」がおきたのは、「和歌・和文の書写の風習がさかんになったためであろう」（二一一頁）と記す。

本書では、振り仮名と本文中の仮名書きの中で、語頭に「お（オ）」「を（ヲ）」が付く語のみを取り上げる。「お」「を」の使用法については、大野晋氏は「定家が仮名遣の方式を定めたのは一七歳から二一歳までの年少の時期であったのだから、独自の見解でそれを決定することはまず不可能」（注（14）の書三一五頁）とする。それだから定家は何を根拠として「お」と「を」を使い分けたかについて、次のように記す。

語数も多く、決定に最も困難の感じられた「お」「を」について、『色葉字類抄』の「お」「を」の分類が、伊呂波歌の「散りぬるを」「おく山」におけるアクセントの高低と照応していることを知り、そこに一つの信憑すべき根拠があると見たことは考えやすいことのように思われる。（三一五頁）

また、本書で資料とする俳諧集では、本文は漢字と平仮名（外来語などは片仮名）を用いるが、振り仮名は片仮名で記される。その片仮名の振り仮名に関しては、矢田勉氏が、

振り仮名の由来が訓点の仮名点にあった以上、本来、振り仮名の用字は片仮名であるのが理の当然であった。振り仮名の主たる機能が、対応する漢字の音形の表示であることからしても、より表音性の傾向が強い文字である片仮名が選択されるのが自然である。（注（12）の書一七三頁）

と述べていることから、本文中で「お」を用いる語が、振り仮名ではアクセントに関係なく「ヲ」で記され、両者に差異が生じているといえる。

以上のように、中世から近世の仮名遣いについては、前掲の安田氏、今野氏、酒井氏等が考察の対象とされた資料があり、安田氏・今野氏の仮名遣いの実態の調査では、それぞれの筆者個人の仮名遣いによるものであるとし、書く人により使い分けがあるとする。しかしながら、文献資料が豊富にあるのにも関わらず俳諧の仮名遣いを論じた先行研究では、寺島徹氏が、江戸中期の俳諧の仮名遣いについて、蕪村・暁台・也有・士朗を対象に、定家仮名遣・歴史的仮名遣・近世通行の仮名遣いの観点から、それぞれを比較分析されている[23][24]が、江戸初期の俳諧においては、十分に検討がなされているとはいい難い。そこで、前田富祺氏が、

定家仮名遣いとか歴史的仮名遣いとかいう規範についての考え方も問題であるが、資料ごとに実際に用いられている仮名遣いの実態を明らかにしてゆくことが必要である。（注（5）の書二五頁）

と指摘されていることから、仮名遣いの実態の一斑ではあるが示しておくことにしたい。

一―五　本研究での問題点

これまでに述べてきたように、本書は、近世初期俳諧集で振り仮名が付されない俳諧集もある中で、振り仮名が散見する俳諧集を資料とし、振り仮名の目的を主とした表記に関する問題を取り上げ、特殊性と一般性を見極めながら検討を加えるものである。

テキストとした俳諧集の振り仮名の中には、上述のように難読字に付す振り仮名を基本として、俳諧のことばと表記を近づけるための振り仮名など、様々な機能があるのではないか、また一つには、それぞれの俳諧集により振り仮名を付す割合が異なり、ある俳諧集では振り仮名が付される同じ語が、他の俳諧集では振り仮名が付されない、その差異は何かなど、漢字と振り仮名の関係における種々の問題点がある。

また、漢字の用法の考察と同時に、振り仮名と本文中の仮名書きに、語頭の「オ（お）」「ヲ（を）」の仮名遣いに相違があることから、「正」か「誤」ではなく、近世初期俳諧の仮名遣いの傾向性を提示しておきたい。

なお、術語について、少し触れておくと、本書で使用する「表記」「書記」「用字」については、そこにどのような文字が使われているかが用字であり、書記は、本書では文字や符号を以て書き表す意として用いる。表記は、振り仮名・仮名遣い・文字の種類など書き記されたすべてのものに、縦書き・横書き・分かち書きなどの書式を加えて表記と捉える。つまり、書記・用字は表記の下位に置かれるとするのが稿者の考えである。

『言語学大辞典』（六巻　術語編　一九八八年　三省堂）には、「表記」の項に、英語の writing は「元来は「書くこと」であるが、それが「文字」の意味にも使われる。日本語ではそうはいかない。」とあり、

〈文字〉はあくまでも「書かれた文字」であって、「書くこと」にならない。その点、古典中国語の〈書〉は英語の writing と同じく、どちらにもなる。そこで日本語では、「書くこと」の方に何らかの漢語が必要となっ

てくる。その穴を埋めるのが〔表記〕である。これはまた書記ともいう。
と、表記と書記は同じとする。
飛田良文氏（二〇〇二）は、
表記とは、一定の文字列と一定の言語単位とが対応することによって、空間に固定された言語表現を言う。その言語表現を書き表す文字と符号の文字列のきまりを表記法という。表記体系は言語体系と対応し、文字列はその表記の単位としての形・音・義を兼ね備える。したがって、日本語の表記体系は、文章・段落・文・文節・語・音の表記単位と、文字そのものの表記ということになる。（五八頁）
と述べる[25]。
乾善彦氏（二〇〇八）は、
とくに、文字とことばとが不即不離の関係にある日本語の研究においては、書記、文字と表記とは、日本語を構成する一つの重要なことばの側面なのである。（二六頁）
と、書記は「ことば」の研究からは無視できない部分であると述べている[26]。
テキストの俳諧集には、音象徴語以外は『近世文学資料類従』[27]から、『正章千句』〈正〉・『紅梅千句』〈紅〉・『宗因七百韻』〈宗〉・『當流籠抜』〈当〉・『西鶴五百韻』〈西〉・『江戸蛇之鮓』〈江蛇〉・『江戸宮笥』〈江宮〉・『軒端の独活』〈軒〉・『七百五十韻』〈七〉の九作品集と天理図書館綿屋文庫[28]から『江戸八百韻』〈江八〉の一作品集を選択した。以上一〇俳諧集の底本・刊行年・刊行者等の情報は第一章第二節中の【表二】に示した他、適宜本文中に記した。但し、第二章第六節の音象徴語の研究に関しては、以上の一〇俳諧集に『守武千句』（勉誠社文庫）『塵塚誹諧集』（『近世文学資料類従』）『鷹筑波』（『日本俳書大系』）を加え[29]、一三俳諧集をテキストとした。以上の俳諧集の中で調査の対象とするのは句のみであり、詞書・題詞は除外した。また、本文中各俳諧集の句番号は、稿者が便宜上通し番号を付けたものである。

以上のような考察を進めるに当り、『伊京集』〈伊〉・『明応五年本節用集』〈明〉・『天正十八年本節用集』〈天〉・『饅頭屋本節用集』〈饅〉・『黒本本節用集』〈黒〉・『易林本節用集』〈易〉・『合類節用集』〈合〉・『書言字考節用集』〈書〉の八種の節用集と適宜他の辞書を参照し、仮名遣いの考察では『仮名文字遣』[30]『定家卿仮名遣』[31]『下官集』[32]を使用する。

また、適宜右の〈　〉で示す略称を使用した。ただし、引用文中の〈　〉は割書きを表し、〈　〉内の／は改行を表す。また、傍・破線は稿者が私に付した。

2　構成と概要

構成としては、大きく三つの章を立て、それぞれの章は次のような構成となっている。

第一章　振り仮名が付される漢字表記語と表記形態
第一節　『紅梅千句』における振り仮名
第二節　『軒端の独活』と『江戸宮笥』の表記
第三節　『正章千句』の振り仮名
第四節　『宗因七百韻』と『七百五十韻』の表記—振り仮名の機能と表記形態の特徴—
第二章　近世初期俳諧の用字・用語考証
第一節　『江戸八百韻』に見える「やさし」の用法—「婀娜《ヤサシ》」「艶《ヤサ》し」について—
第二節　『當流籠抜』における「閊《イキ》る」について

近世には出版文化が発達し、読者層への配慮から、書き手の表記意識が大きく変化する。その一つが漢字に振り仮名を付すことである。振り仮名は書き手の意図したことばを読み手に正しく伝えることに存在理由がある。

第一章では、主として、振り仮名に視点をおいて考察を加える。振り仮名には、一つに複数のヨミをもつ漢字に対してヨミを指示する機能があり、また一つに、書き手の表現意識が内在する振り仮名がある。後者の例では「かかし」を文字遊戯的に「鷩鹿」（『紅梅千句』）「鹿鷩」（『正章千句』）のように、ことばの意義を漢字で表し、ヨミを示す振り仮名がある。このような振り仮名を付す漢字について、漢字と振り仮名の関係・振り仮名の機能などを検討していくと同時に、それぞれの俳諧集に見える特徴的な表記法を提示する。

第一章第一節では『紅梅千句』において、漢字表記語に付される振り仮名を、音読み・訓読みの点から調査した。また、どのような場合に振り仮名が付されるのか、様々な条件を設定して振り仮名を付す語と対応させてみた。その結果では、同じ漢字表記の語で、同じ条件でありながら、振り仮名を付す場合と付さない場合がある語があり、この点に関して、文学的意図と関わりがあるのか、その根拠を明らかにする必要があることを指摘する。

第二節では、『軒端の独活』と『江戸宮笥』を取り上げ、表記の特徴や振り仮名の実態を考察する。資料とした一〇俳諧集において、使用される漢字数など数量的側面からの様相、また、『軒端の独活』に見える多様な表記体を提示し、振り仮名については、振り仮名を付す人により振り仮名を付す傾向に違いが生じることを明らかにする。

第三節では、『正章千句』と『紅梅千句』とは清書者が同じであるという観点からの考察を試みる。振り仮名を付す語を『紅梅千句』と比較してみたときに、同じ正章が清書したとはいえ、板下を書いた人は同じではないと推定できることから、両者の振り仮名を付す傾向が異なるとし、清書することと板下を書くことは別の工程であることを明らかにする。

第四節では、『宗因七百韻』と『七百五十韻』の振り仮名の傾向や、表記体について検討を加える。『宗因七百韻』は異なる興行の作品を収録した作品集であり、一書の中で、作品により同じ漢字の振り仮名の仮名遣いが異なることなどから、板下を書く人が統一的に振り仮名を付したのではないことを指摘する。一方、『七百五十韻』の多様な表記体、あるいは古辞書や文献などで用例が見出せない漢字が出現することを報告し、そこに視覚的印象性を求めようとする意図が窺えることを述べる。

第二章では、意識的に造字・当て字などを用いる傾向があることに視点を置いて考察を試みる。俳諧では、そういった特殊な用字が読者に新鮮味を与える一つの方法でもある。そこで、現段階では用例を見出せない特殊な用字や、漢字とヨミが常用的に結びつかない語について検討を加える。

第二章第一節では、『江戸八百韻』には、一つの和語に対して複数の漢字表記がある語に二〇語があり、その中から、「やさし」に「婀娜」「艶し」の二種の漢字を対応させた意図を探る。

第二節では、『當流籠抜』に見える「悶る」に、「イキ（る）」と振り仮名が付されることに注目して考察を進める。節用集や中国の辞書では「悶」に「イキル」と訓を付す例はないけれども、「熕」に「イキル」と訓を付す節用集がある。「煩」は中国の辞書に「悶也」と収録があり、節用集でも「悶」と「煩」は同じとあることから「いきる」と読める道筋を解明する。

第三節では、『江戸八百韻』で「あつかひ」に「哆」を対応させることについて考察を加える。「哆」のヨミについて言及し、その他の「あつかい」に対応する「曖」「扱」について、それぞれ用例を挙げ用法を検討する。

第四節では、『西鶴五百韻』に見える「日外」が、中国の義から外れ、なぜ「いつぞや」の意に用いられるかに言及する。また「丈夫」の「丈」に「上」をあて「上夫」とすること、「正体」を「性躰」と表すことについての考察を試みる。

第五節では、『紅梅千句』に見える「ふためく」を取り上げ、「はためく」との比較、及び複合語「あわてふためく」へ推移し、単純語「ふためく」が日常語として衰退することについて検討を進める。

第六節では、研究資料一〇俳諧集に、貞門の『鷹筑波』『塵塚誹諧集』『守武千句』を加え、一三俳諧集の音象徴語を取り上げる。それらの音象徴語を大坪併治氏の『擬声語の研究』(33)を参考文献として、俳諧七部集を中心とした蕉風の俳諧と比較し、近世初期俳諧における音象徴語の特徴などを述べる。

第三章では、「オ（お）」「ヲ（を）」が語頭に付く語に限るが、本文中の仮名遣いと振り仮名の仮名遣いについて、その実態を提示する。俳諧は和歌や連歌の線上に位置するが、雅語を用い定家仮名遣を規範とする前時代の律文とは異なり、日常語が用いられる。それならば、仮名遣いにはどのような傾向が見えるか、振り仮名に関連して仮名遣いの観点から俳諧集を見る。

第三章第一節では、資料の一〇俳諧集の中で語頭に「お」「を」が付く本文中の仮名書きの語を取り上げて、定家仮名遣との一致度を調査し、用例から、一致しないのは近世の俳諧において、一〇俳諧集だけの現象ではないことを指摘する。

第二節では、一つには、同語において振り仮名の語頭に「オ」「ヲ」が付く語と本文中の仮名書き語の語頭の「お」「を」とを比較する。もう一つには、それぞれの俳諧集ごとに、振り仮名の語頭に「オ」「ヲ」が付く語を定家仮名遣・節用集と比較し、どれだけ合致するか検討を進める。

巻末の資料編では、〔資料一〕は『紅梅千句』の振り仮名付語を俳諧作法書の『はなひ草』『俳諧御傘』『俳諧類船集』と照合し、俳言や付合語と振り仮名の関係を見る表である。

〔資料二〕は文頭語・付合語・字音語・初出語・節用集での収録状況の五つの条件を設定して、『紅梅千句』で振り仮名を付す語が、どれだけ適応するかを見る。

〔資料三〕は、一〇俳諧集で振り仮名を付す語を各俳諧集ごとに提示する表である。

本書は、以上のような構成で、振り仮名を中心にして俳諧における表記について論を進め、俳諧での振り仮名の機能、及び表記の特徴などを明らかにするものである。

表記に関していうならば、初期俳諧の特質の一つとして、雑多な表記法や特殊な漢字を用いる場面がある。しかし、決して特殊性一辺倒ではなく、前時代から受け継がれた一面がある一方で、俳諧に見える漢字の用法や表記の形式が、後の時代へと引き継がれたものもあり、前時代の律文が変遷した姿の一つが俳諧である。従って、俳諧は江戸時代の律文の特徴を持ち、江戸初期の表記の資料として重要な位置にあると考えられる。

今回は俳諧の表記に関する一片の報告に過ぎないけれども、今まで、殆んど国語学的研究の資料とされてこなかった俳諧を、一つの文字領域として分析を試み、ここに示すものである。

注

（1）乾善彦『漢字による日本語書記の史的研究』二〇〇三年　塙書房　三頁

(2) 今野真二『大山祇神社連歌の国語学的研究』二〇〇九年　清文堂出版　一三頁
(3) 亀井孝他編『日本語の歴史5　近代語の流れ』一九七六年第二版第一刷　平凡社　二六一頁
(4) 潁原退蔵「四　俳諧と俗語」（『江戸時代語の研究』一九四七年　臼井書房）七四頁
(5) 前田富祺「国語文字史研究の課題」（国語文字史研究会編『国語文字史の研究二』一九九二年　和泉書院）六頁
(6) 細川英雄「振り仮名―近代を中心に―」（佐藤喜代治編『漢字講座4　漢字と仮名』一九八九年　明治書院）二二一―二二二頁
(7) 玉井喜代志「振假名の研究（下）」（『国語と国文学』第九巻第六号　一九三二年）
(8) 鈴木丹士郎「近世文語の問題」（『専修大学論集』第三号　一九六六年）
(9) 屋名池誠「「総ルビ」の時代―日本語表記の十九世紀―」（『文学』二〇〇九年一一―一二月）三〇頁
(10) 進藤咲子「明治期の振りがな」（近代語学会編『近代語研究　第二集』一九六〇年　武蔵野書院）四九二―四九六頁
(11) 大島中正「語の漢字仮名並列表記は有用か」（『日本語日本文学』三号　同志社女子大学　一九九一年）三一頁
(12) 矢田勉「振り仮名」（前田富祺・野村雅昭編『朝倉漢字講座1　漢字と日本語』二〇〇五年　朝倉書店）
(13) 今野真二『振仮名《ふりがな》の歴史《れきし》』二〇〇九年　集英社　九三頁
(14) 大野晋「仮名づかいの歴史」（『岩波講座　日本語8　文字』一九七七年　岩波書店）三二〇頁
(15) 小松英雄「定家仮名遣の軌跡」（『日本語書記史原論』一九九八年　笠間書院）
(16) 安田章『仮名文字遣と国語史研究』二〇〇九年　清文堂出版　五六―五七頁
(17) 今野真二『仮名表記論攷』二〇〇一年　清文堂出版　二八五頁
(18) 酒井憲二「近世初期通行の仮名遣いについて―『寛永諸家系図伝』仮名本の表記から」（『国語と国文学』第七七巻第三号　二〇〇〇年）一二頁
(19) 江湖山恒明『新・仮名づかい論』一九六〇年　牧書店
(20) 木枝増一『仮名遣研究史』一九三三年　賛精社
(21) 馬淵和夫「定家かなづかいと契沖かなづかい」（『続日本文法講座2　表記編』一九五八年　明治書院）

(22) 今野真二「定家以前」（『国語学』五一巻二号　二〇〇〇年）
(23) 寺島徹「江戸中期における俳諧の仮名遣いについて」（『桜花学園大学人文学部研究紀要』第八号　二〇〇六年）
(24) 寺島徹「江戸中期の俳諧句集における仮名遣いの用法について」（『桜花学園大学人文学部研究紀要』第一〇号　二〇〇八年）
(25) 飛田良文「西洋語表記の日本語表記への影響」（飛田良文・佐藤武義編『現代日本語講座　第六巻　文字・表記』明治書院　二〇〇二年）
(26) 乾善彦「言語資料のインタフェース」（金水敏・乾善彦・渋谷勝己『シリーズ日本語史第4巻　日本語史のインタフェース』二〇〇八年　岩波書店）
(27) 『正章千句』『紅梅千句』『西鶴五百韻』『江戸宮笥』『軒端の独活』『宗因七百韻』『當流籠抜』『江戸蛇之鮓』『七百五十韻』（『近世文学資料類従　古俳諧編』28・30・33・34・35・36・39　勉誠社　一九七五年～一九七七年）
(28) 『江戸八百韻』（『天理図書館綿屋文庫俳書集成　第六巻　談林俳書集一』一九九五年　八木書店）
(29) 『守武千句』（勉誠社文庫14　一九七七年　勉誠社）『塵塚誹諧集』（『近世文学資料類従　古俳諧編4』一九七三年　勉誠社）『鷹筑波』（『貞門俳諧集』一九二六年　日本俳書大系刊行会）
(30) 『仮名文字遣』（『国語学大系　第六巻』一九八一年第三刷　国書刊行会）
「天文廿一重陽前日記之　稱名野釋御判」の奥書ある美濃木版本に拠るものである。
『仮名文字遣』文明一一年本・東大本（『駒沢大学国語研究　資料第二』一九八〇年　汲古書院）
『仮名文字遣《かなもじづかい》』（天正六年写本・無刊記本）（『古辞書研究資料叢刊　第一一巻』一九九六年　大空社）
(31) 『定家卿仮名遣』（福井久蔵編『国語学大系　第六巻』一九八一年第三刷　国書刊行会）
文明本『假名文字遣』所収（赤堀又次郎氏編語學叢書所収本）に拠って翻刻したものである。
(32) 『下官集』（福井久蔵編『国語学大系　第六巻』一九八一年第三刷　国書刊行会）
不忍文庫旧蔵写本を底本とする。
(33) 大坪併治『擬声語の研究』一九八九年　明治書院／『大坪併治著作集』1・12　一九九二・二〇〇六年　風間書房

参考文献

小松寿雄『江戸時代の国語　江戸語』一九八五年　東京堂出版
中野三敏監修『江戸の出版』二〇〇五年　ぺりかん社
前田富祺「川柳の漢字」（佐藤喜代治編『漢字講座7　近世の漢字とことば』一九八七年　明治書院）

第一章　振り仮名が付される漢字表記語と表記形態

導言

漢字仮名交じりの表記体において、各ジャンルにより、漢字の使用状況に違いがある。例えば、漢字の数量的問題、あるいは漢字に振り仮名を付す形態など、多種多様な様相を展開する。振り仮名に関する問題一つを取り上げても、振り仮名を付す目的・条件・表記方法など諸種の問題が付随してくる。

近世は出版文化の発達により、読者層への配慮から書き手の表現意識が大きく変化する。その一つが漢字に振り仮名を付すことである。振り仮名の一つには、漢字の複数のヨミに対して、ヨミを確定する効用がある。また一つには、書き手の表現意識が内在する振り仮名があり、書き手の意図したことばを読み手に正しく伝えることに存在理由がある。

近世の俳諧は概ね平仮名漢字交じりで表記され、その中には振り仮名が散見する作品集がある。しかし、振り仮名の先行研究(1)では、俳諧以外での論考はあるが、俳諧の振り仮名に関していうならば、まとまった基礎調査はなされていないのが現状である。

そこで、本章では振り仮名についての先行研究で、前田富祺氏が「近世・近代の文学者が漢字に付ける振り仮名に特別な文学的意図を托していたことは明らかである。(2)」と指摘し、細川英雄氏が「具体的な基礎調査は意外に少ないのが現状である。(3)」と指摘するのを踏まえ、江戸期における表記研究の一環として初期俳諧集一〇作品を取り上げ漢字の使用状況、特に、どのような漢字に振り仮名を付し、振り仮名にはどのような機能があるのか、その実態を明らかにしていきたい。

資料には、振り仮名が一箇所に集中するのではなく、一作品中全体的に平均して振り仮名が散見する俳諧集を選択し、文学的意図との関わりなど、多角的な視点から調査検討する。

第一節で取り上げる『紅梅千句』は松永貞徳を中心とする貞門の代表的連句作品集である。季吟の跋文には有馬友仙が貞徳に直接教えを受けたいために興行したと記されるように、当該集は啓蒙書的な要素をもち、貞門の俳諧集として重要な位置にある。そこで、まず『紅梅千句』を取り上げ、総漢字数・異なり漢字数・振り仮名付き漢字数の調査を行い、次に漢字一字ではなく、漢字表記の語単位で、そこに付される振り仮名は音読みか、それとも訓読みかの点からも調査した結果を示す。また、同じ語で振り仮名を付す場合と付さない場合がある語については、初出語・付合語・字音語などの条件を設定して、振り仮名の機能を考える手立てとする。

第二節では『軒端の独活』と『江戸宮笥』を取り上げ、一〇俳諧集の数量的側面からの考察、そして一〇俳諧集中最も漢字使用率の高い『軒端の独活』の表記の実態と、最も振り仮名付記率の低い『江戸宮笥』の実態を提示し、それぞれの特徴を述べる。

第三節では漢字使用率が最も低い『正章千句』を取り上げる。当該集は『紅梅千句』と清書者が同じ正章であるという観点から、振り仮名を付す語の違い、振り仮名を付す割合の違いから、清書者と振り仮名を付す人は別であることを明らかにする。

第四節では談林初期の『宗因七百韻』と談林末期の『七百五十韻』について、『宗因七百韻』は、異なる興行での作品を一書に収録したものであり、作品により、振り仮名の仮名遣いが異なること、また「土産」に「ニヤゲ」のように、「ミ」から「ニ」に音韻交替した振り仮名が付されることなどを述べる。一方『七百五十韻』では有意的に創造した漢字が用いられ、新鮮味を出す試みがなされている実態を提示する。

以上のように、本章では、漢字と振り仮名の関係を中心にして、振り仮名の機能を明らかにすることを目的とする。

注

（1）本書序章一-二参照

（2）前田富祺「国語文字史研究の課題」（『国語文字史の研究一』国語文字史研究会編　一九九二年　和泉書院）六頁

（3）細川英雄「振り仮名―近代を中心に―」（『漢字講座4　漢字と仮名』一九八九年　明治書院）二二二頁

第一節　『紅梅千句』における振り仮名

はじめに

『紅梅千句』は、貞門の代表的連句作品集であり、承応二年（一六五三）正月に興行された(1)。一座は松永貞徳・安原貞室（正章）・北村季吟・荻野安静・青地可頼・符類屋政信・有馬友仙と執筆者の大野長久からなり、興行の主催者は有馬友仙、目的は季吟の跋文に次のようにある。

右ちゞの誹諧連哥はなにかし友仙先生ため有て催し給へる也ためとは何のためそ…（略）…しかあれとも、とせにさのみはたらすといふへくもあらぬよはひなれは会なとにも国に杖つきて出給ふ事かたくて其みつからの句をきく事まれなりきされはもといひ捨給へる言の葉のわつかに落ちれるをきゝつたへてはかはきにしつくを得たる心ちせり友仙先生もはるかに此風流をしたひておほしきまゝにきゝてはらふくらさんとのためとかや…（略）…かくたのしきよろこひをしるしと、めて今の世の人にもひけらかしのちみんすきものにもけなりからせんとて高弟正章のぬし清書せしむるにそへて承應何のとしみなつきその日そんてふそれ氏季吟聊其おもむきを此こゝにかきつけぬ又この清書にいたりてくやめるところ〳〵もあれとあとさきのさはりをおもひてさなから見過すことゝもさはいへと彼としのつもりのなせるわさよとみん人おもひなしねといへりつまり、友仙が貞徳に直接教えを受けたいがため興行したものであり、清書したのは正章である。貞徳の指導の下に作られた百韻十巻と追加八句は、貞徳の「紅梅やかの銀公《キンコウ》のからころも」を巻頭の句とし、作句の素材には日本の古い文芸に取材していることはいうまでもなく、当該集中貞徳が「銀公」「堯」「鍾馗」「杜子美」、友仙が「化狄」などの中国の伝説上の人物や詩人を題材にし、中国の故事に登場する地名では安静が「下坯」を詠む。また、正章が印度の一角仙人の説話を背景にして「仙のいほり」を詠むなど、衒学趣味的な面が窺われる。資料とする版本では振り仮名が散見し、ここに挙げた語の中で、「仙のいほり」以外の「銀公《キンコウ》」「堯《ギヨウ》」「鍾馗《セウキ》」「杜子美《トシミ》」「化狄《クハテキ》」「下坯《カヒ》」には振り仮名が付されている。では、何故振り仮名を付すのだろうか。振り仮名の先行研究には、いくつかの論考があるものの、近世初期俳諧の振り仮名に関していうならば、まとまった先行研究を探し得ないのが現状である。そこで、近世初期俳諧の作品集の中から『紅梅千句』を取り上げ、次のことを問題点とし、振り仮名の基礎調査を行い、その実態を提示していきたい。

(一) 漢字に振り仮名を付す書記方法が、文学的意義とどのように関わっているか。

(二) どのような場合に振り仮名が付されるか。

考察を進めるに当り、漢字の字体が、異体字「虱」(虱)「𡰱」(尼)「巢」(巣)「胷」(胸)「𡔖」(声)「秌」(秋)などは(　)内の現行の漢字を用いた。また、崩し字で字体の細かい部分が明らかでない場合なども同様に現行の字体で記した。

一　漢字と振り仮名の数量的側面

まず、どういった語に振り仮名が付されるかを探るにあたり、『紅梅千句』に使われている漢字と振り仮名の数量的な状況を抑えておきたい。

【表一】漢字の使用数と振り仮名付漢字数

総句数	延漢字数	異なり漢字数	振り仮名付漢字延数（延漢字数に対する割合）	反復記号
一〇〇八	四一〇〇	一〇九六	九九九（約二四％）	一三

【表一】の異なり漢字数は、現行の漢字と異体字、及び「条」と「條」は同字とし、「ねる」に対応する「寝」「寐」も使い分けは見られず、同じ意味で用いられているので同字とした。このように同字・異字の捉え方により異なり漢字数には異同が生じることがある。この表からは、一句あたり平均して約四字の漢字が使用されることが看取できる。

次の【表二】は漢字一字ではなく、漢字及び漢字と仮名で表記される語単位で、語に付す振り仮名を見たときに、音読み・訓読み・音訓混淆読みの点から調査したものである。一語の漢字全てではなく、漢字列の中の一字にでも振り仮名がある場合も、振り仮名を付す語数の中に組み入れ、同義語ではあるが、表記漢字が異なる「くじら」に「鯨」と「鯢」、「みき」に「三木」と「三寸」、「じゅず」に「念珠」と「珠数」の三語は異なり語六語として計上した。

【表二】音訓別読みの漢字表記語数

音訓別＼語数	延語数	異なり語数	振り仮名付き延語数（延語数に対する割合）	振り仮名付き異なり語数
音読み	六四九	五四九	二四七（約三八・〇％）	二四〇
訓読み	二〇〇五	一〇九二	三七〇（約一八・五％）	三四一

音訓混淆読み	八七	七八	三九（約四四・八％）	三八
延数	二七四一	一七一九	六五六（約二三・九％）	六一九

この【表二】を一覧すると、訓読み語が非常に多く使われているのにも拘わらず、訓読み語に対する振り仮名の割合が最も低い。この現象は、他の文芸作品に於いて多用され、且つ読み方が易しいと思われる漢字が多く含まれるからである。試みに、【表三】に当該集で出現度数が二〇回以上の漢字を挙げて、訓読み語の振り仮名を付す割合が低い事象を考えてみることにしたい。

【表三】の「花」には「華」を含み、単純語だけではなく熟語の一字として用いる場合も含む。また、異体字も現行の漢字に含むものとした。

【表三】当該集で二〇回以上出現する漢字

漢字	出現回数	訓読み		音読み	
		出現回数	振り仮名付	出現回数	振り仮名付
月	75	70	0	5	1
花	52	48	0	4	2
秋	40	40	0	0	0
山	39	30	0	9	1
人	39	27	2	12	1
出	38	37	6	1	0
春	37	37	0	0	0
見	33	32	0	1	0
手	32	31	0	1	0
夜	27	20	0	7	0
日	26	22	0	4	3
物	26	25	0	1	0
御	24	10	2	14	0
子	24	17	4	7	3
露	23	23	0	0	0
名	22	18	0	4	0
袖	21	21	0	0	0
小	21	21	1	0	0
水	21	16	0	5	4
大	20	12	1	8	1
計	640	557	16	83	16

【表四】右の表で振り仮名を付す語（訓読み一六語・音読み一六語、○の中の数字は二回以上の出現回数）

漢字	訓読み	音読み
月		五月《ゴグハチ》五日《ニチ》
花		花車《キヤシヤ》 槿花《キンクハ》
山		山荘《サンザウ》
人	籠り人《ド》 国人《クニウト》	農人《ノウニン》
出	出《ダ》す② 出《ヅ》る② 出来《デキ》 出《デ》来《カ》さん	
日		日日記《ニツキ》 五月《ゴグハチ》五日《ニチ》 一日《ジツ》
御	御田植《ミタウヘ》 御帳臺《ミチヤウダイ》	
子	初子《ハツネ》 團子《ダンゴ》 張子《ハリコ》 子安《コヤス》	格子《カウシ》 烏帽子《エボシ》 杜子美《トシミ》
小	小田巻《ヲダマキ》	
水		増水《ザウスイ》 建水《ケンズイ》 水晶《スイシヤウ》 香水《カウズイ》
大	大角豆《サヽゲ》	大徳《ダイ》

【表三】では出現回数二〇回以上の漢字の中で、音読み八三語中振り仮名を付す語には一六語があり、約一九・二パーセントを占める。一方訓読みでは五五七語中、振り仮名を付すのが一六語で、その比率は約二・九パーセントと音読みに比べて非常に低い数字を示す。表にはない一九回出現の「神」においても、訓読み一二回出現する中で振り仮名を付す語は一語もなく、音読み七語中では「神輿《シンヨ》」「神泉苑《シンゼンエン》」の二語に振り仮名を付すなど、振り仮名を付す比率が高い。

以上の結果から、訓読み語の振り仮名を付す割合が低い事象は、一つには、出現頻度の高い漢字にはヨミのやさしい訓読み語が多いことによる。また一つには、漢語は俳言と深く結びついていることが起因して、音読み語に振り仮名を付す比率が高いのではないかと考えられる。

二　振り仮名付漢字表記語と俳諧作法書との関係

『紅梅千句』を概観したところで、振り仮名のある漢字表記の語と俳諧式目書や付合用語集などに収載されている用語との関連性を見ていくことにする。

照合の資料には、『はなひ草』『俳諧御傘』『俳諧類船集』の三書を使用した。『はなひ草』（寛永一三年（一六三六）自奥）は立圃が著した式目書であり、式目書の嚆矢といわれ、貞徳もこれに倣うところがある。貞徳が著した式目書『俳諧御傘』（慶安四年（一六五一）刊）は、俳諧の作法を説明するために約一四二〇の用語を見出し語として挙げ、百韻俳諧への指標を示す指導書であり、後に及ぼした影響は大きい。三つ目の『俳諧類船集』（延宝五年（一六七七）自序）は、高瀬梅盛著で見出し語に二七〇〇余を挙げ、他の類書に比べると所収語数が非常に多い。このような三書を使用し、各書の見出し語を対象とし、振り仮名のある語と照合した結果を巻末の付表【資料一】にまとめた。[2]

【資料一】で、『紅梅千句』の漢字表記と、俳諧作法書の表記が異なる場合は、（ ）内にそれぞれの書に記載がある文字を記す。又三書の漢字には必ずしも振り仮名が付されているとは限らず、例えば、『紅梅千句』での「花車」は「花車《キヤシヤ》なる人の有得《ウトク》なる秋　安静」と詠まれ、「キヤシヤ」と振り仮名があり「花見車」を意味するのではない。因みに『俳諧御傘』では「は」の項に「花車　正花也、春也。花見車の事也。」とあり、明らかに「きゃしゃ」と「はなぐるま」の意味の違い、読み方の違いが窺えるので収載語とはしなかった。「墜栗《ツイリ》」については、『はなひ草』に「ついくわつ」と振り仮名が付されているが、『はなひ草大全』[3]では「墜栗《ついり》花《はな》」とあり、『易林本節用集』『合類節用集』には「墜栗《ついり》花」とあるので、一致するとした。ここに挙げた「墜栗」に加え、「泉郎」に対する「海士」のような用字の違いも含めて、異なり語で『はなひ草』に一〇一語、『俳諧御傘』に四六語、『俳諧類船集』に一七六語が収載され、俳諧作法書三書の中のいずれかと一致する語に二二五語があることを確認できた。この数字は三書に収載される語数を考えると決して多い数字とはいえない。従って振り仮名を付す根拠との関連性は薄いといえる。

さらに、『紅梅千句』で振り仮名を付す語の中で、前句からの付合との対応が『俳諧類船集』と一致するのは、

蓬萊↓熱田　熊↓蟻　賤↓小手巻　鑓↓頤　弓↓驚鹿　衣ほす↓香久山　千里↓紀の路　俤↓鈎簾　みめよし↓鼬　送る↓狼　張子↓嫂入　蜘↓壁　靍が丘（靍）↓亀ヶ谷（亀）　連歌↓粥　玉章↓烏瓜　露（朝露）↓槿（槿花）　手↓碁　力わざ↓碁盤　華↓麹　三味線↓座頭　臍↓麝香　樅（揉む）↓念珠　左義長↓神泉苑　書院↓硯　鬼↓節分　鳩↓杖　天狗↓田楽　郭公↓杜子美　いはい↓入部　犬↓張子　三味線↓座頭の坊　鳫がね↓骨　猫↓天蓼　鼬↓溝

の三四語に過ぎない。このことから、著者高瀬梅盛は、『紅梅千句』を参考とすることはなかったといえる。この事実は次の『俳諧類船集』の解題からも推し量ることができる。

…いかにも近世語らしい言葉が多く、付合の固定化・類型化を避けて、いかに新鮮な付合を目ざしてゐたかがわかる。このことは、各見出し語の終りに、その見出し語についての幅広い解説を施したこと…（　）内省略…とも関聯して、貞門俳諧が変貌を迫られてゐた延宝時代の付合語集に、いかにもふさはしいといってよい。編者梅盛が地道に自己の俳壇勢力を拡げていった実作主義の指導者であっただけに、本書の出版には相当の工夫・創意を見せようと決意したものと思はれる。

一方貞徳が著した『俳諧御傘』との照合では、四六語の一致にとどまった。見出し語の下に記される式目の用語例を加えるともう少し一致する語数が増えるものの、『俳諧御傘』に四年遅れて刊行された貞徳が中心となる『紅梅千句』にはそれほど反映されていないと見ることができる。

以上、『毛吹草』『誹諧初学抄』など様々な作法書がある中で、三書のみでの調査結果であるが、振り仮名を付す根拠を見る数字には至らなかった。次に、他のいくつかの条件を設定して振り仮名を付す理由を考えてみたい。

三　振り仮名を付す条件

ここでは、これまでとは視角を異にして、次の二つの点を考察の対象とする。

第一に振り仮名を付す六五六語すべてを抜き出して、文頭語・付合語・字音語の三条件に対する適否を、初出語と節用集に収載があるかどうかの条件では異なり語六一九語に対して、該当するかしないかの調査を試みる。

第二に同じ漢字表記語であるが、振り仮名を付す場合と付さない場合がある七三語を問題にして文頭語・付合語・初出語の三条件に振り仮名を付す場合の方が、どれだけ適応するかを調査する。ここでは、第一の条件の一つとした字音語に関しては、振り仮名を付す場合も、付さない場合も関係なく字音語であるので条件としては除外し、それに代わって、第二の場合にしか該当しない初出語という条件を付加した。これら二つの調査結果をまとめて示したのが【資料二】である。

【資料二】は、振り仮名を付す六五六語（異なり語六一六）を、文頭語である・付合語である・字音語である、の三つの条件のいずれかに該当する語に○印を付し、「節用集との関係」と「初出語」の欄では、異なり語数六一六に二種類の漢字を使用する「鯨・鯢」「三寸・三木」「念珠・珠数」の三語を加えた六一九語中の収載状況を示したものである。

各条件については、付合語は前句からの付合になっている語であり、付合語であるかに関しては『貞徳紅梅千句』（飯田正一編）を参考にした。その中で「入部」は同書の注では付合の記述がないが、『俳諧類船集』に「祝」の付合語として「入部」があり、七八〇番の前句「大ぶくはせばきかこひの内いはひ　正章」の「いはひ」からの付合とする。俳言と密接な関係にある「字音語」については、すでに前掲の【表二】に数字（二四七語）があらわれている。節用集との関係は、上述の節用集七種を参照し、見出し語と、見出し語の注記からも取り上げた。

まず、【資料二】の振り仮名を付す語全体においての調査結果を整理してみよう。振り仮名を付す語と五つの条件との調査結果を数量的に示すと次のようになる。①〜③は（　）内に振り仮名付き延語数六五六語に対する割合を示し、④⑤は六一九語に対する割合を示す。

①文頭に位置する語　一九六語（約三〇％）
②付合語　三四七語（約五三％）
③字音語　二四七語（約三八％）
④初出語　三四語（約　五％）
（④は、振り仮名有無両者がある語の中で初出に振り仮名を付す語数を示す。出現回数一回のみで振り仮名を付す語五二〇語、複数回出現してすべてに振り仮名を付す語二六語は含まない。）
⑤節用集（七種）との関係
○節用集にない語　一五五語（約二五％）
○節用集にある語　四六四語（約七五％）
・用字が一致する語　三九四語
（『紅梅千句』の「かい楯」「買もの」「元興じ」「部や」「まん中」に対する「掻楯」「買物」「元興寺」「部屋」「真中」と、「解怠」「注連」に対する「懈怠」「註連」も一致するとした）
・用字に相違がある語　四〇語
・漢字の収載はあるが訓が相違する語　二五語
・漢字の収載はあるが訓がない語　五語

節用集との関係では、六一九語中約七五パーセントが何らかの形で収載され、収載のない約二五パーセントの語では、「あら寒」「荒波」「霰酒」「宇治香」「艮角」「有得者」「恵比須講」「縁付」「臆病風」「落武者」「折烏帽子」「掻合せ」「かさね疊」「寒垢离」「感じ入」「喰くらべ」「透とをり」「付そめ」「泣いる」「迯こむ」「迯かへり」「引捨」などの複合語が三分の一以上を占め、取り立て読みが難しい漢字表記でもない。難読と思われる漢字はわずかであり、「叟草」「二歯」「高養歯」「鷲鹿」や「宮司」「老婆」の訓「ミヤジ」「オヒウバ」などは未だ例を得ず、『紅梅千句』独自の漢字表記の可能性があると推察する。これらの語については稿を改めて検討したい。

結果として、六一九語中①〜⑤のいずれかの条件に適合する語に五八一語がある。残りの①〜⑤に該当しない三八語の中には、漢字とヨミとの関係において、通常のヨミではなく特殊と考えられる語があり、その一つの例として「分《ワキ》て」がある。「分《ワキ》て」は、動詞に用いる「分」は多用され振り仮名を付さないことを考えると、職能の異なる特殊なヨミであるから振り仮名を付したことはまちがいないだろう。

次に第二の調査事項に掲げた、六五六語の中で同じ漢字表記語でありながら、振り仮名を付す場合と付さない場合がある異なり語七三語（延八一語）に焦点を移し、振り仮名を付す根拠を検討していくことにする（複数回振り仮名を付す語には○の中に振り仮名付の出現回数を記した）。

挨拶　哀れ　酔　奥　行ひ　音　落す　鬼　首途　兼②　上　花車　奇麗　景　御供　乞食　衣　桜　座頭
濕気　品　書院　虱　巣　薄　情　節分　候　誰　手折　卓散　出す③　尋　蓼　弦葉　躰　亭主　手飼　出
た　鉄炮　照　道場　燈篭　尼公　入部　盗み　軒　濱②　繁昌②　人　風爐釜　邊②　法　蓬莱　程　前
稀　実　三木　溝②　虫気　胸　珍し　持　戻る②　者　森　紋　夕立　讀　霊　例　脇

右の七三語には振り仮名を付す場合と付さない場合があり、ここに掲出した語以外にも漢字だけを取り上げれば、「付く」「這ふ」「踏む」も含まれるが、語としては「付《ツキ》そめ」と「付し」、「這《ハヒ》まはり」と「這かくれ」、「踏《フミ》たて」

と「踏あひ・踏ぬ」のような相違があり除外した。また「分て」も職能の違いがあるので除外した。

第一の調査では、振り仮名を付す語全体において検討してきたが、右の七三語の振り仮名を付す場合と付さない場合の差異を解明しないと、振り仮名を付す根拠が解決できないのではないかと考え、文頭語である、付合語である、初出語であるの三条件で、調査したのが次の結果である。

一語に付き複数回振り仮名がある例があるので、初出語以外は合わせて八一語中、

○振り仮名を付す語が文頭である場合　二三例で約二八％
○付合語である場合　三八例で約四七％
○初出語である場合　七三語中　三四例で約四五％

となる。文頭という条件を取り出してさらに検証してみると、

1　イ、あし手まめにと首途《カトデ》いはへり　安静（一五四）
　　ロ、首途の馬をおひの坂こえ　友仙（三一四）
2　イ、尼公たち参る五条の天神に　安静（三五七）
　　ロ、愛敬のある尼公《ヒコウ》にこやか　安静（六一二）

とあるように文頭に位置する方には振り仮名がない場合、また、左の3から6のように両方とも文頭であるのにも拘わらず、一方にしか振り仮名が付されない場合があるので、文頭という位置的なものだけでは振り仮名を付す理由は成り立たない。

3　イ、夕立《ヨダチ》こそ寶の瓶《カメ》の水ならめ　友仙（二四五）
　　ロ、夕立の露は鈆《ナマリ》の玉に似て　季吟（七六五）
4　イ、手折て供にもたせぬる萩　安静（五一四）

ロ、手折《ヲラ》じな餅躑躅《モチツ、ジ》てふ華の條《エダ》　正章（六〇九）

5　イ、蓬来にあはまほしきは龜が谷《ヤツ》　可頼（三三一）

ロ、蓬莱《ホウライ》と嶋ふたつつく庭の華　友仙（八九九）

6　イ、卓散にしも下す筏士　友仙（九三）

ロ、卓散《タクサン》に出る松茸はうらやまし　友仙（八八九）

また、初出の句であるからという条件を考えてみよう。すると、右に挙げた2・4・5・6は再出の方に振り仮名があり、初出語も振り仮名を付す決め手とはならないだろう。

もう一つ付合語との関係では、前掲の振り仮名を付す場合と付さない場合の差異がある例句の中から取り上げると（〔 〕内は振り仮名がある句）、

7　手折て供にもたせぬる萩　安静（五一四）

〔手折《ヲラ》じな餅躑躅《モチツ、ジ》てふ華の條《エダ》　正章（六〇九）〕

8　賀茂山やたゞすの森のあふれ者　友仙（九一七）

〔森《モリ》の木間《コノマ》を落る涼《スヾ》かせ　正章（七六四）〕

9　きよめねは蜘の巣となる大工小屋　長頭丸（七六九）

〔巣《ス》はうくひすかあの高き枝　季吟（一一〇）〕

10　首途の馬をおひの坂こえ　友仙（三一四）

〔あし手まめにと首途《カトデ》いはへり　安静（一五四）〕

11　尼公たち参る五条の天神に　安静（三五七）

〔愛敬のある尼公《ヒコウ》にこやか　安静（六一二）〕

などのように一句全体に振り仮名を付さない句もあり、7「供」「萩」、8「あふれ者」、9「蜘」「大工」、10「首途」「おひの坂」、11「尼公」「五条の天神」などが付合語であるにも拘わらず振り仮名は付されない。さらに、もう一つ「書院」での事例を示すと、

イ、霞まする精進《サウジ》の指身《サシミ》奇《キ》麗《レイ》さよ　友仙（五〇九）
　　かざる書院《ショエン》のうちは長閑し　政信（五一〇）

ロ、あまだりやことの外なるよるの雨　可頼（八三七）
　　書院のさきの苔《コケ》の朝露　政信（八三八）

とあり、両句とも付合語である。イは前句が客を迎えるための膳の様子を描写しているのに対して、書院もきれいに飾ると受ける。『俳諧類船集』には「書院」の項目に「…御成の時はかざり故実有よしくさり釜のにえ音焼《タキ》物の香なとほのめけば客も馳走をかんし入侍る」とある。ロは昨夜の烈しい雨の後の書院の先にある苔庭の美しい光景を詠み、「よるの雨」から「朝露」の付合と共に、書院は「あまだり（雨だれ）」からの付合となる。振り仮名を付すイ五一〇番の「書院」は、振り仮名を付すことにより、付合以外に特別な意味を持ち、何か含みを持たせているのか、それとも恣意的なのか、どちらにしても、ロの「書院」に振り仮名を付さないということは、必ずしも付合語という条件だけで振り仮名を付すのではないことは確かである。

「書院」や11の「尼公」のように、振り仮名を付す場合と付さない場合の両方が付合語である語を、前掲の七三語の中から取り出すと次の二〇語がある。（語の下に振り仮名を付さない句番号を記す。）

行ひ（七七三）・鬼（六一八・八九五）・花車（六九〇）・乞食（一五）・衣（六七三）・座頭（三七四）・濕気（八九〇）・書院（八三八）・虱（一三）・薄（四八〇）・節分（一五三）・鉄炮（一七四）・道場（四九三）・燈篭（五一六・七八七）・尼公（三五七）・盗み（一一七）・濱（一七五・七八二）（八二〇）・三木（三六九）・紋（九七六）・夕立（七六五）

ここに挙げた二〇語の中には、振り仮名を付さない場合の方が多くの条件にあてはまるものがある。たとえば、

	〔振り仮名を付す場合〕	〔振り仮名を付さない場合〕
虱	付合語	付合語・初出語
盗み	付合語	付合語・初出語
尼公	付合語・字音語	付合語・初出語・文頭語・字音語

などがあり、このような実態を看過することは出来ないだろう。

したがって、なお明らかに出来ない点があるけれども、調査の結果をまとめると、第一の全体における調査では、約七九パーセントが節用集に収録の有無を除く四つの条件のいずれかに当てはまる。第二の振り仮名を付す場合と付さない場合がある語についての調査では、七三語中六〇語が文頭語・付合語・初出語の三条件のいずれかに適応し、その割合は約八二パーセントとなる。振り仮名を付す語の中には、以上のような条件以外にも、ここでは振り仮名を付す条件として立項しなかったが、「讀《ヨム》」「照《テル》」のような送り仮名に代わって語形を示す振り仮名の例がある。

以上のように、総括して各条件との適合率は高い数字を示すのが認められるが、前掲の「虱」「盗み」「尼公」に付す振り仮名の様相を含め、さらに振り仮名を付す根拠を究明していく必要がある。

おわりに

以上『紅梅千句』における振り仮名の機能を中心に考察を進めてきた。当該集では振り仮名を付す延語数六五六語の約七九パーセントが一回のみ出現する語であることに注意され、この事象は、俳諧が位相の異なる幅広い層に愛好されるようになった結果、誰もが読めることを目的としたヨミを助ける振り仮名と捉えられる。読みやすくするためだけではない。振り仮名が果たす機能の一つに、明確には説明できないが、一句において俳言や付合語以外にも視点を置く要語の存在があると想定する。つまり、文学的意義の観点から、注意をひくための振り仮名の機能があると考えるのは可能である。

文頭語である、付合語である、字音語である、初出語である、節用集での収載状況、などの条件を設定して調査をした結果では、俳言と密接な関係にある字音語や、貞門の俳諧では物付手法を専らとする付合語でも、すべてに振り仮名が付されるとは限らない。上述の「虱」「盗み」「尼公」のような現象を、どう捉えるかに言及する必要も残されている。

乾善彦氏に「書記の目的」に言及する論述があり(4)、それを踏まえると、俳諧では文学的意図との関わりが密であり、その場を共有していない読者に対してどう伝わるか、どう理解されるかに書記の目的がある。節用集に収載がある以外には、文頭語・付合語・字音語の三条件に適応しない「栗《クリ》」のような、多訓を持たない平易な漢字に振り仮名を付すこと、または、付合語である、文頭語である、というように同じような条件でありながら、振り仮名を付す場合と付さない場合の違いがあるなどは、俳諧の振り仮名の機能を考える上で重要なポイントとなり、俳言以外に、季語などの俳諧にとって重要な語にも振り仮名を付す理由の一端を求めることができるのではないかと考えている。

また、他の振り仮名は片仮名で記されるのに対して、「まん中《なか》」の「中」に、平仮名で振り仮名を付すことにも問題が残るが、元は仮名表記であったが字数が多く一行に収まらないため漢字で書記し、元の仮名を振り仮名としたと、今は想定しておくことにする。

本節では『紅梅千句』の振り仮名についての一斑を報告し、問題を提起したに過ぎない。多くの課題が残されたままである。今後さらに考察を重ね明らかにしていきたい。

注

（1）小高敏郎『新訂松永貞徳の研究　続篇』（一九八八年復刻版　臨川書店）に、

季吟の跋は「承応何のとしみな月その日」とあり、且この跋の文面から見て、承応二年十一月に歿する貞徳がこの折まだ死んでゐないやうであるから、この跋が書かれたのは承応二年以前、即ち承応元年か二年といふことになる。また承応元年は九月に慶安五年が改元されたのだから、承応元年六月に筆を把ったのならば、「慶安何のとし」と書した筈である。従って季吟の跋は承応二年にかかれたものと思はれる。

と述べられている。

（2）・『はなひ草』は『古典俳文学大系2　貞門俳諧集二』（一九七〇年　集英社）を参照資料とし見出し語と「句数之事」「四季之詞」などからも抽出した。併せて『近世前期歳時記十三種本文集成並びに総合索引』（一九八一年　勉誠社）を照合資料とした。

・『俳諧御傘』一六五一年刊は『蕉門俳諧續集』（一九二七年　日本俳書大系刊行会）と『近世前期歳時記十三種本文集成並びに総合索引』を照合資料とし、見出し語と一致する語を挙げた。

・『俳諧類船集』は野間光辰監修『近世文藝叢刊　第一巻』（一九六九年）を使用し見出し語と照合した。

（3）『花火草』の初版が出て後、それを訂正増補し、寛文四年（一六六四）『花火草大全』を脱稿したが、その開板は延宝四年（一六七六）である。（『蕉門俳諧續集』より　稿者要約）

（4）乾善彦「書記の目的」（『漢字による日本語書記の史的研究』二〇〇三年　塙書房）二四頁

たとえば、稲荷山古墳出土鉄剣銘に刻まれた系譜部分は、…（略）…それを氏族以外のものを含む多くの聞き手（読み手）に一方的に伝えるためなのである。…（略）…一方通行であっても、話し手と聞き手と話題とがあるかたちで存在することが、ここに繋ぎ止められた「ことば」の存在意義なのである。

と述べられている。一方的伝達を目的とする銘文と、文芸としての俳諧には、書記の目的に違いがあるけれども、作者が意図することが読者に正しく伝わらなければならない点では同じである。

参考文献

赤羽学「俳諧・俳文の語彙」（佐藤喜代治編『講座日本語の語彙　第五巻　近世の語彙』一九八二年　明治書院）
赤羽学『校注俳諧御傘　索引篇』（一九八三年　福武書店）
赤羽学「俳諧の用字」（佐藤喜代治編『漢字講座7　近世の漢字とことば』一九八七年　明治書院）
飯田正一編『貞徳紅梅千句』一九七六年　桜楓社
小高敏郎『俳句講座4　名句評釈』一九五九年　明治書院
小高敏郎「紅梅千句」（『俳諧大辞典』一九七六年一九版　明治書院）
小高敏郎『新訂松永貞徳の研究　続篇』一九八八年復刻版　臨川書店
前田富祺「国語文字史研究の課題」（国語文字史研究会編『国語文字史の研究一』一九九二年　和泉書院）
宮田正信『付合文藝史の研究』一九九七年　和泉書院
『紅梅千句』（『古典俳文学大系1　貞門俳諧集一』一九七〇年　集英社）
『俳諧御傘』一六五一年刊　松永貞徳著（『蕉門俳諧續集』一九二七年　日本俳書大系刊行会）
『俳諧類船集』延宝四年（一六七六）刊　高瀬梅盛著（野間光辰監修『近世文藝叢刊　第一巻』一九六九年）
『近世文藝叢刊　別巻1　俳諧類船集索引　付合語篇』（野間光辰監修、一九七三年）
『はなひ草』文禄四年（一五九五）立圃著　底本：正保四年（一六四七）版　天理図書館蔵（『古典俳文学大系2　貞門俳諧集二』一九七〇年　集英社）
『はなひ草大全』寛文四年（一六六四）刊（古典文庫　一九九五年）

第二節　『軒端の独活』と『江戸宮笥』の表記

はじめに

近世に新しい文学様式として登場した俳諧について、『日本語の歴史5　近代語の流れ』（一九七六年二版　平凡社）には、

教養ではまだ未熟な新興階級たる武士も、俳諧に関心をもつものが多かったのである。かつての連歌師をひいきしたごとく俳諧師を庇護した藩主や国老も少なくなく、この人々の嗜好が、俳諧の普及に大きな力となった例は珍しくない。（二三一頁）

と記される。同じ頃出版界においても画期的な展開を見せ、俳諧書の需要が増大し、江戸時代前期の仮名書きの出版物の中で、俳諧書は上位を占めるようになる。従って、同一の場をもたない、位相の異なる幅広い読み手が想定され、書記の目的には、読み手が文字化した音声言語を理解できることが必要となるだろう。俳諧の語彙について、前掲の書には、

貞門や談林の俳諧に、多くの俗語があらわれているというような事実が、きわめて意味深いことと考えられるのである。…（略）…そういう俗語・漢語などのごとき雅ならざる用語にこめられているもの、あるいはそのような語をえらばせた作家の観念の世界における革新こそ、ここにおける主役なのであった。それは、発想の

（一七二頁―一七三頁）

世界のことである。

とある。それならば、その表記体はというと、平仮名のみで一句を構成する例、漢字のみで一句を構成する例など、多少の例外があるものの、概ね平仮名に漢字を交え、その中には、前時代の律文には見られない、漢字に振り仮名を付す表記法が見える。漢字に振り仮名を付すということは、単にヨミを助けるだけではない。作者が読み手に意図を伝達する媒介物として文字があり、振り仮名には、ヨミ以外に作者のそう読んでほしい意思が内包されているのである。前節の『紅梅千句』では、どのような漢字に振り仮名を付し、振り仮名にはどのような機能があるのか、いくつかの条件を設定して振り仮名の機能の調査を進めてきた。その結果、難読字だけではなく、設定した条件のいずれにも適応しない、平易な漢字にも振り仮名を付すのが認められた。なぜ、ヨミが易しい漢字にも振り仮名が付されるのか、その根拠は未解決のままである。このような問題に応えるためには、より多くの俳諧集を取り上げて、様々な事例を分析することが必要であることはいうまでもない。

そこで、本節では、『紅梅千句』に続き、資料の一〇俳諧集の中から『軒端の独活』と『江戸宮笥』を取り上げて、漢字使用の実態と振り仮名について、考察を進めていくことにする。

一　漢字の数量的側面からの考察

近世の漢字使用の実態を数量的に言及した先行研究には、前田富祺氏の『誹風柳多留』の漢字使用の計量的な考察がある(1)。また、矢野準氏は、人情本・滑稽本・洒落本の漢字含有率・出現度数を調査し、「小松寿雄氏によって指摘されたごとく滑稽本や人情本ではおおむね漢字含有率と振り仮名付記率とに相関が見られるようである(2)」と述べる。さらに彦坂佳宣氏の洒落本の漢字の含有率や漢字の性格などに言及する「洒落本の漢字(3)」がある。川柳・人情本・滑稽本・洒落本などの研究資料は、本書で扱う俳諧集の資料よりも時代が下るが、これらを参照しながら、各俳諧集の漢字量・振り仮名を付す漢字数・異なり漢字数などの調査結果を示し、俳諧での漢字の使用状況を明らかにしていきたい。

先ずは本書で扱ったテキストの概要を【表一】に示した。これらのテキストのうち『江戸八百韻』は天理図書館綿屋文庫によるものであり、他の九俳諧集は『近世文学資料類従』に所収されるものを使用した。

【表一】資料の一〇俳諧集の概要

俳諧集	底本	刊行年	刊行者・板下
正章千句	赤木文庫蔵	慶安元年（一六四八）	不明（正章清書を覆刻）
紅梅千句	東京都立中央図書館蔵	明暦元年（一六五五）	敦賀屋久兵衛／清書者：正章
宗因七百韻	柿衞文庫蔵	延宝五年（一六七七）	寺田重徳（推定）
江戸八百韻	綿屋文庫蔵	延宝六年（一六七八）	寺田重徳
當流籠抜	柿衞文庫蔵	延宝六年（一六七八）	井筒屋庄兵衛
西鶴五百韻	国立国会図書館蔵	延宝七年（一六七九）	深江屋太郎兵衛／板下（序文：中村西国）（本文：水田西吟）
江戸蛇之鮓	光丘図書館蔵	延宝七年（一六七九）	池西言水
江戸宮笥	国立国会図書館蔵	延宝八年（一六八〇）	中田心友（本文板下）
軒端の独活	光丘図書館蔵	延宝八年（一六八〇）	上村理右衛門／板下：田代松意（推定）
七百五十韻	光丘文庫本	延宝九年（一六八一）	不明（編者：信徳）

続いて【表二】には一〇種の俳諧集の延漢字数・異なり漢字数・振り仮名付き漢字数などをまとめた。⑦振り仮名付記率は③延漢字数に対する⑥振り仮名付き漢字数の割合であり、小数点第二以下を四捨五入した数字である。⑤の反復記号は漢字に対応する反復記号であり、平仮名の踊り字は含まない。

【表二】各俳諧集の延漢字数・異なり漢字数・振り仮名付き漢字数

①俳諧集	②句数	③延漢字数	④異なり漢字数	⑤反復記号	⑥振り仮名付き漢字数	⑦振り仮名付記率(約)	⑧一句当りの漢字数(約)
正章千句	一一〇〇	四二五八	一二二五	一六	四六一	一〇・八％	三・九
紅梅千句	一〇〇八	四一〇〇	一〇九六	一三	九九九	二四・四％	四・一
宗因七百韻	六五五	二九二二	九〇五	一〇	二八二	九・七％	四・五
江戸八百韻	八〇〇	四一九三	一一五一	一四	四二〇	一〇・〇％	五・二
當流籠抜	五〇〇	二五〇五	九二三	六	三八九	一五・五％	五・〇
西鶴五百韻	五〇〇	二一九七	八五九	三	三三七	一三・三％	四・四
江戸蛇之鮓	四六五	二七一五	八五三	二	一三三	四・八％	五・八
江戸宮笥	六三二	三四三〇	一〇四七	一〇	七七	二・二％	五・四
軒端の独活	六四〇	三八〇六	一二九〇	一七	五二三	一三・八％	五・九
七百五十韻	七五〇	三八七四	一一八四	八	九六二	二四・八％	五・二

【表二】で、それぞれの異なり漢字数を見ると、『軒端の独活』は異なり漢字数が最も多いけれども、延漢字数に対する割合は、『當流籠抜』が最も高く、『紅梅千句』は延漢字数に対して異なり漢字数の割合が最も低い。平均して考えると、『當流籠抜』では同じ漢字を二・七回使用するのに対して、『紅梅千句』では三・七回使用することになる。漢字の使用率においては、慶安元年（一六四八）刊の『正章千句』や明暦元年（一六五五）刊の『紅梅千句』などの貞門派の作品よりも、約二〇年後の談林派の『宗因七百韻』からは、わずかであるが一句あたりの漢字の使用数が多くなる。中でも『軒端の独活』は最も漢字の使用量が多く、一句全体が漢字のみで表記される例もあり、乾裕幸氏が『軒端の独活』の解説（『古典俳文学大系４』）で「当時流行した漢詩文調の洗礼を受けて」と述べてい

ることとも関わっていると捉えることが出来る。振り仮名付記率では『江戸宮笥』は一句あたり約五・四と三番目に漢字使用量が多いのにも関わらず、わずか約二・二パーセントにしか振り仮名は付されない。この数字は漢字の使用量がそれほど多くない『紅梅千句』に対して、一割にも満たない数字を示している。

【表二】にあらわれた数字から、漢字含有率と振り仮名付記率の関係を示してみると、次のようになる。

【順位】	【漢字含有率】	【振り仮名付記率】
1	『軒端の独活』	『七百五十韻』
2	『江戸蛇之鮓』	『紅梅千句』
3	『江戸宮笥』	『當流籠抜』
4	『江戸八百韻』	『軒端の独活』
5	『七百五十韻』	『西鶴五百韻』
6	『當流籠抜』	『正章千句』
7	『宗因七百韻』	『江戸八百韻』
8	『西鶴五百韻』	『宗因七百韻』
9	『紅梅千句』	『江戸蛇之鮓』
10	『正章千句』	『江戸宮笥』

右の結果から、矢野氏が述べる滑稽本や人情本のように、漢字含有率が高いから、振り仮名付記率が高いとは限らず、俳諧では、漢字含有率と振り仮名付記率の間には相関関係は成り立たない。振り仮名付記率の最も高い談林末期の『七百五十韻』は漢詩的格調をもち、脱談林を志向する重要な作品集である。また、二番目に振り仮名付記率の高い松永貞徳を中心にした『紅梅千句』は、当時の俳諧愛好者にとっては啓蒙書的存在の作品集であり、これ

ら二作品集は、近世初期俳諧集の中で重要な位置を占める。そこに振り仮名付記率の高い一因が存在するのではないだろうか。

次に、一〇種の俳諧集の中で、最も漢字使用度が高い『軒端の独活』と、最も振り仮名付記率が低い『江戸宮笥』を取り上げて、表記の特徴や振り仮名の様相について検討を進めていきたい。

二　『軒端の独活』を中心にした表記の特徴

最初に、資料とした俳諧集一〇作品の中で、一句あたりの漢字使用量が五・九と最も多い『軒端の独活』を取り上げて、漢字使用の実態を見ていくことにする。

『軒端の独活』は田代松意編によるものであり、延宝八年（一六八〇）一〇月の自序がある。編者松意は、寛文一三年（一六七三）神田に俳諧談林の結社を開き、談林十百韻を興行した江戸談林派の中心的人物である。『軒端の独活』について、乾裕幸氏が『古典俳文学大系4』の解説で、

本書の俳風は当時流行した漢詩文調の洗礼を受けて、佶屈聱牙調の甚しいものであるが、俳諧態度は旧態依然として談林の滑稽主義に耽溺している。

と指摘するのを踏まえて、具体的に例を挙げると、次のような表記の特徴がある。

（一）漢詩文調である。

1、笑止三界平等利慾《ヨク》　昨今非（五四二）
2、時寒ン　食ク　火消中ゥ　間ン　掲焉《イチシルク》　昨今非（五五一）
3、幽明録に曰恋は寝覚の夜風ふく　松花跡（三四五）

4、袂焼《キ》 飯素《ソ》戔烏《サノヲ》の為《シ》行無レ状《ワザアヂキナシ》　昨今非（五五九）
5、筋繻子の黐へるは不レ霽《ハレザル》に虹　暁夕寥（五六二）

右の1の句は四つの漢語で構成され、仮名を使うことなく漢字だけで一句をなし、2も読み方を特定するための片仮名による捨て仮名は記されるが、基本的には漢字のみの表記による。3は「曰く」、4・5は「無レ状《アヂキナシ》」「不レ霽《ハレザル》」のような漢文に使われる返読が見える。また、一句中平仮名を一字しか使わない句が一八例あり、例えば次のような句がある。（9の（ ）内の振り仮名は稿者付記）

6、御戸《ト》代《シロ》幾重紫薇《ゼンマイ》の杣　昨今非（一三八）
7、拂ひ物所謂《イハユル》折琴継銅壺《ドウコ》　雅計（一五九）
8、大無盡《ジン》紫磨黄金を恭《ウヤ〳〵シク》　昨今非（三二九）
9、尖《スルド》 柱朧《(の)》角《カト》根滑《ナメラカ》　松律（三八四）
10、僻《ヘキ》諧春に法《ノツトル》　麟鳳亀龍　暁夕寥（五三二）

6から10の句には一句中に平仮名が用いられるのは一字のみであり、視覚的に捉えたときに、これが俳諧であると、すぐには認識されないだろう。当該集は前掲の【表二】に示すように、漢字含有率が最も高い。そこで、平仮名の使用率を調査し、次に最も漢字含有率が低い『正章千句』の平仮名使用率と比較してみたい。漢字使用延数には踊り字を含まないので、平仮名の場合も踊り字を除外した。

右の調査によると、『軒端の独活』の平仮名使用延数は三二七四字で、一句当り約五・一字の使用となる。漢字の一句当りの使用数が約五・九字であるから大きな差異はないが漢字の方が多用されている。一方、一句当り約三・九と一〇種の俳諧集の中では漢字使用度が最も低い『正章千句』の平仮名延数は九〇〇七字である。一句当り約八・二字となり、漢字の二倍以上の平仮名を使用していることになる。『軒端の独活』の一句当りの平仮名使用

数を平均五字として、一句中平仮名使用五字以下の句数を『正章千句』と比較すると、

	【軒端の独活】（六四〇句中）	【正章千句】（一一〇〇句中）
平仮名なし	二句　約　〇・三％	なし
一字	一八句　約　二・八％	一句　約〇・一％
二字	四七句　約　七・三％	八句　約〇・七％
三字	六六句　約一〇・三％	一二句　約一・一％
四字	一〇二句　約一五・九％	五六句　約五・一％
五字	一一一句　約一七・三％	五六句　約五・一％

となり、『軒端の独活』では六四〇句中一句での平仮名使用数が五字以下であるのは、三四六句で約五四パーセントを占める。それに対して、『正章千句』では一一〇〇句中一三三句で約一二・一パーセントとなり、一句あたり六字以上の平仮名を使用する割合が高いことになる。

一作品全体の踊り字を除外した漢字含有率では、『軒端の独活』は約五四パーセント、『正章千句』は約三二パーセントとなり、この現象は彦坂佳宣氏の洒落本の六作品[4]における漢字含有率の調査の数字と比べると、俳諧集の方が漢字含有率は高く、洒落本の漢字含有率の表に添えられた『奥の細道』の漢字含有率と『正章千句』とは同率である。また、彦坂氏の論述の中で「現代の新聞・雑誌でも、三〇％台」とあるので、『正章千句』の三二パーセントという数字は現代では標準的といえる。[5]

以上のように、一句に漢字を多用し、奔放で自由な形式を持つ『軒端の独活』の作風は『七百五十韻』『當流籠抜』にも現れる。『當流籠抜』は重頼門の宗旦が、木兵・百丸・鬼貫・鉄幽などの子弟と共に第一結集として、五吟五百韻を収めている作品集である。『鬼貫全集』（岡田利兵衛）では『當流籠抜』の冒頭の句、

ふまれけり花口おしか今一度咲ケ　宗旦　つら見しつてゐる来年の春　木兵

について、他派から「伊丹の狂乱体」と悪口されたことに関して、

これは踏まれた落花に勇気づけるもので、それをパーソニファイズして花の執心でうけとめた脇との唱和は豪放磊落のなかにいささか詩味もあり、そう異形のものとも思えない。ことに巻頭の発句は門下への叱咤激励の意味も含んでいよう。

と奇抜で異形なものでもないと反論している。しかし、また、

宗旦は重頼門下中でも磊落な性格と奔放な句風で知られる人であるから、それが伊丹風に一層拍車をかけたので、思い切って自由で異形な作風が本書にも行なわれ、独りよがりのものも多い。（四五一頁）

とも記し、放埒を気取った付句のあり方が述べられている。[6] 自由奔放で異形な点では、次のような句の表記形態にも現れているといえよう。

イ、次郎太郎又吉桔梗刈萱　百丸（八）

ロ、丁巳保延三年八月日　鐵幽（一五）

ハ、小間物所出雲八重垣　百丸（一六〇）

ニ、江戸大霞樽屋北村　鉄幽（三七八）

右の四つの句は、名前や干支・年月日・地名などの熟字を並べるだけで一句を構成し、平仮名を使わない句が見え、そのうえ振り仮名を付すことはない。振り仮名がなくても日常的に見慣れている語の集まりであり、視覚的に一つ一つの語のまとまりが判断できるからである。

また、『七百五十韻』にも漢字だけで一句を構成する例があり、それらを掲出すると、例えば、

イ、一枚手形源空在判　如風（二一〇）

ロ、志賀篚《エビラ》 湯谷融《トホル》 祝言　春澄（五九六）
ハ、蝛蜼《タイラギ》栄螺《サヾイ》鮑《アハビ》 長辛螺《ナガニシ》　仙菴（六二四）
ニ、柴積《シバツミ》車千里一時　信徳（七一四）

など七句があり、次の二句は一句中、平仮名を一字だけ用いる例である。

ホ、加減幾度銀鍋《ナベ》の霜　信徳（四六四）
ヘ、小板大板塩竈の浦　正長（五六〇）

右のイからニの四句は、上述の『當流籠抜』のイからニと同様に、単語の羅列であり、助詞や動詞が使われることがない。『當流籠抜』の四句は分かりやすい語で構成されているので振り仮名が付されることもないが、『七百五十韻』のハには全てに振り仮名が付され、ロ・ニも部分的に振り仮名を付すことにより、読みつかえを防いでいる。このように漢字だけで一句を構成するのは、貞門の俳諧集である『正章千句』『紅梅千句』、または談林初期の『宗因七百韻』では見られない作風である。

（二）片仮名を用いる。

11、月日妙アンヘンビル茶染にやる　白温虎（一六五）
12、グルスイ躍友そゝるらむ　昨今非（一六六）
13、幾ク何間ン　つもるスタメン猩々緋　昨今非（五六一）

『談林俳諧集二』（『古典俳文学大系4』）の注に、「アンヘンビル茶」や「グルスイ躍」は未詳、「スタメン」は「オランダ語 Stammet の訛。羊毛に麻を混ぜた織物」と記されている。

片仮名を使う例は、次のように『七百五十韻』にも見える。

イ、遥なるカビタン人《ビト》の雲のぼる　正長（一六七）

ロ、テリ布《フ》しぼれは月かはくらん　如風（一八四）
ハ、世のかまひイクチ拾ふて居られけり　如泉（五九三）
ニ、ベウタレ青き苔の小莚《サムシロ》　春澄（七三六）

イの「カピタン」はポルトガル語で、『談林俳諧集二』（『古典俳文学大系4』）の語釈には「長崎のオランダ商館長。毎年三月江戸に参礼して物品を献納した。」とあり、延宝六年（一六七八）成立の『俳諧江戸通り町』に「かびたんもつくばはせけり君が春　桃青」と詠まれる例がある。

ロの「テリ布」は、乾きが速い上質の白い麻布のことであり、用例では「夏の月はさらしな山にててりふ哉　利正」と寛永一五年（一六三八）刊の『鷹筑波』に見える。

ハの「イクチ」は『書言字考節用集』（六）には「黄蕈　イクチ　本草叢ニ　生山中ニ　黄色者」と記載があり、『炭俵』（下）に「茸狩や黄蕈《イグチ》も児は嬉し白　利合」と用例が見え、『蕉門俳諧集一』（『古典俳文学大系6』）には「黄蕈」は「黄色の毒茸」と注記がある。

ニの「ベウタレ」は、『続無名抄』（下　世話字尽）に「米滴《ベウタレ》」とあり、雑炊のことを意味するようである。このように、13の「スタメン」や『七百五十韻』イの「カピタン」は、外来語を表わす片仮名表記であるが、「テリ布」「イクチ」「ベウタレ」は和語である。これらの和語は、漢字に振り仮名を付す、或は平仮名で表記するのではなく、本行に片仮名で表記される。

(三) 送り仮名・捨て仮名を小さく片仮名で表記し、読みを特定する。

14、桐油張小ゥ　船一艘比は花　暁夕寥（三五一）
15、同ク切レ　売リ　源太殿のほころび　松意（一九〇）
16、奥だまし数度の名高シ　弥生山　白温虎（一九一）

17、秋轟赤松の神ン　天降　　松律（四六七）

14は「しょうせん」と読むために捨て仮名の「ウ」を小さく書き添え、15は「きれうり」と読むための送り仮名を、16は「たかし」と読むための「シ」、17は「神」を訓読するのではなく、音読み「しん」であることをそれぞれ示すものである。この表記法は複数の訓を持つ漢字の読み方を特定するためのものであり、振り仮名に類似する機能を果たしている。同様の表記法が『七百五十韻』『江戸蛇之鮓』でも見え次のような例がある。

イ、歌屑《クヅ》や冬の存分を餝リ　岙　　心色（『江戸蛇之鮓』一四）

ロ、折帋や御ン麒麟《キリン》一疋君か春　　幽《峯》石（『江戸蛇之鮓』一六）

ハ、虫飡ヒ　柱三輪のさと山　　春澄（『七百五十韻』二九八）

イは「餝」を「カザリ」と訓読することを、ロは「御」を「オン」、ハは「飡」を「クヒ」と読むことを指示するために、送り仮名、或いは捨て仮名を小さく片仮名で記している。このような表記法について、前田富祺氏は「川柳の漢字」(7)で次のように指摘されている。

　川柳では、漢字平仮名混じり体ではあるが、漢字に振り仮名を付けることはないかわりに、送り仮名・捨て仮名を付けることによって誤読を避けるようにしていることには注意をしておかねばならない。（一四七頁）

（四）漢字の左右両側に傍訓を付す。

18、いき初の鈍ン　客臆辱《ヲクヂヨクト》《マジメ》にして　　暁夕寥（五一五）

右の18の「臆辱」は、右に音読みで「ヲクヂヨク」と付し、その下に文選読みの「ト」を付ける。また、左には語の意義からくる和訓「マジメ」を振り仮名として付し、「「ヲクヂヨクトマジメ」にして」と左右の振り仮名を読ませ、視覚的と同時に聴覚的にも音と意味を表す用法を採り入れている。「臆辱《ヲクヂヨク》」は、古辞書類、『大漢和辞典』などには見えず、どこかに使われている可能性は考えられるが未だ探し出すことは出来ない。このような右に音読みの振り仮名を付し、左に語の意義を振り仮名として付すのは、一〇俳諧集中右の18の句一例だけである。『正章千句』一五六番の「搦捕」に、左右両側に振り仮名が付されてはいるが、右傍訓の「イケドラレ」は上に薄く墨で訂正の線が引かれているのが看取でき、後で左に「カラメトリ」と正しい読み方を付したものである。『正章千句』の七二九番には「イケドラレ」に「生捕」の漢字が当てられ、節用集では「搦捕」には「カラメトル」と訓が付される。

漢字の左右の傍訓については、鈴木丹士郎氏が、読本諸本から例を挙げ次のように述べる。(8)（語例は一部省略する）

たとえば、「弓張月」をみると、

濫觴《おこり》　村落《かたゐなか》　郷導《しるべ》　誘引《いざなひ》　新樹《わかば》　用意《こころがまへ》　瀑布《たき》　経営《いとなむ》　好意《こころざし》　哀悼《いたみ》　集会《つどふ》　恩恵《めぐみ》

のように、漢語につけられたヨミは意味を示していると思われる。さらに、右側と左側両方にヨミをつける場合もすくなくない。右側が音を、左側は訓（意味）を示すという場合が多いが、それだけにかぎらない。

次にその類型を示すことにしよう。

a　右ルビに字音をあて、左ルビに和語をあてる。

—活路《くわつろ》《ニゲミチ》（弓）　噴飯《ふんぱん》《ワラフ》（弓）　嘆賞《たんせう》《ホメル》（弓）　森然《しんぜん》《シゲル》（弓）　秘策《ひさく》《ヒメゴト》（犬）

b　右ルビに字音をあて、左ルビに類義の字音をあてる。

—律《りつ》《ハット》（垣）　淫《いん》《フギ》（英）　冤《ゑん》《ムジツ》（垣）　賊《ぞく》《テフテキ》（垣）　僕《ぼく》《ケライ》（唐）　官《くわん》《コウギ》に送らん（唐）

b’　bのルビが逆になる。—矮楼《にかい》《ワイロウ》（犬）　闘諍《けんくわ》《タウジヨウ》（犬）

c　右ルビに和語をあて、左ルビに字音をあてる。

—躊躇《たゆたひ》《チウチヨ》て（弓）　案内《しるべ》《アンナイシヤ》（弓）　相貌《つらたましひ》《サウバウ》（犬）　長座《ながゐ》《チヤウザ》（犬）　戦世《みだれよ》《センセイ》（犬）

c’　右ルビに和語をあて、左ルビに類義の字音をあてる。—税斂《みつぎもの》《ネンク》（弓）　告訴《うつたへ》《ソニンシ》けり（弓）

ｄ　左右のルビとも和語をあてる。

—館《たち》《ヤカタ》（弖）　砂《すな》《イサゴ》（弖）　首級《しるし》《クビ》（弖）　不意《おもはず》《ユクリナク》（弖）　日本《やまと》《ヒノモト》（弖）　猟人《さつを》《カリビト》（弖）

細川英雄氏は左ルビの問題について、

　こうした左ルビは、当時の節用集関係の諸辞書にも見ることができ、平安時代からの古辞書類の割注や下注に相当するものであるといえる。

と述べる[9]。『正章千句』に振り仮名を左側に付す例が一句ある。しかし、それは前行との行間に松永貞徳の判詞が書き込まれ、右側に付す余地がないため左に付したものである。

上述の18の「臆辱」は鈴木丹士郎氏の分類では、類型としてはａに属するが、振り仮名の表記法が左右両側とも片仮名で記され、文選読みをする点では何れにも適応しない。

以上のように『軒端の独活』の表記における特徴を四つ挙げ、検討を加えてきた。その結果、（一）のように句の形態が漢詩文調であることが、漢字を多用することに反映していると捉えられる。

振り仮名に関しては、『軒端の独活』の振り仮名の中には、振り仮名を付す場合と付さない場合の両方がある漢字に次の一六語がある。

鱣《ウナキ》　乾《カハ》かず　如《コト》　栄螺《サイ》　三途河《サウツカ》　隣《トナリ》　泥《トロ》　灘《ナダ》　裸《ハタカ》　初《ハツ》　恵《メグ》み　萌黄《モエキ》　柳《ヤナギ》　鎗《ヤリ》　粧《ヨソ》ひ　律《リツ》

『紅梅千句』における振り仮名では、同じ漢字で振り仮名を付す場合と付さない場合に七三語があり、その例を挙げて差異を検討することを試みたが、明確な根拠は得られなかった。『紅梅千句』での調査と重複するけれども、確証を得るために簡単に触れておきたい。

一〇作品の中で、「鱣」「乾」「如」「鎗」（鑓は使用例あり）は当該集にのみ出現する漢字である。出現頻度が低く、難読字であるから振り仮名を付すのかというとそうではない。もし難読字であるならば、初出のほうに振り仮名を付すはずである。四字の中では「乾」だけが初出に振り仮名が付される。他の一二語中初出に振り仮名を付す漢字には「恵み」「粧」「律」「灘」がある。「灘」は同じ一句の中で「霧のたゝずまひ遠江灘《ナダ》はいかなる灘ぞ」（五五五）と使われ、前のほうに振り仮名を付せば、後ろはおのずと読みが判断できる。これは読みを助けるための振り仮名と捉える。

文頭である場合は一六語中振り仮名を付す例として「三途河」「恵み」「萌黄」の三語がある。「三途河」は『紅梅千句』で「三途《ヅ》河」と「途」にのみ振り仮名を付す。当該集での使用例は、

イ、乗さがれ夕がほ馬を三途川　吟松（四）
ロ、三途河《サウツカ》の接木畠に来てみれば　松水（四七三）

とあり、ロは「さんずがわ」ではなく、「サウツカ」と読ませるための振り仮名と考えられる。「恵み」は、

イ、恵《メグ》み雨深し独活《ウド》の大木一夜松　松意（一三七）
ロ、砥汁の恵み野らや下萠　暁夕寥（二二六）

のように、文頭に位置し、初出語でもある方に振り仮名が付される。イの「恵み」は六僊第一の冒頭の語であり、それが振り仮名を付す重要な根拠になっている。

「萌黄」においては、

イ、桶ケ輪や萌黄匂ひの菖蒲の湯　菅風《丸橋》（一〇九）
ロ、萌黄《モエキ》の夏野瑠璃紺の雉子　雅計（二二〇）

と見え、ロに振り仮名が付される。これは単に読み方を特定するための振り仮名ではない。前句では「こび茶蛇びらうど蛇のまく所　暁夕寥」（二一九）と詠まれ、黒に黄色を帯びた濃い茶色の媚茶色から、瑞々しい萌黄色に色が転換する重要な語句であるため推察する。

文頭でも初出語でもない「隣」は、『軒端の独活』では三回出現し、一〇作品では一三回使われているのにも拘らず、左に例示するように一三回使用中、当該集のロの句にのみ振り仮名が付される。

イ、初ものくはする隣友猿　暁夕寥（一九八）
ロ、秋更る隣《トナリ》の祖母《バヽ》の屡《シバ》啼て　白温虎（二一二三）
ハ、冷々として夜るの隣の好ましき　松嘯（五八九）

前掲の「萌黄」と同様に、文脈の中でその語が持つ環境により、たとえば前後の句との関係から、振り仮名を付す・付さないの差異が生じるのだろうか。『軒端の独活』では、初出の句に振り仮名を付す場合は五例、文頭である場合は三例に過ぎず、初出・文頭であるから振り仮名を付すと限らないのは、『紅梅千句』での調査結果と同じである。今回も振り仮名を付す場合と付さない場合の差異は、猶解明することが出来ず、推測の域を出ない。さらに今後の検討を必要とする。

もう一つ振り仮名に関していうならば、『軒端の独活』六二七番に「帝の御《オホン》目に栬《モミヂ》をなま疵の見立も今是皆　松水」とあり、この句は背景に古今集仮名序があり、「秋のゆふべ、たつた河にながるゝもみぢをば、みかどのおほんめには、にしきと見たまひ」を想起させるために、「御目」に「オホン目」の振り仮名を付したものである。つまり、古典文学を典拠にしていることを明示するための振り仮名の機能が存在するといえる。

三　『江戸宮笥』の振り仮名

『江戸宮笥』について、『近世文学資料類従』の解題（島本昌一）には、本文は撰者中田心友の自筆板下であると記述があり、以下、要約すると「伊勢の中田心友編の連句集で、一塵軒政義の序があり、曲言・心友・露言・調和・幽山・立詠・正友・閑友・宗也・言水・政義の句が収められている。心友が延宝七年（一六七九）初旬、奥州下向の途に出、その往反、江戸滞在中に江戸調和一流と唱和した作品であり、立句の殆んどが伊勢に言及し心友の俳風を讃え、挙句も伊勢の或は江戸調和門の俳風を称えている。」とある。

当該集は前掲の【表二】で示したように、漢字使用率が一句あたり約五・四と高いのにも拘わらず、振り仮名を付す漢字数は、延漢字数三四一八字中七五字で、その割合は、約二・二パーセントと非常に低い。この振り仮名付記率が最も低い事象を踏まえて、『江戸宮笥』の振り仮名の実態を中心に考察を加えていきたい。その前に、まず上述の『軒端の独活』と同様に、表記の特徴を見ることにする。

○一句全体を漢字で表わす。

1、在郷行郎等人形朝嵐　心友（五三五）

「郎」あたりに振り仮名がほしいところであるが、すべての漢字に振り仮名は付されない。漢字のみで構成された句はこの一句だけであるが、一句中平仮名が一字だけの句が一七例あり、例えば次のような句がある。

2、不足奉公陰暗き荻　心友（一三六）
3、履踏草履草鞋芝の片道　調和（一五二）
4、文殊の浄土巻筆巻楊枝　心友（一八四）
5、数月の寄合郭公呼　心友（一九八）
6、王道仏道世は飛鳥川　心友（三九〇）
7、真萩原風の朝立飛脚宿　宗也（四二五）
8、荻の夕聲使番呼　閑友（四三六）
9、御金荷岩浪越る大井川　閑友（四三九）

10、自性清浄道人の菴　政義（五四六）
11、餓鬼道に乗車善七　心友（五七四）
12、種分る産神参日影山　政義（六二三）

以上のように、漢字が多用され平仮名が一字だけしか使われないのに、どの漢字にも振り仮名を付すことはない。『軒端の独活』と同様に、当該集の平仮名使用の様相を数量的に表わしてみると、平仮名延数は三五五六字で、一句当り約五・六字（『軒端の独活』は約五・一字）となる。一句中平仮名の使用が五字以下である句の平仮名数・句数・全句数（六三二句）中の割合を示し、（　）内には『軒端の独活』の割合を示すと次のようになる。

平仮名ナシ―　一句　約　〇・二％（約　〇・三％）
一字―　一七句　約　二・七％（約　二・八％）
二字―　四〇句　約　六・三％（約　七・三％）
三字―　六六句　約一〇・四％（約一〇・三％）
四字―　八九句　約一四・一％（約一五・九％）
五字―一〇三句　約一六・三％（約一七・三％）

この結果、平仮名五字以下使用の句が六三二句中三一六句を占め、五〇パーセントの割合となる。『軒端の独活』が約五四パーセントであるので、それよりも低い割合であるが、それほど大きな差異はない。

また『江戸宮笥』での漢字と平仮名の割合は、『軒端の独活』と同様に、踊り字を除外した漢字と平仮名の合計を総字数として計算すると、

漢字数　三四三〇字　約四九％　平仮名数　三五五六字　約五一％

で、漢字一に対して平仮名約一・〇四の割合となる。

○本行に片仮名を用いる。

13、イツとして貫銭唐織戴く　調和（一六八）
14、ホツハヒひやら翁さひけり　心友（四五〇）
15、蝉とんて口慰みにヒイ〱ひ　幽山（二八五）

14の「ホツハヒひやら」は狂言のはやしことばであり、大蔵虎明本「鬼類・小名類」（鬼のまゝ子）に「ふえしやぎりにたつてほつはひうろ《ヒ》と《と》めて」と用例が見え、「ほつはいひうろ」は「シャギリ留めの笛の譜」と注がある。「シャギリ」とは狂言で笛だけで演奏されることをいい、「ホツハヒひやら」はその笛の口拍子である。片仮名は『軒端の独活』では外来語や物の名前を表わしていたが、『江戸宮笥』では状態・擬声などを描写するのに用いられる。

○一句の中で反復記号を多用する。

16、山〱郭公〱ほとゝきす　心友（五一一）

右の句はたった二つの単語「山」と「ほととぎす」と反復記号で一句が構成され、他に例を見ない手法である。

以上のように『江戸宮笥』の特徴的な様相を見てきたのに続いて、少数にしか振り仮名を付さない点に注目して、どのような漢字に振り仮名を付しているかを考察していきたい。振り仮名を付す漢字表記の語（延四九語）を次のような条件による分類を試みた。（○の中の数字は出現回数を示す）

（一）一〇作品中『江戸宮笥』以外の他の九俳諧集には出現しない語（延三二語「調市」のみ二回使用）

鯏《アサリ》　大吃《ドモリ》　葛西《カサイ》　鉄《カナ》床　寓《グウ》言　庫裏《クリ》　毛兜羅綿《トロメン》　眩暈《ケンウン》　痃癖《ケンヘキ》　小面《コオモテ》　下妻《シモツマ》　樟脳《シヤウナフ》　上紅《モミ》　白《シロ》庭鳥　真紅《シンク》
痰《タン》持　苣《チサ》　調市《デツチ》②　天柱《テンジユ》　土砂《ドシヤ》　刎《ハネ》馬　海鹿《ヒジキ》　鼈甲《ベツカウ》　斑《マタラ》　馬刀《マテ》　酬《ムク》ひ　褯《ムツキ》　沐浴《モクヨク》　摸様《モヤウ》　蘭渓《ランケイ》織　讒《ワツカ》

（二）他の作品集でも使われているが、「ア、表記する漢字に違いがある語」「イ、同じ漢字表記であるが異訓の

語」に分類して次に示す。（六語）

ア、尫弱《ワウチヤク》：大ぢやく〈軒①〉　砂裏《ジヤリ》：砂利《ジヤリ》〈江八①〉　和巾《フクサ》：服巾《フクサ》〈軒①〉・服紗《フクサ》〈西①〉　家猪《ブタ》：猪《ブタ》〈江八①〉

　囉《モラ》ひ：餬《モラ》ふ〈正①〉〈紅②〉・貰《モラツ》て〈西①〉

イ、癩病（カツタイ）：ライビヤウ〈正①〉

（三）振り仮名付き語の中で、他の九作品集にも出現する漢字表記の語（一一語）

【表三】

振り仮名付き	他の九俳諧集で振り仮名を付す回数	一〇俳諧集中振り仮名なしで出現する回数
調《シラヘ》	軒③	
盥《タライ》	宗①	
綴《ツヾレ》	正（ツ、（る））①	
連《ツレ》（名詞）	江八②　軒①　西①（全て動詞）	西①
女房《ホ》	七〈女ホ〉②	江宮②　正②　江八②　宗①　当①　江蛇①　軒①
剥《ハギ》たる	正①	
筆耕《ヒツカウ》	七①	
干《ヒ》物		〈軒〉①

上の結果、振り仮名を付す延四九語中、（一）と（二）を合わせた三八語が『江戸宮笥』にのみ現れる漢字で表記された語（訓が異なる「癩病」を含む）であり、その割合は約七八パーセントとなる。他の九作品集に登場しないということは、俳諧での使用度は低く、それが振り仮名を付す根拠であることは明らかだろう。問題になるのは「女房《ホ》」「分《ワケ》」のように振り仮名を付さないで多用されている漢字に、なぜ振り仮名が付されるかである。「女房」は、当該集では振り仮名を付す場合と付さない場合があり、次のように三回使用されている。

イ、見入女房はテとれへ御座る　　調和（一五六）

ロ、女房かな袂のみどり松靡く

糞《フン》	正① 江八①	
俎《マナイタ》	江蛇②	
分《ワケ》（名詞）	紅（副詞：分《ワキ》て）① 正（名詞：分《ブン》）①	紅④ 江八④ 西① 七① 正② 宗② 当② 軒② 江蛇③ 江宮⑤

ハ、月を露を女房《ホ》心に乱れては　心友（二五五）

　　　　　　　　　　　　　　　　　　　心友（三一五）

　右のハだけが「房」に振り仮名を付す。他の九作品集を見ると、『七百五十韻』に「女房」が二回使われ、二回とも同じく「房」にだけ「ボ・ホ」と振り仮名を付す例がある。ハは前句「儀理も外聞も萩も薄も露言」の薄から、「穂が乱れる」への連繫を示し、「房」に「女房」の「ボ」と穂の「ホ」を掛けたと推測するが、定かではない。

「分」は左の六句中ニにだけ「分」に振り仮名を付し、ホからリの五句には振り仮名が付されない。

ニ、水の月手にいれられぬ分《ワケ》もめて　心友（二五七）
ホ、局客蔦の細道袖分て　心友（二七一）
ヘ、占やさん遠くは分し思ひ種　幽山（二八九）
ト、砂裏《ジャリ》付馬芦邊を分て露はこふ　立詠（三四一）
チ、昼のことし大明松の篠分る　心友（三五一）
リ、種分る産神参日影山　政義（六二三）

右のホからリの五句に使われる「分」は動詞であり、ニの「分《ワケ》」は名詞である。『江戸宮笥』と同じく、『正章千句』では動詞「分て」（五三二）「分かねて」（九四四）には振り仮名を付さないが、「露の分《ブン》では朽ぬ藩架《マセ》墻」（八九〇）では「露ぐらいでは」と程度を表す名詞「分《ブン》」にのみ振り仮名を付す。また、『紅梅千句』でも、五回出現する中で「近江でも分《ワキ》て品《シナ》よき袖ならし　季吟」（二〇九）と「分《ワキ》て」にのみ振り仮名を付し、他の「分まひ」

（四六）「分いりて」（三三七）「分かへる」（四九〇）「分のぼる」（九五七）では振り仮名は付されない。この振り仮名を付す・付さないの違いを見てみると、振り仮名のある二〇九番の「分て《ワキ》」は「品《シナ》よき」にかかる「殊に」という副詞の役割を果たしている。他の振り仮名が付されない四句（四六・三三七・四九〇・九五七）に使われている「分」を含め、一〇俳諧集中二六回振り仮名を付さないで使用される「分」は、すべて動詞としての用法である。

以上のことから勘案して、多用される動詞の用法とは異なり、名詞や副詞として使われている場合、つまり使用頻度が低い用法にだけ振り仮名を付す事が認められる。

次に、異なり語数四八（「調市」のみ二回使用）の振り仮名を付す語を『伊京集』『明応五年本節用集』『天正十八年本節用集』『饅頭屋本節用集』『黒本本節用集』『易林本節用集』『合類節用集』『書言字考節用集』での収録状況を見ると左記のようになる。（②の（　）内は『江戸宮笥』での用語であり、③の〔　〕内は節用集での表記を示す）

○収録あり

①節用集に語全体の収録がある―鮦　尫弱　葛西　癩病　庫裏　眩暈　痃癖　下妻　樟脳　調　真紅　盥　苣
綴　連　天柱　女房　剥　海鹿　筆耕　家猪　糞　鼈甲　斑　馬刀　俎　酬
沐浴　模様　囉ふ　分け

②熟字のうち振り仮名を付す漢字のみ収録がある―紅《モミ》（上紅《モミ》）　吃《ドモリ》（大吃《ドモリ》）　白《シロ》（白《シロ》庭鳥）　痰《タン》（痰《タン》持）　兜羅綿《トロメン》（毛兜羅綿《トロメン》）

③語の収録はあるが漢字の表記に相違がある―鉄床〔鉄砧〕　砂裏〔小石〕　刎馬〔駻馬〕　干物〔乾魚〕　和巾〔帛〕　褫〔襁褓・繃席〕

○収録なし―小面・調市・土砂・蘭渓織・讒

節用集に収録がない「小面」は、能における女面の代表的なものであり、『わらんべ草』に「金春小面と同じ作」と用例が見え、能に関する特殊な用語である。「蘭渓織」は固有名詞、「土砂」は再考を要する漢語であり、稿を改めて検討したい。「讒」は文字要素の音を表わす「毚」が同じである「纔」として用いられている。「調市」は当て字と考えられ、

あやめ草酒買調市《デッチ》今日もくれ　幽水（四三）

下界の調市《デッチ》あてかひ餌食成けりとて　調和（一八九）

と二句に見え、両句に振り仮名が付される。当該集以降の江戸後期刊『大全消息往来全』（続消息往来講釈）に、

調市《でつち》「正字《しやうじ》は丁稚《でつち》　商家《しやうか》につかふ小年のもの」

とあり、文化一一年（一八一四）の『浮世床』には、

でつち「おめへの口はかりねへ　ちやぼ「口の達者な調市だナ

と用例が見える、これらより早く使用されるのが『江戸宮笥』である。

以上、『江戸宮笥』の漢字量・表記の特色・振り仮名を付す語などについて考えてきた。その結果、振り仮名を付す語の中で、約七八パーセントが『江戸宮笥』にしか出現しない漢字表記の語であること、漢字と平仮名の使用数は、ほぼ同数であること、『軒端の独活』と同様に本行に片仮名を用いることなどが認められた。と同時に、近世初期の俳諧に使われている「調市（デッチ）」の漢字が、後の『浮世床』や『大全消息往来全』に受容されている例が見出された。

おわりに

以上、近世初期俳諧の中で二つの作品集を中心にして、表記の特徴や振り仮名の実態を考察してきた。そこには、同じ漢字でも職能の違いにより頻出度が低い働きをする場合に振り仮名を付すこと、または、貞門の『紅梅千句』では見られない表記形態として、送り仮名・捨て仮名を小さく付記することなど、多様な表記形態が見える事が特徴としてある。

しかし、前節で問題として残されている、振り仮名を付す・付さない場合の差異などにおいては、なお解明できず、考察の経過を示すのに止まった。俳諧での振り仮名は、振り仮名を書記する段階で、誰が振り仮名を付したかにより目的に違いが生じてくる。それを特定しなければ、文学的意図との関わりを論じることは出来ないだろう。課題は多く残されたままである。引き続き究明していきたい。

注

（1）前田富祺「川柳の漢字」（佐藤喜代治編『漢字講座7　近世の漢字とことば』一九八七年　明治書院）一四九頁

（2）矢野準「人情本の漢字」（『漢字講座7　近世の漢字とことば』）
人情本では作品ごとのばらつきが比較的小幅で、概して漢字含有率が高いといえるだろう。…（略）…小松寿雄氏によって指摘されたごとく滑稽本や人情本では、おおむね、漢字含有率と振り仮名付記率とに相関が見られるようである。　（二〇一頁）

（3）彦坂佳宣「洒落本の漢字」（『漢字講座7　近世の漢字とことば』）一六二頁

（4）『遊子方言』『辰巳の園』『軽井茶話道中粋語録』『卯地臭意』『通言総籬』『傾城買二筋道』

（5）　彦坂佳宣「洒落本の漢字」（『漢字講座7　近世の漢字とことば』）
　この含有率の意味を考える比較材料は少ないが、表一に添えた『奥の細道』では三二・〇％（この値は、岩波文庫をつかい各行の活字組面を一杯にしての算定なので、低めに出ている）、（一六二頁）注に「前田富祺『奥の細道の漢字』（『宮城学院女子大学研究論集』28を参照）。以下、『奥の細道』についてはすべてこれによる。」とある。続いて、
　明治以後の文学作品四六の調査によれば、三〇％を割るものは概してまれで、なかには四〇％強に及ぶものもあるという。現代の新聞・雑誌でも、三〇％台で、これを下回るものはまれなのである。
とあり、「国立国語研究所報告22『現代雑誌九十種の用語用字』、同56『現代新聞の漢字』（ともに秀英出版）による」と注が記される。
（6）　岡田利兵衛『鬼貫全集　三訂版』一九七八年　角川書店
（7）　前田富祺「川柳の漢字」（『漢字講座7　近世の漢字とことば』）一四九頁
（8）　鈴木丹士郎「近世文語の問題」（『専修大学論集』第三号　一九六六年）五九頁
（9）　細川英雄「振り仮名―近代を中心に―」（佐藤喜代治編『漢字講座4　漢字と仮名』一九八九年　明治書院）二〇八頁

参考文献

赤羽学「俳諧・俳文の語彙」（佐藤喜代治編『講座日本語の語彙　第五巻　近世の語彙』一九八二年　明治書院）
赤羽学「俳諧の用字」（佐藤喜代治編『漢字講座7　近世の漢字とことば』一九八七年　明治書院）
阿部喜三男『古典俳文学大系6　蕉門俳諧集一』一九七二年　集英社
飯田正一編『貞徳紅梅千句』一九七六年　桜楓社
乾善彦『漢字による日本語書記の史的研究』二〇〇三年　塙書房
榎坂浩尚『古典俳文学大系3　談林俳諧集一』一九七一年　集英社

大蔵彌太郎編『大蔵家伝之書古本能狂言　第一巻』一九七六年　臨川書店
小高敏郎他『俳諧大辞典』一九七六年一九版　明治書院
亀井孝他編『日本語の研究5　近代語の流れ』一九七六年二版　平凡社
『正章千句』『紅梅千句』『宗因七百韻』『軒端の独活』（『古典俳文学大系』1・3・4　一九七〇年～一九七二年　集英社）
『江戸八百韻』『江戸蛇之鮓』『當流籠抜』『七百五十韻』（『日本俳書大系七』一九二六年　日本俳書大系刊行会）
『江戸宮笥』（『俳書叢刊　第四巻』一九八八年　臨川書店）
『浮世床』二編巻之下（『新編日本古典文学全集』二〇〇〇年　小学館）
『古今和歌集』（『日本古典文学大系』一九七九年　岩波書店）
『炭俵』（『古典俳文学大系6　蕉門俳諧集一』一九七二年　集英社）
『続無名抄』（『近世文学資料類従　古俳諧編47』一九七六年　勉誠社）
『大全消息往来』江戸後期刊（『往来物大系　三〇巻』一九九三年　大空社）
『鷹筑波』（『俳書大系13　貞門俳諧集　上巻』一九二九年　春秋社）
『俳諧江戸通り町』（『古典俳文学大系4　談林俳諧集二』一九七二年　集英社）
『わらんべ草』（四）万治三年（一六六〇）成立（大蔵彌太郎編『大蔵家伝之書古本能狂言　第六巻』一九七六年　臨川書店）

第三節　『正章千句』の振り仮名

はじめに

『正章千句』は、安原正章（後の貞室）三九歳正保四年（一六四四）に成立し、慶安元年（一六四八）に刊行された俳諧集であり、独吟千句として公刊されたものでは最も古いとされる(1)。

今回テキストとした『近世文学資料類従』所収の『正章千句』は、底本「赤木文庫蔵本」、内題「千句独吟之誹諧　判者　貞徳」、刊記「慶安元年（一六四八）仲冬吉旦」とあり、千句と追加百句を収める。末尾には「…猶みつから後学のため清書して烏鷺のさかいを窺ふ此趣よろしう老師にうたへて良鷹の爪験をつけとりかひたうひよ」と独吟興行の経緯と貞徳の批評を乞う正章の正保四年の跋文が記され、正章独吟の俳諧を自ら清書しているのが窺える。書肆名は記されていないが、同書の解題で、安藤武彦氏は『古典俳文学大系』で底本とする「東京大学附属図書館洒竹文庫蔵・刊記慶安元年下秋吉旦／柳馬場通二条下町／吉野屋権兵衛」を「ていねいに覆刻したものである」と述べている。

一節で『紅梅千句』を調査した結果、漢字の使用数は、『紅梅千句』が一句当り約四字となり、『正章千句』が約三・九字であるから略同じである。この現象は、『紅梅千句』も跋文から、『正章千句』と同じ正章が清書していることが判明し、清書者が共通していることによるものといえる。

しかしながら、振り仮名に関しては、振り仮名付記率が『正章千句』約一〇・八パーセント、『紅梅千句』約二四パーセントと大差があり、『正章千句』の方が振り仮名付記率は低いのにもかかわらず、同じ漢字でありながら『紅梅千句』では振り仮名が付されず、『正章千句』にのみ振り仮名を付す場合がある。このような振り仮名に視点を置いて、振り仮名を付す場面に、どのような傾向が見られるか、近世初期俳諧の表記形態を論じる一つの過程として、『紅梅千句』と清書者が共通する『正章千句』の振り仮名を取り上げて、節用集、『倭玉篇』などの古辞書を参照しながら、考察を加えていくことにする。

一　振り仮名の分類

考察を進めるにあたり、『正章千句』（句数一一〇〇）に用いられる漢字数を先ず【表一】に呈示し、次に【表二】に漢字表記の語数を語単位で音訓別に示すと次のようになる。

【表一】漢字数

延漢字数	四二五八	異なり漢字数	一二二五	一句当りの漢字数	約　三・九％
振り仮名付き漢字延数	四六一	振り仮名付き異なり漢字数	三七八	振り仮名付記率	約一〇・八％

【表二】漢字表記の語（漢字と平仮名で構成された語、及び訓読みには熟字訓を含み、③の（　）内は、延語数①に対する③の振り仮名付き語の割合である）

	①延語数	②異なり語数	③振り仮名付延語数（割合・約）	④振り仮名付き異なり語数
延語数	二九八〇	一八四六	二九二（　九・八％）	二八七

音読み語	六一九	五四七	一二九（二〇・八％）	一二八
訓読み語	二二四七	一一九二	一四八（六・六％）	一四四
音訓混淆語	一一四	一〇七	一五（一三・一％）	一五

右の結果から、延語数全体の約一割に振り仮名が付されることになる。その中で、音読み語では約二一・〇パーセントに振り仮名が付され、訓読みや音訓混淆読みに比べると振り仮名を付す割合が高い。

それならば当該集では、どのような漢字に振り仮名が付されるのか、他の九俳諧集との比較を試みながら、一つは当該集にのみ出現する漢字表記の語、もう一つは当該集以外の九俳諧集にも出現する漢字表記の語の二つに大別し、さらに後者を振り仮名が付されるか否かなど、四項目に分けて検討を進めることにする。四項目の中には、同義語であっても、表記が異なることにより、振り仮名を付す場合もあり、それも一つの分類の条件とし、『正章千句』の振り仮名の意義を考えていきたい。（漢字表記の語には漢字と平仮名の混ぜ書きを含み、○の中の数字は振り仮名を付す回数を示す）

【一】一〇俳諧集中当該集にのみ出現する漢字表記の語（延一七七語・異なり語数一七四）

（1）振り仮名部分が音読みである語（延八七語・異なり語数八六）

行脚《アンギヤ》　硫黄《イワウ》が嶋　婬女《イン》　淫乱《インラン》　黄疸《ワウダン》　膃肭臍《ヲツトセイ》　会稽《クハイケイ》　家財《カサイ》　羯鼓《カツコ》　果李《クワリン》　寒国《カンコク》　龕《ガン》前堂　五調《ガンデウ》　看病《カンビヤウ》　几帳《キチヤウ》　擬文章《ギモン》　禁盃《キンバイ》　虞氏《グシ》　夏《ゲ》　競馬《ケイバ》　結解《ケツケ》　賢《ケン》　嗷訴《ガウ》　後朝《コウテウ》　矜迦羅《コンカラ》　産《サン》　三皇《クワウ》　残《ザン》暑　讃談《サンダン》　散薬《サンヤク》　死骸《シガイ》　辞世《ジセイ》　司馬温公《シバヲンコウ》　四壁《ヘキ》　錫杖《シヤクジヤウ》　上客《シヤウキヤク》　請待《シヤウタイ》　笙篳篥《シヤウヒチリキ》　小人《セウ》　職《シヨク》　蜀江《シヨク》　隨身《スイジン》　水門《スイモン》　夕日《セキジツ》　奏《ソウ》す　蘇生《ソセイ》　託宣《タクセン》　達磨大師《シ》　痰気《タンケ》　調楽《テウガク》　追従《ツイシヨウ》　泥《デイ》　田家《デンカ》　毒《ドク》　髑髏《ドクロ》　難産《ナンザン》　入室《ニシツ》　配所《ハイシヨ》　博多《ハカタ》　毘蘭樹《ビランジユ》　鬢《ビン》水　譜《フ》　不孝《フケウ》　諷誦文《フジユ》　不如帰《フジヨキ》　補陀楽《フダラク》　不動《フトウ》　不犯《フボン》　無礼講《ブレイ》　分《ブン》　文《ブン》　僕《ボク》　凢夫心《ホンブシン》　飜訳《ホンヤク》　毎朝《マイテウ》　謀叛《ムホン》②　牧渓《モツケイ》　優《イフ》な

洋中《ヤウチウ》　礼盤《ライハン》　卵塔《ランタウ》　濫妨《ランバウ》　臨時《リンジ》　淋病《リンヒヤウ》　灵文《レイモン》　録《ロク》

右の語の中には当該集中振り仮名を付す場合と付さない場合がある語がある。「賢」（三二二）「後朝」（三九五）「毒」（八）「優な」（二五）では振り仮名があるが、「賢」（二〇三）「後朝」（一〇五七）「毒」（八一五）「優に」（九五四）では振り仮名は付されない。

（2）振り仮名部分が訓読みである語（延八〇語・異なり語数七八）

皹《アカヽリ》　履《アシダ》　尼衣《アマゴロモ》　荒行《アラ》　荒目《アラメ》　家産《イエヅト》　生灵《イキ》　十六夜《イザヨヒ》　放會《イシハヂキ》　厭《イト》ひ②　疣《イボ》　家主《イハラジ》　上宮《ウヘ》　嘯《ウソフ》け　疑《ウタ》がはで

蝸《ウハヽミ》　後妻《ウハナリ》　大原《オホバラ》ざし　夥《オビタヽ》し　腕《カイナ》　輿《カキ》とゞめ　輿《カキ》ひそめ　鍵蕨《カギ》　欲《カク》る　欲《カケ》　搦捕《カラメトリ》　餉《カレイ井》　纐纈《キクトヂ》　樵夫《キコリ》

甲子《キノエ》　蕈《クサビラ》　角鷹《クマタカ》　樞《クルヽ》戸　柿《コケラ》　兇《コマイヌ》　境目《サイメ》　摩《サス》れ　流石《サスガ》　狭間《サマ》　尿《シト》　吭逆《シヤクリ》　皺《シハ》　咳嗽《シハブキ》　雪《スヽ》ぐ　煤気《スヽ》　銑《スツ》

居《スヘ・ネマ》る②　狭《セバ》き　為方《セン》　勒《ツト》め　芧《トチ》　謎子《ナゾ〳〵》　四十九日《ナヽナヌカ》　穡《ナリハイ》　憲清《ノリキヨ》　刃《ハ》　蠅虎《ハイトリクモ》　橋桁《ケタ》　機殿《ハタトノ》　挽《ヒキ》　旱《ヒデリ》　梟《フクロウ》

衾《フスマ》雪　舩遊《アソ》び　密夫《マオトコ》　藩架墻《マセ》　纏《マト》ふ　継子《マヽコ》　圓裸《ハダカ》　水棹《ミサホ》　木菟《ミヽツク》　驛《ムマヤ》　女《メ》　股《モヽ》　床《ユカ》　弓懸《ユガケ》　色《ユロ》めく　轍《ワダチ》

（3）振り仮名部分が音訓混淆読みである語（一〇語）

閼伽桶《アカヲケ》　伯父者《ヲヂジヤ》　鉄棒《カナホウ》　故殿《コトノ》　塩垢離《シホゴリ》　何本《ナンボン》　人御々供《ミコク》　物怨《モノヱン》じ　弓断《ユダン》　轆轤頸《ロクロクビ》

これらの中には、一〇俳諧集中多用される平易な漢字に付す振り仮名がある。例えば「色」は複合語や単純語として一〇俳諧集中七一回用いられる。その中で当該集二四番の「色《ユロ》めく賀茂の神主の袖」の「色《ユロ》めく」と、『七百五十韻』で「色」「色人」各一回に「イロ」の振り仮名が付される。「色《ユロ》めく」は、漢字で意味を示し、音韻変化した実際の発音「ゆろ」を振り仮名により示すものである。六一四番の「色めく」には振り仮名は付されない。

「夏」は「夏《ゲ》に入ぬるはきのふおと丶い」（七八六）と、当該集でのみ「ゲ」の振り仮名が付される。これ以外には、当該集では「春夏」（六七）「夏の夕ぐれ」（七〇五）「夏の夜の」（一〇九五）など、一〇俳諧集中合計一八回出現するが振り仮名は付されない。「げ（夏）」とは、僧尼が夏の三ヶ月間安居を行い他出しないことをいう仏教用語である。単なる季節用語「なつ」とは語の意義が異なる。

単純語「文」は当該集では五回、『紅梅千句』五回、『宗因七百韻』二回、『西鶴五百韻』二回、『七百五十韻』一回出現する。当該集での「文」に振り仮名を付す用例では①「文書《ブン》くどく恋の玉章」（九六〇）の一例があり、振り仮名がない例では、②文のとりやりに（九二九）・③そへてやる文（九九六）・④えよまぬ文（一〇一二）・⑤後朝の文（一〇五七）の四例がある。文脈から考えれば②から⑤は「ふみ」のヨミであると推定できる。『當流籠抜』では「此文《モン》三遍空に聲して」（三九八）と、「文」に「モン」の振り仮名が付され、この句の「文」は、当該集とは異なる意味内容を持つ。

以上のように、当分類では一七七語中、訓読みよりも音読みに振り仮名が多く見られること、或は表記と発音にずれがある特殊な読み方に付される振り仮名があること、そして複数のヨミを持つ漢字では、読み分けによる意義の相違があることに注意される。

【二】当該集で振り仮名を付す語が、他の九俳諧集にも出現する語（延一一五語・異なり語数一一三）

（〔　〕内には振り仮名を付す俳諧集名・出現度数・漢字列の中で振り仮名を付す範囲、及び訓が異なる場合などを記す）

（1）他の九俳諧集でも振り仮名が付される語（延四八語・異なり語数四七）

泉郎《アマ》〔紅①泉郎《アマ》人〕　諍《アラソ》ふ〔紅①〕　穢多《エタ》〔紅①　江八①〕　恵比須《エビス》殿〔紅①恵比須《エビス》講《カウ》〕　跳《オドリ》〔紅①跳《ヲド》る〕　圍《カコミ》〔江八①囲《カコフ》〕　蟷蜋《カマキリ》〔江八①〕　粥《カユ》〔紅①　江八①〕　迦陵頻《カレウビン》〔江八①〕　裾《キヨ》〔紅①〕　狗品《グヒン》〔紅①〕　五月《コ》〔紅①〕　罪《サイ》障《シヤウ》〔当①〕　月代《サカヤキ》〔江八①　当①　江蛇①　七②〕　屡啼《シバナク》〔軒①屡啼《シバ》〕　主《シウ》〔紅①〕　執《シウ》②〔紅①〕　新羅《シラキ》〔紅①新《シン》羅《ラ》〕　簀子《スノコ》〔七①〕　隅《スミ》〔紅①　宗②　軒①　七①〕　知死期《チシ》〔紅①知死期《チシゴ》〕　摑《ツカ》む〔紅①〕　突《ツキ》ならひ〔当①突《ツキ》出す〕　綴《ツヽ》る〔江宮①綴《ツヾレ》・江八①裰《ツヾレ》〕　土鰍《ドヂヤウ》〔紅①〕　投《ナゲ》かへし〔当①投《ナゲ》る・七②投《ナゲ》つらむ／投《ナゲ》られ〕　滑《ナメラカ》〔軒①　七①〕　面皰《ニキビ》〔軒①〕　博士《ハカセ》〔紅①〕　謀《ハカリコト》〔紅①〕　剥《ハギ》たる〔江宮①〕　歯黒《ハグロ》〔七①〕　反魂香《ハンゴン》〔当①〕　萬歳《バンゼイ》

〔江蛇①万歳《ゼイ》〕膝《ヒザ》〔宗①当①〕尾篭《ヒロウ》〔宗①〕蓋《フタ》〔紅②江八②当①〕招《マネ》く〔江八①〕弥勒《ミロク》〔江八①〕蜈《ムカデ》〔七①〕无慙《ムザン》〔紅①無慙《ムザン》〕厩《ムマヤ》〔紅②〕鋤《モロ》ふ〔紅②鋤《モラ》ふ〕瘦《ヤセ》る〔紅①〕嫂《ヨメ》いり〔紅①嫂入《ヨメリ》〕癩病《ライビヤウ》〔江宮①癩病《カツタイ》〕悋気《リンキ》〔紅②宗①悋気《リン》〕

（「恵比須殿《エビス》」は『紅梅千句』に「恵比須講《エビスカウ》」とあり、「殿」と「講」の違いがあるがここに属するとした）

右の四八語の中には、和製漢語「尾篭《ヒロウ》」「洗濯《センダク》」「悋気《リンキ》」や、漢字二字以上の連続した熟字に付す特殊な訓「泉郎《アマ》」「蟷螂《カマキリ》」「月代《サカヤキ》」などの語が含まれる。

「泉郎《アマ》」は

泉郎《アマ》人までも祝ふとし越《コシ》　（『紅梅千句』三五六）

泉郎《アマ》をよるべにしたる船頭　（『正章千句』四二〇）

と用いられ、次のような用例が一〇俳諧集以外の俳諧集で見出すことが出来る。

気をやすからず舟にすむ泉郎　（『俳諧塵塚』八八四）

海底にしも入し泉郎人　（『俳諧塵塚』一一八二）

是ほどまでに泉郎《アマ》のかかへ子　（『誹諧中庸姿』三九〇）

『俳諧類船集』には「塩竈《シホカマ》」の付合語に「泉郎《アマ》のしわざ」、『詞林三知抄』には「泉郎　かつきのあま　潜夫共書也」とあり、俳諧では比較的定着した熟字表記であったといえる。

「月代《サカヤキ》」は一〇俳諧集中五俳諧集に延六回出現し、当該集では「そる月代《サカヤキ》は月をいたゞく」（七四）と詠む句が見える。他の九俳諧集では『江戸八百韻』（八二）『當流籠抜』（三五七）『江戸蛇之鮓』（二〇）『七百五十韻』（一九九・三〇九）に出現し、これら六句全てに振り仮名が付され、「月代《サカヤキ》」「既《スデ》に」「蓋《フタ》」の三語は、一〇俳諧集中最も振り仮名を付す傾向が著しい漢字表記語である。節用集では『饅頭屋本節用集』に「坂池《サカヤキ》」、『書言字考節用集』に

「月代《サカヤキ》」と収録がある。

（2）漢字表記は同じであるが、当該集でのみ振り仮名を付し他の九俳諧集では振り仮名を付さない語（二四語）

豈《アニ》〔軒①〕　妹《イモウト》〔江八①　江蛇①〕　黄鸝《ウグイス》〔紅①〕　楽《ガク》〔紅①　当①〕　霞《カスム》〔江八②　当⑤〕　傘《カラカサ》〔江宮①　七①〕　枯《カラ》し〔宗①　江蛇①　江宮①〕　愚癡《グチ》〔江蛇①〕　薫《クン》ずる〔江宮①〕　故郷《コキヤウ》〔江宮②　七①〕　護摩《コマ》〔紅①〕　御物《ゴモツ》〔江蛇①〕　身躰《シンタイ》〔宗①　江八③　当①（身体）七①〕　仙《セン》〔紅①　七①〕　對《タイ》〔紅①〕　臺《ダイ》〔紅①　江宮①〕　爪《ツマ》さき〔江八（爪先）①〕　抜《ヌケ》し〔江宮②〕　根《ネ》〔紅②　宗②　当②　江蛇③　軒①　七②〕　腹《ハラ》ごゝろ〔軒（腹心）①〕　半《ハン》分〔江八①　江宮①　江蛇（半分道）①〕　掘《ホラ》ふ〔七（掘る）①〕　真《マツ》白〔当①〕　爐《ロ》〔江蛇①〕

この類型で、音読み語「故郷《コキヤウ》」は、他の俳諧集では「ふるさと」と読み、振り仮名が付されない。「楽《ガク》」は「楽《ラク》長老」（『七百五十韻』）「楽《ラク》里」（『軒端の独活』）「楽《ラク》寝」（『紅梅千句』）の熟語に「ラク」の振り仮名が付される。当該集中「楽」を「ガク」と読む例では「楽《ガク》を奏す」（五〇五）「田楽《ガク》」（四〇七）「調楽《デウガク》」（六四一）があり、「極楽」（二二四）「補陀楽《フダラク》」（五七〇）では「ラク」と読む。このように当該集では「ガク」「ラク」の複数の音を持ち、同じ「楽」でも対象が異なるので、此処に属するとした。

また「根」は一〇俳諧集中一三回出現するが、振り仮名を付すのは当該集の次の四七三番の句のみである。

　　によろ鷺のやうな若衆におもひ付（四七二）
　　根《ネ》から手折て送るしら菊（四七三）

「根」を「ね」と読むのは、難読とは考えられない。では、なぜ振り仮名を付すのだろうか。前句の「おもひ付」には「思いが尽きる」と「根付く」の意を含ませていると捉え、付句では二度と花が咲かないように、白菊を根から手折るとしたのか。とすれば「根」は重要な語句であるから、振り仮名を付したと考えられる。

「霞《カスム》」は『江戸八百韻』（二五二・五七八）『當流籠抜』（七九・二一八・二七八・四二三・四八〇）では名詞の用法であるが、当該集では動詞として用いられる。語末に送り仮名「む」を書き添えない代わりに、『紅梅千句』の

「讀《ヨム》」「照《テル》」と同じように、語形を確定するために振り仮名を付したものである。

（3）他の九俳諧集では振り仮名を付す場合と付さない場合がある語（延二七語・異なり語数二六）

【表三】

語	振り仮名あり	振り仮名なし
愛宕《ヲタギ》	七（愛宕《アタゴ》講）①	紅（愛宕参り／まふで）② 江八① 軒①
腕《ウデ》	宗① 江八①	江八①
縁《エン》	紅① 宗①	江宮②
驕《オゴリ》	七①	江宮①
門《カド》	七② 西①	紅① 宗① 当① 江蛇①
崩《クツ》し	江八① 江蛇① 軒①	江八①
景《ケイ》	紅①	紅③ 宗① 当①
格子《カウシ》	紅① 七（御格子《ミカウシ》）①	七①
来《コ》ざる	七（来《コ》ぬ）①	紅（来ず）① 当（来ぬ）① 江蛇（来ぬ）① 七（来ぬ）①
五《コ》月	紅① 五月五《ゴグハチゴ》日《ニチ》	紅①
洗濯《センタク》	紅① 七① 江蛇（洗濯《センタク》物）①	西（洗濯① 洗濯物①）
銭湯《センタウ》	紅①	軒①
疊《タヽミ》	江八①	当① 軒③
燕《ツバメ》	紅①	軒②
田楽《デンガク》	紅①	当①
泥《ドロ》②	江八① 軒①	江宮① 軒①
靡《ナヒク》	紅②	江宮① 軒①
磐石《バンシヤウ》	江八（磐石《バンジヤク》）①	軒①
糞《フン》	江八① 江宮①	七②
補薬《ホヤク》	紅①	七①
鑓《ヤリ》	江八①	紅② 江八① 当① 江蛇① 江宮①

冴還《サエカヘ》る	紅（冴還《サヘカヘ》る）① 宗（寒《サエ》かへる）①	江宮（冴かへる）① 江八（寒帰る）①
狭《サ》衣	江八①	江八①
実《ジツ》	宗（実《ゲニ》）① 江八① 当①	七①
夜這《ヨバイ》	紅（夜這《バイ》）① 七（夜這《バヒ》）①	江八① 江蛇①
龍《レウ》	江蛇（龍《リウ》）①	当③ 西① 江蛇② 軒① 七①

当該集で振り仮名を付す語の中には、振り仮名付記率が高い『紅梅千句』や『七百五十韻』で振り仮名を付さない語があり、特にヨミが難しいとはいえない漢字もあるが、その文脈で語が持つ環境により振り仮名を付すと考えられる。

（4）他の九俳諧集にも出現するが、当該集で振り仮名を付す語と表記する漢字が異なる語（一六語）

【表四】

糖《アメ》	飴《アメ》〔宗① 江宮（振り仮名なし）〕① 粭《アメ》〔江八①〕
煎菽《イリマメ》	煎大豆〔正① 江宮①〕 煎豆〔軒①〕
夷《エゾ》	蝦夷《エゾ》〔江八①〕
鹿驚《カヽシ》	驚鹿《カヾシ》〔紅①〕
墻《カキ》	垣〔紅① 江宮①〕
蟾《カハヅ》	蛙〔正① 宗① 当① 江蛇① 江宮① 七①〕
物《コト》	事〔正① 紅③ 宗⑨ 江八⑰ 当③ 西⑧ 江蛇④ 江宮⑨ 軒⑤〕
昆若《コンニヤク》	蒟蒻《コンニヤク》〔江八②〕 昆弱〔西①〕
霡《シクレ》	時雨〔宗③ 江八③ 当② 西② 江蛇② 軒① 七③〕
玉札《ヅサ》	玉章〔江八①〕
露霡《シクレ》	露時雨〔宗① 西② 江蛇① 江宮①〕
旼《トキ》	時〔紅⑥ 宗⑨ 江八⑤ 当⑨ 西⑦ 江宮⑤ 江蛇① 軒⑫ 七⑦〕

假名月《カンナヅキ》	神無月〔江蛇①〕　神な月〔江蛇①〕	斗鶏《トケイ》	時計《トケイ》〔七①〕
故郷《コキヤウ》	古郷《コキヤウ》〔西①〕	化妖物《バケ》	化物《バケ》〔紅①〕　妖物《バケ》〔七①〕　化もの〔江宮①〕　化物〔江宮①〕

当分類では「鹿驚《カヽシ》」のような当て字、「⿱雨衆《シクレ》」のような難読字、異体字「⿰日乇《トキ》」が特徴としてあらわれている。

○「鹿驚《カヽシ》」：『書言字考節用集』（巻二）には「案山子《カヾシ》〈出傳／燈録〉鹿驚《同》」と収録がある。『正章千句』以後には『貞徳誹諧記』（巻之下　諸国作者の系図）『滑稽太平記』（巻六　神田貞頼の事）に「春清撰　鹿驚集」の記事があり、その他芭蕉七部集『阿羅野』（巻四）『其便』『梅園日記』（巻三　案山子四）などに用例が見えるが、『正章千句』より前の用例を見出せない。「かかし」は、田畑が鳥獣に荒らされるのを防ぐためのおどしのものであり、表意的に漢字を対応させた用字である。『紅梅千句』では、字順の前後が逆の「驚鹿《カヾシ》」の表記が見える。

○「⿱雨衆《シクレ》」：『俳諧類船集』の掲出項目には「時雨《シグレ》」とある。『正章千句』では、

イ、降さうな雲こそたてれ露⿱雨衆《シクレ》　（一六五）

ロ、造宮をするや⿱雨衆《シクレ》ふるみや　（九一四）

ハ、⿱雨衆霙雪にも舩をえわたさて　（一〇〇三）

ニ、うそさむき時雨に秋の山こえて　（一〇三九）

と詠まれ、イの「露⿱雨衆」は、『宗因七百韻』『江戸蛇之鮓』『江戸宮笥』での表記は「露時雨」であり、用字差が窺える。『合類節用集』に「⿱雨衆雨《シウウ》」（左傍訓シグレ）、『世話用文章』（『近世文学資料類従　参考文献編9』）にも「⿱雨衆雨《しぐれ》」と二字での収録が見える。『倭玉篇』（夢梅本）には「⿱雨衆《シウ》〈小雨也／コサメ／シグレ〉」と当該集と同じ漢

字表記が見え、『類聚名義抄』『伊呂波字類抄』にも一字での収録があるが、現段階では使用例を見つけることが出来ず、難読字と捉える。

○「旼《トキ》」:「時」の異体字「旹」は『節用集』に収録があり、「日」の上は「之」の古字である。『新撰万葉集　寛文版』（京都大学文学部国語学国文学研究室編　臨川書店）では「日偏＋之」の漢字が見える。

以上の大別【一】の分類に属する一七七語と【二】の（4）「他の九俳諧集にも出現するが、当該集で振り仮名を付す語と表記する漢字が異なる語」に属する一六語の両者を合わせた一九三語は、俳諧での使用頻度が低いと考えられ、そこに振り仮名を付す理由が存在するのではないだろうか。また、【二】の（1）「他の九俳諧集でも振り仮名が付される語」の四八語は、振り仮名を付す傾向にある漢字と捉えられる。上述の一九三語とこの四八語を合わせた二四一語には、「裾《キヨ》」「夕日《セキジツ》」「毎朝《マイテウ》」「後朝《コウテウ》」「文《ブン》」のような音読み語、「泉郎《アマ》」「家産《イエツト》」「家主《イハラジ》」のような熟字訓、「居る《スヘ》」「居る《ネマ》」のような多訓の漢字、「放會《イシハジキ》」のような一字を二字に分解した解字に振り仮名が付されるのが含まれ、これら二四一語の振り仮名は機能としてヨミを助けていると捉え、振り仮名を付す総数二九二語の約八三パーセントを占める。

○「放會《イシハジキ》」は『倭玉篇』（篇目次第）、及び『書言字考節用集』（巻八）に一字で「擓」とあり、『反故集』（『近世文学資料類従　古俳諧編47』）には一字で「擓」と収載されているが、「放會」のような二字での用例は見つけ出すことができず、「方＋會」を二字に分解し、振り仮名を付したと考えられる。

次に、漢字使用率が、一〇俳諧集中最も低い当該集での平仮名使用の様相を見てみよう。漢字延数四二五八字に対して、平仮名使用延数九〇〇七字で漢字含有率は約三二パーセントとなる。

それならば、当該集で振り仮名を付す語が、仮名書きされる傾向にあるのか、振り仮名が付された漢字表記の語と仮名書きとの関係を【表五】と【表六】に提示してみたい。

次の【表五】は前掲の分類項目【二】に該当する、振り仮名を付す語が一〇俳諧集中当該集のみに出現する語と当該集での仮名書きとの関係を示すものである。（○の中の数字は出現回数）

【表五】

仮名書き	漢字	
	振り仮名あり	振り仮名なし
いとふ⑤	厭《イト》ふ②	
かいな①	腕《カイナ》①　腕《ウデ》①	
きぬぎぬ①	後朝《コウテウ》①	後朝①
しし①	尿《シト》①	

この表から、当該集では平仮名の含有率が高いのにも拘らず、振り仮名が付される語においては、仮名書きと併用されるのはごく僅かである。「厭ふ」は漢字表記で二回出現し、二回とも振り仮名が付され、仮名書きでは五回出現することから、仮名書きが通用的であったと捉えることが出来る。但し、例えば表中「かいな」には「貝」と「腕」を掛けるように、仮名表記の中には固定した概念を排除し、掛詞の機能をもつものもある。また、「尿《シト》」の片言「しし」を、そのまま文字として書き表すのに仮名を用いる例が見える。

次の【表六】は仮名書きと漢字表記の両者が出現する語の中で、前掲【二】の「当該集で振り仮名を付す語が、他の九俳諧集にも出現する語」に属し、他の九俳諧集では（1）「振り仮名を付す語」（2）「振り仮名を付さない語」（3）「振り仮名を付す・付さないの両者がある語」と、（4）「他の九俳諧集に出現するが、当該集で振り仮名を付す語と表記が異なり振り仮名を付さない語」（かはづ：蛙・こと：事・とき：時）に分類して示すものである。

尚補足すると、他の九俳諧集との関係では、前掲（1）から（3）に属する語は、当該集で同語でも、「泉郎」と「海士」のように表記が異なり、振り仮名を付す・付さないの両者がある場合には、振り仮名を付す語が他の九俳諧集でも、用字が同じである場合をいい、（4）は〔　〕内に記すように『正章千句』では振り仮名がない用字

【表六】

他の九俳諧集との関係	『正章千句』における仮名書と漢字表記 仮名書き	漢字表記 振り仮名あり	漢字表記 振り仮名なし
（1）振り仮名あり	あま①	泉郎《アマ》①	海士①
	はがれて①	剥《ハギ》たる①	
（2）振り仮名なし	かすむ②	霞《カスム》①	霞む⑦
	かれたる①	枯《カ》らし①	
	ね②	根《ネ》①	音①
	ほる①	掘《ホラ》ふ①	
（3）振り仮名有無両者	なびかず①	靡《ナビク》①	
（4）異表記・振り仮名なし〔蛙・事・時〕	かはづ①	蟾《カハヅ》①	蛙①
	こと④	物《コト》①	事①
	とき①	𣅀《トキ》①	時⑦

と同じということになる。

表中当該集で仮名書き「ね」を用いる句には、次の四句があるが「根」を表すと考えられる句は二例とした。

㈠燈心によせ恨かこてる　（一二）
掘らふかとおもへば竹のねに泣て　（一三）
㈡帷の紺も古風に染かへて　（二一五）
あやめのねのみ嘆く後室　（二一六）
㈢おり〳〵山の月にきさしめ　（五五六）
鹿のねはきけは聞ほとあはれなぞ　（五五七）
㈣霊や顕れ出るくらがり　（一〇五四）
かたすみにむきてねをのみ泣せられ　（一〇五五）

右の句の「ね」は、㈠と㈡では「根」と「音」の掛詞と解することが出来るが、㈢と㈣は「音」を表すと考えられる。因みに㈠のように、「竹」と「ね」を詠み合わせる句に次のような用例が見える。

青葉とは笛の名にこそ聞つるに
竹にさはぐやねとりなるらむ
（『犬子集』五　一五八九）

この句では『初期俳諧集』（『新日本古典文学大系』）の注に、竹は笛からの付合語であり、「寝鳥」に楽器を試奏して音程を決める「音取り」を掛けるとある。

以上のように、振り仮名を付す語の中には、同じ語が仮名で表記される場合もあると同時に、複数回出現する漢字表記語の中には、同義語・同表記でありながら振り仮名を付す場合と付さない場合がある語がある。その中で、初出に振り仮名を付す語には「黄鸝《ウグイス》」「跳《オドリ》」「薫《クン》ずる」「景《ケイ》」「霡《シクレ》」「主《シウ》」「仙《セン》」「疊《タヽミ》」「掴《ツカ》む」「勒《ツト》め」「毒《ドク》」「投《ナゲ》」「膝《ヒザ》」「悋気《リンキ》」「痩《ヤセ》る」「嫂《ヨメ》」「優《イフ》」の一七語があり、「奏《ソウ》」「霞《カスム》」「賢《ケン》」「狭間《サマ》」の四語は初出語ではなく、再出語に振り仮名が付される。右の語以外に、複数回出現する語の中で、「床《ユカ》」（品詞の相違）「女《メ》」（複合語と単純語の相違）「色《ユロ》めく」「後朝《コウテウ》」（ヨミの相違）などの相違がある語は除外した。

この結果二一語中一七語が初出に振り仮名を付し約八一パーセントを占める。一節の『紅梅千句』の調査では、約四五パーセントにしか満たなかったのに比べると、初出に振り仮名を付す傾向が大きいといえる。但し少数の中での結果であり、初出語に振り仮名を付すと結論付けることは出来ず、あくまでも初出語に振り仮名を付す傾向があることを示すに過ぎない。

二　『紅梅千句』との比較を通して

上述したように、『正章千句』と『紅梅千句』の一句あたりの漢字使用数は略同じであるが、振り仮名付記率においては、『正章千句』は『紅梅千句』の約半数という差異がある。このように『紅梅千句』の方が振り仮名付記率は高いのにも拘らず、『正章千句』で振り仮名を付し、『紅梅千句』では振り仮名を付さない漢字表記の語に「黄鸝《ウグイス》」「愛宕《ヲタギ》」「楽《ガク》」「門《カド》」「物《コト》」「護摩《コマ》」「對《タイ》」「臺《ダイ》」「根《ネ》」「鑓《ヤリ》」の一〇語がある。「黄鸝《ウグイス》」は当該集巻頭の句最初の語であること、「物《コト》」は『倭玉篇』（慶長一五年（一六一〇）版）に「物」の両側に「ブツ」「モツ」の傍訓があり、下に「モノ」「タグヒ」「コト」と記されているが、「コト」と読むのは当該集のみであり、特殊であることなどが振り仮名を付す根拠と考えられる。

「根《ネ》」は『正章千句』一回を含め、一〇俳諧集中一四回出現するのに、当該集にのみ「根《ネ》から手折て送るしら菊」（四七四）と振り仮名が付される。この事は、一節における『紅梅千句』の「栗《クリ》」や、「栗」と同様に平易な漢字「森《モリ》」に付す振り仮名と同じであり、暉峻康隆氏が『連歌俳諧集』（『日本古典文学全集』三二頁）の解説で、俳言の使用を条件とする貞門俳諧の付合の手法について、「物付《ものづけ》」（詞付）「見立付《みたてづけ》」「本歌取り」「心付《こころづけ》」など、「要するに情よりも詞をもてあそぶ言語遊戯の域を出ていない。」と述べることに関連すると捉え、付合の手法などを考え合わせて、俳諧の表現方法により、前句からの約束事に関わる重要な語であると推測する。

上述の一〇語とは反対で、『紅梅千句』では振り仮名を付すが、『正章千句』では振り仮名を付さない語には異なり語にして九五語がある。この九五語を巻末付表の【資料二】「『紅梅千句』の振り仮名を付す語と俳諧作法書との関係」と照合することを試みた。そこで、次に『正章千句』では振り仮名を付さないが、『紅梅千句』では振り仮名を付す語の中から、『はなひ草』『俳諧御傘』『俳諧類船集』のいずれかと一致する語を列挙して考察を加えてみたい。（（　）内の表記は『正章千句』での用語・用字、〈　〉内は右の俳諧作法書三書での振り仮名を示す）

垢《アカ》　蘆《アシ》　哀《アハ》れ　軍《イクサ》　戴《イタダ》く　鼬《イタチ》　謡《ウタ》ふ　飢《ウヘ》　酔《エイ》たる　奥《ヲク》　音《ヲト》　落《ヲト》す　鬼《ヲニ》　俤《ヲモカゲ》　甲斐《カイ》　篭《カゴ》　首途《カドデ》　瓶《カメ》　河狩《ガリ》　具《グ》
足《ソク》　栗《クリ》　喧吪《ケンクハ》　碁《ゴ》　碁盤《バン》　衣《コロモ》　桟敷《サジキ》　座頭《ザト》　珠数《ジユズ》　精進《サウジ》（精進腹）　虱《シラミ》　尻《シリ》　新発意《シンホチ》　巣《ス》　薄《スヽキ》　節分《セチブ》　候《ソロ》　薪《タキヾ》
珠《タマ》　頭巾《ヅキン》　皷《ツヾミ》　亭主《テイシユ》　敵《テキ》　照《テル》　泣《ナキ》いる　納豆《ナツトウ》　迯《ニゲ》て　場《ニハ》　盗《ヌスミ》　寐《ネ》る　軒《ノキ》　歯《ハ》　蜂《ハチ》　濱《ハマ》　拂《ハラ》ふ　踏《フミ》　前《マヘ》　溝《ミゾ》　宮《ミヤ》
笥《ゲ》物（土産物《ミヤゲ》）　麦《ムキ》飯　胸《ムネ》　森《モリ》　湯《ユ》　夕立《ヨダチ》〈ユフダチ〉

右の六三語は三書いずれかに収録があり、『紅梅千句』で振り仮名を付す語の中には、俳諧作法書との影響関係を否定することは出来ない。裏返していうならば、『正章千句』では、右に挙げた語に振り仮名は付されず、付合用語と振り仮名の関係は成り立たないといえる。但し第一節『紅梅千句』での検証の結果では、必ずしも付合語であるから振り仮名を付すとは限らず、振り仮名を付す延語数六五六語中、三書に収載があるのは二二五語で、同じ付合語でも振り仮名を付さない現象を解明できないままである。因みに前掲の六三語以外で『紅梅千句』で振り仮名が付され、『正章千句』では振り仮名を付さない語には次の二九語がある。（（　）内は『正章千句』での表記を示す）

崇《アガ》め　威勢《イセイ》　運《ウン》　詠《エイ》　臆病風《オクベウ》（臆病）　恩徳《オンドク》　堅《カタ》かりし　兼《カネ》　奇麗《キレイ》　木間《コノマ》　山荘《サンザウ》　時守《ジシュ》　鍾馗《セウキ》　神輿《シンヨ》　下《シモ》をなご　透間《スキマ》　尋《タヅネ》　調菜《テウサイ》　出《デ》た　斎《トキ》　若《ニヤク》僧　煮《ニ》る　火《ヒ》事　人《ヒト》　昼《ヒル》狐　邊《ヘン》　坊《バウ》　程《ホド》　稀《マレ》

おわりに

本節では、『正章千句』における振り仮名の分類と、『紅梅千句』との比較を通しての考察を試みてきた。同じ漢字で訓読みと音読みの両方が出現する場合は、読み分けによる意味の違いがある語もあり、使用される頻度が低い音読み語に振り仮名を付す傾向があることが認められた。同時に、『正章千句』特有の漢字表記の語に振り仮名を付す割合が高く、振り仮名の多くはヨミを助けるための機能と考えられ、読み手の便宜を考慮して付した振り仮名である。

また、『紅梅千句』との比較では、『正章千句』と『紅梅千句』は同じ正章が清書したとはいえ、書肆や筆跡に相違があることから、板下を書いた人は同じではないと推定でき、振り仮名を付す傾向にも違いが見られた。つまり、清書する事と板下を書く事は別の工程であり、板下を書く人は、清書者が付した振り仮名をそのまま書くのではなく、板下書きによって、それぞれ振り仮名を付す傾向が異なるといえる。

以上のように、清書者が同じ二つの作品を比較する事により、振り仮名に関する問題点の一片を明らかにし、『正章千句』の振り仮名の実態の報告としたい。

注

（1）亀井孝・堤精二・中村俊定・前田金五郎・宮本三郎「『正章千句』研究（一）」（『文学』38　一九七〇年）

参考文献

『曠野』元禄二年（一六八九）成立（『新日本古典文学大系　芭蕉七部集』一九九〇年　岩波書店）
『紅梅千句』『誹諧中庸姿』『俳諧塵塚』『正章千句』（『古典俳文学大系』1・2・4　一九七〇年～一九七二年　集英社）
『滑稽太平記』延宝八年（一六八〇）直後成立　筆者不詳（『古典俳文学大系2　貞門俳諧集二』一九七〇年　集英社）
『詞林三知抄』著者未詳（『連歌資料集3』一九七七年　ゆまに書房）
『梅園日記』弘化二年（一八四五）刊　北慎言著（『日本随筆全集　第一〇巻』一九二七年　国民図書）
『犬子集』（『新日本古典文学大系　初期俳諧集』一九九一年　岩波書店）
『俳諧類船集』延宝四年（一六七六）刊　高瀬梅盛著（近世文学研究会編　一九五五年）
『連歌俳諧集』（『日本古典文学全集』一九七四年　小学館）

第四節　『宗因七百韻』と『七百五十韻』の表記

――振り仮名の機能と表記形態の特徴――

はじめに

本節では『正章千句』『紅梅千句』『江戸宮笥』『軒端の独活』に続いて、談林初期の『宗因七百韻』と談林末期の『七百五十韻』を取り上げ、漢字と振り仮名の関係を中心に調査を進めることにしたい。

『宗因七百韻』については、テキストとした『近世文学資料類従　古俳諧編28』所収、柿衛文庫蔵本の解題で、加藤定彦氏が次のように述べる。

書名『宗因七百韵』は内容を正確に表してはいず、宗因出座の百韻四巻（三吟・両吟・十吟・九吟各一巻）・独吟百韻一巻・三吟歌仙一巻・梅翁判歌仙一巻及び似春・幽山との三ツ物二組・発句十三を収録したものである。わざわざ書名に「宗因」の名を冠らしていることや、「イニ氷柱」「イニナガノ」と校注していることから、書肆の企画するところであったと見て間違いない―版下の筆蹟から書肆は寺田重徳と推定される―。刊年は、『故人俳書目録』の記述「延宝五」に従うべきか。

このように、『宗因七百韻』は異なる興行での作品を収録した俳諧集である。つまり作品によって、それぞれの清書者が異なり、様々な読者層を想定して書肆により編纂された俳諧集である。

一方『七百五十韻』は、同じく『近世文学資料類従　古俳諧編33』所収、光丘文庫本（延宝九辛酉歳（一六八一）

／青陽吉旦／京極二条上ル町／板行）をテキストとした。同書の解題では雲英末雄氏が次のように記す。

本書は、京の信徳・如風・春澄・政定・仙庵・常之・正長・如泉ら八吟百韻七巻と五十韻一巻を収めるものである。所収の作品は、談林末期の奇警な句風を多く示しているが、『俳諧次韻』との関係が強く、俳風革新に大きな影響を及ぼした点は、十分評価すべきものと思われる。

また暉峻康隆氏が「脱談林の新方向として、漢語や中国趣味を取入れた『七百五十韵』をまとめ、…[1]」と述べるように、本章二節においては『七百五十韻』に関して、仮名が用いられずに漢字だけで構成される句があること、本行に片仮名を用いること、送り仮名・捨て仮名を片仮名小字で右寄りに記すことなど、初期の貞門俳諧では見られない表記の特色があることを述べた。同時に、今回の資料二種を含む、一〇俳諧集の漢字の数量的側面からの調査結果も提示した。参考までに、本節の資料である、二作品集の漢字使用数を示すと次の通りである。

	『宗因七百韻』	『七百五十韻』
句数	六五五	七五〇
一句あたりの平均漢字使用数	約四・五	約五・二
延漢字数	二九二二	三八七四
異なり漢字数	九〇五	一一八四
反復記号（漢字のみ）	一〇	八
振り仮名付き漢字数	二八二	九六二
振り仮名付記率	約九・七％	約二四・八％

この両俳諧集の一句あたりの平均漢字数は一〇俳諧集中『宗因七百韻』が七位、『七百五十韻』は五番目に位置し、振り仮名付記率では前者が八番目、後者は最も高い。

以上を踏まえて、振り仮名の傾向や、語と振り仮名の結びつきを考えると同時に、表記形態の特色など漢字使用の様相を提示していきたい。

一　『宗因七百韻』の振り仮名を中心にして

資料の一〇俳諧集中、第二節の『江戸宮笥』、及び第三節の『正章千句』での調査では、振り仮名を付す語の中で、その俳諧集にしか出現しない漢字表記の語が占める割合は、『江戸宮笥』では約六五・三パーセント、『正章千句』では約六一・六パーセントである。この結果を踏まえて、同様に『宗因七百韻』の漢字表記語数と、そのうち振り仮名を付す語数を示し、それらは他の九俳諧集でも振り仮名を付すか、付さないかなど、当該集の漢字使用の実態に検討を加えることにする。

先に漢字一字の使用数を示したが、『宗因七百韻』で使用されている漢字表記語の、語単位での数量を示すと次のようになる。但し、三字以上の漢字が連続した語を、どこで区切るかにより、語数に変化が生じるので、流動的な部分を残す。

延語数　二〇九五語　異なり語数　一二九五語
振り仮名付き延語数　二〇四語　振り仮名付き異なり語数　一九二語

右の振り仮名付き語を、他の俳諧集との関係によって分類し、さらに、どれだけ節用集と一致するかを見ていきたい。本書で用いる漢字表記語とは、漢字一字で表記される語（例「茜」「淡」）、漢字二字以上の連結で表記される語（例「行燈」「五十年」）と、厳密には漢字表記語とはいえないが、漢字と仮名を混用する語（例「相あひ蒲団」「飛つく」）など、一語の一部に仮名が用いられる場合も含むものとする。（〇の中の数字は出現回数、（　）内には他の九

俳諧集での表記を示す）

【一】『宗因七百韻』にのみ出現する漢字表記語（延七七語　異なり語数七四）

藍《アイ》　樗《アフチ》　あら筵《ムシロ》　幾日《イクカ・イツカ》②　何国《イツク》　入替《カハ》り　うす化粧《ゲシヤウ》　えり裏《ウラ》　追剥《ヲヒハギ》　大瘧《ヲコリ》　補《ヲキナ》ふ　鴛《ヲシ》　御造作《ザウサ》　御《ヲ》傍《ソバ》

御《ヲ》乳《チ》　落瀧《ヲチタキ》　大《ヲ》根《ネ》葉《バ》　火焔《エン》　かし駕籠《カゴ》　かた隅《スミ》　陸《カチ》　神慮《カミコヽロ》　興《ケウ》　伐《キリ》　屑《クヅ》　具足櫃《ヒツ》　笥《ケ》　実《ゲニ》　九《コヽノ》　五人与《グミ》　徑《コミチ》

賽《サイ》　塞翁《サイヲウ》が馬　笹《サヽ》原　砂《サ》鉢《ハチ》　塩辛《シホカラ》　汐時《シホトキ》　仕《シ》着《キ》せ　自《ジ》躰《タイ》　腫気《シユキ》　賞翫《シヤウクハン》　魲《スヾキ》　添《ソヒ・ソウ》②　草履《ザウリ》取　麁《ソ》相《サウ》

染《ソメ》かねて　給酔《タベエフ》　寵愛《テウアイ》　仕《ツカヘ》来《キ》て　槌《ツチ》音　結《ツメ》奉公　出《デ》女　苫《トマ》屋　寝《ネ》肌《ハダ》　伸《ノバ》す　橋結《ツメ》／はし爪《ツメ》　はすは女《メ》　破損《ハソン》

蜩《ヒクラシ》　他《ヒト》　百足《アシ》　船底《フナソコ》　古かね店《ダナ》　閉門《ヘイモン》　亡母《バウボ》　穂《ホ》蓼《タデ》　真直《マツスグ》　蓑《ミノ》　海松《ミル》　目代《モクダイ》　薮医師《ヤブクスシ》　横《ヨ》川　よこ槌《ヅチ》　悪《ワル》

ここに属する「結《ツメ》奉公」「橋結《ツメ》」では、「詰」に偏が交替した「結」を対応させ、二語ともに振り仮名を付す。「橋結《ツメ》」は「はし爪《ツメ》」と二種の用字が見え、この異なる二種の表記による語は、両者とも「橋のたもと」を意味する。また「幾日」は、延宝四、五年（一六七六、七七）頃の「京のぼりの舟の中三吟哥仙」では「イクカ」、延宝五年の「萩何」百韻では「イツカ」と二種の異なる振り仮名が付される。「他《ヒト》」は「他人」を意味する語であり、単なる「人」と同義ではない。

【二】同語ではあるが、他の九俳諧集では表記が異なる語（六語）

隠坊《ヲンバウ》（隠房《ヲンホウ》〈西〉①）　形躬《カタミ》（記念《カタミ》〈七〉①・記念〈江宮〉①）　囀《サエヅ》り（囀り〈江宮〉②〈軒〉①）

撞出《ツキダ》し（突《ツキ》出す〈当〉①）　人彡《ジン》（人参〈江八〉①）　連飛《レントビ》（れん飛〈江八〉①）

これらは、一般的ではない漢字表記、あるいは頻出度の低い漢字表記語であることから、振り仮名を付したと考えられる。

【三】他の九俳諧集にも出現する漢字表記語（延一二一語・異なり語数一一二）

（1）他の九俳諧集でも振り仮名を付す語（延二三語・異なり語数二二）

挨拶《アイサツ》　化野《アダシノ》　按摩《アンマ》　飯《イヽ》　甥《ヲヒ》　負《ヲヒ》　伯父《ヲチ》　樫《カシ》　瓦灯《クハトウ》　銀《カネ》　肥《コヘ・コエ》②　繁《シゲ》し　店《タナ》　盥《タライ》　出《デ》かした（〈紅〉出来《デカ》さん）
脛《ハギ》　卑下《ヒゲ》　尾籠《ビロウ》　襖《フスマ》　俎箸《マナバシ》　燃《モエ》　破籠《ワリゴ》

（２）他の九俳諧集では振り仮名を付さない語（延五七語・異なり語数五五）

飴《アメ》　誤《アヤマ》り　祈《イノリ》　曰《イハク》　上《ウヘ》　打綿《ワタ》　御祓《ヲハラヒ》　及《オヨバ》ぬ　買《カフ・カハ(ふ)》②　駕籠《カゴ》　竈《カマ》　革《カハ》　土器《カハラケ》②　頸《クビ》　藝《ゲイ》　虚空《コクウ》　寒《サエ》かへる
小男《サヲ》鹿　肴棚《サカナダナ》　汐《シホ》風　修羅《シユラ》　小便《ベン》　澄《スミ》　背中《セナカ》　外面《ソトモ》　其《ソノ》　園《ソノフ》　田植《ウエ》　接木《ツギ》　葛籠《ツヽラ》　傳奏《テンソウ》　常盤橋《トキハ》　鳶《トビ》　友《トモ》
情《ナサケ》　梨壷《ナシツボ》　寝巻《ネマキ》　筥《ハコ》　旅籠《ハタゴ》　半畳《ハンデウ》　獨《ヒトリ》　雲雀《ヒバリ》　普請《ブシン》　懐《フトコロ》　振《フリ》　真倒《マツサカザマ》　三行半《クタリ》　免《ユル》され　よこ槌《ヅチ》（〈西〉横槌）　世中《ヨノ》　呼《ヨブ》　来迎《ライカウ》　利發《リハツ》　我《ワカ》　佗《ワビ》
（飴〈江宮〉は振り仮名なし・〈正〉では糖《アメ》・〈江八〉では粭《アメ》とある）

（３）他の九俳諧集で振り仮名を付す場合と付さない場合がある語（延四一語・異なり語数三五）

朝朗《ボラケ》　網《アミ》　顕《アラハ》し　或《アル》　腕《ウデ》　産《ウミ》　縁《エン》（椽《エン》を含む）②　俤《ヲモカゲ》　口説《クドク》　喰《クラ》ふ　扈従《コシヨウ・コセウ》②　死《シ》②　精進《シヤウジ》　既《スデ》②　誰《タガ》
忽《タチマチ》　伊達《ダテ》　魂《タマ》　頭《ヅ》　綱《ツナ》　床《トコ》　灘《ナダ》②　濁《ニゴル》②　土産《ニヤゲ》（〈七〉土産《ミヤゲ》）　糊《ノリ》　箔《ハク》　肌《ハダ》　膝《ヒザ》　蒲團《フトン》　隔《ヘダ》つ　法《ホウ》　尊《ミコト》　藻《モ》
（〈江八〉すく藻《モ》）　悋気《リン》　蕨《ワラビ》

右の（３）の中で「魂《タマ》」は他の九俳諧集中、『七百五十韻』では単純語「魂」に「コン」と振り仮名を付し、意味の違いがある。また、『七百五十韻』以外では単純語「魂」に振り仮名は付されないが、「人魂《ダマ》」（『西鶴五百韻』三七一・『江戸八百韻』七五五）では「魂」に「タマ」「ダマ」と振り仮名が付されるので（３）に属するとした。同じく「頭《ヅ》」は単純語「頭」には他の九俳諧集では振り仮名を付すことはないが、『紅梅千句』（六〇三）に「頭巾《ヅキン》」とあり、『七百五十韻』ではヨミが異なるが、「ホトリ」と振り仮名を付すので（３）に属するとした。

【三】の（１）に属する「肥」と**【三】**の（３）に属する「扈従」は二回出現し、二回ともに振り仮名が付されるが振り仮名の仮名遣いに相違がある。「萩何」百韻（延宝五年（一六七七））には「肥《コヘ》」「扈従《コシヨウ》」とあり、「肥《コエ》」「扈《コ》従《セウ》」は「玖也追善」百韻（延宝四年（一六七六））に収められた句に出現する。したがって、それぞれの仮名遣いの相違、及び上述の【二】の類型に属する「幾日」のヨミも含め、差異は同一資料のものではなく、資料の違いによるものと考えることができる。当然、板下の筆者が統一的に振り仮名を付したものではないことになる。因みに、「土産《ニヤゲ》」は『七百五十韻』では「ミヤゲ」と振り仮名を付し、『軒端の独活』では振り仮名が付されない。当該集では「ミ」と「ニ」の字形の類似による誤刻の可能性があるが、『浮世鏡』[2]（第三）には「にやく　脉《みやく》也（中國の詞）」の記事が見え、「に」と「み」の音韻交替が生じていた地方もある。また『かたこと』[3]（三）には「阿闍梨を…（略）…民部《みんぶ》を。にんぶは如何。…」とあり、ここでも「み」から「に」へ音韻が交替しているのが窺える。

このように、振り仮名が付された語の分類を試みた結果、『宗因七百韻』特有の漢字表記の語が占める割合は、約三七・七パーセントとなり、『江戸宮笥』約六五・三パーセント、『正章千句』約六一・六パーセント、そして次の『七百五十韻』約五六・〇パーセントに比べると低い数字を示す。また、振り仮名が付された延二〇四語（異なり語一九五）を節用集と照合して見ると、

藍《アイ》　樗《アフチ》　挨拶《アイサツ》　朝朗《ボラケ》　網《アミ》　化野《アダシノ》　飴《アメ》　誤《アヤマ》り　顕《アラハ》し　按摩《アンマ》　飯《イヽ》　幾日《イクカ》　何国《イツク》　祈《イノリ》　曰《イハク》　上《ウヘ》　腕《ウデ》　産《ウミ》　縁《エン》　補《ヲキナ》ふ
甥《ヲヒ》　負《ヲヒ》　伯父《ヲチ》　鴛《ヲシ》　御乳《ヲチ》　御祓《ヲハラヒ》　俤《ヲモカゲ》　及《オヨバ》ぬ　買《カフ・カハ(ふ)》　②　火焔《エン》　駕篭《カゴ》　樫《カシ》　瓦灯《クハトウ》　銀《カネ》　竈《カマ》　神慮《カミコヽロ》　革《カハ》　土器《カハラケ》
②　興《ケウ》　伐《キリ》　屑《クヅ》　口説《クドク》　頸《クビ》　笥《ケ》　藝《ゲイ》　実《ゲニ》　肥《コヘ・コエ》　②　虚空《コクウ》　九《コヽノ》　扈従《コシヨウ・コセウ》　②　徑《コミチ》　賽《サイ》　塞翁《サイヲウ》が馬　寒《サエ》かへる
小男《サヲ》鹿　砂鉢《サハチ》　死《シ》②　塩辛《シホカラ》　繁《シゲ》し　自躰《ジタイ》　精進《シヤウジ》　既《ステ》②　腫気《シユキ》　修羅《シユラ》　小便《ベン》　賞翫《シヤウクハン》　鱸《スヾキ》　澄《スミ》　添《ソヒ・ソウ》　②　麁相《ソサウ》
外面《ソトモ》　其《ソノ》　園《ソノフ》　忽《タチマチ》　伊達《ダテ》　店《タナ》　盥《タライ》　寵愛《テウアイ》　頭《ヅ》　接《ツギ》木　葛篭《ツヽラ》　綱《ツナ》　床《トコ》　傳奏《テンソウ》　鳶《トビ》　友《トモ》　情《ナサケ》　梨壷《ナシツボ》　灘《ナダ》②　濁《ニゴル》
②　寝巻《ネマキ》　寝肌《ネハダ》　伸《ノバ》す　糊《ノリ》　脛《ハギ》　箔《ハク》　筥《ハコ》　破損《ハソン》　肌《ハダ》　旅篭《ハタゴ》　半畳《ハンデウ》　膝《ヒザ》　他《ヒト》　獨《ヒトリ》　雲雀《ヒバリ》　蜩《ヒクラシ》　卑下《ヒゲ》　尾篭《ビロウ》　普《ブ》
請《シン》　懐《フトコロ》　蒲團《フトン》　振《フリ》　襖《フスマ》　閉門《ヘイモン》　隔《ヘダ》つ　法《ホウ》　爼箸《マナバシ》　尊《ミコト》　蓑《ミノ》　海松《ミル》　藻《モ》　燃《モエ》　目代《モクダイ》　免《ユル》され　横川《ヨ》　呼《ヨブ》　来迎《ライカウ》
利發《リハツ》　悋《リン》気　我《ワカ》　侘《ワビ》　蕨《ワラヒ》　破篭《ワリゴ》　悪《ワル》

など一四三語（異なり語一三四語）が、古本節用集六種（『伊京集』『明応五年本』『天正十八年本』『饅頭屋本』『黒本

本』『易林本』）と『合類節用集』『書言字考節用集』の中で、いずれか一書とでも漢字表記・訓が一致し、その割合は約七〇パーセントを占める。この事象と特有語が占める割合が低いことを考え合わせると、ある程度通用していた漢字表記語を用いる傾向があるといえる。

以上のように、『宗因七百韻』では、偏が省略された「轉《サエヅ》り」、「詰」に対して偏が交替した「結《ツメ》」のような用字が見えるものの、特殊な漢字表記や熟字訓などはあらわれることがない。「結」は「橋結」「結奉公」の二語に見え、上述の「ニヤゲ（土産）」と同様に「詰」の誤刻とも考えられる。しかしながら、糸偏が言偏に交替する例では、『江戸宮笥』に「繞」を「譊」と書記する例、あるいは異体字の古字書『古今字様』（『異体字研究資料集成』所収）には、「古字「繆」・今字「謬」」のような例もある。さらに『俳諧類船集』（『近世文藝叢刊　第一巻』）には「結《ツメル》」とあり、この用字は誤刻によるものではなく、通用していたと捉えられる。

次に漢字含有率の観点から、漢字使用率が一〇俳諧集中七位の『宗因七百韻』の仮名の使用状況を呈示してみたい。総字数[4]七五七六（反復記号は除外）、漢字使用数二九二二字、平仮名使用数四六五二字、片仮名使用数二字[5]（ワキ）となり、使用文字総数のうち、仮名が約六一・四パーセント、漢字が約三八・六パーセントとなる。一〇俳諧集中『正章千句』での漢字含有率は、約三二パーセントで一〇俳諧集中最も低く、最も比率が高い『軒端の独活』の漢字含有率は約五四パーセントであるので、当該集の漢字含有率は高くはない。当該集の平仮名使用の特徴として、一つには「振舞」を「ふれまひ」、「南無阿弥陀仏」を「なもをみだうぶ」など、訛語を表現する手段に仮名が用いられていることが挙げられる。また、「命かけぬるすねはぎの露　宗因」（二七七）では、仮名表記の「すねはぎ」の「はぎ」に「臑脛」と「萩の露」を掛け、「下帯もとくる氷のひま〳〵に　宗因」（二四二）では、「帯をとく」と「氷がとける」の掛詞である「とく」に仮名が採用されるように、掛詞の部分を仮名で表現する例が見られる。さらに集中一句全体が平仮名だけで表記される句に、二〇三・四六三・六四二番の三句がある。

また、表記形態の特徴の一つには、「巾着きられ躍リ　機嫌も　保友」（四九一）のような、送り仮名や捨て仮名を右寄りに片仮名小字で書き表す例があり、この句以外にも「狂ヒ」「息切レ」「余リ」「流レ」「戻リ」「成ッて」（二例）「申シ」「盗ミ」「落ッ」「振ル」「野送リ」など、一三句にこの用法が見える。この表記法は、前半部では「於鎌倉三吟」百韻（延宝三年（一六七五））に二例、「宗因・弘氏両吟」百韻（延宝四年）に一例が見え、「三ツ物二組・発句十三」（延宝三年）と「西翁独吟」（寛文前期）には見えない。後半部分では「萩何」百韻（延宝五年）に一例、「玖也追善」百韻（延宝四年）に四例、「梅翁判素玄・定祐・保俊三吟」百韻（延宝二年乃至同五年の成立と推定）に五例があり、「梅翁判素玄・定祐・保俊三吟」百韻の成立年代にもよるが、「於鎌倉三吟」百韻（延宝三年）以外は延宝四年、五年に集中している。この現象は上述したとおり、作品集全体を同一の人が清書したのではないことから一書の中で作品により異なる表記形態を持つといえる。

二　『七百五十韻』の漢字使用の実態

談林末期の『七百五十韻』においても、漢字表記語の語数を示しておくと次のようになる。

漢字表記語の延語数　二五〇八語　　異なり語数　　一六四八語
振り仮名付き延語数　　六一〇語　　振り仮名付き異なり語数　五七五語

振り仮名が付された語を上述の『宗因七百韻』と同様に分類し、類型別の語数を示す。

【一】『七百五十韻』にのみ出現する漢字表記語（延三三七語　異なり語数三三一）

相《アヒ》あひ蒲団《プトン》　相住《アヒズミ》　和物《アヘモノ》草　青昆布《アヲコブ》　青苧《アヲソ》　青駄《アヲダ》　青丹《アホニ》　障泥《アヲリ》　茜《アカネ》　揚《アガリ》屋　揚《アゲ》代　網子《アゴ》　朝政《アサマツリゴト》　旦《アシタ》　化《アダ》②

愛宕《アタゴ》講　姉女郎《チヤウラウ》　阿尓摩尓摩々祢《アニマニマ、ネ》　鼈骨《アバラボネ》　膏《アブラ》　唖《ア》方《ハウ》　天《アマ》の磐樟《イハクス》　烏柹《アマボシ》　編《アミ》笠　天《アメ》　如何《イカナルカ》　怒猪《イカリヰ》　幾億《イクヲク》

幾《イク》夕べ　五十《イソジ》／五十年《イソジ》　虎杖《イタドリ》　斎宮《イツキノミヤ》　一轍《テツ》　未《イマダ》　弥《イヤ》　煎鰯《イリイハシ》　色人《イロビト》　岩城《キ》山　岩殿《ドノ》　印子《ヰンス》　院殿《テン》　樹《ウエキ》屋

欝金《ウコン》　後堂《ウシロダウ》　後飛《ウシロトビ》　梁《ウツハリ》　靭《ウツボ》猿　烏羽《ウバ》　産毛《ウブケ》　海鬼燈《ウミホウヅキ》　裏《ウラ》屋　上氣人《ウハキビト》　上桟敷《ウハサジキ》　餌《エ》　恵心《エシン》　餌釣《エヅリ》　肢《エダ》　栄

燿喰《グ》ひ　縁覚《エンガク》の亮《スケ》　鷰丹《エンタン》　大酒宴《ザカモリ》　大焼《ヤケ》　置《ヲ》き皷　噫《ヲクビ》　乙甲《ヲチカシラ》　乙門《カド》　大臣《ヲトヾ》②　女子衆《ヲナゴ》　膳所《ヲモノヽ》　重目《ヲモ》　女《ヲンナ》神

開闢《カイビヤク》　顧《カヘリミル》　何億《カヲク》　掻餅《カキ》　樫《カシ》の筒《ドウ》　風折《カザオリ》　鹿背《カセ》山　片頬《カタカハ》　片肌《カタハダ》　鉄火《カナ》箸　カビタン人《ビト》　彼土《カノド》　庚午《カノヘムマ》　竈《カマ》風呂

紙袍《カミコ》袋　空《カラ》車　虚潜上《カラぜンシヤウ》　假初《カリソメ》　假緘《カリトヂ》　皮《カハ》の面《メン》　丸《クワン》儀《ギ》　帰依《キエ》　氣随意《キズイ》　曲彔《キヨクロク》　切蠓《キリウジ》　斬《キル》　銀鍋《ナベ》　金蓋《キンブタ》　鎖《クサリ》

串蒟蒻《コンニヤク》　葛《クズ》　口真似《マネ》　沓《クツ》踏皮《タビ》　轡《クツハ》　隈《クマ》　闇《クラ》う　藏為替《ガハセ》　水母《クラゲ》　胡桃《クルミ》　繰臺《クリダイ》　蜓《ゲジ〳〵》　下踏袋《ゲタ》　浩然《コウぜン》　行年《カウネン》　肥肉《コエジヽ》

漕《コキ》別れ　和綸子《コヽリンズ》　小齋《コサイ》　越《コシ》　小粒《ツブ》　泥鏝《コテ》　粉糠《コヌカ》寺　粉糠《コヌカ》袋　古奴見《コヌミ》　木皮《コハ》　小袴《コバカマ》　呉服店《ダナ》　胡麻《ゴマ》餅　薦《コモ》舟　御《ゴ》

門《モン》　篭《コ》屋　小草鞋《ワラヂ》　金光寺《コンクハウジ》　金翅鳥《コンジテウ》　紺瑠璃《コンルリ》　開《サク》　珊瑚樹《サゴジユ》　笹《サヽ》竹　座敷能《ノウ》　茶堂《サダウ》　鈷矢《サビヤ》　鮫《サメ》　鞘《サヤ》　小夜《サヨ》踊　晒《サラシ》

騒《サハ》く　敷鰹《シキカツヲ》　紫金錠《シキンヂヤウ》　下枝《シヅエ》　死出《シニデ》　篠《シノ》薄　柴積《シバツミ》車　時平《シヘイ》　清水《シミツ》精舎　赤熊《シヤグマ》　邪見《ジヤケン》　秋《シウ》長老　章歌《セウガ》　床机《シヤウギ》　鉦鼓《シヤウゴ》

肖柏《セウハク》　常《ジヤウ》舞臺　声聞《シヤウモン》　松葉軒《セウエウケン》　篩籭《シレヌモジ》　水腫《スイシユ》　渚沙《スサ》　須達《スタツ》　角縮綿《スミヂリメン》　皇《スメロギ》　説相筥《バコ》　泊門《セト》　銑屑《センクズ》　嬋娟《センゲン》

善哉《ゼンザイ》　禪《ゼン》山　蘓鉄《ソテツ》　衣通姫《ソトホリビメ》　外露地《ソトロヂ》　蘓摩那華油《ソマナケユ》　反椀《ソリワン》　橙《タイ〳〵》　蝛蜼《タイラギ》　立游《ヲヨギ》　橘《タチバナ》　貴《タツト》き　建《タテ》　谷上《タナカミ》山　玉蛭《ビル》

戯言《ダハコト》　着到《チヤクタウ》　茶縮綿《ヂリメン》　茶瓶《チヤビン》　中興《チウコウ》　造《ツクル》　黄楊《ツゲ》　付階子《ツケハシゴ》　塊《ツチクレ》　包《ツヽ》み箸　包《ツヽ》み饅頭《マンヂウ》　角盥《ツノダライ》　唾《ツハキ》　爪《ツマ》切丸　鈎薬鑊《ツリヤクハン》

出逢《デアヒ》　手繰《テグリ》　手錠《テヂヤウ》　方便《テタテ》　調布《テヅクリ》　鐵鍔《テツツハ》　鉄鉢《テツハチ》　蝸虫《デヽムシ》　テリ布《フ》　電光《デンクハウ》　蕃椒《タウガラシ》　道戯舞《ダウケマヒ》　徳《トク》屋　刀自《トジ》　十《ト》千貫目

土堤《ドテ》町　飛《トビ》つく　富《トミ》　豊《トヨ》　豊年《トヨトシ》　長辛螺《ナガニシ》　七面《ナヽヲモテ》　名主《ナヌシ》　半酔《ナマエヒ》　生壁《ナマカベ》　納屋《ナヤ》　悪《ニク》き②　二夜《ヤ》　睨《ニラマ》へ　抜《ヌキ》捨て　布《ヌノ》

小《コ》　塗出《ヌリダ》し　寝覚《ネサメ》人　捻《ネヂ》杖　捻箸《ネヂハシ》　佞智者《ネチモノ》　妬《ネタ》み　根継《ネツギ》　寝間《ネマ》　現《ノゾキ》　罵《ノヽシ》れ　延為替《ノベガハセ》　貝《バイ》　這出《ハヒデ》　銀餅《ハヘブキ》　袴篭《ゴ》

裏《リ》　箔椀《ハクワン》　掃《ハキ》落す　櫨《ハシ》紅葉　離れ屋《ヤ》　肄字《ハフジ》　鶻《ハヤブサ》　半櫃《ハンビツ》　稗團子《ヒエダンゴ》　曳《ヒキ》窓　醤《ヒシホ》　蹄《ヒヅメ》　一間《マ》　隙毎《ゴト》　昼《ヒル》嵐　天鵝毛《ビロウド》

／天鵝絨《ビロウド》　天鵝鼻緒《ビロウトバナオ》　含《フクン》で　籠《フゴ》　節《フシ》穴　伏芝《フセシバ》　犢鼻裩《フドシ》　夫人《ブニン》　冬膾《ナマス》　振鬮《フリクジ》　諂《ヘツラ》はふ　干瓜《ホシフリ》　細脛《ホソハギ》　焔《ホノヲ》　真瓜《マクハ》

真銀《マカネ》　牧《マキ》　真菰《マコモ》　松脂《マツヤニ》　御折敷《ミヲシキ》　研《ミガキ》石　御影《ミカゲ》　御格子《ミカウシ》　御厨子《ミヅシ》　御棚《ミタナ》　三谷《ミタニ》　御野《ミノ》　耳掻《ミミカキ》　御《ミ》もと　務實《ムキミ》

麦藁《ワラ》　葎《ムグラ》　生子《ムスコ》　娘《ムスメ》　胸《ムナ》先　目疣《メイボ》　馬頭《メヅ》　藻屑《モクズ》　木蘭色《モクランシキ》　鵙《モズ》　持来子《モチキゴ》　物裁《タチ》　穀《モミ》　紅《モミ》　木綿財布《モメンザイフ》　楼船《ヤカタ》　疫病《ヤクビヤウ》

八十瀬《ヤソセ》　屋鳴《ヤナリ》　山陵《ヤマガラ》　行《ユキ》ずり　茹章魚《ユデダコ》　湯桶《ユトウ》　湯谷《ユヤ》　楊名《ヤウメイ》　桑門《ヨステビト》　四隅《ヨスミ》　四《ヨ》つ手《デ》　夜殿《ヨドノ》　裸形《ラギヤウ》　楽《ラク》長老　輪《リン》
寶《ボウ》　籠輿《ロウゴシ》　欂《ワク》②　滄海《ワダヅミ》

この類型の中には、同語ではあるが節用集とは漢字表記が異なる「⿰骨善骨《アバラボネ》」がある。節用集では「アバラボネ」に「胳」「肋」「膪」の漢字が当てられ、「アバラ」には「豁」とあり、『続無名抄』(6)（巻下）では「骸骨《アバラボネ》」と見える。当該集の「⿰骨善」は「善」の崩し字が「谷」と類似することによる誤字といえるだろう。

「簕猿《ウツボ》」「⿱⺮⿸厂斬⿱⺮⿸厂⿰卓殳《シレヌモジ》」「務實《ムキミ》」「⿰米聿字《ハフジ》」などは節用集に異字での収録もなく用例も見出すことが出来ない。これらの中で、「⿰米聿字《ハフジ》」については、『同文通考』（巻の二）に隷書と八分は字体が似ているから混同しているとの記載があり、(7)混同の結果を如実に示す漢字表記である。『書言字考節用集』では「八分字」、『合類節用集』では「八文字」と収録がある。「務實《ムキミ》」については、『合類節用集』に「務」に類似した漢字「⿱敄方《ムクル》」（左傍訓ルイ）が見える。

「⿱⺮⿸厂斬⿱⺮⿸厂⿰卓殳《シレヌモジ》」は言葉そのものを、辞書・用例などでは未だ探し出すことが出来ず、この語を構成する二つの漢字の一つ一つの部分を次のように分析してみた。前部の⿱⺮⿸厂斬では、

「竹」には「書き物」、「厂」には「石」、「斬」には「ほる」

の意がある。後部の⿱⺮⿸厂⿰卓殳では、

「竹」「厂」は前と同じ。「卓」は「机・すぐれる」、「殳」は「書体の名」

の意を持ち、何かに彫られた「文字」を意味し、漢字や部首を組み立てて「知れぬ文字」としたのではないかと推測する。

右のような特異な漢字表記は、上述の『宗因七百韻』には現れなかった。これら以外にも、節用集との用字差がある漢字表記の語に「生子《ムスコ》」がある。節用集では、「息子」「息男」「男」を「ムスコ」と読むが、「生子」は収録されていない。『塵芥』（上95ウ）には「生子《ムスコ》〈古今秘注後成恩寺御作苔ノムスハ年ヲムスト云〉」とあり、日比谷

図書館本の『浮世物語』(8)には、「そのあひだに生子《むすこ》をまうけたり。」とある〈むすこ〉は底本日比谷図書館蔵にある振り仮名)。但し、江戸版(一四行本)の『近世文学資料類従　仮名草子編12』所収、赤木文庫蔵本の『浮世ばなし』では「むすこ」と仮名書きされる。

【二】の類型では特異な漢字表記語と共に、複合語が多く属し、それらは節用集にも収載されない。「常舞《じやうぶ》台《たい》」「柴積車《しばつみくるま》」「色人《いろひと》」などは、『好色一代男』(9)に例が見られ、「細波《さゝなみ》」は『日本永代蔵』(10)に、「栄耀喰《グ》ひ」は、「生子」と同じ日比谷図書館蔵本の『浮世物語』に用例が見える。

「カピタン人《ビト》」の「人」の振り仮名については、『紅梅千句』で「乗人《ノルヒト》稀」「国人《クニウト》」「籠り人《ド》」と「人」に異なる振り仮名が見え、『江戸八百韻』で「死人《ビト》」、当該集では「道人《ミチビト》」とある。このように熟語の上部に位置する単語によって、下部の「人」が様々に読み分けられ、「カピタン人《ビト》」もヨミを指示するための振り仮名と考えられる。

「樵《コリ》」は「木樵」とあるが、『正章千句』の「樵夫《キコリ》」と同語ではない。『連歌俳諧集』(11)(俳諧編　江戸桜の巻)に「名詞「樵夫」ではなく「木(薪)を樵り」である。」と語釈がある。

さらに、この類型に属する語の中には、同表記でありながら他の九俳諧集とはヨミが異なる語に「揚屋《アガリ》」「魂《コン》」「頭《ホトリ》」がある。『七百五十韻』一一番には「揚屋《アガリ》はとぢけん雲の空淋し　如風」、三六五番では「又や見ん揚屋の寝覚比の秋　春澄」とあり、両者の「揚屋」は、同字であっても同語ではない。『當流籠抜』では「揚屋《アゲ》」と振り仮名を付すのが見え、『七百五十韻』三六五番と同義語である。『日本国語大辞典』(二版)には、「あがりや」は「江戸時代の牢屋の一つ」、「あげや」は「高級な遊女を呼んで遊興する店」と語釈が見える。「魂《コン》」は前掲の『連歌俳諧集』の語釈に、『荘子』に見える「鯤」の当て字とあり、「想像上の大魚」の意とする。したがって、『宗因七百韻』の「魂《タマ》」とは別語である。単純語「頭」は、当該集では「江島の頭《ホトリ》」と詠まれ「辺」に通じ、『宗因七百韻』では「頭《ヅ》をふる花」と「ヅ」の振り仮名が付される。このほかに単純語「頭」は『江戸宮笥』では二例、『當流籠抜』では一例見えるが振り仮名は付されない。

以上の訓が異なる漢字表記語は、振り仮名が語を確定する機能を果たし、意味の弁別に重要な役目を果たしている事が認められる。

【二】同義語ではあるが、他の九俳諧集では漢字表記が異なる語（延二三語・異なり語数二一）

（（　）内は他の異なる表記、〈　〉内には俳諧集名、○の中には出現回数を示す）

化人《アダ》（あだ人〈正①〉）　鮑《アハビ》②（蚫《アハビ》〈紅①　江八①〉・蚫貝〈江宮①〉）　上氣《ウハキ》（うは氣〈江八①〉）　紙屋《カイ》川（紙や川〈江八①〉）　鑰《カギ》（鎰《カギ》〈江八①　当①〉・鎰〈江宮①〉）　野馬《カケロフ》（絲遊《カケロフ》〈江八①〉）　栢《カヤ》（榧《カヤ》〈軒①〉）　杯《サカヅキ》（盞〈西①〉）　細々《サゞ》浪（さゝ浪〈江八①〉・ささ浪〈江蛇①〉）　小莚《サムシロ》（狭莚《サムシロ》〈江八②〉）　背《セナカ》（背《セ》中《ナカ》〈宗①〉・背中〈七①〉）　幞《ヅキン》（頭巾《ヅキン》〈紅①〉・頭巾〈正①　宗①　江八①　当①　軒②〉）　時計《トケイ》（斗鶏《トケイ》〈正①〉）　錬薬《ネリヤク》（練《ネリ》薬〈江八①〉）　妖物《バケ》（化妖《バケ》物〈正①〉・化物《バケ》〈紅①〉・化もの〈江宮①〉・化物〈江宮①〉）　鍼《ハリ》（針〈正①　江八①〉）　火燧《ヒウチ》石（火打石〈江蛇①〉）　肱《ヒヂ》（臂《ヒヂ》〈紅①〉）　冷《ヒヤ》汁（寒汁〈西①〉）　蜀魂《ホトヽギス》②（郭公〈正②　紅②　宗①　江八②　江蛇⑦　江宮②〉・杜宇〈当①　軒②〉・子規〈江蛇①　江宮①　軒①〉・時鳥〈江八①　当③　江蛇①　七①〉）　爼板《マナイタ》（爼《マナイタ》〈江蛇②　江宮①〉）

右の類型に属する「時計」では、『正章千句』には「枕上の斗鶏《トケイ》に夢をさまされて」（七八一）とあり、『七百五十韻』では、「時計《トケイ》に四方の風をめぐらす　仙菴」（二二〇）とある。「時計」の漢字表記は、一〇俳諧集中『七百五十韻』にのみ出現し、節用集では「土圭」「斗景」「圖景」の漢字の収録が見える。「時計」の生成については、田島優氏に詳細な論考があり、「物自体の形態が変化したために本来の漢字表記とは合わなくなり、意味的表記を用いる」と述べられている。[12]元来の表記「土圭」は中国に由来するものであり、昔日かげの長さを計るのに用いた道具を指すものであった。田島氏は「とけい」の近世での漢字表記を江戸時代の小説から用例を挙げ、その中では『好色一代男』の「土圭」を最初とし、漢字「時計」は、貞享四年（一六八七）刊の『男色大鑑』を初出とする。

『日本国語大辞典』（第二版）では一六八八年刊の『日本永代蔵』が「時計」の初出例であるが、一六八一年刊の『七百五十韻』では、『男色大鑑』より六年、『日本永代蔵』より七年早く使用される。『七百五十韻』と同じ年に刊行された『西鶴大矢数』(13)では、「計《ト》鶏《ケイ》」「土圭」の漢字表記が見える。

【三】振り仮名が付される語の中で、他の九俳諧集にも出現する語（延二五〇語・異なり語数二二三）

（1）他の九俳諧集でも振り仮名が付される語（延七三語・異なり語数六六）

挨拶《アヒサツ》　銅《アカ、ネ》（〈江八〉銅《カネ》）　菖蒲《アヤメ》　或《アル》　飯《イヒ》　衣桁《イカウ》　瑞籬《イガキ》　礎《イシヅエ》　一揆《キ》　巖《イハホ》　虚《ウソ》③　乳母《ウバ》　箙《エビラ》　覆《ヲ、ヒ》　伯父《ヲヂ》　負《ヲ》ふ　瘧《ヲコリ》　篰《カヾリ》　掻《カキ》板　銀《カネ》　蒲鉾《カマボコ》　碓《カラウス》　踵《キビス》　椋橋山《クラハシ》　強盗《ガウダウ》　牛頭《コヅ》　木玉《コタマ》　樵《コリ》　魂《コン》　逆《サカサマ》　月代《サカヤキ》②　譟《サハ》ぎ　懺悔《サンゲ》　蜆《シヾミ》　裾《スソ》　簀《スノ》　子《コ》　圖法師《ヅボウシ》　須弥《スミ》（〈西〉須弥《シユミ》）　隅《スミ》　店《タナ》②　釼《ツルギ》　唐秬《タウキビ》　銅壷《ドウコ》　渚《ナギサ》　鉛《ナマリ》　滑《ナメラカ》　脛《ハギ》　歯茎《ハグキ》　歯黒《ハグロ》　運《ハコ》ぶ②　挟《ハサ》み　腹這《ハラバヒ》（〈軒〉腹這《ハヒ》）　額《ヒタイ》　筆耕《ヒツカウ》　襖《フスマ》②　篦《ヘラ》　頭《ホトリ》　湖《ミヅウミ》　漲《ミナギ》る　蜈《ムカデ》　滅金《メツキ》　碼碯《メノウ》　燃《モエ》　守《モリ》　薬鑊《ヤクハン》　夕栄《バエ》　浴衣《ユカタ》②

当分類に属する語では、一〇俳諧集中「月代《サカヤキ》」が『正章千句』『江戸八百韻』『當流籠抜』『江戸蛇之鮓』に各一回、『七百五十韻』に二回と合わせて六回見え、全てに振り仮名が付される。同じく一〇俳諧集中六回振り仮名を付す語には、「既《ステ》に」「蓋《フタ》」があり、これら三語は最も振り仮名を付す回数が多い語である。

（2）他の九俳諧集では振り仮名を付さない語（延一〇一語・異なり語数九〇）

明《アキラカ》ニ　蜑《アマ》　朝《アシタ》　穴《アナ》　淡《アハ》　行燈《アンドン》②　意趣《イシユ》　生《ウ》ム　柄《エ》④　生《ヲヒ》て　起《ヲキ》て　男《ヲ》鹿　驚《ヲド》す　和《ヲ》尚　阿蘭陀《ヲランダ》　咳氣《ガイキ》　梯《カケハシ》　餝《カザ》る　顔《カタチ》　交野《カタノ》　記念《カタミ》　合點《カツテン》　甲《カブト》　釜《カマ》　神田《カンタ》　絹《キヌ》　急《キウ》　清《キヨキ》　玉楼《ロウ》　着《キ》る　巾着《キンチヤク》　金殿《キンデン》　下《クダ》す　朽《クチ》なむ　来《クル》　鍬《クハ》　氣《ケ》　外科箱《ゲクハバコ》　化《ケ》して　小督《コガウ》　御前《ゴゼン》　木葉《コノハ》　胡粉《ゴフン》　覚《サメ》て　三《サ》日　小夜《サヨ》　仕《シ》たい　鹿《シカ》　下《シタ》　酢《ス》　菫《スミレ》　初《ソメ》て②　太夫《ダイブ》　高《タカ》き　焼《タク》②　靏《タツ》　告《ツゲ》て　豆腐《トウフ》　融《トホル》　扉《トビラ》　中《ナカ》　詠《ナガ》め　歎《ナゲ》かし／歎《ナゲ》き　鍋《ナベ》　馴《ナレ》て　成《ナル》　脱《ヌイ》で　念佛《ネンブツ》　箸《ハシ》　早《ハヤ》　比丘《ビク》　尼《ニ》　髭《ヒゲ》　風蘭《フウラン》　降《フ》らし　經《ヘ》ぬ②　馬子《マゴ》　間《マ》　桝《マス》　道人《ミチビト》　緑《ミドリ》　水上《ミナカミ》　聟《ムコ》　蒸《ムシ》　廻《メグ》リ　食《メシ》　求《モトム》る③　諸《モロ〳〵》　山守《モリ》　梦《ユメ》②　瑠璃《ルリ》

右に属する語の中で、「朝《アシタ》」「着《キ》る」「朽《クチ》」「来《クル》」「淋《サビ》しき」「鹿《シカ》」「下《シタ》」「高《タカ》き」「成《ナル》」「梦《ユメ》」などは、他の九俳諧集で多用される漢字表記語であるが振り仮名はなく、『七百五十韻』においても振り仮名を付さない場合もある。

（3）他の九俳諧集では振り仮名を付す場合と付さない場合がある語（延七六語・異なり語数六七）

「或」に「アル」「アルイ」、「喰」に「クイ」「クラ（ひ）」、「腸」に「ワタ」「ハラワタ」「ラワタ」のようなヨミの違い、また、漢字に付す振り仮名は同じであるが、「投つらむ」「投られ」のように語形に違いがあっても語基に同じ漢字を用いる語はこの分類に属するものとした。（（ ）内に振り仮名が異なる場合は片仮名で示す）

浅漬《アサヅケ》　或《アル》／或《アルイ》は　戴《イタヽ》く②　鼬《イタチ》　色《イロ》　埋《ウヅモ》れ　栄耀《エヨウ》　驕《オゴリ》　蚊《カ》　楽《ガク》屋　肩《カタ》　帷《カタヒラ》　門《カド》②　鴎《カモメ》　間鍋《カンナヘ》　牙《キバ》　口説《クドキ》　喰《クイ》／喰《クラ》ひ　金《コガネ》　火燵《コタツ》　来《コ》ぬ　木間《コマ》　衣《コロモ》　栄螺《サヾイ》　悟《サトツ》た　淋《サビ》しき　死《シ》　尻《シリ》　既《スデ》②　雪踏《セキダ》　洗濯《センダク》　雪隠《センチ》　染《ソム》る　誰《タガ》　伊達《ダテ》　千束《チツカ》　塵《チリ》　蔦《ツタ》②　躑躅《ツヽシ》　連《ツラナ》る　胴骨《ドウホネ》　床《トコ》　飛《トビ》来り　直《ナヲ》す　投《ナゲ》つらむ／投《ナゲ》られ　灘《ナダ》　握《ニギ》る　女房《ボ》②　歯《ハ》　箔《ハク》　吐《ハカ》ん　祖母《バヽ》　蒲團《フトン》　古巣《ス》　隔《ヘダ》つ　紅粉《ベニ》②　神輿《ミコシ》　土産《ミヤゲ》　木綿《モメン》　指《ユビ》　粧《ヨソホ》ひ　夜這《バビ》　羅紗《ラシヤ》　緑青《ロクシヨウ》　腸《ワタ》〈当〉ハラワタ〈軒〉ラワタ）　蕨《ワラビ》　草鞋《ワラヂ》

当類型に属する「女房《ボ・ホ》」は、他の九俳諧集中一一回出現するのにもかかわらず、振り仮名付記率が約二・二パーセントと最も低い『江戸宮笥』に三回出現する中で一回のみに「女房《ホ》」と振り仮名があり、『七百五十韻』では二回出現し二回ともに振り仮名を付す。

「色《イロ》」は『正章千句』に「色《ユロ》めく」とあり、「イ」から「ユ」に音韻交替した振り仮名が見える。「飛来《トビ》り」は「飛来つつ」「飛くる」（『軒端の独活』）には振り仮名はないが、「飛《トビ》次第」（『紅梅千句』四二四）「飛《ト》ばしり」（『江戸八百韻』七〇八）には振り仮名が付されるので当類型に属するとした。また「古巣《ス》」は『江戸蛇之鮓』（一一八・四一六）では振り仮名が付されないが、『紅梅千句』（一一〇）に単純語で「巣《ス》」とあるので、単純語と熟語の違いがあるが、ここに属するとした。因みに『七百五十韻』（三六一）の「浮巣」には振り仮名は付されない。

以上のように、振り仮名を付す漢字の様相を見てきた結果、他の九俳諧集には出現しない当該集独自の漢字表記語が多い特色があり、それが振り仮名付記率の高いことに結びついていると捉えられる。

次に、表記形態の特徴の一つとして、漢字だけで一句を構成する例があり、それらを提示しておきたい。

①賦ニ　曰月明《アキラカ》ニ　借シ　樓船《ヤカタ》　仙菴（八七）
②一枚手形源空在判　如風（二一〇）
③池田橘《タチバナ》　胡桃《クルミ》髭籠《ヒゲコ》屋　仙菴（四四四）
④如何《イカナルカ》禪《ゼン》山青ク　月白シ　帰依《キエ》和《ヲ》尚　常之（五四三）
⑤志賀箙《エビラ》　湯谷《ユヤ》融《トホル》　祝言　春澄（五九六）
⑥蝛蠬《タイラギ》栄螺《サヾイ》鮑《アハビ》　長辛螺《ナガニシ》　仙菴（六二四）
⑦柴積《シバツミ》車千里一時　信徳（七三四）

この七句以外の二一一番では「無御座候」のような漢文での返読用法が見え、右の七句と共に漢詩文調を指向する姿勢が窺われる。しかしながら、③⑥などは物の名前を羅列しているに過ぎず、見掛け上漢詩文風である句もある。因みに、上述の『宗因七百韻』では漢字のみで書かれる句は存在しない。また、送り仮名・助詞を右寄りに片仮名小字で記す用法には、例えば「借シ」（四例）「借ス」「借ル」「世ノ中」「聞イて」「偽リ」「鳴ク」など、三六句に用例が見える。その中で送り仮名を最も多く付す漢字は「借」であり、「借シ」四例、「借ス」一例、「借ル」一例が見え、「借」は「かす」と「かる」の両者に使われていたために、その読み分けを指示していると捉えられる。このような表記形態は、貞門俳諧の『正章千句』（慶安元年（一六四八）刊）、『紅梅千句』（明暦元年（一六五五）刊）、刊行年は不明であるが、一〇俳諧集と同年代の『花千句』[14]（一六七五年季吟著）には現れない[15]。本書の調査資料である一〇俳諧集中では、談林俳諧の延宝五年（一六七七）刊の『宗因七百韻』から一六八一年刊の『七百五十韻』の中で、七種の俳諧集には送り仮名・捨て仮名を片仮名小字で右寄りに記す用法が見える。

また、「おすゑ人」「寝覚人」「さ人」の「人」に三回、「和物草」「女草」の「草」に二回、「女神」「殿木」「娘手」の「草」「木」「手」のそれぞれ一回に濁点を付すなど、合せて八語の漢字に濁点が付され、これもヨミを助ける振り仮名に類似した機能である。この現象は、『宗因七百韻』では借音仮名以外に、三五五番の「木戸口」に濁点が付されるのが一例だけ登場する。

さらに「いそじ」に「五十」「五十年」の二種、「びろうど」に「天鵝毛」「天鵝絨」「天鵝」の三種による変字法と思える漢字の用法が見え、『七百五十韻』では『宗因七百韻』に比べると、様々な要素を含む表記形態の様相を呈する一面を窺うことができる。

おわりに

本節では『宗因七百韻』と『七百五十韻』の二つの近世初期の俳諧集を取り上げ、振り仮名の機能や表記形態の特色について述べてきた。

前者の談林初期の作品である『宗因七百韻』には、振り仮名を付す二〇四語中同書にだけ見える語には延七七語があり、約三七・七パーセントを占める。使用される漢字には、偏が省画される「轉《サエヅ》り」のような漢字は出現するけれども、どこにも見えない『七百五十韻』のような特異な漢字を使用することはない。

それに比べ、談林末期の『七百五十韻』では、振り仮名を付す漢字表記語六一〇語の中で延三三七語が一〇俳諧集中同書でのみ使用する漢字表記語であり約五五パーセントを占める。振り仮名を付す語を見てみると、一つには、日常的に定着していない漢字に振り仮名を付す傾向がある。また、既出例よりも早く「時計」の漢字を用いること、節用集に収録がなく、未だ用例を探し得ない特異な漢字を用いることなど、有意的に非日常的な漢字で書記しようとする、書き手の意思表示が見え、視覚的印象性を求めようとする態度を窺い知る事が出来る。振り仮名付記率では、他の俳諧集に比べ特異な漢字が多いこともあって、一〇俳諧集中最も高いのも特徴の一つである。『俳諧大辞典』（二九四頁）には、編者である信徳は「談林からの転向気運を作り出す一方の中心となり、新風展開のために積極的な活動を示し」と記され、『七百五十韻』は談林調から蕉風への過渡的様相をあらわし、俳諧史上の価値は大きいとされる。清書した人や書肆は不明であるが、以上のように節用集に収載がない、あるいは用例を見出せない特異な漢字を用いることから、板下の筆者は一座の一員ではないかと想定する。

注

（1）「『誹諧七百五十韻』評釈―第一、江戸桜の巻―」（『近世文芸　研究と評論』第一号第二号　一九七一・一九七二年）

（2）『浮世鏡』（『片言　物類稱呼　浪花聞書　丹波通辞』一九三一年　日本古典全集刊行会）
新村出の解題には「『片言』刊行後数十年経ってから出版されたもので、序言によって貞室の片言の補遺として出来たことが明かである。」ということなどが述べられている。

（3）『かたこと』慶安三年（一六五〇）刊　安原正章著（福井久蔵編『国語学大系九巻　方言』一九八一年　国書刊行会）

（4）文字の使用数は捨て仮名・振り仮名・詞書を除き、句にのみ使用される数を示す。

（5）一〇〇番に「めてたく頓而出る僧ワキ」と本行に片仮名が用いられる例が見える。

（6）『続無名抄』延宝八年（一六八〇）刊　岡西惟中著（『近世文学資料類従　古俳諧編47』一九七六年　勉誠社）

（7）『同文通考』宝永二年（一七〇五）頃成立　新井白石著　白石没後の宝暦一〇年（一七六〇）新井白蛾により補校版行（『語源辞典　東雅』一九八三年復刻版　名著普及会）
集古録アヤマリテ八分ノ書ヲ以テ隷書トハナセルナリトミエタリ…（略）…張邦基ガ説ニモ近世ノ人ミダリニ八

分ノ書ヲ以テ隷書トス隷書ハスナハチ今ノ正書ナルコトヲシラズト章子厚ノイヒシヨシミエタリ

（〇隷書　四二〇頁）

（8）『浮世物語』浅井了意著（前田金五郎校注『日本古典文学大系　仮名草子集』一一行本　一九七五年九刷　岩波書店）

（9）『好色一代男』（大坂版）天和二年（一六八二）（『近世文学資料類従　西鶴編1』一九八一年　勉誠社）

（10）『日本永代蔵』貞享五年（一六八八）（『近世文学資料類従　西鶴編9』一九七六年　勉誠社）

（11）『連歌俳諧集』（暉峻康隆注解『日本古典文学全集』一九七四年　小学館）

（12）田島優「「とけい」の漢字表記をめぐって」（『近代漢字表記語の研究』一九九八年　和泉書院）

（13）『西鶴大矢数』延宝九年（一六八一）（『近世文学資料類従　古俳諧編31』一九七五年　勉誠社）

（14）『花千句』は『天理図書館綿屋文庫　俳書集成　第一五巻　貞門俳書集一』（一九九六年　八木書店）所収による。延宝三年（一六七五）北村季吟・湖春・正立父子著で刊行年は不明。

（15）但し、『紅梅千句』では「ふためきてときにし帯を忘《ワス》れ置キ　季吟」（七五七）と右傍に送り仮名「キ」を記す例が一例見える。しかし、これは句の終わりにスペースがなく、「忘れ置」を詰めて書記し、読み難いことから振り仮名を付す時点で、「置き」を明示するために、振り仮名と同列に「キ」を書き添えたものだろう。『正章千句』では「無跡に一キの位てんぜられ」（四二七）と「キ」が右寄りに記される例があるが、「一キ」は二字で「一級」を表す自立語である。

結語

第一章では漢字に関する問題として、振り仮名の機能を中心に検討を重ねてきた。振り仮名では、難読字は勿論のこと、当時通用する漢字に比べ非日常的な使用頻度が低い漢字に振り仮名を付す傾向があること、振り仮名には意味を弁別する機能があることなど、様々な機能があることを指摘した。しかし、同じ漢字表記語で振り仮名を付す場合と付さない場合がある語の中には、振り仮名を付す根拠を明らかにすることが出来ない語があり、引き続き検討を必要とすると考えている。

第一節の『紅梅千句』では、主として、漢字と振り仮名の関係についての考察を試みた。音読みと訓読みの調査の結果では訓読み語が多用されているのにも拘らず、音読み語に比べて訓読み語に対する振り仮名の割合が低い。この現象は、文芸作品に於いて訓読み語の出現頻度が高く、読み方が平易な漢字が多いからである。また、振り仮名を付す漢字表記の語と、俳諧作法書の『はなひ草』『俳諧御傘』『俳諧類船集』との関連、併せて、文頭語・付合語・字音語・初出語・節用集における収載の有無の条件を設定し、該当するかしないかの調査を試みた。その結果、総括して各条件との適応率は高いけれども、振り仮名を付す語の中には、同語において振り仮名を付さない場合の方が、多くの条件に当てはまる事例が見られ、振り仮名を付す・付さないの差異を明らかにすることができないままである。振り仮名の機能の一つには、序章で述べた難読字・意味を弁別するため・二重表現の効果をねらう・語形を示すなどの振り仮名以外に、一句の中で、強調したい重要な語の存在があり、文学的意義の観点から、注意を引くための振り仮名があると想定した。

第二節では一〇俳諧集の中で漢字使用率が最多の『軒端の独活』と、振り仮名付記率が最も低い『江戸宮笥』の二つの作品集を中心にして、それぞれの表記の特徴や振り仮名の実態を考察した。前者では表記法において様々な形式が見え、片仮名の使用場面、送り仮名を片仮名小字で書記する様式などを提示し、後者の『江戸宮笥』では多用される同じ易しい漢字でも、職能により振り仮名を付すことがあることを明らかにした。

第三節では一節の『紅梅千句』と清書者が同じ『正章千句』における振り仮名の考察を行った。両者には振り仮名付記率に大きな違いがあり、出版された目的に違いがあると推察する。

また、漢字と振り仮名の関係では、音読み・訓読みのどちらに振り仮名を付す傾向にあるか、一節の『紅梅千句』と同様に調査をしたところ、ここでもやはり音読みの方に振り仮名を付す割合が高いことが明らかになった。振り仮名を付す根拠では、「色」を「ユロ」と読むように、表記と発音にずれがある場合に振り仮名を付すこと、「夏」や「文」のように複数のヨミがある場合に、「夏」は「ナツ」、「文」は「フミ」が多用される中で、前者は「ゲ」、後者は「ブン」と読み、意味を弁別するための振り仮名があることを述べた。

第四節では談林初期の『宗因七百韻』と談林末期の『七百五十韻』を取り上げた。前者は異なる興行での作品をまとめた俳諧集であり、各作品による振り仮名の仮名遣い、熟漢字のヨミの差異など、それぞれの清書者による違いが窺えた。

一方、『七百五十韻』では、一〇俳諧集中『七百五十韻』のみに出現する振り仮名を付す漢字表記語が多く、中には、偏を増画した漢字や造字などの節用集にない漢字が見える。それらは新しさを出すための工夫を凝らした文字遣いであり、振り仮名を付さなければ読むことができない。

このようなヨミを助けるための振り仮名と同時に、意味を弁別するための振り仮名の機能がある。また、当該集は漢字に濁点を付す、あるいは送り仮名・捨て仮名を片仮名小字で書記する方法など多種多様な表記形式を持つことを特徴とする。

以上本章では、俳諧における漢字と振り仮名の対応関係、及び表記形態の様相を述べてきた。最も振り仮名付記率の高い『七百五十韻』の編者は信徳であり、芭蕉と投合する所があって、俳諧史の上で後の蕉風へと転向して行く重要な位置にある。同書の特徴の一つとして、奇警な漢字を使用する例があり、それが振り仮名付記率の高さに結びついていると捉えられる。

また、二番目に振り仮名付記率の高い『紅梅千句』は、貞門の代表的連句作品集である。貞徳は俳諧において当代の中心的人物であったことから、俳諧を学ぶ人たちにとって啓蒙書的な要素を持つことが、振り仮名付記率の高いことに結びついていると考えられる。同書もまた、『七百五十韻』と同様に俳諧史上見のがすことはできない作品集である。

以上のような調査を通して、一つには俳諧では様々な振り仮名の機能があること、二つには漢字の用法の中には、ありきたりの漢字を用いるのではなく、音が共通する変え字、あるいは意味を考えての造字、あるいは既存の漢字に特殊なヨミを与えることなどが特徴として認められた。

第二章　近世初期俳諧の用字・用語考証

導　言

前章では、漢字と振り仮名の関係において、振り仮名の機能・表記形式など、書かれたものに認められる諸現象の検討を重ねてきた。対象資料とする一〇俳諧集には振り仮名が散見し、振り仮名に関しては、同語で振り仮名を付す付さないの問題があるなど様々な問題が内蔵されているからである。

本章では、漢字の用法において、当て字を用いる特殊な熟語と、中国の字義に対応しない訓が見えることについて検討していきたい。また、用語の面では、現在では日常語として使用されなくなった単純語「ふためく」の衰退過程や音象徴語について言及することにする。

第一節では「やさし」に「婀娜」「艶」を当てるのは、一〇俳諧集中『江戸八百韻』のみであることから、「婀娜」と「艶」はどのような場面を表現しようとしているのか、両者には使い分けがあるのか、文脈での用法を考察し、この二語を用いる意図を考える。

第二節では『當流籠抜』において、「悶る」を「いきる」と読むことについて、「悶る」を「イキ（る）」と読むのは見かけない用法であり、辞書や用例を通して「イキ（る）」と読める道筋を明らかにする。そして、そこには、どのような振り仮名の機能があるのか、検討することにする。

第三節では「アツカヒ」に「哆」を対応させるのは、当時通用していたのか、「哆」を「アツカヒ」と読めるのか、前節と同様に辞書類を参照しながら、用例を見出すことに努め問題を解決していきたい。

第四節では、一つは「いつぞや」に「日外」を当てることに言及する。今一つには、「正体」に「性躰」、「丈夫」に「上夫」のように熟語の漢字列の一字を置き換える、意図的な借字の用法について分析を加える。

第五節では、『紅梅千句』に見える「ふためく」について、今では「あわてふためく」ということはあっても、「ふためく」を日常語として単独では使わないことに注目して、衰退の過程を考察する。

第六節では、一〇俳諧集に貞門の『鷹筑波』『塵塚誹諧集』『守武千句』を加え、一三俳諧集の音象徴語を取り上げ、出現頻度、音象徴語の拍数による分類、または型式による分類を試み、近世初期俳諧での特徴などを述べる。

以上のように、本章では、第一節から第四節までは、付された振り仮名と漢字の関係について、何故そのように読めるのか、意図するものは何であるかなどを明らかにすることを目的とする。第五節では、単純語「ふためく」がいつ頃衰退したか、第六節では、和歌や連歌ではわずかしか用いられない音象徴語の、俳諧における実態を調査した結果を報告するものである。

第一節　『江戸八百韻』に見える「やさし」の用法

――「婀娜《ヤサシ》」「艶《ヤサ》し」について――

はじめに

本節では、漢字に付される特殊な振り仮名の一つとして、『江戸八百韻』の集中、

相宿り天狗も婀娜《ヤサシ》郭公　青雲（二〇一）
半分見えし姿艶《ヤサ》しき　来雪（四四）

と詠まれる句の中に、「ヤサシ」に「婀娜」(1)「艶しき」の二通りの漢字表記(2)が見えることに着目して、考察を試みていきたい。両者は一〇俳諧集中『江戸八百韻』にのみ見える漢字表記語であり、「ヤサシ」に対して常用されていたとは考えられないこと、また「ヤサシ」に、この二種の漢字を用いることは、そこに何らかの表現意図を伝えようとしているのではないかと考えられるからである。

天理図書館綿屋文庫蔵本『談林俳書集二』の解説によると、『江戸八百韻』は延宝六年（一六七八）に刊行され、幽山・安昌・来雪・青雲・言水・如流・一鉄・泰徳等八名が興行した百韻八巻を収めるものであり、幽山等著、幽山・言水共編、寺田重徳刊の作品集である。

考察を進めるにあたり、節用集では、『古本節用集』六種（『伊京集』『明応五年本』『天正十八年本』『饅頭屋本』『黒本本』『易林本』）・『合類節用集』『書言字考節用集』の八種と、適宜その他の古辞書を参照することにしたい。

一　「婀娜《ヤサシ》」について

まずはじめに当該集において、

ア、相宿り天狗も婀娜《ヤサシ》郭公　青雲（二〇一）　鬼心せよ五月雨の闇　来雪（二〇二）

と「婀娜」を「ヤサシ」と読むことに言及していくことにする。

古辞書類で「婀娜」を見ると、

『易林本節用集』—「ヤサシ・ナマメク・アダ・アナ」

『合類節用集』『書言字考節用集』—「ナマメイテ（ナマメク）・タヲヤカ」

と訓が付され、『色葉字類抄』では「たをやか」と読む。また『倭玉篇』（慶長一五年（一六一〇）版）には「婀《ア》　タヲヤカ」「娜《ヤ》　ナマメク／タヲヤカ／シナヤグ」の和訓が記される。それならば、実際にどのような場面に使用されているか、その実態を提示してみたい。『江戸初期無刊記本遊仙窟』には、

「婀娜《ト》腰支《ノ》」…左傍訓「タヲヤカナルコシハセ」

「婀娜《トタヲヤカニ》　蓊茸《トモクサカリ》　」…「娜」の左傍訓「トナマメキ」

「茸」の左傍訓「トサカリニシテ」

「華《ノ》容《カホ》婀娜《ト》」…「容《カホ》婀娜《ト》」の左傍訓「カタチタヲヤカニシテ」

「婀娜《ト》徐《ニ》行《ク》」…「婀娜」の左傍訓「ナマメイテ」

とある。『玉造小町子壮衰書』には、『遊仙窟』と同じ「婀《ア》娜《タト》腰支《ノ》」が見え、

婀《ア》娜《タト》腰支《ノ》誤《ル》三楊柳《ノ》　之乱《ル、カト》二　春風《ニ》一

とあり、「婀娜」の左傍には「タヲヤカナル」、「腰支」の左傍には「コシハセ」と訓を付し「アタトタヲヤカナルヨウシノコシハセハ」と文選読みをする。この『玉造小町子壮衰書』を典拠として、謡曲「卒都婆小町」に「ひすいのかんざしはあだとたをやかにしてやうりうのかぜになびくがごとし」(3)という一文があり、さらに、「卒都婆小町」を典拠とする作品には、俳論書『評判之返答』や仮名草子『恨の介』がある。これらの文選読みの文例における和訓は、「ナマメク」或は「タヲヤカ」と記され、何れも「ヤサシ」ではない。『鶉衣』（寿光先生伝）には「げに先生や婀娜たる美少年なりし」とあり、これもヨミは「アダ」であって「ヤサシ」ではない。以上の用例では美しい人を形容する語として「婀娜」を用いる。西鶴の浮世草子には、「やさし」と振り仮名が付される例が見えるので、列挙してみたい。

◇『男色大鑑』

①わつかのうちも恋路はやるせなきに此事しらせてよと仰《おほ》せけるは婀娜《やさしき》御心入と水櫛《みづくし》捨《すて》て立出　（巻一・四）

②されども戀《こい》よりの悪《あく》事なれば此上《うへ》ながら御前《ごぜん》世間《せけん》をつつむと咄《はな》せば婀娜《やさしき》心入感《かん》じて自然《しぜん》と沙汰《さた》して若道《じゃくだう》の随一と申も愚《おろか》なり　（巻一・五）

③年長《たけ》たる女房《ばう》の姿《すがた》婀娜《やさしく》しかも面子《かほばせ》の⿰忄可恮《うつくしげ》なるが鍋ひとつかざして是をさへ恥《はづ》るも有に　（巻三・一）
＊「恮」はママ

④ひだり手に山吹《ふき》の婀娜花《やさしくはな》をかざして静《しづか》に豊《ゆたか》なるを人間とは思はれず　（巻三・五）

⑤思はずも濟　然《なみだぐみ》しに戀君《こひきみ》も心にかゝり初《そめ》しや千嬌《ちのこび》ある御顔《かほ》ばせにて婀娜《やさしく》も見かへし給へり　（巻三・五）

①②では心づかいの細やかさ、③ではしなやかで美しい姿、④⑤では仕種の優美さを描写する場面に「婀娜」が用いられる。

◇『好色一代女』

⑥形《かたち》を生移《いきうつ》しなる女人形《にんぎやう》　取出されけるにいづれの工《たくみ》か作《つく》りなせる姿《すがた》の婀娜《やさしく》も面影《おもかげ》美花《びくは》を欺《あざむ》き見しうちに女さへ
是に奪《うばは》れける　（巻三・二）

この⑥の場面では「婀娜」は姿の美しさを表し、『男色大鑑』③と同じ用法である。以上の用例から、顔かたちの美しさに対しては、③では「面子《かほばせ》の⿰忄可恮《うつくしげ》なる」、⑤では「千嬌《ちのこび》ある」、⑥では「美花《びくは》を欺き」と「婀娜」では表現されず、別の言葉を用いる。このように①から⑥までの「婀娜」は、姿や態度の優美さ、或は対人態度や内面的な美の表現に用いられ、顔かたちの美しさには用いられない。

前掲の当該集アの句は「天狗がやさしい」ということが、この句のポイントであり、相宿りした郭公の鳴き声を聞いて天狗もやさしくなると、想像と実際のギャップの面白さを詠む。その意外性を表現するのに「婀娜」の漢字を用いる。

二　「艶《ヤサ》しき」について

次に「やさし」のもう一つの用字、「艶」を「ヤサ（し）」と読むことについて考察していきたい。

イ、都也と有所の竹格子　安昌（四三）
　　半分見えし姿艶《ヤサ》しき　来雪（四四）

右の句の「艶しき」は、竹格子の間から半分見えた姿が、なまめかしく美しいと表現するための文字遣いである。「艶《ヤサ》し」は、『類聚名義抄』『温故知新書』『運歩色葉集』『文明本節用集』『伊京集』『黒本本節用集』『易林本節用集』『書言字考節用集』『和漢通用集』『俳字節用集』などに収録があり、「ヤサシ」以外の「艶」に対するヨミでは、

『類聚名義抄』―「ウルハシ・ナマメイタリ・ナヨ、カナリ」
『易林本節用集』『書言字考節用集』―「ウルハシ」

『倭玉篇』（慶長一五年版）―「ウルワシ・カヲヨシ・ハナヤカナリ・ミヤビヤカ」などの訓が記される。『倭玉篇』での「やさし」に対応する漢字は「嫮《ガク》」であり、下に付された和訓は「ナマメイタリ・ヤスシ・アハス・ヤサシ」と記される。同書『夢梅本』では「ヤサシ」に「吝」、『篇目次第』では「丢」とあり、節用集では、漢字「婀娜」「艶」以外には「優」「有情」「優美」「迷美」「幽美」「訛」「嬌」「尋常」などの収録がある。

前掲の「婀娜」と同様に、「艶」を「ヤサシ」と読む用例を西鶴の浮世草子から取り上げて次に提示してみよう。

◇『好色一代男』

⑦顔《かほ》うるはしく生《むま》れつき艶《やさ》しきをちいさき時《とき》より是《これ》に仕《し》入《いれ》てとりなり男《おとこ》のごとし　（巻四・五）

◇『武道伝来記』

⑧尋常《じんじやう》俤《をもかげ》の艶《やさし》きに付《つけ》てもありし世《よ》を思ひくらべて母《はは》のなげき大かたならず　（巻六・四）

⑦⑧では、姿・容貌が美しい女性を描く場面に用例が見える。

◇『本朝二十不孝』

⑨みづから賤《いや》しき形《かたち》ながらそれぞれの勤《つとめ》もあれば傾城《けいせい》屋に身を売《うる》事はといふにそ心ざし艶《やさ》しく　（巻一・二）

⑩人の心のおそろしきに艶《やさ》しき狼《をゝかみ》を恐《おそ》れる　（巻四・二）

⑪此里艶《やさし》くも是をいたはり色々此子の人なる事を申ぬ　（巻四・三）

⑫掛乞宵《かけこひよひ》よりの事《こと》とも段々《たんく》見て袖《そで》をしたしかかる艶《やさ》しき女の有べきか　（巻五・一）

右の⑨から⑫では、「婀娜」の用例①②と同じく心づかいの細やかさが描かれている。

以上のように、西鶴の作品中、『男色大鑑』『好色一代女』では「やさし」の表記に「婀娜」を使い、『本朝二十不孝』『好色一代男』『武道伝来記』では「艶」を用いるというように、同じ作者でありながら作品による用字差が見え、「やさし」の表記に、同じ作品中では「婀娜」と「艶」を混用することはない。この事象は、杉本つとむ氏が『西鶴語彙管見』で述べているように(4)、一つには、西鶴自身が意図的に使い分けしていると考えられるが、それ以外に、作品による板下の筆者の違いなど、出版事情の関係も考える必要があるだろう。

一二〇〇年初めの歌論書では、『無名抄』に「艶にやさしく」「えんにやさしく」とあり、『後鳥羽院御口伝』には「やさしく艶なるあり」「やさしく艶に」「艶にやさしきを」など「艶」は「やさし」とともに使われる。『角川古語大辞典』の「やさし」の項には、「特に中世和歌文学の世界において、艶（えん）や優（いう）同類の美的価値」とあり、歌論用語から「艶」に「やさし」の訓が施されるようになったと推察できる。

◇近世の俳文学作品での用例

⑬田地塞き吾妻も艶し花続　調管子（『誹諧坂東太郎』九三）

校注者は右の「艶し」に「なまめか（し）」と振り仮名を付すが、「なまめかし」では字余りである。ここは「やさし」と読むのが順当だろう。

⑭衣賦り艶しや遠きいとこ沾　ひさ女（『俳諧難波曲』）

⑮艶しさや後朝梅のおぼろ〳〵　素龍（『蕉門名家句集』）

この二句には校注者は「やさ（し）」と振り仮名を付す。⑬の花続は大唐米に似ていることから、田と花続は縁語であり、吾妻には吾妻琴と妻が掛けられ、貧しいながらも、狭い田地に花続が咲き乱れ、妻が奏でる吾妻琴のやさしい音が聞えてくると情趣ある光景を詠む。⑭ではいとこにまで衣服を与える心配りのやさしさを詠み、⑮では別れの朝の美しい姿に、梅がぼんやりかすんで見えると詠む。

⑯此句行脚輸士ニ対スル送別ノ吟ナリ。コレニ輸士ハ
　ひかれぬ足に濁す夏川

ト脇ヲ附シ「白雪か子十二歳の即興也。余に艶しく覚て脇に及びし」ト添書セリ
（『蕉門名家句集』の句「卯の花をうちつけながら泪かな」（桃後）の左の詞書）

⑰匂ひの花といふ事、故実あり。…（略）…牡丹花指上げられし時、何にても御褒美有べしと勅し給ふ故、此花の事申されしに、艶しく思召て勅免を蒙りしより、匂ひの花といふ也…
（『蕉門昔語』）

⑯⑰の二例は情趣ある様子を「艶し」で表現し、引用書には振り仮名は付されていないが「やさし」と読むと想定できる。

以上のように、同じ「やさし」でも「婀娜」と「艶」に違いがあるかを検討してきた結果、「婀娜」は『遊仙窟』では、美しい姿・容貌を表現する語として用いられる。それに比して、当該集や西鶴の浮世草子の「婀娜」は、心のやさしさや姿の美しさを表現する。

一方「艶」は、心のやさしさ、姿の美しさ以外に、『倭玉篇』の訓には「カヲヨシ」ともあり、⑧の用例のように「俤」をやさしと表現するのに用いられる。また⑯⑰では和歌文学に通じる情趣などを表し、「婀娜」との相違点が窺える。

このような考察を通して、前掲イの句の「艶しき」は、竹格子の間から半分見えた姿が、なまめかしく美しいと表現するための文字遣いであり、俳諧では文字数の少ない一句の中で、どの漢字で表現すれば句の雰囲気を出せるかが重要なのである。

三　「やさし」に対応する他の漢字の用法

上述したように、節用集には「やさし」に対して、「婀娜」「艶」以外に「優」「有情」「優美」「迷美」「幽美」

「誂」「嬌」「尋常」などの収録がある。これらの用字が近世初期の俳諧で、「やさし」として使われているか、考察を加えていきたい。調査には『古典俳文学大系CD-ROM』を使用した。

・優―優《イフ》な姫をうへ人達や恋の歌　（『正章千句』二五）
　公卿は優にそだちたまへり　（『正章千句』九五四）
　優なるはけふの御賀の座敷にて　（『玉海集』三七四三）
　へしおるといふも花には優ならず　（『俳諧塵塚』四七九）

これらの句では、形容動詞として音読み「ゆう（いふ・いう）」で用いられる。

・優美―上手ほど名も優美也すまひ取　其角（『蕉門名家句集』五九七）
　見わたせばいと優美なりけりや春　（『誹諧句選』一三三）

右のように、芭蕉以降の俳諧に「優美」が見えるが、「優」と同じく形容動詞であり、音読みである。

・有情―有情かとみれば蛍はひ情かな　（『崑山集』三三二五）

「有情」は「ひ情」の対語として用いられ、中興の俳諧集にも「有情」が出現するが、「ヤサシ」のヨミではない。「尋常」は、『継尾集』には「皇后　尋常御肌にいだかせ給ふ干満の二珠によそへ」とあるが、「じんじょう」或は「よのつね」と読むか、それとも「やさしく」と読むかは明らかではない。「幽美」は、『源氏鬢鏡』の序文に「言葉幽美にして」とあり、音読みであると判断できる。「迷美」「嬌」の例は見られず、「誂」は、次のように「やさし」と読む例が見える。

⑱わやく者も髪置といへば誂く成ぬ　（『洛陽集』一〇二一）

この句では、腕白者も髪置の儀式を行う年齢になると、おとなしくなると詠み、たしなみが備わる様子を「誂く」と表現する。

これらの漢字以外に、節用集では「やさし」として収録されていないが、『滑稽太平記』（巻三　新光寺の事）に次のような例がある。

⑲近比、和歌の道甘身き物を、下劣に云下す事、沙門の身にて尾籠千万ならずやと、世人評しけり。

右の「甘身き」の注には、乾裕幸氏の「ヤサシ」のヨミとした経緯が記されている。[5]「和歌の道」との関連からも、ヨミは「ヤサシ」であると認めることができる。

もう一つには、時代が下るが蕪村の発句集の句（明和八年（一七七一）以前）に「しぐるゝや鼡のわたる琴の上」の詞書に「賀越の際、婦人の俳諧に名あるもの多し。姿嫩く情の痴なるは女の句なれば也。」とあり、校注者は「嫩く」に「やさし（く）」と振り仮名を付す。しかしながら、同書の「蓑虫説」（文章編　短編類四　明和八年（一七七一））に同じ文の掲載があり、「姿嫩く」が「姿弱く」と「嫩」が「弱」に書き換えられている。享保八年（一七二三）刊の『海音集』（【海下一～四九】）には「嫩《ワカ》い思案はむらさきて書　青輔」とあり、「嫩い」に「ワカ（い）」と振り仮名が付されるのが見える。「嫩」は辞書類においては『倭玉篇』（慶長一五年版）・節用集（『易林本』『天正十八年本』『明応五年本』『黒本本』）・『合類節用集』『書言字考節用集』で「ワカシ」とあり、『合類節用集』『書言字考節用集』の「嫩」の下には〈弱也／少也〉と注記がある。これらのことから「嫩く」は「わか（く）」と読むと推測する。

以上、「婀娜」「艶」以外の「やさし」を表す漢字について考察を重ねてきた。「やさしき」に「優」が与えられないことに関しては、疑問が残るが、機会があれば考えてみたい。『古典俳文学大系ＣＤ-ＲＯＭ』で、「やさし」の表記を一覧してみると、仮名書きが、句のみでは約一一三例、漢字表記が一例（句以外の⑲は除く）、この内、近世初期の『貞門俳諧集』（一・二）『談林俳諧集』（一・二）だけを見ると、句のみでは仮名表記が二六例に対して漢字表記は⑱の一例である。『古典俳文学大系』に所収されていない当該集を含めても、漢字表記は三例のみとなる。

西鶴の前掲の五作品中では仮名表記が三九例、漢字表記が一二例と、何れも仮名表記が圧倒的に多い。

四　仮名書き「やさし」の用法

当該集では前掲のア・イの句以外には、用語「やさし」は、漢字の異表記や仮名表記でも出現する事がない。他の俳諧集での仮名書き「やさし」の用例では、

⑳花ずきをするかやさしき心ばせ　（『正章千句』一〇九九）
㉑農人もするかやさしき方違へ　（『紅梅千句』八九七）
㉒糸ゆふといへばやさしき歌の道　（『貞徳誹諧記』巻之上）
㉓やさしくも草花売て帰るらん　（『新増犬筑波集』秋）

などがある。⑳の「やさしき」は、情趣を解するやさしい心を表現する。㉑の句は、前句に節分が詠まれ、飯田正一氏（『貞徳紅梅千句』一九七五～一九七七年、桜楓社）は、「節分には、農民もするのだろうか、床しい方違えの習慣を」と解釈を施し、優雅な様相を「やさし」で表現したと捉える。㉒では幽玄・優美のような美の理念の表現に用い、㉓の「やさし」では控えめな様子を表している。近世初期の句のみの仮名表記二六例中、花鳥月と共に詠まれるのが八例、心と併用されるのが三例、和歌をやさしと詠む例が二例あり、人の姿のたおやかさ・あでやかさをやさしと表現する例は見出し得ない。

上述の「婀娜」と「艶し」の用例を引用した西鶴の浮世草子五作品において、「やさし」に対応する他の表記について調査してみると、漢字での異表記は出現せず、平仮名で表記される。そこで、「婀娜」「艶し」と仮名書き「やさし」の表現する場面では、語としての使い分けがあるのか、五作品での「やさし」を文脈上の意味を通して

考えてみる事にする。

「婀娜」を使用する『男色大鑑』では、「やさし」と仮名表記されるのが一七例、『好色一代女』では六例見える。「艶」を使用する『本朝二十不孝』では二例、『好色一代男』では八例、『武道伝来記』では六例出現する。それらは次のような場面の表現に用いられている。

1、心づかいのこまやかさ・対人態度において思いやりのある様を表す。（一五例）

2、美しい姿（優美、なまめかしさ、色っぽさを含む）を表す。（一二例）

3、風雅な趣がある様・言語や動作が優美である様を表す。（八例）

4、しおらしい情景を表す。（二例）

5、雨が降る情景（弱い様）を描写する。（一例）

右の五つの分類の中で、1に該当する「やさしき心ざしふかし」（『男色大鑑』巻五・一）などは、漢字の用例①②の「婀娜心入《やさしき》」と同様に心づかいの細やかさを表現するが、必ずしも漢字「婀娜」で表記されるわけではない。

4の「しおらしい」に属する「薄縁敷きし奥の間に、やさしくも屏風引廻してありける」（『好色一代男』巻三の五）や「人の目をしのぶこころもやさし」（『好色一代男』巻三の六）の、控えめでしおらしい情景を描く場面、また、5の「雨が降る情景」に属する「雨はやさしく風はあらけなく」（『男色大鑑』巻三の一）の、雨の降る様が「さほどではない」と表現する場面では、「婀娜」「艶」は情景描写に適さないだろう。

以上が「婀娜」及び「艶し」の用語が見える作品での、仮名書き「やさし」の出現状況である。このように見てくると、仮名書き「やさし」は、漢字「婀娜」「艶」では表現できない幅広い場面に登場する。漢字で表記された場面では、漢字本来が持つ意義と、振り仮名「ヤサシ」を合わせて、同じ美しさの中でも、なまめかしさ・しなやかさなど、視覚的にその用語の環境を想定する事が出来る。前掲の『西鶴語彙管見』によると、『好色一代女』の冒頭の構想は「『遊仙窟』によるといわれる」（一六〇頁）とあり、『好色一代女』（巻一の一）や『男色大鑑』では「婀娜」以外にも、「調謔《たはふれ》」「面子《かほばせ》」「靚粧《よそひ》」「逶迤《なよやか》」などが見え、『遊仙窟』に範を仰いでいる事が認められる。

杉本つとむ氏は、また同書で、

> 西鶴の場合は愛読書というか、ある特定のものによったらしいことは推測される。しかしまた〈婀娜〉も上掲の辞書では〈ナマメク・ヤサシ〉であり、慶安版の『遊仙窟』ではタヲヤカであって、むしろ西鶴が特定のものに求めたというよりも、当時の用字として文章語（中国小説など、この種漢文訓読的なもの）から取り出したものであろう。（一六〇頁）

と述べ、続いて「『節用集』などに見られる点から、日常的な語彙と考えるのはむしろ本末転倒である。『節用集』の語彙の性格は今後究明さるべきである」（一六一頁）と説明が加えられている。節用集に関しては、安田章氏が、「節用集は和漢聯句のための用語辞典であると臆断する」、または「室町時代に成立の辞書は概ね韻事を目指したものであった[6]」と述べられていることに注意したい。

当該集で「婀娜」に「やさし」の訓が与えられるのは、西鶴の作品よりも早く、俳文学作品で「艶」を「やさし」と読むのも、当該集より後に用例が見え、当時の新しい表現として両者を取り入れていることは、俳諧における用字の観点から注目すべきだろう。

おわりに

当該集には、一つの和語に対して複数の表記がある語に三一語があり、俳諧の表記の多様さを示していることに視点をおいて、「婀娜《ヤサシ》」「艶《ヤサ》しき」について検討してきた。その結果次のようなことが明らかになった。

一、西鶴の浮世草子では、「婀娜」「艶し」の用字は、作品による両者の使い分けが看取でき、「婀娜」には「艶」のように、顔の美しさや和歌の美を表現する場面には例が見えない。

二、『江戸八百韻』の「婀娜」は、「天狗」と対立的な語「婀娜」を取り合わせる事により、意外にもたおやかであると句の面白さを効果的に表現する。「艶」は竹格子の間から見えた美しい女性の姿を表現し、両者は表現性を重視した漢字の用法である。

三、「婀娜」を「ヤサシ」と読むのは、現段階では、『易林本節用集』と西鶴の浮世草子以外では用例を見出すことが出来ず、また「艶し」も「やさし」に対して頻出する漢字ではない。これらは当時、和語「やさし」の表記文字として、常用されていたとは考えられない。

四、俳諧及び西鶴の浮世草子での「やさし」の表記には、漢字よりも仮名で表記される方が多い。

五、「婀娜」「艶し」は、節用集に「やさし」に対応する漢字として収録があることから、幽山等の文字意識は、節用集の教養の世界と共通しているといえる。

俳諧に新鮮味のある漢字で書き表そうとする傾向があることについては、第一章第四節で『七百五十韻』において、既出の用例よりも早い「時計」を初めとして、辞書にも収録がなく、且つ用例も見出せない漢字表記語がいくつかあることを述べた。「婀娜」を「ヤサシ」と読むことにおいても、現段階では『江戸八百韻』より早い例を探し出す事ができず、著者高野幽山等の漢字の用法に創意工夫を凝らす態度が窺い知れるのである。

注

（1）「妸娜《ヤサシ》」の「妸」は『大漢和辞典』に、「或は婀に作る」と記されているので、本節では「婀」を用いる。

（2）『江戸八百韻』には同じ語に対して複数表記される語が次のように三一語ある。

（〇の中の数字は二回以上の出現回数を示す）

・一方は漢字二字での表記、一方は漢字二字のうち一字を仮名表記する複数表記（異なり語数一一）

〔朝かすみ／朝霞〕〔大かた／大方〕〔こと葉／言の葉〕〔住よし／住吉〕〔立わかれ／立別れ〕〔取たて②／取立〕〔野へ③／野邊〕〔松むし／松虫〕〔夕ぐれ／夕暮⑤〕〔ゆく衛／行衛②〕〔よし野／吉野〕

・使用漢字が異なる複数表記（異なり語数二〇）

〔明ほの②／曙②〕〔うき世／浮世／憂世〕〔大觴《サカツキ》／大盃〕〔面影／俤〕〔親仁《オヤジ》・親仁／親父《オヤヂ》〕〔皃／顔〕〔着《キ》更衣《サラキ》／衣更着②〕〔駕／駕籠〕〔皮／革〕〔苺《コケ》／苺〕〔前《サキ》／先⑥〕〔既《スデ》に／已《スデ》に〕〔蔦《ツタ》／蘿《ツタ》②〕〔啼ク④／鳴たる②〕〔乗物／駕《ノリモノ》〕〔一人／独リ〕

〔郭公②／時鳥〕〔村栬《モミヂ》／村紅葉〕〔婀娜《ヤサシ》／艶《ヤサ》しき〕〔棣棠《ヤマブキ》／山茨《ブキ》〕

（3）『日本古典文学大系　謡曲集上』（一九六〇年　岩波書店）所収の「卒都婆小町」の頭注には、

　壮衰書に「婀娜腰支誤　三楊柳之乱　二春風　一」とある腰つきの形容を、髪の形容に転用した。

とある。

（4）杉本つとむ『西鶴語彙管見』（一九八二年　ひたく書房）には、次のように述べられている。

　一つのコトバがいろいろに表記されていることである。たとえば、ササヤクはつぎのように見られる。…（略）…これに、かな表記を加えれば十一種類となる。これは一人の使い分けか。このうち真性の西鶴のそれはどれなのか。たった一つとはいかなくとも、一個人の幅として、十種はユレがありすぎる。だからこそ板下も数人というか、いろいろの人物を仮定することになるのである。…（略）…板下の複数、さらには西鶴作か否かの作品論へも発展するのではないかと思っている。

（一九四頁―一九五頁）

（5）「吉田肥前カラ〳〵ト笑テ、哀甘身ヤ、敵ノ種ヲバ此ニテ尽サスベシ」とあり、『太平記鈔音義』『和漢合類節用集』『反故集』等に、アサマシと付訓する。しかし、本書に出る用例はすべて意味上ヤサシと訓むべきであり、なかんずく巻七「高島及加撰集の事」の「老後の思ひ出、是に過じ、御免あれと望しかば、あゝら甘身やとて、皆感涙をぞ流しける」が、謡曲「実盛」「あらやさしやとて皆感涙をぞ流しける…（略）…老後の思出これに過ぎじ御免あれと望みしかば」を踏むものであることからも、ヤサシに決定すべきである。なお本書の作者は、アサマシには浅間しの漢字を当てている。（『滑稽太平記』（『古典俳文学大系2　貞門俳諧集二』一九七〇年　集英社注）六五五頁）

（6）　安田章『中世辞書論考』一九八三年　清文堂出版　五―六頁

参考・引用文献

飯田正一編『貞徳紅梅千句』一九七六年　桜楓社

蔵中進編『江戸初期無刊記本遊仙窟本文と索引』一九七九年　和泉書院

杤尾武『玉造小町子壮衰書の研究　影印篇』（松平文庫本）一九九一年　臨川書店

『鶉衣』『源氏鬢鏡』『滑稽太平記』『崑山集』『蕉門昔語』『蕉門名家句集』『新増犬筑波集』『継尾集』『貞徳誹諧記』『誹諧句選』『誹諧坂東太郎』『俳諧塵塚』『俳諧難波曲』『評判之返答』『蕪村発句集』『洛陽集』（『古典俳文学大系』一九七〇〜一九七二年　集英社）

『無刊記本　無名抄』（石原清編『和泉書院影印叢刊48　第三期』一九八五年　和泉書院）

『醍醐寺蔵本遊仙窟総索引』康永三年（一三四四）書写醍醐寺宝蔵本（築島裕他編『古典籍索引叢書13』一九九五年　汲古書院）

『恨の介』（『日本古典文学大系　仮名草子集』一九七五年九刷　岩波書店）

『海音集』方設編　享保八年（一七二三）刊（宇城由文『池西言水の研究』二〇〇三年　和泉書院）

『後鳥羽院口伝』（『歌論歌学集成　第七巻』二〇〇六年　三弥井書店）

『好色一代女』『好色一代男』『男色大鑑』『武道伝来記』『本朝二十不孝』（『新編西鶴全集』第一巻・第二巻本文篇　二〇〇〇年〜二〇〇二年　勉誠社）

第二節　『當流籠抜』における「悶《イキ》る」について

はじめに

近世初期俳諧集の『當流籠抜』には、次のような句が所収されている。

鬢先に雪を残して一文字　宗旦（五二）

假契《ケチ》買のくせ春雨悶《イキ》る　木兵（五二）

右の五二番の句に見える「悶《イキ》る」は、近世初期の俳諧集において例を見ない用法であり、古辞書には「いきる」に対応する漢字として「悶」の漢字は収録されていない。それならば、何故「悶る」を「いきる」と読めるのか、そこに問題点が見出される。

そこで、この漢字「悶」と振り仮名の結び付きを、多角的な視点から検討し、「いきる」の語の表記に「悶」を採用した意図を探っていくことにしたい。

『當流籠抜』について簡単に述べておくと、延宝六年（一六七八）に板行され、宗旦・木兵・百丸・鬼貫・鉄幽による五吟五百韻が収められた談林派の俳諧集であり、『鬼貫全集』（岡田利兵衛編　一九七八年三訂版　角川書店）の解説には、「本書は伊丹風俳諧を公式にはじめて世にとう意欲的な書」（四五〇頁）とある。漢字数の調査では、一句あたり貞門俳諧の『正章千句』が約三・九、『紅梅千句』が約四・〇に比べ、約五・〇と多くなり、使用延漢字数二五〇五字中三八九字に振り仮名が付されている。この振り仮名が付される漢字の中の一つに「悶《イキ》る」がある。

一　古辞書類における「悶」と「いきる」

最初に、古辞書類における「悶」の収載の実態を提示し、「悶」の訓について確認していきたい。（本文中「熱」の漢字に関しては、下の部首が「火」で表記されるものも「灬」とする。）

平安末期から室町時代の辞書、尊経閣文庫所蔵『色葉字類抄』（二巻本・三巻本）・『類聚名義抄』（図書寮本・観智院本）・『字鏡集』（白河本）、及び慶長一五年（一六一〇）版の『倭玉篇』では、「悶」に対して次のような訓が与えられる。

＊「イキトホル」—『類聚名義抄』（図書寮本）

＊「イキドヲル」—『字鏡集』（白河本）・『倭玉篇』（慶長一五年版）

＊「ウレフ」「ウラム」—『色葉字類抄』（二巻本（尊経閣本））・『字鏡集』（白河本）

（『色葉字類抄』（三巻本（尊経閣本））には「悶絶《ウレヘマトフ》」とある）

＊「モダユ」—『色葉字類抄』（二巻本・三巻本（尊経閣本））・『倭玉篇』（慶長一五年版）

＊「イキタエ」「マドフ」—『字鏡集』（白河本）・『類聚名義抄』（観智院本）

これらの辞書を見ると、「イキル」と「イキ」を同根とする「イキタエ」「イキドヲル」などの訓は、『類聚名義抄』『字鏡集』『倭玉篇』に収録されているが、「イキル」の訓は見えない。

中世末期から近世の節用集（『伊京集』『明応五年本』『天正十八年本』『饅頭屋本』『黒本本』『易林本』『合類』『書言字考』）においては、共通して「悶」に「モダユル」の訓が付され、近世では、それまでの多種の訓が収束されて、「モダユ（へ）」のヨミが定着するようになる。

中国の辞書では、

＊『大廣益會玉篇』（巻五　寛永八年（一六三一））―「悶《モン》」〈懣也《モタユル》（左訓：イキトホリ）〉、懑《ボン》〈煩《ハツラヒ》　也〉懣〈同上〉、「煩《ハン》」（左訓：ボン）〈煩《ワヅラフ》　也焼《タカス》（左訓：ヤク）也〉

＊『字彙』（寛文一一年（一六三四））―「悶《ボン》」〈煩《ワツラフ》　也鬱也又叶〉、「煩《ハン》」〈繁不レ簡也《ナラ》又悶《モタユル》　也勞《ワツロフ》　也熱《アツシ》　也又叶〉

（『大廣益會玉篇』『字彙』は『和刻本辞書字典集成』を使用した）

＊『正字通』―「悶」〈煩鬱也〉（卯集）、「煩」〈熱也又不簡也又悶也勞也〉（巳集）、「熱」〈炎氣也〉（巳集）

（国際文化出版公司　一九九六年）

と収録され、『字彙』『正字通』において、「煩」の下に「悶也・熱也」と注記が見える。また『大廣益會玉篇』では、「悶」「懣」「懑」は同じであって、「懑」の下に「煩也」と記される。この事象は、上述の節用集の中で、『合類節用集』『書言字考節用集』にも同じく「悶」の下に「煩」も同じと記すのが見えることから、「悶」と「煩」は通じることになる。

右のような、辞書における考察では、「悶」と「煩」が通じることは検証できたが、「悶」を「イキル」と訓ずる例が見えないのならば、「いきる」にどのような漢字を対応させているかを、次に考えてみたい。

・「イキル」に「熱」を対応させる辞書―『色葉字類抄』（三巻本（尊経閣本））『類聚名義抄』（観智院本）『易林本節用集』『合類節用集』『明治いろは早引』『大言海』

・「煩」を対応させる辞書―『饅頭屋本節用集』

・その他

「勢・疢」―『色葉字類抄』（三巻本（尊経閣本））

「嗔《イキル》」―『合類節用集』

「悍《イキル》〈活法性《ノ》勇念也〉」「熅《イキレ》〈勻畧欝煙〉煩暑《同》〈夏―天所《ニ》レ言〉」―『書言字考節用集』

それぞれの辞書で、「イキル」には右のような漢字が対応し、前掲の中国の辞書や『合類節用集』『書言字考節用集』では「悶」と同じとある「煩」に、『饅頭屋本節用集』では「イキル」と訓を付すことが確認できた。このことから、

「煩」＝「いきる」（『饅頭屋本節用集』）→「悶」＝「煩」（『合類節用集』『書言字考節用集』『大廣益會玉篇』『字彙』『正字通』）→「悶」＝「いきる」（『當流籠抜』）

の図式が成り立つのではないだろうか。

以上のように、古辞書では「悶」を「イキル」と読む例は見えないけれども、中国の辞書における「煩」と「熱」との関係、及び右に提示した図式などを総合して、「悶」を「イキル」と読む可能性は考えることができる。

二　「悶」字の用法

「假契《ケチ》買のくせ春雨悶《イキ》る　木兵」（五二）に見える「假契《ケチ》」は、「悶《イキ》る」と同様に、対象資料一〇俳諧集中、『當流籠抜』にのみ出現する語である。「假契《ケチ》」は「端女郎」のことをいい、『當流籠抜』ではこの句以外にも、次のように、「假契」を詠む句が見える。

・ゆるさるゝ夜見世は民を安《ヤス》んじて　宗旦（二四五）　御代の鏡は假契部屋の月　幽山（二四六）
・なぐれの秋に氣のくさる祖父　木兵（三六四）　松の情五分假契とぞ現じたり　百丸（三六五）

と集中三回登場する。これら以外にも、『古典俳文学大系』所収の句には、

・手水鉢筧の水はかはれども　素玄（五二五）　谷のながれをたつる假《け》契《ちぎ》り　利方（五二六）（『天満千句』）

（振り仮名「ちぎり」はママ）

・兼言に秤をかりて妹と我　夕烏（八六七）　けちぎり狂ひ水茎の岡　素敬（八六八）（『大坂檀林桜千句』）

・湖水青ふして太布《フト》の風（三二四）　金輪際より独の假契間《ケチマ》湧出る（三二五）（『投盃』）

・雲をつらぬく摺鉢の山　加藤鶴道（五二六）　さびしさまさるけち部屋の内（五二七）（『雲喰集』）

などの用例が見え、假契自身や假契部屋の様相を詠むが、当該句では、前句との関係で、春雨を擬人化し、假契買を見た春雨がいきっているのであって、假契買自身の行動ではない。

さて、次に本題の「閊《イキ》る」について、近世の俳文学作品での「閊」の用例を挙げ、使用実態を調査・検討していきたい。

ア、茶能《ハ》散《クス》レ閊《イキドヲリヲ》といふも人事をいひ娌《ヨメ》をそしるわざなるにや（『俳諧類船集』）

と「閊」に「イキドヲリ」の振り仮名が付される。「茶が心の憂さを解きほぐす」という意と解し、「閊」は心の憂さを表現している。これは平安後期の『本朝無題詩』に「午茶散閊功猶少　宿醸破愁酔半酣（午茶に閊《いきどほ》りを散《と》かんとするも功猶少なく　宿醸《しゆくじやう》に愁《うれ》へを破らんとするも酔《ゑ》ひ半《なか》ば酣《たけなは》なり）」（七六四）とあるのと、類似する用法である。

「いきどをる」について少し考えてみると、仮名書きの例では、『誹諧初学抄』に、

・黎倩《れいせん》　宋ノ胡胆菴《こたんあん》が妾《せう》也。こたん菴、秦檜《しんくわい》がまつりごとの要をいきどをり侍て、秦檜をきらんと言訴状を天子へ捧奉るによりて、海南へ十年遠流せらる。

とあり、『滑稽太平記』の「池田正式の事」では、正式と重頼の揉め事の場面に、そして「安原正章・松江重頼確執の事」では、正章が重頼に腹を立てる場面に、それぞれ漢字「憤り」が見える。これらはアの「閊《イキドヲリ》」とは異なり、単なる心の憂さを表現しているのではない。「いきどをり（憤り）」は心中の不満や怒りを意味する語として用いられる。

イ、喫スルトキハレ茶ヲ則破リレ悶ヲ適フレ情ニ

（『まつのなみ』序）

『淡々文集』（巻第二　第一五　寝覚）にも、これと同じ「破悶」が見え、アの用例と類似する意味を持つ。

ウ、知雨亭の秋日にふかく、川崎やが酒日々に厚し。訪れむことといづれの日ぞ。又一飲に相笑ひて、三秋の悶を解むのみ。

（『鶉衣』与有功子書）

以上のアからウの「悶」は、何れも「心の憂さ」を意味するものである。

エ、況ンやその上の風-流。山を見て後《ウシロ》むきに跨《マタガ》り。句を錬《ネツ》て手-悶《モダヘ》をなしぬ。

丈艸（『本朝文選』巻之九　詩哥誹諧弁）

この文では、手の入り乱れる動きを「悶」で表現し、アからウまでとは用法を異にする。

オ、悶くまいと背中をたたく酒のむせ　米仲（『かなあぶら』鯉鱗吟）

右のオの「悶」には、校注者により「せ（くまい）」と振り仮名が付される。「そんなに焦らなくてもいい」と解釈するのだろうか。それであるならば、この「悶く（せく）」は「悶（いきる）」に似た雰囲気を備えているといえる。「悶」を「せ（く）」と読むのも、「イキル」と同様に古辞書では見出せないヨミである。

このように、エ・オではアからウの用例とは異なり、意味範囲が広がり、「悶」は焦る情景を表現している。これら以外に、『俳諧其傘』には「悶《モダユル》」とあるが、以上の調査の結果「悶」を「イキル」と読む例は見出せなかった。(1)しかしながら、ヨミには違いがあるが、用例オの「悶（せ）く」と、当該句での「悶（いきる）」の用法と類似するところがある。「悶（せ）く」も、心情が高ぶって興奮している情景が思い描かれるからである。

それでは、『俳諧其傘』や節用集でのヨミ「もだゆ」は「いきる」の意に通じるのか、次に、仮名書き「もだゆ」について考えていくことにする。

三　仮名書き「もだゆ」の用法

「もだゆ」にはどのような意義が与えられているのか、『大言海』には、

（一）思ヒワヅラフ。ワヅラヒ苦シム。
（二）悶絶《モンゼツ》ス。ヂレル。詞ニハ出サデ、底ニハ絶エ入ラムバカリニ、イキドホル。

と記載がある。

俳文学作品での仮名書き「もだゆ」の用例では、俳論書『誹諧初学抄』（第二巻　好色のおとこ）に、

・待に久しく帰らざれば、もだへかねてみづから難波の浦より舟出して、「たつにあふまで」と、爰かしこを漕渡りける。

と『竹取物語』の一節を取り挙げた文で、龍の頸の玉を、早く持ち帰ってほしいと待ちわびる場面に「もだへ」を用いる。また、

・尻もかしらも扣く蚊もだへ　　柴雫（『末若葉』第二）
・起兼る蟬のもだえや石の上　　冬市（『陸奥鵆』むつちどり二　夏部）

や土芳著の『蓑虫庵集』（一の詞書）にも「蚊もだへ」が見え、『俳諧類船集』では、「かく」の付合語に「蚊もだえ」の収録がある。これら以外に、「羽抜鳥」（菊旬『其袋』夏之部）、「獅」（木導　一『蕉門名家句集』）などに生き物が焦りもがく様子を「もだへ」と詠むのが見える。『崑山集』には、

・灰もだへするやいそげばまはり炭　　良次（『崑山集』巻一三　冬部）

と、灰は生き物ではないが、早くまはり炭をと、やきもきしている情景を拡張的な用法で「もだへ」と表す。一茶

の『父の終焉日記』では、四月二五日の記事に「もだへくるしみもがき」とあり、五月一五日の記事には「一人もだゆるとも」と、病のために苦しむ父親を描写する場面に「もだゆ」が用いられる。これらの作品の中での仮名書き「もだへ」「もだゆる」は、「いきる」とは異なる用法である。

以上のように、上述の「悶」字の用法では、「悶」がどのような場面で使われるかを検証した結果、「心の憂さ・思い悩む・焦る」を表す場面の表現として使用されていた。それに対して、ここでは仮名書き「もだゆ」の用法を検討した結果、「待ちわびる様」、あるいは「あがき苦しむ様」を描写する場面に用いられている。それならば、「悶」あるいは「もだゆ」と、「いきる」の用法とは相違があるのかを、次に検証していくことにしたい。

四　「いきる」の用例

『江戸時代語辞典』には「いきる【熱る】」の語釈に「熱くなる。いきまく。息を荒くして怒る。」とあり、『大言海』では次のような語釈が記されている。

いきる［熱］〔氣《イキ》ヲ活用セシム、（息《イキ》む、蔭《カゲ》る、雲《クモ》る）倭訓栞、いきる「鬱蒸ノ氣ヲ、いきるト云フハ、氣ヲハタラカシタルモノナルベシ」〕

（一）熱クナル。ホトボル。イキレル。

（二）血ヲ沸《ワカ》シテ、息《イキ》マク。力《リキ》ミタツ。噪氣

「いきる」の意味を確かめた所で、近世の俳文学作品には、当該集のように春雨を「いきる」と描写する例があるのか、『古典俳文学大系CD-ROM』による検索を試みた。因みに、一〇俳諧集中、当該集以外の「春雨」を詠む用例を挙げてみると、『正章千句』では、

・鳶の羽うかふ谷の雪汁（八八）　魚躍る淵の春雨しよぼ降て（八九）

・すつきりと朝の原は雪消て（五七九）　宵よりつよく降りし春雨（五八〇）

とあり、八九番は前句「雪汁」、五八〇番は前句「雪消て」からの付合語として用いられ、春雨が降る状況を「しょぼ降りて」「強く降りし」と詠むが、「いきる」とは表現されない。

また『宗因七百韻』では、次のような「春雨」を詠む句が見え、五三四番では、春雨が強く降る様子を「打ち込む」と表現する。

・うぐひすもりとなるほとゝきす　西翁（二〇三）　春雨の布留の杉枝伐《キリ》すかし　西翁（二〇四）

・雲雀《ヒバリ》の声もすたく口上　以仙（五三三）　半畳を打こむ斗春雨に　旨如（五三四）

このように、「春雨がいきる」と詠む例は見えなかったが、春雨と限定するのではなく、雨が勢いよく降る状況を「雨いきり」と表現する例が、次の用例アの『蕉門名家句集』に一例見える。雨のほかには、どのような場面で「いきる」が使用されるのか、仮名表記「いきる」の用例を列挙して、その用法を検証していくことにしたい。

ア、五月雨や合羽の下の雨いきり　北枝（『蕉門名家句集』）

右の句では、当該句と同様に雨の描写に「いきる」を用いてはいるが、合羽の下で雨が悶えるような様は表出されていない。その点で、漢字「悶」と振り仮名「イキル」で表す、当該集の「いきる」とに差異が見られる。

イ、ばか踊歌やいきとしいきりもの　池島成之（『時勢粧』追加秋部）

右の『時勢粧』は寛文年間の作品集であり、当該句よりも前に「いきる」が見える。

ウ、だかれてもおのこゞいきる花見哉　斜嶺（『炭俵』春之部発句　花）

エ、いきりし駒に鞍を置かね　望翠（『芭蕉集』連句編　松茸や）

オ、番羽織きていきるくみつき　去来（『ありそ海・となみ山』となみ山）

カ、盆徳で寺方いきる椀の音　　緑水（『二えふ集』穐）

キ、西は尾花川よりぜゞかけて数十人、手に余りて足までくじき、にが〳〵しき顔つき、火燵に酔たるやら何に酔たやらむせうにいきり申候。（『枇杷園随筆』）

ク、鷸は芹の香の俤を残し、雉子はむかしなつかしき匂ひをとゞめり。痩て小兵とはいへ共、雲雀のいきりもの、水無月の鷸・厂とほこりける。（『篇突』）

以上のイからクは、物事に熱くなって、興奮している様子を表す「いきる」の例である。自然の風物や現象が張り切って、威張っている様を表す用例には、

ケ、よいぞ嵐桙のいきり肩の花　　調試（『坂東太郎』巻之一　花）

とあり、この句は『當流籠抜』板行の翌年に、才麿により編集された作品集に収載されている。ここでは、嵐の勇ましさを「いきり」と表現するが、アの用例と同様に、「悶」が持つ語義は有していない。

コ、かぶるゝなけふの細道草いきり　　濫吹（『泊船集』夏　旅行）

右の句以外に、桃妖・吏全（『蕉門名家句集』）にも「草いきり」と詠まれる句がある。「草」のほかには、

サ、初霜や橋杭かくす水いきり　　一村（『泊船集』冬）

シ、若草にかすみわたるや地のいきり　　東白（『続有儀海』上　四季部立　霞）

ス、青梅やくもつて出る風いきり　　呂風（『蕉門名家句集』）

などがあり、コからスでは、草・水・地・風などが擬人化されて、勢いがある様子を「いきり」と表現される。また、何かが元気よく頑張っている様子を表す例には、

セ、道端にいきりたちたる馬の糞　　貞恕（『歴代滑稽伝』）

ソ、いきりたるやり一筋に挟箱　　及肩（『ひさご』雑）

タ、庭火たくやあめ鞘巻のいきり者　卓志（『曠野後集』第八）

など、他にも「鶺鴒」（『国の花』第五）、「小鳥」（杜若『蕉門名家句集』）、「兵法」（李由『宇陀法師』）、「いきり者」（後清『後の旅』）、「小坊主」（米仲『江戸廿歌仙』第七）、「蝨」（巣兆『曽波可理』）、など幅広いものを対象として「いきる」と表現する例が見える。俳文学作品ではないが、一八世紀初めの浄瑠璃には、

チ、是旦那さま上物のうらがね二千足とだなに有ふ取出しくださりませとぞいきりける（『心中刃は氷の朔日』10ウ）

ツ、かごをとばせて西口よりおろせがいきつて旦那お出といふより家内こりやめでたいとはだしでとんで門口迄福の神のおむかひ（『山崎与次兵衛寿の門松』14ウ）

と、「いきる」は大変な勢いでまくしたてる情景を描写する。

因みに、「いきる」と語根を同じとする「いきどおり」については前で触れたが、今ひとつ、語根「いき」が共通する「いきだはし」について用例を通して考えてみたい。『當流籠抜』では、「いきだはし」が変化した語「いきどし」が、次のように、息苦しそうに鳴く蛙の表現として用いられる。

・間歩がさかりて山吹の月　宗旦（四七八）
中戸にて息どしさうに蛙鳴　鐵幽（四七九）

『おくのほそ道』（六月八日）では、

・氷雪を踏でのぼる事八里、更に日月行道の雲関に入かとあやしまれ、息絶、身こゞえて頂上に臻れば、日没て月顕る

と、疲れて息苦しい状態を「いきたえ」と表現する。

また、『けいせい伝受紙子』（二の巻）には「息だはしく申ければ」とあり、『浮世風呂』（前編　巻之上）では「息がせかく〳〵といきだはしいものでござるから」と、動作において息切れがする様子を描写する場面があるが、これ

らは当該句の「いきる」とは異なる用法である。

以上のように、「いきる」について用例を挙げ検討してきた結果、物事に熱くなって興奮している様子、勢いがある様子を表現するのに「いきる」が用いられているが、いずれも「悶」の漢字が持つ意義とは相違点がある。

五　「煩」と振り仮名の関係

次に『饅頭屋本節用集』で「イキル」の訓を付す「煩」について考えてみたい。俳文学作品集には次のような用例が見える。

ア、哀れ小猫《ネコ》の痩て煩ふ　政信（『紅梅千句』一九〇）
イ、気煩ひの凪いたづらにふく　安昌（『江戸八百韻』七八八）
ウ、露ときえむ覚悟《かくご》は膈《かく》の煩《わづらひ》に　貞室（『俳諧之註』六七）
エ、一夜ふた夜のちはたんぽも煩《わづらは》し　（『しら雄句集』巻四　冬の部）
オ、昼は猶腹《フウ》病煩《ヤミ》の暑サかな　芭蕉（『芭蕉集』旨原百歌仙）
カ、冷る手を煩《ホメ》く迄とる別れ哉　志良（『末若葉』別恋）

ア・イには振り仮名が付されないが「わづらふ」「わづらひ」と読むと想定できる。ウからカでは「煩」に「わづらふ」「ヤミ」「ホメ」の三種の振り仮名が付され、カの「ほめく」は『天正十八年本節用集』に「燥《ホメク》」とあり、『言海』では「イキル」と同じ「熱」の漢字を当てる。また、『言海』には「（火《ホ》めくノ意）ホトボル。ホテル。赤クナル。熱ス。」と語釈が施され、「煩《ホメ》く」には「いきる」と意味領域を同じとする部分がある。[2]
このことから、「煩」を「イキル」と読む例は見出せなかったが、「煩」が「いきる」の意味を持つことは確認できたといえよう。

また、『天水抄』では、

・賈島が、「鳥は宿す池中の樹、僧は敲く月下の門」といふ詩を作り、「敲くと云字、おすと作べきか、いかゞ」と思案し煩ひて、乗たる車の板を、た、きてみつ、をしてみつ、千度百度吟じわづらひて

とあり、ここでの「煩ひ」「わづらひ」は「病」の意ではなく、「思い悩む」意である。『伊京集』の「悶絶《モタユル》」の下注に「マトウ」の記事があること、並びに『合類節用集』の「悶」の下に記される「コ、ロマドヒ」と同意を表すものとして、「悶」の用法に相当するものである。

さらに、「煩」と「悶」が共通する訓として、『漢和三五韻』(貞享三年(一六八六)刊　元69オ)には、「煩〈ワツラフ　イキトホル　イタハル〉」とあり、『字鏡集』(白河本)・『倭玉篇』(慶長一五年(一六一〇)版)の「悶」に付される「イキドヲル」の訓と一致する。時代が下るが、もう一つ加えれば、『雅言俗語　俳諧翌檜』(安永八年(一七七九)刊)に掲載される、『男節用集如意宝珠大成』(一七一六年刊)との本文対照表では、前者の「悶《モダエル》」に対して、後者では『合類節用集』『書言字考節用集』と同様に、「悶《もだゆる》〈煩同し〉(言語)」と記されている。

したがって、右のような事例から「煩」は「悶」の語義とも通じ、ここでも「悶」を「イキル」と読む道筋が成立する。

ただ、これまでの考察を通して、仮名書き「もだえ」と「いきる」の用例から考えてみると、両者が用いられる場面には違いがある。例えば前掲「四　「いきる」の用例」ウの『炭俵』所収の句「だかれてもおのこゞいきる花見哉」の「いきる」を、「もだえる」に置き換えた時に、男の子が熱くなって興奮している状況が苦しみ悩む意となり、花見にもだえ苦しむのでは、句として内容に差異が生じ好ましくない。故に「悶《イキ》る」は個々の意味を持つ漢字「悶」と、振り仮名で示す「イキル」の二語を一体とした用語であるといえる。

おわりに

本節では、『當流籠抜』所収の句で、「悶」に「イキル」と振り仮名が付されることに注目して、考察を進めてきた。

考察の進め方として、第一に古辞書類や中国の辞書による「悶」のヨミと、「いきる」に対応する漢字を調査した。その結果、「悶」に「イキル」の訓が与えられる例を見出すことはできなかったが、「悶」の漢字に「イキル」の振り仮名を付す道筋は解明できた。

第二では「悶」の用例を挙げ、第三では仮名書き「もだゆ」が、どのような場面で使用されているかを調査した。また、第四では、「いきる」が使われる場面の考察、第五では、節用集で「イキル」の訓が付される「煩」の用法の検討を進めてきた。

これらの用例から、「悶」に「せく」を表現する用法があること、そして「煩」に「悶」と同義を表す用法があることと同時に、「ホメ（く）」と振り仮名が付される例があることを見出すことが出来た。

以上のような考察の結果、用例に見える「悶く（せく）」「煩く（ほめく）」は、「いきる」の意に通じる部分があり、当該句では文脈での表現効果を高めるために、「いきる」に「悶」を対応させたと考えられる。

俳諧では、一句の限られた字数の中で、目標とする滑稽や諧謔を表すための工夫が見られ、そのひとつが本節で問題とした「悶《イキ》る」の用法である。当該句では、前句を「鬢先を一文字にして気取っている」と捉え、それに付けて春雨を擬人化し、春雨が「高が假契買のくせに」と、假契買を非難する気持を「悶」で表現し、同時に、いきまく様相を振り仮名「イキル」で表現している。このように、仮名書き「いきる」だけでは表現できない部分を漢字

「悶」で補い、「悶」の漢字と「イキル」の振り仮名により、二つの映像を取り合わせた、独創的な表現法を採用しているといえる。

注

（1）・江戸時代末の『魁本大字類苑』には「悶死」に「イキレジニ」と振り仮名を付す例が見えるが、この「イキレ」と『當流籠抜』の「悶（イキ）る」には意味的にずれがある。

・中国の『孔子家語』（巻三　弟子行　第一二）では「悶」の下注に〈悶／憂〉と記す。

・『楚辞』（九章、惜誦）には「悶瞀《もんぼう》して」とあり、注には「悶」に「もだえわずらう」、「瞀」に「心が乱れる」と記されている。

・『文選』では「文章編二（巻一八）」や「詩騒編三」に思い悩む意として「悶」が見える。

・『菅家文草』では、校注者により「悶」に「うれふ」「もだゆる」「いきたゆる」「うらむ」などの振り仮名が施され、何れも思い悩む、或は憂鬱な心情を意味する語として用いられ、中国の用法に倣うものである。

以上のように、漢籍及び日本の漢詩『菅家文草』での検索結果も、「いきる」の語義に相当する用例は認められなかった。

（2）『遊仙窟』（54ウ）に「少‐時眼‐華耳‐熱〈右傍訓 シハラクアリテメカ、ヤキアツクシテ、熱の左傍訓 イキリ〉」とあり、『日本霊異記』（中巻序文）には「瞻婢忝慮　顔酡耳熱〈瞻みて婢ぢ、慮に忝ク　顔酡リシ耳熱し〉」とある。「熱」は感情が高まって、耳がほてり熱くなる状態を表わし、これらは「熕《ホメ》く」と同意と捉えられる。因みに俳諧集では、「イキル」に「熱」の漢字を当てる例は見えず、「熱」は「江戸菘《カラシ》食して熱《ムセ》る粟のごとし　秋風」（『洛陽集』雑秋）で「ムセ（る）」の振り仮名が付される。

参考文献

穎原退蔵著・尾形仂編『江戸時代語辞典』二〇〇八年　角川学芸出版

木村晟編『雅言俗語　俳諧翌檜』（『古辞書研究資料叢刊　第一〇巻』一九九五年　大空社）
木村晟編『漢和三五韻』（『古辞書研究資料叢刊　第五巻』一九九五年　大空社）
蔵中進編『江戸初期無刊記本遊仙窟本文と索引』一九七九年　和泉書院
孔子文化大全編輯部編輯『孔子家語』山東友誼書社　一九八九年／『新釈漢文大系　第五十三巻』一九九六年　明治書院
本間洋一『本朝無題詩全注釈三』一九九四年　新典社
『浮世風呂』（『日本古典文学大系』一九八二年第二二刷　岩波書店）
『魁本大字類苑』文久三年（一八六三）～慶応二年（一八六六）頃成立　谷口松軒著（杉本つとむ解説『魅本大字類苑―江戸時代を読むあて字大辞典』一九九四年　雄山閣出版）
『菅家文草』（『日本古典文学大系』一九八二年第一二刷　岩波書店）
『けいせい伝受紙子』（『新日本古典文学大系』一九八九年　岩波書店）
『古今和歌集』（『新日本古典文学大系』一九八九年　岩波書店）
『心中刃は氷の朔日』（『近松全集　第五巻』一九八六年　岩波書店）
『楚辞』（『新釈漢文大系』一九七〇年　明治書院）
『當流籠抜』（『日本俳書大系７』一九二六年　日本俳書大系刊行会）
『日本霊異記』（『日本古典文学大系』一九六七年　岩波書店）
『俳諧類船集』延宝四年（一六七六）刊　高瀬梅盛著（近世文学研究会編　一九五五年）
『醍醐寺蔵本遊仙窟総索引』康永三年（一三四四）書写醍醐寺宝蔵本（築島裕他編『古典籍索引叢書13』一九三二年　汲古書院）
『曠野後集』『時勢粧』『鶉衣』『宇陀法師』『末若葉』『江戸廿歌仙』『大坂桜千句』『おくのほそ道』『かなあぶら』『国の花』『雲喰ひ』『滑稽太平記』『崑山集』『蕉門名家句集』『しら雄句集』『炭俵』『続有磯海』『曽波可理』『淡々文集』『父の終焉日記』『天水抄』『天満千句』『となみ山』『泊船集』『投盃』『二ゑふ集』『後の旅』『誹諧初学抄』『俳諧其傘』『俳諧之註』『芭蕉集（発句編・連句編）』『坂東太郎』『ひさご』『枇杷園随筆』『篇突』『本朝文選』『まつのなみ』『歴代滑稽伝』（以上『古典俳文学大系』一巻～一六巻　一九七〇年～一九七二年　集英社、検索は『古典俳文学大系ＣＤ-ＲＯＭ』集英社による。）

『文選（詩騒編）三』（『全釈漢文大系　第二八巻』一九八六年五刷　集英社）

『文選（文章編）二』（『全釈漢文大系　第二七巻』一九七七年二版　集英社）

『山崎与次兵衛寿の門松』（『近松全集　第一〇巻』一九八九年　岩波書店）

第三節　『江戸八百韻』に見える「哆」の訓みについて

はじめに

『江戸八百韻』は、『俳諧大辞典』（二〇〇〇年　明治書院）に「既に談林調にも慊らずして更に何らかの新句境を開拓しようとする要求が表に発し、俳風革新の第一声を挙げたものとして俳諧史上注目すべき作品である。」とある。用字の採択にも新句境を目指す創意工夫が窺え、

　爰に鳥おどし強《ツヨ》弓を引　幽山（五八八）　哆《アツカヒ》の中もはなれし庵の月　言水（五八九）

と「哆」を「アツカヒ」と読む句が見える。

　右の句の「哆」は、「仲直りをさせようと取成している間に」と「仲裁」の意で用いられる。「アツカヒ」に「哆」を当てるのは、辞書では『江戸八百韻』（延宝六年（一六七八）刊）の二年後に刊行された『合類節用集』に初めて見え、それよりも古い辞書には見えない。また、現在の「あつかい」に対応する漢字は「扱」であり、「哆」を「あつかい」として使用されることはない。本章第一節では、同じ『江戸八百韻』の「婀娜」「艶」を「ヤサシ」と読むこと、第二節では、『當流籠抜』の「悶る」を「イキル」と読むことなど、中国の字義に対応しない例について検討を加えてきた。同様に、本節では「哆」を「アツカヒ」と読むことに注目して、漢字と訓みの関係について検討することを目的とする。

一　辞書類での「哆」と「アツカフ（ヒ）」

「哆」に関しては、日本の辞書では以下のように収録されている。

（一）日本の辞書

『新撰字鏡』（天治本）：哆〈丁羅反張口也緩脣也　又丁佐反言猶脣垂也〉

『類聚名義抄』（観智院本　仏中四二・四）：哆〈陟加反　張口　又多音　又昌者反　脣下　オホクチ　禾タシ　處帋反〉

『字鏡集』（白河本　一一巻）：哆《タ》（左訓シ）〈ヲホクチ　ハタカリテ　ワタ、シ〉

『倭玉篇』（夢梅本）：哆《タ》（左訓シヤ）〈張口也（左訓クチヲハルナリ）　脣下垂皃（左訓クチビルシタニタル、）〉

『倭玉篇』（篇目次第）：哆〈處紙切　シ反　ヲホクチハタカリ　皮堕脣垂〉

『倭玉篇』（慶長一五年（一六一〇）版）：哆《タ》〈ハタカリテ　ヲホクチ〉

『運歩色葉集』：哆《タラス》〈―《ヲ》人〉

『伊京集』：哆《タラス》

『合類節用集』（巻八下）：扱《アツカフ》（左訓サウ）〈又搰同取扱〉噯《アツカウ》（左訓アイ）〈又哆《シヤ》（左訓アツカヒ）同〉

『書言字考節用集』（第一一冊　言辞門九）：扱《アツカヒ》・和諭《同》・哆《同》〈俗用二此字一ヲ或用二噯字一ヲ於レテ義ニ未レ詳〉（文政六年（一八二三）刊『節用集大系　六〇巻』大空社）

『俳字節用集』（上九）：哆《ハダケル》〈口を〉

『漢和三五韻』（坤巻　麻17オ）：哆〈クチハル　ヲホクチ〉上聲哿韻　曰又麻韻張口也（貞享三年（一六八六）板『古辞書研究資料叢刊　第五巻』大空社）

『男節用集如意宝珠大成』（言語）：哆《たらす》　すかす也　（一七一六年刊　『節用集大系　二六巻』大空社）

『雅言俗語　俳諧翌檜』（言語）：哆《タラス》〈すかすなり〉
（安永八年（一七七九）刊　『古辞書研究資料叢刊　第一〇巻』大空社）

また、中国の辞書では以下のような収録が見える。

（一一）中国の辞書における「哆」

『説文解字注』：「哆」張口也〈小雅哆兮侈兮毛曰哆大皃〉　（中華民国六五年　全國各大書局）

『字彙』：「哆《シャ》」〈馬 昌者切車上声張口《ヲ》 詩小雅 哆《タリ》兮侈《タリ》兮又大口《ノ》貌又唇下《リ》垂《ノ》貌又衆意《ノ》 左傳 於是哆然《トシテ》外齋侈《ラ》也又 紙 尺里切《ノ》音恥義同又 禡 丑亞切《ノ》音咜義同又 哿 丁可切《ノ》多上聲義同又叶 語 敞呂切音杵 韓昌黎元和聖徳詩 紫焰噓呵《ノ》高霊下《ニ》墮羣星從坐《シテ》錯落侈哆《タリ》　墮《ハ》音吐〉（『和刻本辞書字典集成　第三巻』汲古書院）

『大廣益会玉篇』：「哆《タ》」（左訓シャ）〈處紙尺寫二切張口《クチヲハル》〉（『和刻本辞書字典集成　第二巻』汲古書院）

以上の辞書に『異体字研究資料集成』所収の『古俗字略』（一期八巻　巻三・三七）と『五経文字』（別巻一　下三六）を付け加えておくと、

『古俗字略』：哆〈大口〉[illegible]拸撦奓〈並同上〉

『五経文字』：哆〈昌志反昌也反大也見詩大雅〉

と収録がある。

以上のように中国の辞書では「口を張る、唇下がり垂れる、大口の貌」という義であり、いずれにも「アツカヒ（フ）」に対応する義は見られない。本節で取り上げた「哆《アツカヒ》」は、同じ字形であっても中国の字義とは対応しない日本独自の用法である。『日本国語大辞典』に「あつかひ」を「仲裁する」意に用いるのは、中世後期から多く見られるとある。但し、見出し字には「扱」と「噯」はあるが「哆」は記されない。そこで「アツカヒ（フ）」に対して、日本の古辞書ではどのような漢字が当てられているかを次に示してみたい。

（三）漢字辞書での「アツカヒ」に対応する漢字

『新撰字鏡』（天治本）：暍〈於月反　傷熱也阿豆加布〉

『類聚名義抄』（観智院本）：徳〈多勤反　ノリ　サイハイ　メクム　トル　ヲクル　アツシノホル　アツカフ〉（佛上三六）・念熱〈アツカフ〉（法中八八）

『色葉字類抄』：育〈アツカフ〉・暍〈同〉（前田本　下30ウ／黒川本　下25オ・ウ）

：念熱〈アツカフ〉敦養〈同〉（前田本　下40オ／黒川本　下33オ）

『温故知新書』：機・熱・暍・惄・馮・唰・嗳・壓・扔（以上態藝門）・念熱（複用門）・挧擇（モ・複）

『運歩色葉集』：扱・嗳・操・挽大事

『倭玉篇』（篇目次第）：熱〈如折切　セチ反ネチ反　アツシ　アツカフ　アタ、カ　タクマシ　温盛也〉爇〈在火見　如雪切　トモス　アツカフ〉・湨〈イコフ　ヨテ　アツカフ　イ馮同共〉

『倭玉篇』（慶長一五年版）：扱《サウ》（左訓サツ）〈トル　アグル　ヒク　ヲサム　ウルサシハサム　アツカウ〉

（四）節用集での「アツカヒ」に対応する漢字

『伊京集』：扱・擋・覞・宰・挧

『明応五年本節用集』『易林本節用集』：扱

『天正十八年本節用集』：扱・宰・攩

『饅頭屋本節用集』：扱・嗳

『黒本本節用集』：扱・宰・挧

『合類節用集』：扱〈又挧同取扱〉・嗳《アツカウ》〈又哆《シャ》（左訓アツカヒ）同〉

『書言字考節用集』：扱《アツカヒ》・和諭《同》・哆《同》〈俗用二此字ヲ一或用二噯字ヲ一於テレ義ニ未レ詳〉

『俳字節用集』：和諭〈噯／扱〉

（三）（四）の辞書の中で、「扱」は（三）では『運歩色葉集』『倭玉篇』（慶長一五年版）に収録があり、（四）の『節用集』では全てに「アツカヒ（フ）」に対応する漢字として収録があるが、「哆」は（三）（四）の辞書中（四）の『合類節用集』『書言字考節用集』のみに収録が見える。『類聚名義抄』『色葉字類抄』『温故知新書』の「念熱」、または、『新撰字鏡』『温故知新書』『倭玉篇』（篇目次第）の「熱」「暍」などは熱くて苦しむ様を表し「仲裁する」意を持たないが、現代の国語辞書には「熱」と「扱」の関係の記事が見え、自動詞から他動詞への変化に伴い、「熱さに苦しみ煩う」意から、「物事を処理する」意を持つ過程が記されている。

（五）現代の国語辞典

『日本国語大辞典』（第二版二〇〇一年　小学館）

あつかい【扱・噯】（名）

あれこれと世話をする。あれこれとうわさをすること。両者の間に立って争いをとりなすこと。訴訟や紛争の仲裁。調停。示談。かしらとして人々を取り締ること。人の相手になって話したり、もてなしたりすること。あれこれと操作して動かすこと。（名詞の下に付けて接尾語的に用いる。）事物の取扱い方。あておこなうこと。支配すること。物事の処理。…

また、他動詞「あつかう【扱・噯・刷】（他）」では、右の名詞とほぼ同じ意が記され、左の語誌（2）に記される（六）の用法には、「両者の間に立って争いをやめさせる。仲裁する。」とある。

語誌（1）もとは自動詞「あつかふ（熱・暑）」で、熱・病・心痛など「事態に対して身をもって苦しみ煩う」ような意であったものが、「身を煩わせて事態に対処する」意に転じ、他動詞に変わっていくのにともなって、「身を煩わせる」ことよりも「事態に対処する」ことの方に重点が移り、やがて前者の意味特徴は忘れられ、単に「物事を処理する」意となったものか。

（2）中古から中世前期の物語などの例では、何に対処するかによって、さまざまな文脈的な意味が見られるが、かかわりを持つ事態のためにあれこれ心を尽くして身を煩わせる点では共通している。中世後期から多く見られる（六）の用法も、他人のもめごとに対して身を挺して処理するところから生れたものと思われる。

『角川古語大辞典』（一九八二～一九九九年　角川書店）

あつかひアツカイ【扱】世話をすること。協定・裁判。また、仲裁示談。

動詞「あつかふアツカウ」では「扱・繚」の漢字が見出し字となっている。また「熱」を当てる「あつかふ」には、次のような語釈が見える。

あつかふアツカウ【熱かふ】「あつし（熱）」の語幹からの派生。熱さに苦しむ。熱がる。暑さのために悩み煩うところから、処置に窮する意に転じうる契機を持ち、てこずる、もてあます意の他動詞「扱ふ」との交渉が考えられる。

『時代別国語大辞典　室町時代編』（一九八五年　三省堂）

あつかひ【扱】「扱《アツカイ》・宰《同》・掆《同》」（黒本節用）。人の相手になって、その人に対する評価に応じた対応、取扱いをすること、もてなし。「あひしらひ」。ある人や事柄を話題としてあれこれと各自の意見を述べること。意見や立場を異にするものの間に立って事態をとりまとめ、また、妥協・和解するようにとりなすこと。調停。仲裁。

…

右の『時代別国語大辞典』の省略した記事の中には、「宰《あつかい》物のかしら」（和漢通用）「掆《あつかい》手にて物をなおす也」（和漢通用）の記述がある。また、動詞「あつかふ【扱ふ】（動四）」には、「扱《アツカフ》」（易林節用）「扱《アツカウ》・掿《同》」（正宗節用）「扱《アツカウ》・噯《同》」

〈饅頭節用〉「宰《アツカウ》・扱《アツカウ》・攩《アツカウ》」〈天正節用〉「手、言葉などで処理する。口、手、足などで処理する」〈日葡〉とある。

『大言海』〈一九三二年　冨山房〉

　あつかひ（名）一扱一（一）アツカフコト。アツカフ仕方。待遇（二）戦争、争論、訴訟ナドノ仲裁。和解。

　調停

動詞「あつかふ〈他動、四〉」でも「扱」のみが見出し字であり、「扱」の語源には、「あつかふ」〈自動、四〉悶熱の「心シラヒス。氣ヅカフ。懸念ス。」の意の「他動に轉ジタルナリ、もてあつかふト云フガ正シキナルベシ」とある。

『古語大辞典』〈一九八三年　小学館〉

　あつかひ【扱ひ】アツカイ〔名〕①世話をすること。②交渉や訴訟などの斡旋・調停をすること。

以上の国語辞典の用例では、「アツカヒ」に「扱・噯・刷・繚・拵」の漢字は見えるが、「哆」を用いる例は示されない。

（六）古文書辞典

『古文書古記録語辞典』〈二〇〇五年　東京堂出版　二三頁〉

噯　あつかい　哆、扱とも書く。①世間のうわさ、評判。②支配、領知。③紛争解決のための仲裁、調停。紛争当事者がその解決を第三者に委《ゆだ》ね和解する制度（中人《ちゅうにん》制）。貸借、売買、土地争いなどの民事と、刃傷、殺人などの刑事、また合戦などの仲裁にも及んだ。…

『古文書用字用語大辞典』〈一九八〇年　柏書房　八頁〉

あつかい　噯・哆・扱・刷　①扱いと同じ。あれこれと世話をすること。紛争などの調停をすること。②近世用語では仲裁、調停人などをさし、訴訟などを内済し和解させること、また、その人の意。取扱ともいう。

以上のような辞書に「あつかい」に関する記事があり、『近世古文書辞典』（一九八八年　国書刊行会）でも、前掲の古文書辞典と同様に、見出し語の漢字には「曖」以下「哆」も記され、語釈もほぼ同じである。しかし、これらの古文書辞典に示す用例での漢字表記は「曖」「刷」であり、見出し語の漢字に「哆」があるのにも関わらず、「哆」の使用例を示すことはない。

二　「哆」の用例とヨミ

前掲の古文書辞典での「扱い」に対応する漢字には、「曖」「哆」「扱」「刷」がある事から、古文書における「哆」の用例を探すことを試みた(1)。しかし、古文書では「曖」「刷」「扱」は用いられるが、「哆」の用例は見受けられない。時代が遡るが『本朝続文粋』（巻第一　雑詩）に（「熟」の右傍に異本での表記「塾」を稿者が付記した）、

門熟（塾）安木梗挟箭共哆嗚〈門熟木梗を安んず箭を挟み共に哆嗚たり〉

と見える例があり、「哆嗚」は、脣の垂れ下がって正しくない様を表す。また『五山文学新集』の「哆」を用いる例では次の二例が見える。三巻『流水集』（拈香小仏事）には、

如梅哆哩夜之待三會而倚龍華、似金色頭陀之持一縷而生鶏足

と「哆」が用いられ、「梅哆哩」は五山文学新集の中の『梅花無尽蔵』（第四）に見える「弥勒菩薩の号」を意味する「梅多里」と同語ではないかと推察する。もう一例『五山文学新集』第五巻『雪樵独唱集』（四）では、孔子の弟子の名に「漆雕哆」（しっちょうしゃ）」と見えるが、これらの「哆」の用例では「仲裁」の意でないことは確かである。

それならば近世初期の俳文学作品では「哆」が見られるか、『古典俳文学大系CD-ROM』により、「哆」と同

時に節用集に収録がある「アツカヒ（フ）」に対応する漢字を検索してみた。その結果「扪」は「もむ」「ひねる」として使用されるが「あつかふ」ではない。その他の「揺」「覗」「宰」「和諭」の漢字は見えず、「アツカヒ（フ）」には「曖」又は「扱」を当てる。ただ一例「哆」を用いる句があるが、「哆」に付される振り仮名は「アツカフ」ではなく「タラス」である。

①あた〻かに哆《タラス》といふが小春哉　　白雪（『蕉門名家句集』）

句意は「暖かいので春のようだと騙されそうであるが、季節は小春（一〇月）である」と解釈するのだろう。右の「タラス」のヨミは、前掲の『運歩色葉集』『伊京集』に「哆《タラス》」と見え、時代が下り一七七九年刊の『雅言俗語俳諧翌檜』（言語）にも、同様に「哆《タラス》〈すかすなり〉」とある。『世話用文章』（上）には「皆親《みなをや》之驕《あまやかし》生育《そだて》たる故ニ候左様《さやう》之者は哆遣《たらしつかひ》候へは下路《おろ》〱仕者にて候」という一文が見え、『志不可起』の見出し語「だます」の項には「…たらすと云もだます二通テキコユたらすはとらかすノ畧語カなはたらしナド、云事アリ尤垂《タル》義にも通ベシ」とある。『唐話辞書類集』（第九集　徒杠字彙）には「那哆〈船ノ主〉」（巻之三）「哆口横議〈大言ヲ吐コト〉」（巻之五）のような用例が見え、後者の「哆」は、「口に出す」意を表し少し仲裁の意に近づく感がある。

以上のように、現段階では、「哆」を「アツカヒ」と読む事例を見出す事が出来ず、『江戸八百韻』での用法は、個人的な用法なのか、今後も用例を探し出し検討する余地がある。

前掲の古文書辞典では「あつかい」の見出し語の漢字に「哆」があり、その中の『古文書用字用語大辞典』と同じ柏書房が出版する『近世古文書〈解読字典〉』（一九七九年）には、「曖」の収録はあるが「哆」は収録されない。『古文書用字用語大辞典』の「アツカヒ」の見出し字に「哆」があるのに、何故「哆」の用例が示されないのか、何故解読字典には収録されないのか、そこに疑問点が指摘される。そこで、少々付会の感を免れないが、「アツカヒ」に「哆」を当てる根拠を、以下のように推測してみることにする。

一つには「噯」の崩し字からの誤用ではないか。二つには『大言海』に「〔扱ハ、手及ノ合字、手ノ及ブ意、古写本節用「扱《アツカフ》」噯ノ字ハ、親愛ノ口入ノ合字、玉篇「噯、噯気《イキ》也」ノ義ニハアラズ〕」とあるのに倣えば、「哆」は多くの口入るの合字となる。調停はことばで処理するから口偏を用い、複数の人が関与するから旁には「多」を付け、意味を考慮した「哆」の漢字が選択されたとも捉えられる。三つ目には「多口」という漢語があり、『大漢和辞典』での訓義には「口数が多い。多言。」などと記される。また『唐話辞書類集』第二集（唐話為文箋）には「多口《トウケ○ウ》〈ヲウモノイフ〉」、同書第三集（忠義水滸伝鈔譯）には「多口人〈クチマメナル人〉」とある。この「多口」の二字の合字として「哆」を転用したのかと様々な仮説を立ててみたが、いずれも確信をもって、その傍証を固めることができない。

そのような中で、「哆」は『字鏡集』（白河本）『倭玉篇』（慶長一五年版）の下注に記される「ハタカリテ」の意味を持つことに注目してみた。『日本国語大辞典』での「はだかる」の語釈には、「相手の前をふさぐようにして立つ。立ちはだかる。」などとある。五八九番の句を争いの当事者の間に立ちはだかって、揉め事を解決すると解釈し、「立ちはだかる」と「あつかふ」の情景描写に「哆」を用いたとするのが、最も妥当ではないだろうか。

齋木一馬氏は、既存の辞書では「収録されている語辞についても、訓みと語義とが必ずしも明瞭・的確には示されていないものが多いこと」、また「語辞の実際の用例に接し得なかったこと」に基因する不備があると指摘がある。(2) 同書の中では、近世初期の武家記録の特殊な語辞として、「噯」を取り上げているが「哆」は見えない。「噯」では『上井覚兼日記』（天正二（一五七四）・八・一六）（天正三・四・九）（天正一〇・一二・二〇）（天正一二・一二・一五）（天正一四・八・二四）、『細川両家記』（天文二四（一五五五）・九・二七）（弘治元（一五五五）・正・一三）、『大友史料』（永禄一二（一五六九）・正・一三・久我晴通書状）（天正八（一五八〇）・二・一六・立花道雪書状）、『上杉家文書』（元亀三（一五七二）・六・一八・直江景綱書状）（元亀三・一〇・六・上杉謙信書状）、『家忠日記』（天正一六

(一五八八)・閏六・一〇)、『相良家文書』(文禄二(一五九三)カ・七・一九・小西末郷書状)、『慶長日件録』(慶長一一(一六〇六)・一二・一二)の例文を提示し(『古記録の研究』二四九・二五〇頁)、「噯(扱)アツカヒ　アツカフ」には、「うわさ」「評判」「支配」「領知」「調停」「仲裁」「和議」「講和」の意味があるとする。

三　「噯」について

齋木一馬氏の前掲の書では「記録・文書の大部分は、その全文を真字書きにすることを原則としているために」「和製漢字・和製漢語の類が少なからず混在する」(三三〇頁)と述べ、原義と異なる特殊な用い方をした漢字の中に「噯〈アツカイ〉」がある。『古典俳文学大系CD-ROM』の検索結果では、「アツカヒ」に「噯」の漢字を当てる例が見えることから、ここでは「噯」について考えていきたい。

節用集では『合類節用集』に「噯《アツカフ》」と収録が見え、『異体字研究資料集成』(一九七五年　雄山閣出版)所収の『和字正俗通』(九巻　4オ言詞)にも「噯《アツカフ》」「扱《アツカウ》」とある。

しかし、『色葉字類抄』(黒川本)では「噯ナクサム」、『字鏡集』(白河本)では「噯〈ナクサム　ヲウ〉」とあり、『異体字研究資料集成』所収の『倭字攷』(九巻　15オ口部)にも「噯《ナクサム》　今昔物語廿六第五條」と、以上三書の「噯」には共通して「ナクサム」の訓を付す。

また『倭玉篇』(篇目次第)には「噯〈烏蓋切　アイ反　氣也〉」とあり、『大漢和辞典』には「【噯】アイ・ガイ　いき。あたたかい気。おくび。歎詞。いたみをしむ情を表はす。」の記事が見える。中国の辞書を見ると、『説文解字注』には「噯」の漢字の収録はないが、『字彙』『大廣益會玉篇』では次のように記される。

『字彙』:噯《アイ》〈[泰]於蓋《ノ》切音愛噯気《ーヲクヒ》　也〉

『大廣益會玉篇』（第五）：曖《アイ》〈烏蓋切曖気《キ》也〉

辞書でのヨミを確認したところで、次に「哆」と同様に「曖」の用例を見ていくことにする。

（一）『古典俳文学大系』における用例

②八百日ゆく浜つたひにも牛に乗（二一五）　此曖は浪の声々（二一六）　（『俳諧大句数』第三）

前句の浜から浪を付け、「紛争を仲裁する声は波の打ち寄せる音のようである。」と詠む。

③町中をよべばこそ爰に来りたれ（八七一）　よい曖のかかる公事宿（八七二）　（『大坂檀林桜千句』）

③の「曖」の語注には「仲裁」とあり、句意は「訴訟事件で地方から出て来た人たちが泊る宿では、よい和解策が示される。」と解する。

④天よりも小刀則降くだり（一一七六）　談合して曖やうがあらふ物（一一七七）　（『二葉集』）

右の句は「話し合えば仲直りの方法があるだろうに。」の意と捉え、②③と同様に「曖」は「仲裁」を意味する。

⑤風下《カザシタ》無事に千秋万歳（五二五）　曖《アツカヒ》衆綱碇《ツナイカリ》にてかかる露（五二六）　（『阿蘭陀丸二番船』）

⑤は俳諧の世界を船に譬え、新しい俳風をうまくまとめる人達の意に「曖衆」を用いる。これらの句以外に、俳諧論書『ふたつ盃』では、高政と随流の論争を奉行所に差し出した訴状の形式で両者の主張を述べさせ、それに判を下すという趣向の中に、次の⑥のような例が見える。

⑥・曖《アツカイ》を仕りまして、古風を畏《イ》敬《ケイ》する処の辟《ヘキ》をやぶらせ

・前句何様のうつりにても、ひくりかへさず。「さゝめごとの山」「曖《［ア］ツカヒ》の山」、高政きこゆるか。

（「曖」の振り仮名［ア］は校注者が底本の脱字を補ったものである）

・曖《アツカヒ》に入て真《マン》中に真直《マツスグ》に立、「此様にめされよ」といふたれば　（『ふたつ盃』）

⑦松ニ有情トハ夫婦ヲ云ヘルニ、畢竟ハ有無ト姿情トニ文字ノ曖《アツカヒ》ノ自在ナル、言ハヾ互照ノ絶妙ト称スベシ。

（『和漢文操』△『文選』「冊類二」…）

右の⑦の『和漢文操』は、②から⑥の作品集より時代が下り享保八年（一七二三）成立の詩文を集めて注を加えたものである。⑦では前の②から⑥とは「噯」の用法が異なり、これまでのような調停や仲裁の意味ではない。言葉を表す文字を工夫している様を表現している。

（二）『古典俳文学大系』に所収されない西鶴の『大矢数』での用例

⑧秋の風あらくな吹そ噯に　（第二巻・一二）

⑨此噯はのけて置しやれ　（第二巻・一九）

⑩噯きかすにいかなるか末　（第二巻・二一）

⑪噯ふからは爰をせにせよ　（第三巻・三一）

『大矢数』では「アツカヒ」の漢字表記は「噯」のみであり、すべて「仲裁する、調停する」意として使用され、調査資料とした俳文学作品集では「噯」を「ナグサム」と読む例は見えなかった。ちなみに『西鶴五百韻』にも「傘をやふれ噯きかぬ時（西鶴　二一七）」と仲裁に「噯」を用いる例がある。

（三）西鶴の浮世草子での用例

俳諧以外の例として、西鶴の浮世草子での「噯」の用例を次に挙げ、その用法を検討していきたい。（解釈は『新編日本古典文学全集』『新日本古典文学大系』などを参照した）

⑫藤六申は、ふたつに分《わけ》たる家《いゑ》を、皆《みな》藤七にとらすべしと申せば、やうやう噯《あつか》ひ済《すみ》て、藤六は刀《かたな》ばかりとつて家《いゑ》を出、向後《きやうこう》百姓《しやう》をやめると、都《みやこ》にのぼり

（『西鶴諸国はなし』巻二　神鳴の病中）

⑬両町きゝつけさま〴〵に噯《あつか》へどもきかざれば、やう〳〵四人につくり髭《ひげ》をさせ

（「噯へ」＝和解させるために仲裁を試みること）（『西鶴諸国はなし』巻三　お霜月の作り髭）

⑭いかにしても、女郎《しよらう》の裸はと尻《しり》からげに噯《あつか》ひ、作《つく》り髭《ひげ》のかはりに眉墨《まゆすみ》を一方《ほう》おとさせ

（『諸艶大鑑』巻八　終には掘ぬきの井筒）

⑮金銀《きんぎん》の欲《よく》にふけて噯《あつかひ》にして済《すま》し手ぬるく命をたすくるがゆへに

（『好色五人女』巻二　こけらは胸の焼付さら世帯）

⑫は、長男と次男の刀の相続をめぐる争いに対する親戚の人たちの調停、⑬は、いたずらをされた男が住む町の人たちと、いたずらをした男達が住む両町の者が間に入り、和解させること、⑭は、女郎の裸はと仲裁して許すこと、⑮は、金銀で示談にすること、などを「あつかひ」と表現し、「噯」の漢字を用い、「噯」以外の漢字表記は見られない。

（四）古文書における用例

古文書での「哆」の用例は探し得なかったが、古文書辞典の「あつかい」の見出し字に「噯」「刷」もあるので、両者の用例を次に提示しておきたい。

⑯誓度寺之事、地下衆色々噯候而候條、雖背先例候、於後々者、可爲不入者也、仍爲支證状如件

（高野山文書五巻一八六　誓度寺支證状　明応七年（一四九八））

⑰中節両方依有申事相論之儀候、然處東南院爲噯、屬無爲候、然上者五位々等之時者、合百五十文可納候

（高野山文書五巻二五一　粉河寺衆議状　永正一四年（一五一七））

⑱十月十六日、當地江戸罷立、中途ヘ打出候處、御同名新五郎方藤田右衛門佐、小幡其外和談取刷由申来候…（略）…遂對談候間、定當座之刷計儀与存之候處

（北条氏綱書状　上杉家文書　大永四年（一五二四））

⑲不慮之儀仕出、所々之造作罷成候時、方々を語、或者及噯ニ失墜行事候者、面目之失墜をは公事本へ可懸、

（高野山文書五巻二五四　不動院海寂等連署定書　永禄三年（一五六〇））

⑳塚原陣之時、以駿河之曖無事、既驚神慮、以誓詞申合、（武田晴信悪行之事　上杉家文書　永禄七年（一五六四））

上杉家文書には、これら以外にも「曖」「刷」が使用されている。「刷」は必ずしも「仲裁」の意として見えるのではなく、「所々御料所ヘ御年貢御催促候、御刷之御年貢義も」と年貢の催促の場面で「取り計らう」の意味を表す。また、『結城氏新法度』（弘治二年（一五五六））でも、六条・三二条・五八条・八四条（四例）・九〇条（二例）などに「知行させる・宛行なう」などの意で「刷」が用いられる。

㉑今度秀吉其国鉾楯之段、無心元候、然者、和睦儀是非共曖度候（足利義昭御内書・島津家文書　天正一四年（一五八六））

このような義久・義弘に秀吉との和睦を促す後内書や、伊集院忠棟に宛てて使者を薩摩に下す後内書などに「曖」の用例が見える。

㉒御折帋披見申候、仍源二郎曖之儀、表裏之由曲言候、委細従兵庫頭殿可被仰候之間、令省略候、恐々謹言（徳川家康書状・島津家文書　慶長四年（一五九九））

右の例文では、源二郎による和睦の仲裁に関し表裏があると、仲裁に「曖」の漢字を用いる。

㉓城籠申者到打死、又ハ落申候得共、遊佐勘解由左衛門、坂部、須田廿五人、生地、贄川壹人も落不申、金太寺堅ク持堅メ申候、其内高屋曖ニ罷成、則畠山殿を湯川之御供ニ而紀伊國江のけ申候（高野山文書六巻一六五　坂合部新兵衛尉書上　室町後期）

㉔先規の姿聊以無相違被仰付候者、愚僧之安堵不可過之候、若又理ふ盡之曖も候はゝ、進退以前申収候（高野山文書四巻二二〇　櫻池院龍海書状　室町後期）

高野山文書では、以上のような用例以外に、「一巻五八　永正三年（一五〇六）」「三巻一七四　慶安二年（一六四九）」にも「曖」が見えるが、「哆」を用いる例は見ることができない。「刷」に関しては、ヨミは「アツカフ」であっても、意味は「調停・仲裁」ではなく「取り計らう」であり、「曖」とは相違がある。一連の近世初期俳諧の表記の研究の資料とした一〇俳諧集中での「刷」の用法を見ると、『當流籠抜』では、

蝶番《テフツガ》ひ六牧た、む岩つたひ（一六七）　刷《ハケ》ではいたる一片の雲（一六八）

と「ハケ」と読む。また、『軒端の独活』では、

長《ウ》安一片《ン》の花大虚《タイキヨ》に広ごる色服巾《フクサ》（五一三）　繡《ウ》纙霞を刷《ツクロフ》ぜイ婦人多《シ》（五一四）

と「ツクロフ」と振り仮名が付され、身なりを整える意を表し、仲裁する意ではない。

以上のように「曖」は古文書で一四〇〇年代から使用され、近世の俳文学作品や西鶴の浮世草子で多用されることから考えて、「アツカヒ」に「曖」を対応させるのは特殊ではなく、近世の用字の一般的傾向を示していると考えられる。

四　「扱」について

現在の「あつかい」に当てられる常用漢字は「扱」である。『新撰用文章明鑑』（巻中）では「扱《あつかふ》　捫《あつかふ》同　是は道具器《うつはもの》など取廻《とりまは》すいふ也／取扱《とりあつかい》　身扱《みあつかい》などに用ゆ」「曖《あつかふ》　是は詞をもつて挨拶《あいさつ》し執持《とりもつ》をいふ…」と「扱」と「曖」の差異を記す。高野山文書では、

㉕十八日ニ　東村へ押寄せ放火し首七ツ取、又粉川之町ニ而　首一ツ取、手員十二人、然ニ　廿日朝より長田荒見衆扱ニより和睦ス　（五巻三七　粉河寺舊記案）

㉖何事候共無御如在預御扱候ハ、可畏入候　（四巻三〇七　中島之信書状）

と㉕では「仲裁」㉖では「取り計らう」意を表す。『古典俳文学大系』所収の句のみでは、

㉗芭蕉葉の破れし喧嘩扱《あつかひ》て　利方（『天満千句』六一）
㉘いさかひは扱ひすとも心あれな　宗因（『宗因七百韻』二〇〇）
㉙其中に三羽扱ひしほらしき　千石（『金龍山』一一五一）
㉚扱ふて花ぬす人に負渡し　梅房（『其角十七回』五八八）
㉛本閉じるごとく扱跡もどり　大圭（『草むすび』四五）
㉜なま酔の取扱ひもところてん　黒己（『梨園』二二九）
㉝旅人の箸で扱ふかやりかな　（『蒼虬翁句集』四〇六）

などが「あつかふ（ひ）」と読むと推定できる例であり、㉗㉘㉚㉛は仲裁する意と捉えられる。このほかにも「うきつしづみつ石仏で扱」（『其角十七回』七七四）や「そら豆の花にせかるる扱茶かな」（『蔦本集』一八〇）のように「扱」の漢字が見えるが、これらは校注者により「こぐ・こき茶」と振り仮名が付され、手でこする、或はむしりとることを「こく」といい、仲裁・調停を意味する「あつかう」とは意味の相違がある。

西鶴の『大矢数』では、前掲のように「アツカフ」を漢字で表記する場合は、すべて「曖」であり「扱」は使用されない。その結果、『古典俳文学大系』所収の句と同書に所収されない『江戸八百韻』『西鶴五百韻』『大矢数』を合わせると、「アツカヒ」に「曖」を当てるのが、俳文学作品では一一例（浮世草子は除外）、「扱」は、ヨミの異なる「こぐ」「こき」は除外して、仲裁・調停以外の義で「アツカヒ（フ）」と読む例を含めると七例が見える。同じく『古典俳文学大系』所収の句における、仮名書き「あつかふ」を検索した結果、一二件の用例がある。仲裁して仲直りさせる意では、例えば、

㉞酒の喧嘩を酒であつかふ　餅夢（『渭江話』五二）

のような用例が見えるが、漢字「哆」と振り仮名「アツカヒ」による表記とは異なり、「仲裁する」以外の情報は

伝わってこない。

おわりに

以上のように、「哆」を「アッカヒ」と読むことについて検討してきたが、『合類節用集』と『書言字考節用集』の辞書以外では「哆」に「アツカヒ」のヨミが与えられる例を探し出す事は出来なかった。「哆」と「アツカヒ」の対応は、後の俳諧の用字に影響を与えることもなく、そして、近代の種々の国語大辞典の見出し語「あつかひ」に、「哆」の漢字を採用されることもないことから、一般に流布しなかったことは確かである。当該句の「哆《アツカヒ》」は、中国に漢字が存在するけれども、その字義と異なる特殊な用法によるものであり、振り仮名「アツカヒ」は単にヨミを示す振り仮名ではなく、意味のみを示す振り仮名でもない。作者は「アツカヒ」から連想して、「はだかる」の義を持つ「哆」を「アツカヒ」に当て、仮名書きや他の漢字では表現できないものを、「哆」の漢字と振り仮名によって、表現に広がりを持たせたのである。

注

（1）　荒居英次編『近世の古文書』一九七一年　小宮山書店
小林祥次郎編『改編　匠材集』二〇〇一年　勉誠出版
『島津久光公實紀二』（『續日本史籍協会叢書』一九七七年　東京大学出版会）
『塵芥集』『結城氏新法度』『六角氏式目』（『日本思想大系21　中世政治社会思想　上』一九七二年　岩波書店）
上杉家文書（『大日本古文書』家わけ一二ノ一　一九八一年覆刻　東京大学出版会）
高野山文書一から七巻　一九七三年　歴史図書社

相良家文書之一（『大日本古文書』家わけ第五　一九一七年　東京帝国大学）
沢氏古文書第一（続群書類従完成会　一九八九年）
地下文書（『史料纂集　古文書編』二〇〇九年　八木書店）
島津家文書（『大日本古文書』家わけ第一六　一九四二年　東京帝国大学）
益田家文書三（『大日本古文書』家わけ第二二　二〇〇〇年　東京大学出版会）
歴代古案　第一（『史料纂集〔古文書編〕』一九三〇年　続群書類従完成会）
（2）齋木一馬『齋木一馬著作集1　古記録の研究　上』一九八九年　吉川弘文館　二四二頁

参考・調査文献

市木武雄『梅花無尽蔵注釈』一九九三年　続群書類従完成会
『好色五人女』『諸艶大鑑』（『近世文学資料類従　西鶴編』3・4　一九七四・一九七五年　勉誠社）
『五山文学新集』一～六巻　一九六七～一九七二年・別巻一～二　一九七七～一九八一年　東京大学出版会
『西鶴大矢数』『軒端の独活』『當流籠抜』（『近世文学資料類従　古俳諧編』31・33・36　一九七五・一九七七年　勉誠社）
『西鶴諸国はなし』（『新編西鶴全集　第二巻』二〇〇二年　勉誠出版）
『志不可起』享保一二年（一七二七）成立『新撰用文章明鑑』元禄六年（一六九三）刊『世話用文章』元禄五年刊（『近世文学資料類従　参考文献編』6・7・9　一九七六年　勉誠社）
『唐話為文箋』（古典研究會編『唐話辞書類集　第二集』一九七〇年　汲古書院）
『忠義水滸伝鈔譯』（古典研究會編『唐話辞書類集　第三集』一九七〇年　汲古書院）
『徒杠字彙』（古典研究會編『唐話辞書類集　第九集』一九七二年　汲古書院）
『渭江話』『大坂檀林桜千句』『阿蘭陀丸二番船』『其角十七回』『金龍山』『草むすび』『蕉門名家句集』『宗因七百韻』『蒼虬翁発句』『蔦本集』『天満千句』『梨園』『俳諧大句数』『ふたつ盃』『二葉集』（以上『古典俳文学大系』一巻～一六巻　一九七〇～一九七二年　集英社、検索は『古典俳文学大系CD-ROM』集英社による。）

第四節　『西鶴五百韻』の用字

——熟字訓と当て字——

はじめに

第二章では、これまでに『江戸八百韻』で「哆」に「アツカヒ」、「婀娜」「艶」に「ヤサシ」と振り仮名が付されること、そして『當流籠抜』では「悶る」を「イキ（る）」と読むことなどの、中国の本義から外れた特殊な漢字の用法を取り上げて検討を重ねてきた。このような用法は『西鶴五百韻』にも見え、「日外」を「いつぞや」の意に用いる次のような句がある。

のへをまくらに戀はもみくしや　西友（一一〇）
よめもせぬ御文殊に日外は　西六（一一一）

右の句では、「日外」に振り仮名が付されないので、音読みであるか、訓読みであるかには問題が残るが、『定本西鶴全集』では一一一番の句の「日外」に「イツゾヤ」と注が記される。『近世文学資料類従　西鶴編』所収の浮世草子では、「日外」に「いつぞや」と振り仮名を付し、杉本つとむ氏の『西鶴語彙管見』[1]（一九五頁）では、西鶴作品の漢字を用法上から分類した中の「義訓」（熟字訓・当読みをふくむ）」に属する語に、「日外《いつぞや》」がある。

西鶴の浮世草子での語彙に関しては、杉本つとむ氏の前掲の書に詳しい論述があり、同書の序章には、以下のように西鶴の人となりを記す一節がある。

西鶴の〈新しがり〉を指摘しておきたい。もっともそれがただちに軽佻浮薄などというのではもちろんない。

むしろ進歩的で積極的ないわば進取の気性に富む大阪商人の血が五体をめぐっている。その端的なあらわれが〈阿蘭陀流〉西鶴の出現と存在である。（一頁）

また、同書の「西鶴、ことばのスタイル」では、西鶴の文体を考える一つに〈諺〉があるとし、談林の俳諧について次のように記す。

文学史的にも、貞門では実現しえない諺と文学表現、すなわち緊密なことばと思想の不可分な姿が談林俳諧にあるし、西鶴文学の中に躍動している。（一四九頁）

さらに、新しいことばを使っての表現と俳諧でのヌケの方法、つまり、ずばりいわないで、それと示唆するものをいう方法が、新しい表現力を作り出し、軽妙で機知滑稽に富んでいるのが談林の俳諧であるとも記されている（一五一―一五二頁）。

『西鶴五百韻』では、上述の「日外」と共に、「正体」に「性躰《シヤウタイ》」、「丈夫衆」に「上夫衆」、「明星」に「明上」、「七夕」に「織姫」、「石帯」に「胃糸の帯」などの、熟語の一字を置き換える、あるいは漢字一字とヨミが対応しない漢字の用法が見える。

本節では、以上の語の中から「日外」「性躰《シヤウタイ》」「上夫衆」を取り上げ、中国の本義と異なる用法や漢字を置き換える用法に検討を加えることを目的としたい。

一　「日外」について

一―一　辞書における「日外」

○『大漢和辞典』には、

【日外】ニチグワイ（一）日の照らす外。王化の及ばない地。〔元勰、聯句〕願従二聖明一兮登二衡會一、萬國馳レ誠混二日外一。（二）イツゾヤかつて。前日。

と見えるが、（二）の意味での漢籍の用例はない。

○『日本国語大辞典』（以下第二版二〇〇一年を使用）には、

いつぞや【何時―】〔副〕（代名詞「いつ」に係助詞「ぞ」および「や」の付いてできた語）過去の時に関して「いつであったか」の意を表わす。いつか。また、このあいだ。先日。

とあり、「日外《いつぞや》」と表記される初出例には、当該集の三年後に成立した『好色一代男』から引用されている。

○『大言海』（一九三二年　富山房）

いつぞ―や（副）日外（何時ぞやノ義ニテ、やハ、不定ノ辞、過ギシ何時ノ頃ナリシカ、ノ意ヨリ転ズ）

サキツコロ。過ギシ頃。

『大言海』の凡例によれば、「日外」に付された二重線は和漢通用字を示すものである。しかし、『新編大言海』（一九八二年新編版初版発行）では、

いつぞや　日外（以下語注は右と同じ）／じつがい　日外　イツゾヤ

とあり、「日外」に付す傍線が二重から一重になり、「和漢通用字」ではなく「和ノ通用字」に変更されている。

また、古辞書類には、当該集以降成立の『合類節用集』『書言字考節用集』、文政一〇年（一八二七）刊『大全早字引節用集』（『節用集大系　六四巻』大空社）に「日外《イツゾヤ》」とあり、文政六年（一八二三）刊の『俳字節用集』（『節用集大系　六〇巻』一九九四年　大空社）では「イツゾヤ」に「過日」を当てる。

○『合類節用集』：日外《イツゾヤ》〈又曩昔又／向去同〉（巻八上　言語部）

○『書言字考節用集』：日外《イツゾヤ》（第二冊　時候門）

○『俳字節用集』：過日《イツゾヤ》（上　四）

○『大全早字引節用集』：日外《いつぞや》（左傍訓「ヒホカ」）（六）

：向去《いつそや》（左傍訓「カウキヨ」）（一一）増字

このように、当該集成立の翌年に刊行された『合類節用集』に初めて見え、『伊京集』『明応五年本』『天正十八年本』『饅頭屋本』『黒本本』『易林本』などの古本節用集には収録が見られない。それならば、『唐話辞書類集』には採録されるのか、その収録状況を確認した結果を次に示しておきたい。

○『唐話辞書類集』

日外　イツゾヤ　第四集『色香歌』

日外《イツソヤ》　五老集　第一二集『應氏六帖』

乃者《イツソヤ》〈又乃者猶言彼時〉　第一二集『應氏六帖』

乃時《イツソヤ》〈又乃時向時〉　第一二集『應氏六帖』

那指日《ナアチイ》　左訓：イツゾヤ　第八集『両国譯通』（享保（一七一六〜一七三五）頃の刊行）

一遭子　イツソヤ　第一八集『譯通類畧』（寛政元年（一七八九）写）

前遣　イツゾヤ　　第一八集『譯通類畧』（右に同じ）

右のように「イツゾヤ」には「日外《イツソヤ》」「乃者《イツソヤ》」「乃時《イツソヤ》」「那指日《ナアチイ》」「一遭子」「前遣」があり、『應氏六帖』の「日外」の出典注記にある『五老集』については、『和刻本漢籍文集』の解題で長澤規矩也氏は次のように述べる。

上は東坡先生蘇公小簡（蘇軾）・仲益尚書孫公小簡（孫覿）、下は柳南先生盧公小簡（盧某）・秋崖先生方公小簡（方岳）・清曠先生趙公小簡（趙某）からなる。序跋が全くなく、編纂の次第未詳。古活字印本があるので、それに據ったか。

また、駒澤大学古典籍書誌詳細には長澤氏の解説を受けて、清曠先生趙公と「日外」の表記が見える柳南先生盧公の両者は共に伝記は詳らかではないとし「編者は邦人の可能性があるとされる」と記される(2)。

『色香歌』は、「日外」に並んで書名と同じ「色香歌」が掲出語としてある。その下注に「イロハ四十八字ヲ云」と記され、長澤氏の解説には「他に傳本を知らず、序によって、丹行藏の著と思はれるが、傳未攷。」とあり、上記の『五老集』とともに不明の点が多い。

以上のほかに、次のような「イツゾヤ」に類する語の収録がある。

日外　センジツ　　第一六集『學語編』（明和九年（一七七二）刊本）

外日　センジツ　　第一六集『中夏俗語藪』（天明三年（一七八三）刊本）

日前　先日ナリ　　第二集『語録譯義』（延享五年（一七四八）頃作）

曩時《サキニ》　昔日也　　第二集『語録譯義』（右に同じ）

右の「せんじつ」と訓が付される『學語編』では、「日外」の出典注記は見受けられない。右の語以外に、時を表す語には、『唐話爲文箋』（第二集　唐話纂要の焼直し）に「起先《キイスエン》　サキホド・先前《スエンズエン》　同上・前日《ヅエンジ》　センジツ」などが見え、『譯通類畧』（第一八集・一九集）にも「日前」を「マヘカト」と読む語などが収録されている。また「日者」では第二集『語録譯義』・第一五集『訓義抄録』（明治元年（一八六八）成立　未完成の稿本）に「コノゴロ」の和訓が記されていて、後者には「後漢」の出典注記がある。

次に、『明治期漢語辞書大系』（全六五巻・別巻三　大空社）における「イツゾヤ」に対応する漢字を示しておく事にする。

○『明治期漢語辞書大系』（（ ）内の算用数字は巻数を示す）

◆日外（右傍訓：ニチグハイ・ニチグワイ・ジツガイ／下注：イツゾヤ）

『大増補漢語解大全』191丁ウ（12）　『読書自在』38丁オ（29）　『初学必携大全漢語字書』24丁ウ（29）

『訓訳考訂音画両引明治伊呂波節用大全』187丁オ（35）　『新撰歴史字典』二一頁（48）　『明治漢語字典』四三頁（49）　『漢語故諺熟語大字林』一二三五頁（54）　『新編漢語辞林』一四九頁（55）

日外《いつぞや》　いつしか　『雅俗節用』3丁ウ（28）

いつぞや　日外（副）先きつ頃、過ぎし頃。『作文新辞典』三三五頁（61）

右のように、「いつぞや」を意味する語として『明治期漢語辞書大系』所収の一四〇種の辞書中一〇種に収録が見える。『雅俗節用』（村田徽典編　明治九年（一八七六）刊）の解説では「これまで研究されてきていない辞書である。書名からは節用集を連想させるが、内容は漢語辞書である。」と述べ、『作文新辞典』（中村巷（静斎編）　明治三九年（一九〇六）刊）には、

凡例の冒頭に…（略）…其の内容は、一種の読書辞書であることを主張している。漢語と和語とをそれぞれ五十音順に配列し、品詞と語義を記す。これはもう現行の国語辞典の形式である。漢語辞書がその使命を終え、国語辞典・漢和辞典に取って代わられる時期に達したと言えよう。

とある。

『明治期漢語辞書大系』の凡例では、

本大系で漢語辞書として取り上げたのは、漢語（字音語）を中心としてその読みと語義とを示した辞書体の書物である。しかし、一部に和語や外国地名等を含むものや、語の配列順が意図的ではなく辞書とは言い難い体裁のもの（例「童蒙必読　漢語図解」など）も、内容を検討した上で、重要と考えられるものは収載した。

と記される。同書には「日外」以外に「イツゾヤ」に当てる漢字表記があり、以下に提示しておきたい。

◆日前（右傍訓：ジツゼン・ニチゼン／下注：イツゾヤ）

いつぞや　日前《ジツゼン》

『明治期漢語辞書大系』所収の辞書一四〇種中、『漢語註解』49丁ウ（10）・『開化新選字引』63丁オ（18）・『広益熟字典』仮名引部　190丁オ（19）など、三一種の辞書に「イツゾヤ」に対応する漢字として収録され、「イツゾヤ」以外に「サイツゴロ」で一回出現する。

◆日者（右傍訓：ジッシヤ・ニッシヤ／下注：イツゾヤ）

『大全漢語解』83丁オ（6）・『漢語註解』49丁ウ（10）など、約一〇種の辞書に「イツゾヤ」の訓注が見え、それ以外では「日者《ニツシヤ》（下注：センジツ　スギシヒ）」・「日者《サキニハ》〈日猶二往日一也〉」など約八回の収録がある。『漢語故諺熟語大辞林』一二三五頁（54）では「ニツシヤとヨム。日のヨシアシをウラナフ人。」とあり、『訓訳考訂音画両引明治伊呂波節用大全』187丁オ（35）では「イツゾヤ・ウラナイシノコト」と見える。

◆曩時（右傍訓：ノウジ・ナウジ・ソウジ／下注：イツゾヤ）

『大増補漢語解大全』198丁オ（12）など、約一二種の辞書に「イツゾヤ」の熟字としての収録がある。それ以外では、下注「サイツゴロ・サキゴロ　サキノヒ　サキノトキ」で約一二回出現する。『大漢和辞典』に「曩時《ナウジ》　さきのとき。むかし。往時。曩日。」、『広益熟字典』（一九巻）に「曩日　サキノヒ　曩時　同上」とあり、両者の辞書から「曩時」と「曩日」は同じと捉えられるが、『明治期漢語辞書大系』では「曩日」に「イツゾヤ」と訓注を記す辞書は見えない。

一―二　「日外」の用例

さて、「いつぞや」の意で「日外」を用いるのはいつ頃から見えるのか、「日外」の使用実態を示し、その用法を検討していきたい。（『古典俳文学大系』での検索はCD-ROMによる）

ア、『空華日用工夫略集』（康暦二年（一三八〇）八月一四日）

十四日、二條殿使菅秀長送一緘來、其詩叙曰、謹依來韻、奉答建仁義堂和尚座右、致日外垂訪之謝云

〔二條殿、菅秀長をして一緘を送り来らしむ。其の詩叙に曰く、謹んで來韻に依り、建仁義堂和尚の座右に奉答し、日外垂訪の謝を致して云ふ〕　（日外＝先日。八日をさす）（『訓注　空華日用工夫略集』）

イ、『五山文学新集』

◆龍翔梅屋和尚、日外辱枉高駕於弊盧、剰蒙示賜佳什、仍借尊押、以伸賀忱

〔龍翔梅屋和尚、日外辱なく枉げて弊盧に高駕し、あまつさえ佳什を示し賜い蒙る。仍て尊押を借し、以て賀忱を伸べる〕　（別巻二　天翔和尚録　坤　次韵奉謝相公捨田　室町前期）

◆遂就北山等持精舎、施設追脩霊筵、日外白業、件々品目、束之以付紀綱

〔遂に北山等持精舎に就き、追脩霊筵を施設する。日外の白業、件々の品目、之を束し以て紀綱に付く〕

（第三巻　東沼周巌作品拾遺　流水集　室町中期）

ウ、『高野山文書』

日外者預御状ニ、其上御音信忝存候、其元彌別條無之候哉、承度存候事、

（七巻　三三五　奥彌兵衛書状　室町後期）

エ、『五老集』

日ー外郊ー行見レ有レ盤ー踞《スルモノ》　草ー中《ニ》一疑《ハ》為ニ怪物《ト》一徐《クニシテ》而視《ルハ》レ之《ヲ》則暗香一ー根耳《ノミ》…

〔日外郊行し、草中に盤踞するもの有るを見る。疑うらくは怪物と為し徐くにして之を視るは暗香一根のみ〕

（『五老集下』一八　柳南先生廬公小簡　送枯梅　慶安三年（一六五〇））

オ、「新編宗因書簡集」

先以、貴老弥御無事ニ御座候哉、承度存候。然は、日外ハ貴札、殊更西行谷・愚亭興行之連歌之懐紙、清書被成被下、誠御事繁候ハん処ニ、忝存候。（延宝二年（一六七四）四月二一日　内宮長官荒木田氏富から宗因宛）

オの書状は、前年の一二月一九日に宗因が発した書簡に対する返書であり、四ヶ月前の日を「日外」と表現する。一方、宗因が荒木田氏富に宛てた寛文一三年（一六七三）七月四日付の書簡に対する八月四日の返書では「先日ハ御発句早々被下、過分至極候。」と一ヶ月前の日を「先日」といい、今日に近い日では「一昨日者八禰宜方迄之御状、忝存候。」（寛文一三年（一六七三）八月二四日　荒木田氏富から宗因への書簡）と「一昨日」を用いる。

カ、『滑稽太平記』

◆十日斗有て、両巻を持参し、玄札に向て云、「日外両度御無心忝存候。然れば、以前御添削被下候巻、反古に紛れて候を見出、引合候に、御添削相違し侍る。…」

（巻之四　高島玄札出来口の事　延宝八年（一六八〇）頃成立）

◆日外、此歌ども、御状被下候へ共、疾した、め置ながら、此方より便無之、御報延引、背本意候。

（巻之七　蝶々子・季吟子贈答歌の事　延宝八年頃成立）

キ、『芭蕉集　全』

◆予、日外かた田舎の老夫の語りしを聞に、「わさびうへ置かしこに、必蟹来てこれを喰ふ」と。

（常盤屋の句合　延宝八年）

◆先以、日外於㆓御山㆒御懇情之事共、難㆑忘奉㆑存候。

（書簡編九九曲水宛　元禄五年（一六九二）二月一八日付）

◆将又日外御申被㆑成候絵、御心隙に被㆑遊可㆑被㆑下候。

（書簡編一三木節書簡　元禄七年七月二二日付）

ク、『書札調法記』（○印の下は傍線を付す語に対する代替語）

◆貴人（上）に対して、

・去比《さんぬるころ》御出《をんいで》之《の》處《ところ》他《た》出《しゆつ》仕《つかまつり》　不《す》㆑得《え》㆓貴意《きい》㆒残念《ざんねんに》奉㆑存候…

○去比《さんぬるころ》　以前《いぜん》　此前《このまへ》　先度《せんど》　先日《せんじつ》　兼《けん》日　去月《きよげつ》　去日　邁日《まいじつ》　日外《いつそや》　先頃《せんけう》　先烏《う》

（巻二　17ウ・18オ）

◆同輩（中）に対して、

・内々《ない〱》御約束《やくそく》仕候通《とほり》　明日《みやうにち》於《おいて》㆓下屋敷《しもやしき》㆒麁相《そさう》の御食進上《めししんじやう》　申度《たく》存候…

○内々《ない〱》　兼々《かね〱》　兼日《けんじつ》　兼烏《けんう》　前角《まへかど》　先頃《せんけふ》　此間《このあいた》　日外《いつぞや》　以前《いぜん》　最前《さいぜん》　先日《せんじつ》　先度《せんど》　去日《きよじつ》　去月《きよげつ》　日比《ひごろ》　常々《つね〱》
年月《としつき》　年来《としごろ》

（巻一　19オ・ウ）

◆下の人に対して、

・示之通《しめしのとほり》　日外《いつぞや》は初《はじめて》而参会《さんくわい》　申如《ことく》㆓年来《ねんらいの》名《な》染《じみの》㆒存候…

○日外《いつぞや》　先頃《せんけう》　先度《せんど》

（巻二　35オ・ウ）

右の書簡の手本では、貴人・同輩・下輩に用いられ、上・中・下により差別される語ではない。『書札調法記』は元禄八年（一六九五）初版によるものであり、『西鶴五百韻』の一六年後、『合類節用集』の一五年後の刊行となる。同書では「日外」に類する語として、右の語以外にも、

日

日之前《ひのさき》　過日《くわしつ》　此頃《ごろ》　此節《せつ》　此日比《ひころ》　頃日《このころ》　近頃《きんけう》　近曽《きんそ(そう)・このころ》　近日《きんしつ》　近々《きん〳〵》　近烏《きんう》　此程《ほと》　此中《ちう》　去比《さんぬるころ》　往《わう》

などがあり「前日」のいい替え語として「外日《くわいじつ》」が見える。

いまひとつ、手紙・文章の手引書である『新撰用文章明鑑』には、次のように手紙に用いることばの意味や用法を解説する記事がある。

ケ、『新撰用文章明鑑』

日外《いつぞや》　大方用《おほかたもちゆ》るといへども是も女文章也。尊貴《そんき》之方公界《くかい》之は出されずにやく也先日＼或去比《あるいはさんぬるころ》など有べし先度《せんと》

右に同じ　日外とは程近《ほとちかき》をいふべし一月二月《ひとつきふたつき》又は百日斗前をもいふべし。年数《ねんすう》へたゝりをいふは僻《ひか》事也

（巻中　5ウ・6オ）

右の書は前掲の『書札調法記』と同年に刊行されているが、ここでは貴人には適さないといい、『書札調法記』とは違いがある。また類似語として、

近曽《さいつころ》（左傍訓：きんそ）―去比《さんぬるころ》同　四五日以前をいふ也…

頃日《このごろ》―此頃《ごろ》同　此間　此中　此程　迺間《このころ》…

などの収録が見える。

コ、『蕪村集　全』

日外は御状被下候處、御答も不申上無頼之至、御免可被下候。

（書簡編一七〇　安永七年（一七七八）九月二一日付）

サ、『本居宣長翁書簡集』

然ば日外噂致候通、恵勝様廿七回忌、来る十月取越相勤申候

（三七九　寛政五年（一七九三）九月二六日小西春村宛）

右に提示した用例の中で、「日外」のヨミは音読みの可能性も考えられるが、いずれにおいても「いつぞや」或は「先日」の意を表す。蕪村はコの安永七年の書簡では「日外」を用い、安永末・天明頃と推定される「書簡編」（三〇〇　金篁宛　一月二七日付）では「日外」ではなく「まことに過日は御馳走に罷成辱奉存候。」と「過日」を用いる。その後の一茶の書簡でも、

・秋冷候へども、弥御安清被成候や、奉賀候。されば、過日は別してありがたく、御蔭にて天窓の寒さを助かり申候。（二八　文虎宛　文化一〇年（一八一三）九月）

・陽炎ぱつぱ立、片道かたまり、漸心暖ニ　うつり申候。弥安清被成〔候〕哉、奉賀、されば過日は参り、長々御坐敷ふさげ、ありがたく奉存候。（四八　希杖宛　文政元年（一八一八）二月）

・過日、御見廻の品ありがたく、御礼申上度、外は春迄と。（一〇六補遺　呂芳宛　文政三年一二月）

と見え、蕪村を境にして「日外」から「過日」に推移する様子が窺える。続いて、『日本国語大辞典』で「日外」と表記する初出例が『好色一代男』から引用されていることから、西鶴の浮世草子（一六八〇年代～一六九〇年代刊）の作品中での「日外」の用法を提示してみたい。

シ、同し心の水のみなかみ清水八坂《やさか》にさし懸《かか》り此あたりの事ではないか。日外《いつぞや》物がたりせし歌《うた》よくうたふて酒飲《のん》て然も憎《にく》からぬ女は菊《きく》屋か参河屋《みかはや》蔦屋《つたや》かと捜《さが》して　（『好色一代男』巻一の七　19ウ）

ス、知《しら》ぬ事か小川《こかわ》の糊《のり》屋の娘《むすめ》目が今天神皃《いまてんじんがほ》をしをつてとにくさげにそしる。さては日外《いつぞや》ふられたか。（『諸艶大鑑』巻一の三　11オ）

セ、濁水《にごりみつ》大かたかすりて真砂《まさこ》のあがるにまじり日外《いつぞや》見えぬとて人うたがひし薄刃《うすば》も出昆布《こんふ》に針《はり》さしたるもあらはれしが是は何事にかいたしけるぞや　（『好色五人女』巻二の一　3オ）

ソ、空寝入をして見るに大吉が手をしめて日外《いつぞや》の所《ところ》は今《いま》に痛《いたみ》ますかといふ。（『男色大鑑』巻一の二　8ウ）

タ、爰は私《わたくし》に給はれとはしり寄《より》奥右衛門打せらる、汝《なんち》なれ共日外《いつぞや》の遺恨《ゐこん》あれば命《いのち》を我ら申請て打事なり。

（『武道伝来記』巻三の二　12オ）

チ、今一たびの命《いのち》を諸神《しよじん》に立願《りうぐはん》せしに不思議《ふしき》に快気《くはいき》して手もはたらき足《あし》も立程《たつほと》になりぬ。時に日外《いつぞや》の遺恨《いこん》やめがたく段々《だん》筆《ふで》に残《のこ》し具足甲《くそくかぶと》を着《き》ながら鑓取《やりとり》まはして

ツ、そののちまた此宿へ通《とを》りがけに立よりけるに人うつけたりとて嬲《なぶる》まじき事とて亭主《ていしゆ》のかたりけるは日外女房《いつぞやにようぼう》よびし男は中世古《なかぜこ》といふ所に松坂《まつざか》屋清蔵《せいざう》とて身過《すぎ》にかしこき世間愚《せけんおろか》なる男なりしが（『武家義理物語』巻三の三　9ウ）

テ、さても臆病《おくひやう》なる大臣《だいじん》かな太夫本《たゆふもと》の湯《ゆ》の子《こ》くはれた物《もの》てあらう日外長町《いつぞやながまち》の若《わか》き者《もの》共今宮《いまみや》の神前《しんぜん》にて百物語《ものかたり》したれは少人《せうしん》か出たといふ（『懐硯』巻三の一　1オ）

ト、日外茨木屋《いつぞやいばらきや》の茶《ちや》づけめし勝手《かつて》のいそくにやすくし茶《ちや》のぬるきやうにおもはれて今一はいといふ時。其盆《ぼん》に小《こ》判《ばん》十両《りやう》入て内證《ないしやう》へおくられしも此道《みち》の帥《すい》めきておかし。（『難波の皃は伊勢の白粉』巻二　16ウ）

ナ、日外《いつぞや》の生《き》加賀《が》のひとへ羽織《はをり》すこし長《なが》く候。小男のおかしく候。弐寸四五分切申度候（『西鶴俗つれづれ』巻二の二　9オ）

（『万の文反古』巻一の四　17ウ）

右のほかに、『好色一代男』巻三（8ウ）巻八（5オ）、『諸艶大鑑』巻六（16オ）巻七（13オ・19オ）、『好色五人女』巻四（15ウ）巻五（7オ）、『男色大鑑』巻一（24ウ）、『武道伝来記』巻四（9ウ）巻八（6オ）、『武家義理物語』巻三（8ウ）にも用例があり「いつぞや」と振り仮名が付される。

それならば、何故「イツゾヤ」に「日外」を当てるのかを、次に考えてみたい。『大漢和辞典』によると、「外」には「まへ。以前。」の意があり、用例に「〔荀子、非相〕五帝之外、無㆓傳人㆒。〔注〕外、謂㆓已前㆒。」とある。『倭玉篇』（慶長一五年（一六一一）版）には「外《グワイ》（左訓ケ）　ホカ　ハヅル、　ウトシ　トヲザカル」と収録があり、『五

山文学新集』四巻『正宗龍統集』の「附録　袖中秘密藏」には、「外」に「ワスル事」と訓が付される。よって、中国で本来「日の照らす外。王化の及ばない地。」を表わしていた「日外」が、日本では「いつだったか確かな日は忘れたが、今日以前の日」という意味を持つようになる。「日外」が表す過去の日とは、昨日や一昨日ではなく、それより少し前の日を意味し、いずれも漠然とした表現法を採用し、その日がいつであったかよりは、下接される事柄に重点が置かれる。この漢字表記は、一連の研究対象資料とする一〇俳諧集では、『西鶴五百韻』以外には出現しない。五山文学に用例が見えることから、すでに近世以前に用いられていて近世へ引き継がれた語であることはいうまでもない。

二　「性躰」について

「日外」のように、漢字とヨミの関係ではなく、『西鶴五百韻』では、「正体」に「性躰《シヤウタイ》」のように、現在とは異なる漢字を用いる例がある。そこで、「性躰《シヤウタイ》」は漢語か、それとも当て字であるのかを検証していきたい。「日外」は漢字一字にヨミが対応することなく、表記された漢字の義によりヨミが与えられるが、当て字は義に直接的には関係なく、漢字の音訓を利用して構成された表記をいう。

「性躰《シヤウタイ》」は『西鶴五百韻』の集中、

月の影落て行とものかすまい　西鶴（一六三）
瘧《ヲコリ》の性躰《シヤウタイ》風の夕露　西花（一六四）

と見え、前句の「落て」は瘧が治ることを意味し、「落て」から瘧（マラリア）の正体が「風に吹かれた夕露」のように消えたと付ける。『大漢和辞典』には「性體《セイタイ》　心の本體」と収録があり、北史『杜弼傳』から「若論二性體一、非レ愜非レ寛」の用例が示されている。「正體」では「正體《セイタイ》　正しい姿。本體。正しい血すぢのもの。太子。

ただしい書体。」とあり、「シヤウタイ」のヨミでは「こころ。正気。本当の姿」などと記される。また『日本国語大辞典』でも同様に「正体」には「そのものの実際の姿。本体。実体。正気」などの語釈が見える。「性」は『大漢和辞典』に「セイ・シヤウ」のヨミがあり、「姿態」の意もあることから、姿形がなくなることに「性躰」を用いることは間違いとはいえないだろう。因みに節用集には、

正体《シヤウダイ》：『饅頭屋本節用集』　正躰《シヤウタイ》・御正躰《シヤウダイ》：『易林本節用集』

無《ナシ》二正體《シヤウダイ》：『合類節用集』　正體《シヤウタイ》：『書言字考節用集』

とあり、「性躰」の収録は見えない。漢籍に関する書では次のような用例が見える。

ニ、家ノ子ワカタウヒキツレテ皆打死ヲシタソ各人ナリ前ニモカウシタ者カアツタシトヲホユルソ當世様ニハ性體ナシト云ワウソ　（『史記抄』二　114）

ヌ、肴―肴は肉ソ、核ハ果子ソ、狼―性体ナキ体ソ、フシタル、テイテ　（『古文真宝桂林抄』乾　23ウ）

ニは正気を失った状態、ヌでは狼が草を踏み荒らして、元の形を留めない状態を「性躰なし」と表現する。

ネ、陳篇―フルキ本ヲ見テ、ヌスミトルソ、然―コレホトニ性体ナケレトモ不被誅、　（『古文真宝桂林抄』乾　41ウ）

右のネは誤った行いをする正しくない心の状態を表現し、同書46ウにも「性体ナキホトニ」と見える。

ノ、梁國―富タ國テヨイ美女ハイクラモアラウスタトイ王コソ性躰ナクトモ姑モハツカシウ思ワウスソアリツヘウモナイ事テサフトテ助ケ義ヲ云ソ　（『漢書抄』一　40ウ）

同書ではこの他にも「身モチヲ性躰ナウフルマウトセラル、ヲナンント」（32ウ）、「性躰ナウシウシナワタレハ」（63ウ）とある。

近世では、

ハ、いたかァ性体《しやうたい》をあらはせ〳〵　（『東海道中膝栗毛』四編上）

と「痛いならば本当の姿をあらわせ」と「本当の姿」の意で用いる例が見える。次に「正躰（体・體）」の用例を挙げてみる事にする。

ヒ、只、「わがもとに、ふるくより写し持ちて候」とばかり申されけり。「さてはその事正體なし」。この人はをし事する人にこそ」と沙汰ありて、もちひられず成にけり。　（『古今著聞集』巻一一　四〇二）

フ、その、ちこの僧、件はれて、心身もなやみて、いける正體もなかりけり。　（『古今著聞集』巻二〇　七二〇）

ヒは「根拠がない・信頼できない」ことを表し、フは「精気を失った状態」を表わす。同書巻一五（四八四）では「更に分散せずして、正體みなつゞきたり」と「本体」を表わす意に「正体」を用いる。

ヘ、縦飲――…酒ヲ飲ミ無正躰事ハ我レトハヤ又判断シテモツ回ニ是大飲ニ人亦棄ツト　（『杜詩続翠抄』四）

ホ、酒徳――…酒斗テ正体ナキホトニ妻カ教訓シタレハサラハ断酒ヲセン　（『古文真宝彦龍抄』93ウ）

など、抄物では正気を失った状態に、前掲のニからノの「性躰」と同時に「正体ナキ」も見える。

マ、正躰もならもろはくのやよひ哉　親重（六一七）　（『犬子集』巻第二）

ミ、さくる程なるや正体なしの枝　利清（一一〇〇）　（『犬子集』巻第四）

右のマは、お酒を飲みすぎて、ミは多くの実をならせ枝が裂けてしまうことによる前後不覚の状態を意味する。

ム、月の劔二尺斗を落し指　正躰すさまし尻声かない　（『西鶴大矢数』第三八　横何　31オ）

メ、いざ正躰《たい》見せ給へと。蒲《ふ》團《とん》をまくれば　（『武道伝来記』巻五　第四　19オ）

ム・メの「正躰」は「本来の姿」の意と解する。これらのほかに「正躰」の用字は、俳諧では『鷹筑波』（三八八四）『犬子集』（一九八六）『崑山集』（二〇〇二・六四〇三）『玉海集』（二八四二）『ゆめみ草』（二五四〇）『投盃』（三八（四一六）『金龍山』（一五七〇）などに出現する。また、俳諧以外の西鶴に関する作品では、『武道伝来記』（巻三

13オ）・巻一（24ウ）、『新可笑記』（巻2　24ウ・巻四　11ウ）などにも見えるが、『古典俳文学大系』あるいは西鶴の浮世草子では「性躰」の用例を探し得なかった。

以上の考察の結果、現在では本来の姿や心の状態を表わすのに「性体」とは表記しないが、「性躰なし」と「正体なし」は、両者とも本来の姿・心を失った状態に用いられる。従って、「性躰」は当て字とはいえないだろう。

三　「上夫」について

次に「上夫」について、当て字であるのかを検証していきたい。

『西鶴五百韻』には、

是は又旅行の暮の自身番　西花（八三）
都へのほりたまふ上夫衆　西友（八四）

とあり、『定本西鶴全集』の注釈によると、八四番の「都へのほりたまふ」は謡曲「松風」の「行平都にのぼりたまひ」を典拠としていると記され、「上夫衆」には「用例を見かけない。身分の高い人の意であらう」と注が施される。国語辞書や漢和辞典には「上夫」の収録は見当らない。「丈夫」を見ると名詞と形容動詞の二通りがあり、当該句の意と名詞の意が一致する。

○『日本国語大辞典』

じょう‐ふ《ヂヤウ—》【丈夫】〔名〕（「じょうぶ」とも、昔、中国の周の制で、八寸を一尺とし、一〇尺を一丈とし、一丈を男子の身長としたところからいう）（1）一人前の男子。（2）心身ともにすぐれた男子。勇気ある立派な男子。大丈夫。ますらお。（3）夫。良人。

じょう‐ぶ《ヂヤウ—》【丈夫】〔形動〕（1）身に少しの疾患、損傷もなく、元気であるさま。すこやかなさま。壮健。達者。（2）しっかりしていてこわれにくいさま。堅固。（3）たしかなさま。確実なさま。

○『大漢和辞典』

【丈夫】《ヂヤウフ》（一）をとこ。ますらを。（二）才能の衆に過ぎた人。（三）をつと。夫。（四）《ヂヤウブ》㋑健康。強いこと。㋺堅固。かたいこと。

「丈夫」には以上のような意味があり、前掲八四番の句では「松風」に登場する在原行平を「心身ともにすぐれた男子」と見て、都へ「上る」との関連から、「上る」と「普通の人よりも上の尊貴な人」という意を掛けて、「丈」に「上」が選択されたと捉えられる。

○『文明本節用集』（文明七年（一四七五）頃）：丈夫《チヤウブ》（「丈」の左訓「ハガル」、「夫」の左訓「ソレ・ヲツト」）（173態藝門）

○『合類節用集』（延宝八年（一六八〇））：丈夫《ヂヤウフ》（巻三―95　人物部）

○『書言字考節用集』（享保二年（一七一七））：丈夫《ヂヤウブ》〈匀會周ノ制八-寸ヲ為レ尺ト十尺ヲ為レ丈ト人ノ長八尺故ニ曰二丈夫《ヂヤウブ》一〉〈強《ツヨキヲ》云〉（巻八上―45　言語部）

丈夫ト論衡人形以二一丈一為レ正故名二男子一為二丈夫一尊二翁嫗一為二丈人一出レ未〉（四―15）

「丈夫」は中国本来の漢語であり、古くには『寧楽遺文』（文学編　人々傳　家伝上）に「或語云、雄壮丈夫二人、恒従公行也」と見え、『太平記』（巻一八　越前府軍）には「此人丈夫ノ心ネヲハシテ、加様ニ思ヒ給ケルコソ憑シケレ」と、雄々しく才能の衆に過ぎた立派な男子を表現する一文が見える。形容動詞「丈夫」は、名詞形から派生した日本での用法であり、現在での通用語となっている。名詞「丈夫」の近世以降の用例を次に提示しておくことにする。

モ、五十《イソチ》内則ニ曰クニ五十にして丈夫となり官政に服すとぞ。（『俳諧類船集』）

ヤ、富家喰《ハクラヒ》二肌-肉ヲ一丈夫喫《ハキツスサイ》二菜-根ヲ一、予ハ乏し。（『芭蕉集』発句編　一二三番前詞書（一六八一年））

ユ、ひとりの丈夫《てうふ》の語りつるは爰《こゝ》にもめづらしき人こそ出来《きた》り侍《はべ》る（『近代艶隠者』三・五　貞享三年（一六八六））

ヨ、されど此詞の過当にして、他門の宗匠にもはゞかるべければ、いつかは我門に丈夫の人ありて、此詞を百世に伝へん、是さらに家訓の密語ならんとぞ。（（『十論為弁抄』俳諧ノ古人　享保一〇年（一七二五））

ラ、大根のからみのすみやかなるに、山葵のからみのへつらひたる匂さへ例の似テ而非ならん。此後に丈夫の人ありて心のねばりを洗ひつくし、剛《コハ》からず柔《ヤハラカ》ならず、俳諧は今日の平話なる事をしらば、はじめて落柿舎の講中となりて箸箱の名録に入べしとぞ。（『十論為弁抄』洛陽ノ風土　享保一〇年）

リ、十二や三の子にて、年に似合ぬ丈夫《じやうぶ》の魂、此上は留ても留らじ（『根無草』後二　明和六年（一七六九））

ル、然るにあるじかつてある先生の門に乞て、号を指峯と定けるとぞ。其意いかならむ。あるじもおぼろ〳〵として、予に此記を書てと求む。されば思ふに、高きを望む丈夫の志を表せるもの歟。（『鶉衣』指峯堂記　天明八年（一七八八））

レ、病人《びやうにん》は眠《ねむ》るが如《ごと》くに身《み》まかりぬ。朝露《てうろ》夕電《せきでん》脆《もろ》きは人《ひと》の命《いのち》なり。恭輔《きようすけ》のかなしみはいかばかりなりけん。目《め》になかぬ丈夫《ぢやうふ》の死別《しべつ》は。思《おも》ひやるさへにいと痛《いた》まし。（『内地雑居未来之夢』第三回　坪内逍遥　明治一九年（一八八六））

ロ、「先生《せんせい》もそんな事《こと》を考《かんが》へて御出《おい》でですか」「いくら丈夫《ぢやうぶ》の私《わたくし》でも、満更《まんざら》考《かんが》へない事《こと》もありません」（夏目漱石『こころ』上・先生と私・二四　大正三年（一九一四））

ワ、御父《おとう》さんなんぞも、死《し》ぬ〳〵云《い》ひながら、是《これ》から先《さき》まだ何年《なんねん》生きなさるか分《わか》るまいよ。夫《それ》よりか黙《だま》つてる丈夫《ぢやうぶ》の人《ひと》の方《ほう》が剣呑《けんのん》さ（夏目漱石『こころ』中・両親と私・二　大正三年）

ロ・ワでは、それまでの「丈夫」とは違い、心がしっかりしている様を表し、形容動詞に通じる用法が見える。

以上のように「丈夫」の用例は見えるが「上夫」は探す事ができなかった。『西鶴五百韻』の「上夫」は、語の本義とつながりを持ちながら、視覚的な新しさや面白さと共に、重層した意味を持たせるために採用された戯書の一種であるといえる。

おわりに

以上、『西鶴五百韻』の集中、現在では通用していない熟字について考察してきた結果、漢語「日外」は、元来「日の照らす外」という意味であったものが、「外」に「以前」「遠ざかる」意があることから、日本では「いつぞや」の意味を表すようになり、古代の中国語の用法が変化して、日本独自の意味を持つようになったと解する事が出来る。

「性躰《シヤウタイ》」は、現在では「本体」「正気」などに「正体」が対応し、「性躰」の漢字を当てることはない。『大漢和辞典』には「性體《セイタイ》 心の本態」と漢語としての収録があり、用例を挙げ検証した結果では、「性體なし」と「正体なし」は、同じような場面で用いられているのが認められた。従って『西鶴五百韻』一六四番の「性躰」は当て字ではなく、正当な漢語の用法と見做す事が出来る。

また、辞書に収録がない「上夫」については、遊戯的な文字遣いを行なっているのであって、誤字ではない。「丈」を「上」に置き換える事により、「丈夫」以外の意味を含ませた当て字の用法である。

以上のように、『西鶴五百韻』では、これら以外にも「石帯」に「胃糸の帯」、「明星」に「明上」など、一見誤字のように受け取られそうであるが、そこに当て字を駆使して、新鮮さや滑稽味を表現しようとした実態を窺い知る事ができる。

注

（1）杉本つとむ『西鶴語彙管見』一九八二年　ひたく書房
（2）駒澤大学古典籍書誌詳細（www.elib.komazawa-u.ac.jp/retrieve/.../02-frame.html?tm）

参考文献

『一茶集』一五巻、『鶉衣』一四巻、『金龍山』一一巻、『滑稽太平記』二巻、『十論為弁抄』六巻、『蕉門名家句集二』九巻、『芭蕉集　全』五巻、『蕪村集　全』一二巻（『古典俳文学大系』一九七〇～一九七二年　集英社）／『犬子集』（『新日本古典文学大系　初期俳諧集』一九九一年　岩波書店）／『空華日用工夫略集』康暦二年（一三八〇）義堂周信著（辻善之助編兼著　一九三九年　太洋社）／藤木英雄『訓注空華日用工夫略集』一九八二年　思文閣出版／『好色一代男』（大坂版）『好色五人女』『男色大鑑』『諸艶大鑑』『新可笑記』『難波の㒵は伊勢の白粉』『武道伝来記』『武家義理物語』『万の文反古』『近代艶隠者』（『近世文学資料類従　西鶴編』1・3・7・8・10・11・18・20・23　一九七四～一九七六・一九八一年　勉誠社）／『高野山文書』一九七三年　歴史図書社／『こころ』大正三（一九一四）年　夏目漱石（『漱石全集六巻』一九二五年　漱石全集刊行会）／『古今著聞集』（『日本古典文学大系』一九八三年第一六刷　岩波書店）／『五山文学新集』一～六巻　一九六七～一九七二年・別巻一～二　一九七七年・一九八一年　東京大学出版会／『漢書抄』『古文真宝桂林抄』『古文真宝彦龍抄』『杜詩続翠抄』（『続抄物資料集成』第三～五巻　一九八〇～一九八一年　清文堂出版）／『五老集』慶安三年（一六五〇）（長澤規矩也編『和刻本漢籍文集　第二〇輯』一九七九年　汲古書院）／『崑山集』『西鶴大矢数』（『近世文学資料類従　古俳諧編』23・31・29　一九七四～一九七六年　勉誠社）／近藤尚子「『名物六帖』と『学語編』」（『文化女子大学紀要　人文・社会科学研究』第五集　一九九七年／『懐硯』『西鶴俗つれづれ』（新編西鶴全集編集委員会編『新編西鶴全集』第三・四巻・本文篇　二〇〇三～二〇〇四年　勉誠社）／『史記抄』（『抄物資料集成第一巻』一九七七年　清文堂出版）／『書札調法記』『新撰用文章明鑑』（『近世文学資料類従　参考文献編』5・6　一九七六年　勉誠社）／「新編宗因書簡集」（野間光辰著『談林叢談』一九八七年　岩波書店）／『太平記』（『日本古典文学大系』一九八二年第二一刷　岩波書店）／顯原退蔵・暉峻康隆・野間光辰編『定本西鶴全集』一九七二年　中央公論社

／『東海道中膝栗毛』文化六年（一八〇九）刊　十返舎一九（『日本古典文学大系』一九五八年　岩波書店）／古典研究會編『唐話辞書類集』第一集～第二〇集　一九六九～一九七〇年　汲古書院／『内地雑居未来之夢』大正一五年（一九二六）坪内逍遥　明治文化研究会／『中村幸彦著述集』第七・一一巻　一九八二・一九八四年　中央公論社／竹内理三編『寧楽遺文』下巻　一九七六年　東京堂出版／『根無草』一七六三～六九年　平賀源内（『日本古典文学大系　風来山人集』一九六一年　岩波書店）／『俳諧類船集』延宝四年（一六七六）刊　高瀬梅盛著（近世文学研究会編（一九五五年）／村上雅孝『近世漢字文化と日本語』二〇〇五年　おうふう／奥山宇七編『本居宣長翁書簡集』一九三四年　啓文社／『名物六帖』正徳四年（一七一四）自序　伊藤東涯著（一九七九年　朋友書店）／長澤規矩也編『和刻本漢籍文集　第二〇輯』一九七九年　汲古書院

＊「正體」の用例に挙げた『鷹筑波』『崑山集』『玉海集』『ゆめみ草』『投盃』は『古典俳文学大系CD-ROM』（集英社）による。

第五節　『紅梅千句』に見える「ふためく」について

はじめに

「めく」が付く語については、蜂矢真郷氏が、語基が名詞のもの、形状言のもの、副詞のものの三種を立て、『源氏物語』『今昔物語集』『平家物語』『史記抄』などから「メク型動詞」の例を取り上げて詳しく述べられている。(1)そこには、上代のメク型動詞は、「サバメク」しか確例が見当らないこと、また、「語基が名詞のものの造語力は源氏物語において強かった」「語基が形状言のものの造語力は院政期以降のものにおいて強かったと言ってよい」と指摘がある（一六九―一七二頁）。

大坪併治氏は、擬声語を特別な言葉として注意した最初の文献は僧慈円の『愚管抄』であると記し、「慈円は、擬声語という言葉を使っているわけではないが、擬声語に注意し、その民衆性と表現力とを指摘したものとして重視したい(2)」と述べる。この『愚管抄』では「クロ血ヲフタ〳〵トトリイダシタリケレバ」と血がしたたり落ちる様を表す「フタ〳〵」が見え、『枕草子』（六〇段）では、扇で煽ぐ様子を「あかつきに帰らん人は扇ふたふたとつかひ」と表現する。これらの「ふた〳〵」の二音節の語基に、「めく」が付いて動詞化したのが「ふためく」であり、『紅梅千句』には、

ふためきてときにし帯《オビ》を忘《ワス》れ置《キ》　季吟（七五七）

と見える。「ふためく」は「ふたふた」から派生した語ではあるが、この句では「慌てふためいて、解いた帯を忘れてきてしまった」と慌てる様子を「ふためく」と表現し、『愚管抄』や『枕草子』の「ふたふた」とは意味用法に違いがある。

潁原退蔵氏は「室町末期頃の時代語を知るべき資料として、俳諧が最も重要である事は言ふまでもなく」[3]と記すことから、近世初期俳諧の用語を調査・分析することは、大きな意義を持つと考えられる。そこで、次の三つの問題点に注目して、「ふためく」について検討していくことにしたい。

(一)『紅梅千句』の「ふためく」は「ふたふた」から派生した語であるが、上述の『愚管抄』や『枕草子』の「ふたふた」とは意味用法が異なる。

(二)現在では、「ふためく」は複合動詞「あわてふためく」として用いられ、「ふためく」は単独で日常語としては使わない。

(三)『大言海』の「あわて‐ふためく」の項には、「ふためくハはためくノ転」とある。

以上の課題について、実例をもとに「ふためく」の意味用法と同時に、「ふたふた」「はためく」「はたはた」との関連を視野に入れて、「ふためく」が単純語として衰退する過程を考えていくことにする。

一　古辞書類での「ふためく」と「はためく」

一－一　「ふためく」

最初に、古辞書では、「ふためく」にどのような漢字が与えられているかを記しておきたい。

『文明本節用集』：咄雧《フタメク》・翧《フタメク》・周章《アワテフタメク》／『温故知新書』：必堕地獄《フタメク》／『運歩色葉集』：「羽音」《ブタメク》／『饅頭屋本節用集』：翧《フタメク》・劇《フタメク》／『黒本本節用集』：周章《アワテフタメク》／『合類節用集』：鞅掌《フタメク》・鞅《フタメク》／『書言字考節用集』：鞅掌《フタメク》・周章《同》・周章《アハテフタメク》（左傍訓「フタメク」）／『俳字節用集』：鞅掌《フタメク》翊周章／『新撰日本節用』：周章《ふためく》

このように、「周章」や「鞅掌」と同時に、『運歩色葉集』には『万葉集』にある「羽音」が収録されている。

〔あしへゆく　かものはおとの　おとのみに　ききつつもとな　こひわたるかも〕
葦辺往　鴨之羽音之　声耳　聞管本名　恋度鴨　（巻一二・三〇九〇）[4]

また、この「羽音」が一字になった翧の漢字が『文明本節用集』『饅頭屋本節用集』に見え、『俳字節用集』では、翼と同義の「翊」の収録がある。これらは、鳥が飛び立つ様や羽の音を想像させるのに効果的な用字である。

次の『志不可起』（巻五　享保一二年（一七二七））には、あれもこれもと心が混乱して慌てる様子を表す記事が見える。

ふためく　イツカハシキ方ニ云カあはてふためくトツヾケ云フ女中ニふた〳〵ト云モふためくノ畧トキコユふためくノ和語ニ一《フタ》ツノ義カ是モ仕《シ》タク彼《カレ》モ仕《シ》タキト心ガ一《ヒト》ツデナイノ義ナラン詩経小雅《シキヤウセウガ》北山之什《ホクサンノジフ》ニ王事《ワウノコトヲ以》鞅掌《ワウシヤウ》ス注ニ所以《ユエン》拘《カヽフル》レ物ヲ言《イフコヽロハ》爲ニ王事一所《ノルヽ》レ拘《カヽハラ》也此鞅掌ヲふためくトヨマセタリ

あはてふためく　周章ヲあはてト古ヨリ用按ニ惆憧カ惆ハ失レ意也憧□（「ハ」か）懼《ヲソルヽ》也

一－二「はためく」

『新撰字鏡』（天治本）：礉礚波太女久・爆皮太女久／『類聚名義抄』（観智院本）：霔・爆・峇・埊・磕／『温故知新書』：爆《ハタメク》　礚《同》遷《同》炮《同》焱《ハタメク》　岌峇《ハタメク》／『運歩色葉集』：敳《バタメク》天神・焱《同》冨士・爆《同》／『文明本節用集』：礚《ハタメク》〈焱爆〉／『伊京集』：霆《ハタメク》・岌業《ハタメクコト》／『易林本節用集』：爆《ハタメク》／『合類節用集』：殷《ハタメキナル》〈雷聲也詩経〉磤硍《同》〈又《ハタトハタメク》磕焱《カイヘウ》並同〉・岌《ナリ》

峆《ハタメク》〈文選〉雷硠《ナリハタメイテ》〈同上〉／『書言字考節用集』雷硠《ナリハタメク》・霆《ハタメク》／『明治いろは早引』霆《はためく》

（俗字の一部を省略した）

右のように、古辞書で対応する漢字には、「ふためく」の古辞書に収録される同じ漢字が「はためく」にあらわれることはなく、「雷」に関連する漢字が多い。したがって、「ふためく」と「はためく」は、それぞれに対応する漢字の字義からは両者の違いが窺える。

二　ふためくの用法

それでは、以下「ふためく」の用例をあげ、対象別に分類し意味用法を検討していくことにする。複合動詞の前接語には波線を付し、一作品中に、対象・意味用法が同じ複数の用例がある場合は一から二例の挙例とした。

（一）人・鳥以外の生き物を対象とする。

①鰐仰様ニテ砂ノ上ニフタメクヲ、虎走リ寄リテ　（『今昔物語集』巻二九・三一　一一二〇年頃）

②わにの頭につめをうちたて丶、陸ざまになげあぐれば、一じやうばかり濱になげあげられぬ。のけざまになりてふためく。（『宇治拾遺物語』三九　承久三年（一二二一））

③大きなる鯉をとりて、もて行きけるが、いまだ生てふためきけるをあはれみて、着たりける小袖をぬぎて、買ひとりて放ちけり。（『発心集』八・一三　一二三C初）

①は「ふためく」の初出例であり、ここでは、鰐・鯉などが、ばたばた暴れる様を表す。近世・近代ではここに属する用法は探し得なかった。

（二）鳥を対象とする。

④夫夜半許ニ聞ケバ、此ノ棹に懸タル鳥フタフタトフタメク。

（『今昔物語集』巻一九・六　一一二〇年頃）

⑤大なるくそとびの羽おれたる、土におちて、まどひふためくを、童部どもよりて、うちころしてけり。

（『宇治拾遺物語』三二　承久三年）

⑥村の男どもおこりて、入て見るに、大雁どもふためきあへる中に法師交りて打ち伏せ、捻ぢ殺しければ、此法師を捕へて、所より使庁へ出したりけり

（『徒然草』一六二段　一四C前）

⑦山鳩一番飛来テ、新常灯ノ油錠ノ中ニ飛入テ、フタメキケル間

（『太平記』巻五　中堂新常灯消事　一四C後）

⑧ふためいて金の間を出る燕かな

蕪村（一八七二）（『蕪村集』発句編　天明四年（一七八四））

⑨やがて草履の尻をりて足半といふものになして、鳥のふためくやうにひろひあるけど、なほ脛のあたりまで泥がたになりぬ

（『四山藁』第二題『空則是諧』後　文政四年（一八二一））

以上の④〜⑧は前掲（一）と同じ用法であり、鳥が羽をばたばたさせて暴れる様を表し、⑨では泥道を歩く様子を鳥が餌を拾い歩くさまに譬える。近代では鳥に関する用例は見当たらない。

（三）　人を対象とする。

⑩ひき具したりけるしよじう十よ人たふれふためき、おめきさけむでにげさりぬ

（『平家物語』八・緒環　一三C前）

⑪あはてふためき、はしるともなく、たをる丶共なく、いそぎ御つかひのまへにはしりむかひ

（『平家物語』三・足摺　一三C前）

⑫蒔絵師あはてふためきてまゐりたりけるに

（『古今著聞集』一六・五二七　建長六年（一二五四））

⑬合戰《カッセンノ》 庭《ニハ》ニ命《メイ》ヲモステス、ヒトヒキモヒキ、ニケカクレ、ヲチフタメクハ口惜ク耻《ハチ》トハ知リテ侍リナト云ニ

（『沙石集』巻三・（四六）　弘安六年（一二八三））

⑭我先ニト逃フタメキケル程ニ、或ハ道モナキ岩石ノ際ニ行ツマリテ腹ヲ切リ
（『太平記』九・千葉屋城寄手敗北事　一四Ｃ後）

⑮モテナシノ用意ヲセヨト云ハル、ソサル程ニ一家中フタメクソ
（『四河入海』一六・四　天文三年（一五三四））

⑯未明ノ時分ニ遅クナルト云テ急キフタメイテ出凡ソ挈壺氏カナイホトニソ餘リフタメク程ニ
（『毛詩抄』五・7ウ　天文三～四年）

⑰さる寺へまいりければ、ちやうろうふためいていづるとて、衣のすそにからざけの大なるをひつかけていでて、かくす事はならず。
（『きのふはけふの物語』慶長一九～二四年（一六一四～一九）頃）

⑱山をも見ずにはしりふためく
（『鷹筑波』八三七　寛永一五年（一六三八）跋）

⑲ふためきてときにし帯《オビ》を忘《ワス》れ置《キ》
（『紅梅千句』七五七　承応二年（一六五三））

⑳いとけなき子共のわけもなき事になきふためき、上気をいへば、必ず其親むつかしがり
（『身の鏡』上・童部に偽聞かすまじき事　万治二年（一六五九））

㉑棊ノ粘之取次《シテウヤマミチシドロモドロ》　鑓裸乃《ヤリヌキミツエツキ》周章《アワテフタメク》
（『誹諧独吟集』誹諧漢和独吟　寛文六年（一六六六））

㉒ふためくや夜をかけたる花見衆　長好
（『時勢粧』第五何糸歌仙　寛文一二年）

㉓出たちは七つと云ふくめたるに、旅人も亭主もよく寐て、夜の明てふためくつらもにくし
（『韻塞』風狂人が旅の賦　元禄九年（一六九六））

㉔けいごの上下ふためきてそれころすなと引おこせば
（『五十年忌歌念仏』宝永四年（一七〇七））

（三）の人を対象とする例では、鳥・その他の生き物を対象とする用例より、やや時代が下り、『平家物語』に初出例が見える。中世・近世での用法では、⑳は泣きわめく様、㉑は足もとがおぼつかない様を表し、その他では、急ぎ慌てる様子に「ふためく」が用いられる。ここに挙げた例文以外にも、『平家物語』三例・『太平記』九例・『史

記抄』三例・『四河入海』三例・『毛詩抄』八例があるが割愛した。

㉕かの弓の下をくぐらするに、巧なるは百に一つを失はねど、拙きはあやまちて足杯撃ちぬとてあわてふためく。

（『文づかひ』森鷗外　明治二四年（一八九一））

㉖下人は、老婆が死骸につまずきながら、慌てふためいて逃げようとする行手を塞いで、こう罵った。

（『羅生門』芥川龍之介　大正四年（一九一五））

㉗われのうしろの秀才は、われの立ったために、あわてふためいていた。

（『逆行』太宰治　一九三六年）

㉘狼狽《あわ》てふためいて、元の道へ引返し出した。

（『墓地の春』中里恒子　一九四六年）

㉙ふってわいたようなドタバタ騒ぎにあわてふためく球団首脳部の姿だけが突出…

（『朝日新聞』東京朝刊　二〇一三年六月一日）

㉚アップルもユニクロも慌てふためいた

（『日経ビジネス』記者の眼　二〇一四年二月六日）

近代では、すべて人物を対象とし、複合動詞「あわてふためく」の用例のみである。用例では、芥川龍之介『奉教人の死』一例、太宰治『陰火』『ダス・ゲマイネ』『彼は昔の彼ならず』の三例の例文は省略した。

以上の考察から、「ふためく」は単独で、或は「倒れ」「をち」「急ぎ」「走り」「なき」「あわて」などに後接して、漢文訓読文臭の強い院政期から中世の文献に多く見える。その用法は、一四世紀前半までは、鰐・鯉・鳥などの生き物や人物が慌ててばたばたする様を表すが、その後、鳥や人物が慌てる様相へと意味領域が収斂されていき、明治以降は単純語「ふためく」は衰退し、複合動詞「あわてふためく」が用いられるようになる。但し、『日本国語大辞典』（第二版）の「あわてる」の語誌では、「…文語形は「あわて＋動詞」、口語形は「あわてて…する」の形で用いられることが多い。」とあるように、現在では書き言葉として「あわてふためく」を使うことはあるが、口語では「あわてる」の前に副詞を伴うか、「慌てて用意する」のように動詞を後接するのが一般的だろう。近代の

「周章」の用例では『惨風悲雨 世路日記』(上編八回 明治一七年(一八八四)刊)「周章狼狽」一例・『真景累ケ淵』(一二席 明治二一年(一八八八))に「周章《あはて》」一例がある。前者では、他の熟字訓には振り仮名があるが、この「周章狼狽」には振り仮名が付されないので、その環境を考えると「ふためく」のヨミでないことは明らかである。

「狼狽」についても、『明六雑誌』『細君』『三日月』『真景累ケ淵』などの明治期の作品を調査した結果では、「ろうばい」または語尾「へ」を伴い「うろたへ」と読み、㉘の『墓地の春』では「あわ(て)」と振り仮名を付し「ふためく」に前接し「ふためく」と読む例はない。[5]

三 はためくの用法

次に『大言海』にあるように、「ふためく」は「はためく」の転であるかを、「ふためく」と同様に「はためく」の用例をあげ、実証していきたい。

(一) 人・鳥以外の生き物を対象とする。

㉛くちなはやのうへよりおりくたるおほきにおそりてとこをさりてのかれかくれぬとこのまへをきくにをとりはためくこゑあり (『三宝絵』中 永観二年(九八四) 一一二〇年頃書写 関戸家本)

『諸本對照三宝繪集成』では、関戸家本・前田家本・観智院本の三本を対照し、「をとりはためくこゑ」とある所を前田家本では「躍音」、観智院本では「踊騒《オトリハタメク》コヱ」と記す。

㉜牛ノ頭ヲ中門ノ柱ニ結著テ置タレバ、終夜鳴ハタメキテ (『太平記』巻二三 大森彦七事 一四C後)

『今昔物語集』(一四・四三)には「目ハ鋺ノ様ニ鑭メキ、舌ハ焔ノ様ニ霹メキ合タリ」という一文がある。『日本古典文学大系』の注補記には「…絶えずちらちらと動く状態をいうもの」とあり「霹メキ」を「はためき」と読むが、『新日本古典文学大系』では「ひら（メキ）」と校注者の振り仮名がある。「はためき」「ひらめき」両者の意味領域には重なる部分があるが、蛇の舌が普通に揺れ動くのではなく、「焔のように」と強さを表現していることから、「はためく」が妥当なヨミと考えられるだろう。因みに『大漢和辞典』には「霹」に「はためく・かみなりが落ちる」の訓注がある。

（二）鳥を対象とする。

㉝きのふみな〳〵きられ給ひ候ぬ。又そのしがいにて候やらん、とび・からすのはためき候

（『保元物語』下・義朝幼少の弟悉く失はらるる事　承久二年（一二二〇）頃）

㉞それやぎうのけは、ちゞみてふかきもの也。かるがゆへに、かへつてをのれがすねをまとひてばためく所を、主人はしりよつてからすをとりて

（『伊曽保物語』下・一二　寛永一六年（一六三九）頃）

㉟おきてはためく春の村鳥

（『新増犬筑波集』一八一〇　寛永二〇年刊）

㊱日覆をはためかすのは、大方、蝙蝠の羽音であろう。

（『戯作三昧』芥川龍之介　大正六年（一九一七））

㊲耳木兎が片方の翼ばかり苦しそうにはためかしながら転げまわっている。

（『地獄変』芥川龍之介　大正七年）

（三）人を対象とする。

㊳vtçutçu tomo voboyenu mono cana to Yũte auate fatameite faxiru tomo naqu, tauoruru tomo naqu 〈うつつとも覚えぬものかなと言うて、あわてはためいて走るともなく、倒るるともなく〉

（『天草版平家物語』（73）一五九二年）

「あわて」と結合する「はためく」はこの一例のみである。『平家物語』（三・足摺　底本：龍谷大学図書館本）には、右の「あわてはためいて」の箇所に「あはてふためき」とあり、ここでの両語は同意である。

㊴張《はり》のある眉《まゆ》に風を起して、これぎりで沢山だと締切った口元《くちもと》に猶籠《なおこも》る何者かが一寸閃《ちょつとはため》いてすぐ消えた

㊴は口元にことばが瞬間的に思い浮かぶことを「閃」の漢字で表し、「はため（いて）」と振り仮名を付す。

（『虞美人草』夏目漱石　明治四〇年（一九〇七））

（四）雷を対象とする。

㊵電行前ニ閃テ、雷大ニ鳴霆メク

（『太平記』巻三三新田左兵衛佐義興自害事　一四C後）

㊶雷電カハタメイテマツクラニナツタヨトテ往テ見タレハ

（『史記抄』七・10オ　文明九年（一四七七））

㊷かみなりのはためく空に年越て

（『新増犬筑波集』一一〇二　寛永二〇年刊）

（五）雷以外の音を対象とする。

㊸隠々トノ、シリテ有レ（るを）聲爲レ震と、砰ｰ磕トハタメイテ發（する）を爲レ吼（「石山寺本法華義疏長保点」序品7―19―20）

大坪氏の『改訂訓点語の研究　上』（三一九頁）に、右の例文が掲載され、「ハムカイはハウカイの誤り、ハタメイテはハタメキテの音便で、ハタメクは擬声語のハタにメクを添へて動詞としたものである」と記され、「すなわち、ハタメクは、高く響き渡る音の形容である」とある。

㊹たゞのぶもいれちがへてぞきりあひける。うちあはするおとのはためく事、みかぐらのとびやうしをうつがごとし

（『義経記』（五）一四C前）

㊺めいどの夜かぜ、はためくかどののぼりの音

（『女殺油地獄』近松門左衛門　享保六年（一七二一））

㊻車ははためきながら、或る小さい停車場を通り抜ける。

（『青年』森鷗外　明治四三～四四年（一九一〇～一一））

㊼張り廻した幕が帆のようにむツくりとふくれ上るかと思ふと、忽ちまたボロ〳〵ボロ〳〵と烈しくはためいたりした。

（『桐畑』七の一　里見弴　大正九年（一九二〇））

以上「はためく」は「ふためく」にはない（四）（五）の雷鳴・その他の物音を表す用法がある。

四　「ふためく」と「はためく」の比較

以上の「ふためく」と「はためく」について考察した結果を年代順・対象別に【表一】【表二】に示した。

考察の結果、確かに「はためく」は「ふためく」より早い例があり、古辞書『新撰字鏡』『類聚名義抄』には、「はためく」の収録はあるが「ふためく」は見えない。しかし、「ふためく」と「はためく」には、次のような相違点がある。

ア、「ふためく」の初出例①の『今昔物語集』では、ばたばた慌てる様を表す。一方「はためく」の初出例㉛の『三宝絵』では、蛇が躍り騒ぐ様を表すのであって、慌てる状態を表すのではない。

【表一】「ふためく」の年代別・対象別の用例

年代	作品名	対象別		
		人	鳥	生物
院政期―中世	今昔物語集		●	●
	発心集			●
	宇治拾遺物語		●	●
	平家物語	●		
	古今著聞集	●		
	徒然草		●	
	沙石集	●		
	太平記	●	●	
	史記抄	●		
	四河入海	●		
	毛詩抄	●		
近世	きのふはけふの物語	●		
	身の鏡	●		
	五十年忌歌念仏	●		
	俳文学作品	●	●	
近代	森鷗外（文づかひ）	●		
	芥川龍之介（羅生門・奉教人の死）	●		
	太宰治（逆行・彼は昔の彼ならず・陰火・ダス・ゲマイネ）	●		
	中里恒子（墓地の春）	●		
	朝日新聞	●		
	日経ビジネス	●		

【表二】「はためく」の年代別・対象別の用例（例文を省略した作品を含む）

年代	作品名	対象別				
		人	鳥	生物	雷	物音
中古―中世	三宝絵			●		
	法華義疏長保点					●
	保元物語		●			
	義経記					●
	太平記			●	●	
	史記抄				●	
	四河入海				●	
	天草版平家物語	●				
近世	伊曽保物語		●			
	女殺油地獄					●
	俳文学作品		●		●	
近代	森鷗外（青年）					●
	夏目漱石（虞美人草）	●				
	芥川龍之介（蜜柑・地獄変・戯作三昧）		●			●
	太宰治（列車・陰火）					●
	里見弴（桐畑）					●

イ、『太平記』では、牛の鳴き声や雷鳴を表す場合では「はためく」を用い、「ふためく」は鳥・人が慌てる状態をいい両語の使い分けが窺える。このように、「はためく」は「ふためく」にはない雷やその他の音の表現との関連性が強い。

ウ、古辞書類では両語に全く異なる漢字が収録される。

右のような相違点から、「ふためく」は「はためく」から転じた語といえるか、疑問が残る。両語の類似する用法としては、鳥を対象とするときに見えるが、「はためく」は慌てる様より、音の表現に重点が置かれる。したがって、「ふためく」は「はためく」から転じた語ではなく、最初から意味の分化が生じていたと考えられないだろうか。

五　「ふたふた」と「はたはた」

「ふためく」「はためく」は、擬態語反復形の語基二音節に「めく」が後接して動詞化した語である。そこで、次に「ふたふた」「はたはた」と「ふためく」「はためく」との関係を、考えていくことにしたい。

（一）扇を対象とする。

○ふたふた

㊽あかつきに帰らん人は扇ふたふたとつかひ　（『枕草子』六〇段　一〇C終）

㊾「あつや」とて、あはせの御こその御むねをひきあけて、ふた〳〵とあふがせ給し御すがたなどまで　（『たまきはる』承久元年（一二一九））

㊿暑き日やふたふた開く扇箱　（四二七六）　（『崑山集』慶安四年（一六五一））

51風のふたふた唐扇の色　（三〇二七）　（『国の花』一七〇四年）

㊽は「ふたふた」の初出例である。㊿は扇箱の蓋と「ふたふた」を掛けて扇で煽ぐさまを詠み、㊾51は扇を続け様に動かす状態と同時に音も感じ取ることが出来る。因みに「ふためく」には扇を対象とする例は見えない。

○はたはた

52扇―ハタ〳〵トアフキ又飾リニモナルソ　（『毛詩抄』三・28オ　天文三年（一五三四））

近代では、樋口一葉の『にごりえ』・夏目漱石の『行人』『それから』『門』に例が見える。「はためく」も「ふためく」と同様に、扇を対象とする例が見受けられない。

（二）物音を表す。

○ふたふた（「ふたふた」は扇で煽ぐ音と鳥の羽が触れ合う音以外の音を表す例はない）

○はたはた

「ふたふた」の初出例『枕草子』より少し早い次の53の『かげろふ日記』に「はたはた」の初出例が見える。

53なといふ物心みるを、まだひるよりこほ〳〵はたはたとするぞ（『かげろふ日記』上　天延二年（九七四）頃）

右の例は楯や鼓を鳴らす音を表す。同じ頃の『落窪物語』にも、次のように爪はじきの音を表す用例が見える。

(54)たちはぎつく〳〵ときてつまはじきをはたはたとして　（『落窪物語』二　一〇C後）

(55)爪□ヲハタハタトス　（『今昔物語集』二八・八　一一二〇年頃）

※□＝漢字表記を期した欠字「ハジキ」が想定される。（『新日本古典文学大系』注）

(56)暁がたに戸をはた〳〵とたゝけるに　（『宇治拾遺物語』二六　承久三年頃）

(57)帛や紙ヤナントヲ推アテ、、シメシテハタ〳〵ト敲ケハ　（『史記抄』七・65ウ　文明九年（一四七七））

(58)しばらくすると、無敵な音を立てて車輛《しゃりょう》の戸をはたはたと締めていく　（『虞美人草』夏目漱石　明治四〇年（一九〇七））

(59)帆を朝風にはた〳〵と靡かせながら巻き上げた。　（『俊寛』（二）菊池寛　大正一〇年（一九二一））

近代では多用され、太宰治の『思ひ出』『猿ケ島』『玩具』『斜陽』、田村俊子の『栄華』（三）にも例が見える。

（三）雷を表す。

○ふたふた（「ふたふた」の例なし）

○はたはた

(60)青天白日晴レキツタニハタ〳〵ガミ鳴《ナッテ》イナ光リガシワタツタソ　（『人天眼目抄』文明五年）

古辞書には、「霓《ハタ、カミ》」（『色葉字類抄』（前田本））「靂《ハタ、ガミ》」（『天正十八年本節用集』）「霹靂《ハタ、ガミ》〈匂會 雷《ノ》急激者《ナル》〉」・「霆《同》」（『書言字考節用集』）の収録が見え、『日本国語大辞典』（第二版）には「はたたがみ〔霹靂神〕＝激しい雷。はたはたがみ。…」とある。

（四）人・鳥以外の生き物を対象とする。

○ふたふた

(61)其わたりの者ども、桶をさげて、みなかき入れさわぐほどに、三尺ばかりなる鱠の、ふた〳〵として庭には

ひ出たり。（『宇治拾遺物語』一六八　承久三年頃）

⑫只ふたふたと走る牛かな（『皺筥物語』（九二）　元禄八年（一六九五））

これらの「ふたふた」は急ぎ慌てる様を表す。

○はたはた（「はたはた」の例なし）

（五）鳥を対象とする。

○ふたふた

⑬雉ヲ生乍ラ持来テ揃ラスルニ、暫クハフタ〳〵ト為ルヲ引カヘテ（『今昔物語集』一九・二　一一二〇年頃）

『今昔物語集』（巻一九・六）では、前掲の「ふためく」の用例④にも「此ノ棹に懸タル鳥フタフタトフタメク」と慌てる状態に、鳥の羽が触れ合う音を表すために「フタフタ」が書き添えられる。近世の俳文学作品では、次の様に鳥があわてて飛び立つ様を詠む句がある。

⑭隣からあびせられたる煤掃　朴人（三四）　重箱鳥のふたふたと飛ぶ　舎仙（三五）（『七さみだれ』正徳四年（一七一四））

近代では「ふたふた」「ふためく」の両者とも、ここに属する用例は探し得ない。

○はたはた

⑮雞は時々を告てうたうとては羽をはたはたとふるうてならいて（『玉塵抄』巻二六　承応二年（一五六三））

⑯はたはたと関の戸ならぬ羽をたたきここあけうよと鳴か庭鳥（『後撰夷曲集』第六冊・九　寛文一二年（一六七二））

⑰鳥はおどろきてはたはたと飛去りぬ（泉鏡花『龍潭譚』五位鷺　明治二九年（一八九六））

明治三八年〜三九年（一九〇五〜〇六）作小栗風葉の『青春』（秋・五）にも「頭の上をハタハタ飛去る羽音が」

とあるが、「はためく」の用例㉝のように羽をばたばたさせて暴れる様には用いない。

（六）人を対象とする。

○ふたふた

⑱袴ノ扶ヨリ、白キ糸ノ頭ヲ紙シテ被裹タル二三十許、フタ〳〵ト落シタリ。（『今昔物語集』二九・一五　一一二〇年頃）

⑲年ハ老タル者ノ、此ヲ聞マヽ、ニ立上ケルガフタ〳〵とシケレバ（『今昔物語集』二六・五　一一二〇年頃）

⑳ヨリマシガフトコロヨリクロ血ヲフタ〳〵トトリイダシタリケレバ（『愚管抄』四・鳥羽　承久二年（一二二〇））

㉑やどのか丶などとりつきとかふ云うちに、やりてふた〳〵としてきたり（『難波物語』27オ　一六五五年）

㉒ふたふたと月にも起て憂別れ（『誹諧独吟集』三一八　寛文六年（一六六六））

㉓塗師屋《ぬしや》の勘風方へ知らすれば、「南無三方《ばう》」と塗りかけし重箱《ぢうばこ》の、ふた〳〵として走り来り、段々の様子を聞いて（『傾城禁短気』三之三　一七一一年）

㉔乳母が後に廻って髷のみだれを直してくれるあいだも、わたくしはふたふたと心が騒ぎ、蒼ざめていた。（大原富枝『婉という女』四　一九六〇年）

⑱は「ばたばた落とす状態」⑲は「ふらふらと足もとのおぼつかない様」を表す。⑳の「フタフタ」は『名語記』（九）に「血ノフタ〳〵トタル如何。フルツヤ〳〵ノ反ハフタ〳〵也　雨ノフルヤウ也トイフ義歟」とあり、血が滴り落ちる様、㉔は感情が高まってどきどきする様を表し、この⑳㉔の両例は特殊な用法である。

○はたはた

㉕「物サハガシク候。見候ハン」ト云テ、ハタ〳〵ト打出ケルコソ、（『愚管抄』五・二　承久二年）

(76)弁慶が甲のこゑ、御曹司の乙のこゑ、入ちがへて二のまき半巻ばかりぞよまれたり。参りうどのゐいやづきもはた〱としづまり
（『義経記』三　一四C前）

(76)の「はた〱としづまり」は、『日本古典文学大系』の注に「はた〱」は「ばったりの意であろう」と記され、パタッと急に静まる形容として用いられる。

(77)慧帝ノ仁弱ニシテハタ〱トモナウテ大方殿マカセテ
（『史記抄』七・9オ　文明九年）

右の(75)(76)の用例は動作が迅速に行われる様をいい、(77)はその打消し「急ぐこともなく」の意と捉える。

【表三】

	人	鳥	生物	扇	雷	物音
ふためく	●	●	●			
はためく	●	●	●		●	●
ふたふた	●	●	●	●		
はたはた	●	●		●	●	●

上の【表三】は「ふためく」「はためく」「ふたふた」「はたはた」が、どの対象に当てはまるかを示す。但し、人を対象とする「はためく」は『天草版平家物語』の「あわてはためく」一例のみである。

以上「ふたふた」と「はたはた」について検討してきた結果、「ふたふた」は人・鳥・生き物・扇を対象とするが、「はたはた」は人・鳥・扇・雷・物音を対象とする。

おわりに

本節では、近世初期俳諧に見える擬態語からの派生動詞「ふためく」と、周辺の関連する語「はためく」「ふたふた」「はたはた」について考えてきた。院政期に初めて見える「ふためく」は、鳥・その他の生き物が、慌ててじたばた焦る様を表していたが、その後、『平家物語』『太平記』、抄物などでは人物が慌てて行動する様を描写す

ることが多くなる。近世の俳諧でも、「ふためく」には、鳥を対象とする用法に二例・人物を対象とする用法に四例の使用が認められ、人物が急ぎ慌てる様を表す場面が多い。時代が進み近代になると、単純語「ふためく」は日常語としては衰退し、人物が慌てる状態に、複合動詞「あわてふためく」を用いるようになり、その推移する様相の一端が俳諧の世界にもあらわれているといえよう。

以上のように、近世の用語を考える上で、俳諧は重要な資料となり得ることは確かであり、今後「ふためく」とも関係がある、擬態語・擬声語について、検討していく必要があると考えている。

注

（1）蜂矢真郷「メク型動詞と重複情態副詞」『国語語彙史の研究七』一九八六年　和泉書院　一六七―一八四頁

（2）大坪併治「擬声語研究の歴史」（『擬声語の研究』一九八九年　明治書院）／（『大坪併治著作集12』二〇〇六年　風間書房）一六二頁

（3）潁原退蔵「四　俳諧と俗語」（『江戸時代語の研究』一九四七年　臼井書房）七四頁

（4）『萬葉集』（『新日本古典文学大系』二〇〇二年　岩波書店）
凡例に「原文は西本願寺本万葉集を底本とし、新たに校訂を加えたものである。」と記される。

（5）「狼狽」の漢字に対して、『明六雑誌』では「ろうばい」とあり、『細君』（明治二二年（一八八七）刊）二例『三日月』（明治二四年刊）一例『真景累ケ淵』（明治二一年刊）一例では「うろたへ」とある。

調査資料

「朝日新聞」東京朝刊（database.asahi.com/library/2）「聞蔵Ⅱビジュアル」／『天草版平家物語語彙用例総索引』一九九九年　勉誠出版／『伊曽保物語』『宇治拾遺物語』『落窪物語』『かげろふ日記』『きのふはけふの物語』『義経記』『愚管抄』『傾城禁短気』『古今著聞集』『太平記』『徒然草』『平家物語』『保元物語』『枕草子』『謡曲集下』（以上『日本古典文学大

系』一九五七年～一九六六年　岩波書店）／『発心集』（『新潮日本古典集成』一九七六年　新潮社）／『栄華』田村俊子（『近代女性作家精選集26』二〇〇六年　ゆまに書房）／『婉という女』大原富枝（『由紀しげ子　大原富枝集』一九六四年　集英社）／『玉塵抄』（中田祝夫編　一九七一年　勉誠社）／『桐畑』里見弴（『里見弴全集　第二巻』一九七七年　筑摩書房）／『正章千句』『宗因七百韻』『當流籠抜』『西鶴五百韻』『江戸蛇の鮨』『江戸宮笥』『軒端の独活』『七百五十韻』『後撰夷曲集』『志不可起』（『近世文学資料類従』一九七五年～一九七七年　勉誠社）／『江戸八百韻』（『天理図書館綿屋文庫俳書集成　第六巻　談林俳書集二』一九九五年　八木書店）／『今昔物語集』『たまきはる』『身の鏡』（『新日本古典文学大系』岩波書店）／『細君』『惨風悲雨　世路日記』『樋口一葉集』『三日月』『落語怪談咄集』（『新日本古典文学大系　明治編』岩波書店）／『諸本対照三寶絵集成』一九八〇年　笠間書院／『慶長十年古活字本沙石集総索引―影印篇』一九八〇年　勉誠社・『改訂廣本沙石集』一九四三年　日本書房／『史記抄』『四河入海』『毛詩抄』（『抄物資料集成』一九七七年第二回　清文堂出版）／『俊寛』菊池寛（一九二一年　新潮社）／『新増犬筑波集』『鷹筑波』（『日本俳書大系六巻　貞門俳諧集』一九二六年　日本俳書大系刊行会）／中田祝夫編『人天眼目抄』一九七五年　勉誠社／『青春』小栗風葉　一九五七年　岩波書店／『難波物語』一九三〇年　米山堂／『日本近代短篇小説選　昭和篇2』（「墓地の春」他）二〇一二年　岩波書店／『日経ビジネス』http://business.nikkeibp.co.jp/article/opinion/20140205/259343/?rt=nocnt／『日本近代短編小説選　大正篇』二〇一二年　岩波書店／『明六雑誌語彙総索引』一九九八年　大空社／『龍潭譚』泉鏡花（『日本近代短編小説選　明治篇1』二〇一二年　岩波書店）／『一茶集』『いぬ桜』『韻塞』『笈日記』『株番』『其角十七回』『国の花』『崑山集』『四山藁』『時勢粧』『蛇之助五百韻』『蕉門名家句集』『皺筥物語』『七さみだれ』『後の旅』『俳諧塵塚』『誹諧独吟集』『蕪村集全』『ゆめみ草』（以上『古典俳文学大系』一九七〇年～一九七六年（三版）・同ＣＤ－ＲＯＭ　集英社）／『近松門左衛門』一九八六年　教育社／森鷗外・夏目漱石・芥川龍之介・志賀直哉・太宰治は教育社の『作家用語索引』（一九八四年～一九八九年）を用いた。

第六節　近世初期俳諧における音象徴語

はじめに

音象徴語は俳諧のような短詩型にとって、制約された字数の中で、短い言葉で様々な音声や事物の状態を表現出来る便利な用語である。作者の情感を読み手の聴覚に視覚にと訴える力も大きい。

大坪併治氏は、児童文学・物語と小説・演劇・韻文などの多方面にわたる調査が報告され、律文では、和歌・俳諧・川柳・現代詩の音象徴語を取り上げているが、古今集・八代集から俳諧七部集の間の調査は行われていない。その俳諧七部集を中心にした調査結果では、「四音節語への集中度が高く、七音節以上の多音節語のないのが特徴である。」（二九八頁）とする。また、川柳の『誹風柳樽』を中心にした調査では「〈俳諧〉にはない七音節・八音節・九音節の語もあって、全体として、〈川柳〉の方が、〈俳諧〉よりも、音節数の多い語を用いる傾向がある。」（三〇五頁）と指摘されている。(1) しかしながら、蕉風の俳諧のみで俳諧の実態とすることには問題がある。

そこで本節では、俳諧七部集などの蕉風に入る前の近世初期俳諧では、どのような様相を呈しているのか、音象徴語を用語・構造型式の観点から考察を進めていくことにしたい。

大坪氏は注（1）の書で、「同じ語が、ある場合には音響を、ある場合には視覚的な動作や表情を表すこともあって、「擬音語」と「擬態語」とを厳密に区別することは困難である」（四頁）から、一括して「擬声語」と呼び、

「擬声語とは、音声の持つ特殊な情感を利用して、端的に事物の状態を描写する言葉である。」（一頁）と定義する。続いて、「最近は、「象徴語」という新しい呼び方も行われているが…（略）…十分熟しているとは思わないので」とあるが、今では、「音象徴語」という術語の使用が見られるようになったので、擬声語（擬音語）・擬態語の総称として「音象徴語」と呼ぶことにする。

資料には、貞門の『鷹筑波』『守武千句』『塵塚誹諧集』『紅梅千句』『正章千句』、談林では『宗因七百韻』『當流籠抜』『西鶴五百韻』『江戸蛇之鮓』『江戸宮笥』『軒端の独活』『七百五十韻』『江戸八百韻』の天文九年（一五四〇）成立から一六八一年の蕉風に入る前の一三俳諧集を使用した。また国語辞書類と共に『近世文学資料類従』に所収される俗訓・俗用の字を収集する『続無名抄』（延宝八年（一六八〇）刊）『常陸帯』（元禄四年（一六九一）刊）『反故集』（元禄九年刊）『増補大和言葉』（一六八一年刊）、俗語を集めた『志不可起』（享保一二年（一七二七）奥書）『世話用文章』（宝永六年（一七〇九）刊）などを参照した。

一　音象徴語の数量的側面

まずは、音象徴語の数量的側面を提示することにしたい。音象徴語を識別するのに、困難を伴う語もあり、独自の判断で音象徴語を採択し、音象徴語から派生した「メク型動詞」（ほのめく・ふためく等）は除外した。次の【表一】は、資料の一三俳諧集に出現する音象徴語数を俳諧集別に示すものである。

この表を見ると、貞門俳諧集では、平均して約三三・六句当たりに音象徴語が一語あらわれることになる。一方、談林俳諧では江戸談林に活躍した俳諧師による撰集では、音象徴語の使用は極端に少なく、最大と最小に大差があるが、平均すると一語に対する句数は約五八・八句となり、貞門俳諧集に比べると、音象徴語の使用度は低い。

『江戸蛇之鮓』に至っては、四六五句中音象徴語を用いることはない。三〇六番には「きれ〴〵や錦の棚の初鯨」と「きれぎれ」を詠む句があるが、「きれぎれ」は幾つかに切れた断片そのものをいうので、音象徴語とはしなかった。談林俳諧の中で、二番目に使用度が高い『軒端の独活』では、漢字表記の音象徴語九語中、漢字畳語が七語、「□（漢字）＋然」が一語含まれ、漢詩文調とされる『軒端の独活』の特質でもある。因みに、大坪氏の俳諧七部集を中心にした音象徴語の調査では、

近世の俳諧では、『七部集』『続七部集』『七部集拾遺』『新七部集』（『校注俳文学大系』本による）を合わせて、一一、四六七句に対し、擬声語は一八四語。六二句に一語の割合である。（注（1）の書二九六―二九七頁）

とあり、今回の調査資料よりもやや使用度が低いということになる。

【表二】（＊を付す数字は貞門俳諧集・談林俳諧集・全体のそれぞれの平均値を示す）

	俳諧集	句数	音象徴語の延数（異なり数）	一語に対する句数（約）
貞門	鷹筑波	4032	110(91)	36.7
	塵塚誹諧集	1668	53(44)	31.5
	守武千句	1050	26(24)	40.4
	正章千句	1100	43(42)	25.6
	紅梅千句	1008	32(31)	31.5
	合計	8858	264(232)	＊33.6
談林	宗因七百韻	655	21(20)	31.2
	江戸八百韻	800	9(9)	88.9
	當流籠抜	500	12(12)	41.7
	西鶴五百韻	500	8(8)	62.5
	江戸蛇之鮓	465	0	465.0
	江戸宮笥	632	6(5)	105.3
	軒端の独活	640	20(19)	32.0
	七百五十韻	750	8(8)	93.8
	合計	4942	84(81)	＊58.8
	全体	13800	348(312)	＊39.7

また、『連歌集』（『新潮日本古典集成』）に所収される『文和千句第一百韻』『至徳二年石山百韻』『応永三十年熱田法楽百韻』『亨徳二年宗砌等何路百韻』『寛正七年心敬等何人百韻』『宗伊宗祇湯山両吟』『水無瀬三吟』『湯山三吟』『新撰菟玖波祈念百韻』『天正十年愛宕百韻』、『連歌俳諧集』（『日本古典文学全集』）に所収される『姉小路今神明百韻』『宗祇独吟何人百韻』『守武独吟俳諧百韻』（俳諧連歌）『雪牧両吟

住吉百韻』を資料として、音象徴語を調査した結果、連歌一一〇〇句中、わずかに、音象徴語には「つらつら」（『文和千句第一百韻』名残　2ウ）・「むらむら」（『寛正七年心敬等何人百韻』二　9オ）の二語が見え、メク型動詞「ほのめく」（『亨徳二年宗砌等何路百韻』初　9ウ）を含めても三語のみである。

これは、音象徴語が連歌約三六七句当たりに一語しか用いられないことになり、数量的には極めて少数である。また用語の点においても、大坪氏の調査によれば、「むらむら」は軍記物語・キリシタン資料にそれぞれ四回、「つらつら」は、狂言・抄物・キリシタン資料にそれぞれ四回見え、『万葉集』にも「巨勢《こせ》山のつらつら椿《つばき》つらつらに」（五四）と詠む歌が見えるなど、連歌には特殊な語は見えず、出現数においても、約三九・七句あたりに一語の音象徴語が見える俳諧とは、用語・出現数の両面において大きな差異が窺える。

さて、数量的側面から観察したところで、次にどのような構造になっているかを類型別に見ていくことにしたい。分類の方法としては、三四八語の音象徴語を擬声語・擬態語・漢語の三つに大別し、さらに、貞門と談林に分け、それぞれの下位には拍数・型式（単純反復型・複合反復型・Aっ・Aん・AっB・ABり・AっBり・AんBり・その他いずれにも属さない単一型）に分類して検討していくことにする。単純反復型は同語の繰り返しとし、複合反復型は「AA＋BB」「AB＋CB」の型式とする。また、漢語の音象徴語では、仮名表記と漢字表記（漢字畳語・□（漢字）＋然）に分類した。

擬声語→貞門・談林→拍数→型式→人と動物の声・物音
擬態語→貞門・談林→拍数→型式
漢語系→仮名表記→貞門・談林→拍数→型式
↙漢字表記→漢字畳語・□（漢字）＋然→拍数→型式

二　音象徴語の分類と意味用法

二―一　構造型式による分類

（一）擬声語

擬声語について、小嶋孝三郎氏は次のように記す。

擬音の場合をとってみると、特に具体的な事象に直結するような印象を与える。つまりオノマトペの意味は、知的論理的側面たる概念よりも語音形態の感性的側面による具体的な音響ないし事象に直結する印象を与える。(2)

では、近世初期の俳諧には、どのような擬声語が用いられるのか、上述の分類にしたがって提示することにしたい。促音・拗音は大文字で記されているので、判明する語については小文字にし、濁音の有無も統一されていないことから、意味の理解・拍数の捉え方などには流動的な面がある。また、○の中の数字は出現回数を示す。

◇貞門俳諧集

・三拍【単一型】（動物の声）人く　（一語）

・四拍【単純反復型】（人・動物の声）おいおい　かいかい　かかかか　からから　かりかり②　けいけい　ひよひよ　ふつふつ　ぶつぶつ／（物音）かたかた　からから　ことこと　義之義之　たぶたぶ②　とうとうほとほと②　むりむり　めきめき

【単一型】（人の声）ゑいとう／（物音）どんどど②　（二四語）

・五拍【単一型】（動物の声）ほうほひよ／（物音）ざざんざあ　（二語）

・六拍【単純反復型】（人の声）ゑいやゑいや／（物音）からりからり
【単一型】（動物の声）ひいほうはう　ほう法花経／（物音）しやうりやうふれう　ちりりんてん　（六語）
・七拍【単一型】（動物の声）本尊かけた　本尊かけよ　ほぞんかけたか／（物音）ひゆあやらとら　（四語）
・一二拍【複合反復型】（物音）ちりやたらりだうだうたらり　（一語）

◇談林俳諧集

・四拍【単純反復型】（人の声）ぎやあぎやあ／（物音）ジリジリ　かちかち（たる）　ごとごと（刀）　どんどん（たる）
【単一型】（人の声）とつこい　（六語）
・五拍【単純反復型＋ひ】（人の声）ヒイヒイひ　（一語）
・七拍【単純反復型＋ね】（人の声）ねんねんねんね
【単一型】（動物の声）阿《ア》尒《ニ》摩《マ》尒《ニ》摩《マ》々《ゝ》禰《ネ》／（物音）ホツハヒひやら　（三語）
・八拍【単純反復型】（人の声）えいとうえいとう　とつこいとつこい　わちやくちやわちやくちや　（三語）

右のように声や音を表す語には後掲三の漢語三語を含めると五四語がある。拍数では四拍の語が最多であり、貞門と談林を合わせて三三語、そのうち二拍語基の反復型が二九語あり、四拍語中反復型が約八七・九パーセントを占める。

(二)　擬態語

擬態語は事物の状態・人や動物の動作・自然界の光景などを模写した語である。『日本語学研究事典』（一九七七年二刷　明治書院）では擬声語との差異を次のように記す。

㈠擬声・擬態語ともに、言語音と意味との間に直接的な関係があるが、擬声語の方がその関係がより直接的である。擬態語は、音を伴わない状態を、言語音で摸写したものであるから、対応は普通の語に近い性質を帯びる。㈡語型においても、現代語で言えば、「A—」型は、擬声語に主用されるのに対し、「Aッ」「AンBリ」型は、擬態語に主用されるといった型の違いがみられる。㈢文法的にみても、擬態語は、擬声語と同様な形で文にとり入れられるほかに、「に」を伴って「くたくたに疲れる」などの形で述語になったり、「の」を伴って「びしょびしょの服」などの形で連体修飾語となって文に取り入れられることもある。

本研究の擬態語の中にも、「に」を伴う語（「しと」「きれぎれ」「びくびく」「むらむら」…）、「の」を伴って連体修飾語となる語（「てんてん」「さつさつ」「ゆるり」「むくむく」…）などが見える。

以下擬声語と同様に、拍数・構造型式別に用語を掲出していきたい。構造型式では、擬声語にはない「Aっ」「Aん」「ABり」「AっB」「AっBり」「AんBり」が擬態語に見え、単純反復型・複合反復型・単一型にこれらの型式を合わせて分類し、反復型＋「ひ」の「ヒイヒイひ」と反復型＋「ね」の「ねんねんねんね」は単純反復型に入れた。

また、音象徴語に後接する助詞「と」は省略したが、「と」以外の助詞や名詞、及び「と」「に」の両者がある場合などは（　）内に記す。

◇貞門俳諧集

・二拍【Aっ】ぐっ　くはっ③　さっ②　ちっ　ちょっ②　つっ　とっ②　どっ　にょっ　ばっ⑦　ふっ③

【Aん】しゃん②／しやむ①　ずん　つん②　ぴん

【単一型】くわい　しか②　しく　しし　しと（と・に）②　そよ　ちら⑥　ちち　とう　ひた②　むさ②

（五一語）

・三拍【ABり】きらり　きりり　すばり　はらり　ひらり　ほろり②　みるり　ゆるり（の）

【AっB】うっか　にっこ　ひっし

【単一型】しとど　卒度《ソツ》　ぞんぞ　（一五語）

・四拍【単純反復型】うかうか③　うとうと　うろうろ　おぢおぢ（道）　かかかか　かろかろ　きうきう　きやきや　きれぎれ（に）　くたくた（な）　くりくり　くるくる②　げじげじ　こそこそ　ころころ③　しくしく　しづしづ　しとしと　しほしほ　しみじみ　しょぼしょぼ　すやすや　するする　そろそろ⑦　たらたら　ちくちく　ちょぼちょぼ　ちらちら②　ちろちろ②　つぶつぶ　づぶづぶ　とくとく②　とろとろ　にたにた（山）　ぬれぬれ　はがはが　はたはた　はらはら②　ばらばら　ひかひか④　びくびく（に）②　ひそひそ　ひやひや　ひらひら③　ふはふは②　ふらふら　ぶりぶり　ぼくぼく　ほけほけ　ぼたぼた　ぼちぼち　ほのぼの⑧　ほやほや　ほろほろ③　ぼろぼろ②　みそみそ　むくむく（の）　むさむさ　むしむし　むらむら（―に・村々に）④　やみやみ　ゆりゆり　ゆるゆる　よろよろ③　わたわた

【AっBり】うっかり　うっとり　しっとり　しっぽり　すっきり③　でっかり　ひっきり　びっくり　ひっそり　ぼったり　ほっちり

【AんBり】かんごり　ぎんかり②　こんもり　のんどり　はんがり　ほんのり　みんづり

【単一型】たらりら　ちゃくりちゃ　つれづれ（に・と）②　ばたくさ　（一二八語）

・六拍【単純反復型】うつらうつら　おぼろおぼろ②　くるりくるり　ぐれりぐれり　さくりさくり　しらりしらり　そろりそろり　ちろりちろり②　とろりとろり　とどろとどろ③　ひらりひらり　ふらりふらり　ぶらりぶらり　ふるひふるひ　むらりむらり

【複合反復型】しろりくろり　しどろもどろ　（二一語）

◇談林俳諧集

・二拍【Aっ】さっ　ちょっ
【Aん】つん
【単一型】どう　むさ　（五語）
・三拍【ABり】きょろり②　ころり②　しらり　ずぶり　ばらり　ゆるり　（八語）
・四拍【単純反復型】うねうね　がぶがぶ②　こそこそ　ころころ　さくさく　しゐしゐ（て）　たがたが　つや
つや　つらつら　どきどき②　ぬれぬれ　ねばねば　はらはら（鳥）　ばらばら　ひらひら　ふはふは
ぶらぶら　ぽちぽち　ほのぼの②　よはよは　よろよろ
【複合反復型】むしゃくしゃ
【AっBり】うっけり　くっすり　ぐはったり　ごっつり　しっかり②　すっきり　ひったり　ふっつり
【AんBり】どんとり　のんどり
【単一型】とっとも　（三八語）
・六拍【単純反復型】おぼろおぼろ②　くはらくはらくはら　ふらひふらひ　むしむしむし
【単一型】ちんふんりん　（六語）
・八拍【単純反復型】ちんかりちんかり　（一語）

以上、視覚的（「ひらひら」「むらむら」「すっきり」「ぐれりぐれり」…）、触覚的（「ねばねば」「ぬれぬれ」…）、また、心情を表す語（「つん」「にっこ」「しみじみ」「びっくり」「むしゃくしゃ」…）等二九四語（漢語音象徴語を含む）の音象徴語が擬態語に見え、擬声語五四語に比べて使用度が高いことが認められる。これらの中から、涙を流す表現一つを取り上げても、静かに涙を流すさまには「はらはら」（『鷹筑波』三六〇〇・『正章千句』一〇六八）「ほろほろ」（『鷹筑波』二四七〇・三〇四七）があり、思わず流す涙には「ほろりと」（『守武千句』三三〇）と表現し、嘆き悲しむときには「うろうろ泪」（『紅梅千句』六六三）と詠む。また動作の表現では、人が忙しそうに歩くときには「たがたが」（『宗因七百韻』五九八）、ゆっくり弱い足取りでは「よろよろ（『塵塚誹諧集』一一四五）「ちろりちろり」（『守武千句』八七八）「ぼくぼく」（『紅梅千句』五一三）など、状況に応じた使い分けがあり、変化に富む表現を用いる。

　掲出した延三四八語の音象徴語を拍数別に整理したのが【表二】である。表中貞門の四拍語と談林の四拍・八拍語には（　）内の漢語音象徴語数を含む。また、合計欄の（　）内は合計数三四八に対する割合を示すものである。

【表三】には漢語の音象語を合わせた型式別の数字を示した。

【表二】拍数別

拍数	貞門	談林	合計（約％）
2	51	5	56(16.1)
3	16	8	24(6.9)
4	163(11)	56(12)	219(62.9)
5	2	1	3(0.9)
6	27	6	33(9.5)
7	4	3	7(2.0)
8	0	5(1)	5(1.4)
12	1	0	1(0.3)
計	264(11)	84(13)	348

【表三】型式別

型式	擬声語	擬態語	合計
単純反復型	36	170	206
複合反復型	1	4	5
Aっ	0	26	26
Aん	0	8	8
AっB	0	3	3
ABり	0	17	17
AっBり	0	22	22
AんBり	0	10	10
単一型	17	32	49
□＋然	0	2	2
合計	54	294	348

【表二】を一覧すると、四拍語が他に比べ、突出して多いのが明確にあらわれている。また、擬態語では、二九四語中貞門・談林を合わせると一八三語（漢語音象徴語を含む）の四拍の擬態語が見え、約六二・九パーセントを

占める。全体では四拍語が三四八語中二一九語あり、そのうち語基二拍の反復型が一七四語ある（漢語音象徴語を含む）。四拍語の使用状況を見ると、例えば『正章千句』での音象徴語数四三語のうち三〇語が四拍語で、その割合は約六九・八パーセントとなる。使用例では、前句五音句に一四例、七音句には付句と合わせて一六例見え、必ずしも、四拍語に助詞を伴って五音句を作るとは限らないが、五音句は前句にしかないことを考えると、わずかではあるが五音句での使用が多い。

大坪氏の俳諧七部集を中心にした蕉風の俳諧と川柳を比較された結果では、川柳には「〈俳諧〉には無い七音節・八音節・九音節の語もあって」（注（1）の書三〇五頁）と記されているが、貞門・談林では七拍・八拍・一二拍の語もあり蕉風の俳諧とは相違がある。(3) 但し一拍の語は音象徴語の判別が難しく考慮に入れていない。

二―二　音象徴語の意味用法

次にこれまでに掲出した用語の中から、大坪氏の中古散文・軍記物語・謡曲・抄物・キリシタン資料の調査による表を参照し、(4) 大坪氏の調査表で室町期までの用例を見出せない語・用例があっても問題となる語を中心に、擬声語・擬態語に分類して説明を加えていきたい。意味の解釈には『守武千句注』（一九七七年　古川書房）『貞徳紅梅千句』（一九七六年　桜楓社）（双方とも飯田正一編）・『定本西鶴全集』（穎原退蔵・暉峻康隆・野間光辰編　一九七二年中央公論社）・『古典俳文学大系』の注などを参照した。

（一）　擬声語

鈴木朖著の『雅語音声考』（享和三年（一八〇三）刊）は、『古事記』『源氏物語』『今昔物語集』『古今著聞集』などの散文、あるいは『万葉集』などの律文から音象徴語を取り上げ、音声をかたどった言語があると、我が国最初の言語起源論を説いた書である。(5) 同書では、凡テ漢国ノ言語ニハ聲ヲ以テ物ヲ象トリウツス事殊ニ多シ。ソレヲワガ御國ノトクラベミルニカラノハ其カタドレル音聲。甚切近ニシテ知ヤスク。御國ノハホノカニシテ切近ナラズ。（12オ）

と言語の写声起源を説き、音象徴に起源をもつ和語を「鳥獣虫の声をうつせる言」「人の声をうつせる言」「万物の声をうつせる言」「万の形有様意しわざをうつせる言」に分類して語例を記す。本節では擬声語を「人・動物の声」と「物音」に分類し、後者の「物音」では笛や太鼓の音・波や風の自然の音などを取り上げて考えていきたい。

◇人・動物の声

1、よきつちもゑいとうといへもち月夜　（『鷹筑波』一三二〇）

右の『鷹筑波』の句には、上から読んでも下から読んでも同じということばの遊びが隠されている。「ゑいとう」は「えいとうといえ」とあるので人が感動して発する語と捉える。一方「えいとうえいとう」は『江戸宮笥』に、

2、さあ起やえいとう〳〵荻薄　（『江戸宮笥』二六一）

とあり、『俚言集覧』では「えいとう〳〵」の項に、

往来の衆多を云　昔上野東叡山に花見の有し頃或人の句
上を下へエイトウ山の花見かな

と記される。「エイトウ山」は、「東叡」の字順を逆にして「エイトウ」ともじり、花見客が多い東叡山のことを意味するが、2の『江戸宮笥』の句では人が多いことを意味するのではなく、掛声として用いられる。同じく掛声を表す語に次の「ゑいやゑいや」がある。

3、君の御幸に群集する袖
跡よりもゑいや〳〵とをしほ山　（『鷹筑波』一一二三）

「をしほ山」と「押す」を掛け、「ゑいやゑいや」と掛声を掛けながら人々が集まる様を描写する。用例には『太平記』（一四　将軍御進発大渡・山崎等合戦事　一四C後）に「堀立タル柱ヲヱイヤ〳〵ト引クニ」とあり、謡曲「国栖」には「嬉しや力をえいやえいと舟を引き起こし」とある。また、『合類節用集』（巻八下）には「曳哉々々《ヱイサ〳〵》（左傍訓エイヤ〳〵）〈引レ木ヲ言〉」と収録が見え、『俚言集覧』には「〔倭字通例書〕エイヤ〳〵曳哉々々注物を引音又ヱイサラヱイ、愚按、自然の音也字を當るは非」の記事が見える。

4、①おさえてはいけて座れぬ戀無常　（『西鶴五百韻』四二）
　　肌をふれたる蚤をとつこい

右の句の「どっこい」は『西鶴連句注釈』（前田金五郎　二〇〇三年　勉誠出版）に「相手の言動などを、さえぎり止める時に発する語」とあり、蚤が肌に触れようとするときに発することばである。

②春の夜の自然《シゼン》の時はやはらにて
　　とつこい〳〵鳥の囀り　（『西鶴五百韻』四〇四）

②は、ありったけの力で鳴く鳥の声をいい、①の四二番の句とは少し意味が異なる。

5、①青柳のいと巻までも打わらい
　　かゝ〳〵なれや道のべのすゑ　（『守武千句』八六）

「かかかか」は、高らかに笑うさまを聴覚的に象徴し、漢語「呵呵大笑」に通じるものである。「かか」は今昔物語集・中古散文・抄物に用例があるが「かかかか」は見えない。右の「かかかか」は擬声語であるが、語形が同じでも次の句では、

②秋の哀れもそふや諷誦文
　　かゝ〳〵とすむ大寺の場の月　（『正章千句』三一九）

と、月が明るく照らすさまを描写し、両句の「かかかか」には擬声語と擬態語の差異がある。

6、秋の水爰はいづくぞ瀧の口

ぎゃあ〱の露釈迦の夕声　（『當流籠抜』一二四）

「ぎゃあぎゃあ」は『日本国語大辞典』（以下第二版）では、「ぎゃあ」の語釈に「ひどい苦しみあるいは驚き、恐れのために思わず発する声。鳥などのやかましい鳴き声…」などとあり、そこに示された初出例より当該句の方が早い。

7、汁をしてヒトクと鳴くや鶯奈　（『塵塚誹諧集』二八六）

「ヒトク」は『古今和歌集』の「むめの花みにこそきつれ鶯のひとくひとくといとひしもをる」（一〇一一）を典拠とする。『塵塚誹諧集』の句は、「仲間と組んで一儲けをしたところに、人が来ると鳴いている」意と捉え、「人来」と鶯の鳴き声を掛けた表現法を用いる。馬淵和夫氏は「ひとく」について、

まことに巧妙な解釈を下されたのは、亀井孝さんで、これはうぐいすが「ぴいちく」と鳴いているのを映したのだとされた。つまり、うぐいすに限らず、一般に鳥の鳴き声をわれわれは「ぴいちく」だと思っているのだが、その写音の特徴は「ｐｔｋ」の子音のかさなりにある。…（略）…橋本博士の昔の「ヒ」の音がɸであったとするならば、fitoku であって「ｐｔｋ」にごく近くなる。あるいは、「ひとく」の「ひ」は「ぴ」のつもりで使ったのかも知れない。(6)

と述べる。また、赤羽学氏は「俳諧・俳文の語彙」で、前掲の『古今集』の「ひとく」について「元来鶯の鳴き声であった「ひとく」を、作者が「人来」に取りなした所に俳諧性があったものと思われる。」と記し、「ひとく」は当時として、それ程珍しい言葉ではなく、『大和物語』一七三段や『仁和御集』に見え、後に『続古今集』に採られた、光孝天皇の歌に例があると指摘する。(7)鶯の鳴き声には、このほかに『鷹筑波』では「ほう法花経」（三一七）

「ひいほうはう」（六二五）と表現し、『守武千句』では、

8、鶯のこゑやふたつにきこゆらん
花の木ずゑのほうほひよどり　（『守武千句』八一〇）

と詠む句があり、注に、「ほうほひよ」は「鶯の幼い鳴き声。鵯に掛ける。」と記される。また、郭公の鳴き声を模写する語には「本尊かけたか」（『鷹筑波』一五九六）「本尊かけよ」（『鷹筑波』五三二）「ほぞんかけたか」（『塵塚誹諧集』一六二）が見え、前掲の『雅語音声考』の「鳥獣虫の声をうつせる言」の「ホゾンカケタカ」には「今ノ俗」と記述が見える。

○郭公ノホト、キ〈今ノ俗ホゾンカケタカ。又テツペンカケタカナド云ヲバ。古人ハホツトツホト、キト歟。
ホツトツトキトキト歟キケル也…〉

9、口の中阿尓摩尓摩々祢《アニマニマ、ネ》蟬鳴て　（『七百五十韻』三八五）

前句には「幽霊晛へ螢きへゆく」（三八四）とあり、右の句の付句には「金光寺の金光坊の木末木々末」（三八六）とあることから、蟬の声を経文と捉え「阿尓摩尓摩々祢《アニマニマ、ネ》」から「金光寺」と付けたと推量する。このような漢字の表音用法を用いる表記法は、『鷹筑波』（巻第三）に、

10、義之〳〵と身を石すりや瀬々の鮎　（『鷹筑波』一八四五）

と、「ぎし〳〵」を漢字表記する例が見える。これは、石をする音の模写にとどまらず、「石すり」から「王羲之」に掛ける用法である。雁の鳴き声では、

11、①つはさをやかり〳〵はつとわたるこゑ　（『塵塚誹諧集』一〇三）
②はらりと消し四方山の雪
羽の音やかり〳〵はつと帰るらん　（『正章千句』三七九）

と「かりかり」と詠み、「かり」に「仮」を掛け、四方山の雪も消え春になり、仮の栖から雁が鳴きながら帰っていく情景を表す。『後撰集』に「ゆきかへりここもかしこも旅なれや　くる秋ごとにかり〳〵と鳴く」（秋下　三六二）と用例が見え、片桐洋一氏の注に雁が「仮の住かだ、仮の住かだ」と鳴くとある。

◇物音

12、ちりやたらりだう〳〵たらり花の瀧　（『鷹筑波』三四八二）

大坪氏の川柳『誹諷柳樽』の調査では、九音節語に「とう〳〵たらりとう」（一〇篇）を挙げ、

合成語は、〈俳諧〉には一語もない。合成語は長くなりがちであるから、〈俳諧〉のような短詩で敬遠されるのは当然であろう。　（注（1）の書三〇九頁）

と述べ、「鼓の音か」とある。(8) 謡曲「翁」には「とうとうたらり、たらりら・たらりあがりららりとう、ちりやたらりたらりら、たらりあがりららりとう」と見える。よって『鷹筑波』『誹諷柳樽』とも、「翁」の中の一部を採ったものである。この『誹諷柳樽』より長い一二拍の語が『鷹筑波』の句に見え、五音句と七音句にわたって用いられる。『鷹筑波』（三四八二）では、笛や鼓の音とみて、花が舞い落ちる姿を詠むと考えられる。因みに『守武千句』（八二四）には「はなはたらりら」とあり、ここは花ではなく「洟」がたれているさまを詠む。

13、うちかすめたる鞨鼓《カッコ》おもしろ
長閑にもひゆあやらゝとらと笛吹て　（『正章千句』一五一）

右の句では鞨鼓と笛の音を対比させ、長閑な笛の音色を詠む。『江戸宮笥』には、

14、ホツハヒひやら翁さひけり　（『江戸宮笥』四五〇）

と詠む句があり、「ホツハヒひやら」は狂言「鬼のまゝ子」に「ほつはいうろ」と用例が見え、注に笛の口拍子とある。

15、貴き智者のとけるもんぼう
しやうりやうふれうと笛を吹なり　（『鷹筑波』九七六）

笛の音を表現するのに、「しやうりやう」に「聖霊」を掛け、智者の説く聞法を悟ることができないことをいうのか。『色葉字類抄』には「不覺《フカク》人情部…不了《フレウ》同」と収録が見える。

16、①さぎちやうやどんど丶わらふはやし物　（『塵塚誹諧集』二八五）
②石垣につむ岩のおほきさ
米船のどんど丶いれる湊口　（『紅梅千句』六八五）

「どんど」は辞書に収録はないが、①は囃子物の激しい音の表現であり、②の句では『貞徳紅梅千句』（飯田正一編）に「どんど」は「水が音をたてて流れるさま。ここは波音」とある。

17、袖寒し浜恷の音はざざんざあ　（『塵塚誹諧集』七六五）

狂言「素袍落」に「さても〳〵これは酔《ゑ》うたさうな。面白《おもしろ》いことぢや。ちと道々唄《みち〳〵うた》うて参《まゐ》らう。ざゝんざあ、濱《はま》松《まつ》の音《おと》はざゝんざあ」という一節があり、『世話用文章』（中）はこれを典拠とし、「颯々《ざざんざの》上《ニ》而吾等《われらも》藝の内扣可レ申候」とある。同書の頭注に「颯々《ざざんざ》　風のふく声也はま松の音は颯々《ざざんざ》といふ小うたに酒もりにうたふより酒もりの通号となれり」と記す。

以上擬声語五四語（漢語音象語を含む）の中で、ここに例を挙げたのはごく一部であるが、その中には、古典的用法と結びついている語・音声の模写だけにとどまらず「かりかり」「義之義之」のような掛詞の用法である語・語形が同じでも擬声語と擬態語の相違がある「かかかか」のような語などがある。

（二）擬態語

ここでは、人の感情や物の状態を表す時に、音声を伴わずに視覚的・触覚的に表現する象徴語、または人の心情を表す語を取り上げて説明を加えていくことにする。

◇人の様・動作・心情

18、雷《イカツチ》ぶしのらうさいをやる

うかれ男身骨もなえてうつけりと　（『軒端の独活』六三五）

『古典俳文学大系』の乾裕幸氏の注には、前句「弄斎節」を「労擦（気鬱病）にとりなす」とあり、ぼんやりして力が抜けた状態を「うつけり」と詠む。ぼんやりとした状態をあらわす語では、「うつかりと待日ながらの山道に」（『紅梅千句』七五一）と詠まれる「うっかり」がある。

19、先三番三をはしめいへ

あいた所へてうとまいつてくつすりと　（『西鶴五百韻』二七三）

「歌舞伎三番叟の幕があいた所へ丁度来た」の意と捉え、「くっすり」は「こっそり」の意と解する。同じく西鶴編の延宝七年（一六七九）の奥書がある『飛梅千句』（賦何三字）には「月とおもふ花請出してもつ斗　かぶろの胡蝶も根からくっすり　薄霞仮粧の髪もぬけ申す」と詠む句が見える。この例句では「こっそりと」ではなく、「残らずごっそり」の意だろう。

20、薄の穂かげかゝむ落武者《ヲチ》

袖は露目にはうろ〳〵泪にて　（『紅梅千句』六六三）

嘆き悲しみ、途方にくれて流す涙を「うろうろ泪」と詠む。「涙」と「うろうろ」を詠み合わせる句では、

・はや衣々にうろ〳〵涙　（『時勢粧』今様姿第六　六五七六）

・たる涙㒵はうろ〳〵うす霞　（『蛇之助五百』独吟　二七九）

などと、『其便』（一四二）『蕉門名家句集』（三五七）にも見える。しかし、その後、『古典俳文学大系』所収の句で

は涙と共に詠むのではなく、さまよう様子を表現するのに用いるようになる。

・うろ〳〵と扶持に離し鷹の影　（『笈日記』歌仙　三五七）

・うろ〳〵とひざまづきたる木葉哉　（『蕉門名家句集』二一）

これら以外にも、『後の旅』（一二四）『いぬ桜』（六六）『其角十七回』（一〇九八）『一茶発句』（一九一〇・一九二七）『株番』（二九七）などにも見えるが、涙と併用するのではない。

21、たゞしくも行ふ仁義禮智信

おぢ〳〵道を通る草かり　（『鷹筑波』一二九六）

恐れる様子を「おぢ〳〵」という。虎明本狂言「おはが酒」には、ト書に「と云て、おぢ〳〵みて、おいをみ付」と見える。

22、武士のもつや長刀香薷散

いくさはきう〳〵魚鱗霍乱　（『塵塚誹諧集』一四三九）

大勢の人が押し合いながら戦う状態を「きうきう」という。『古今著聞集』（一六・五二三）では「きう〳〵とわらひて候けり」とけらけらと笑い声をたてるさまを表す用例が見え、当該句とは用法に違いがうかがえる。

23、人にいふおもひならねは仙術を

女の脛《ハギ》のしらりとは見ず　（『宗因七百韻』六三九）

「しらり」は「見ないふりをする」の意か。用例には『宗湛日記』（天正一五年（一五八七）一〇月二二日晝）に「土の心はよし上薬は薄くしらりと青め也」と見え、また『懐子』（巻七冬）に「橋板やふらぬ霜ふむ夕涼み　しら〳〵としらりとうそや月の雪」とある。前者は、白っぽいさまを表すと捉え、後者は「白々」と「平気なさま」の意を併せ持つと捉える。

24、入逢のかねかけも残らす
たが〳〵と道いそく也大晦日　（『宗因七百韻』五九八）

「たがたが」は忙しそうなさまを表す語である。「かね」は鐘と金の掛詞であり、金の工面をするために忙しそうに歩く大晦日の様を詠んだと解する。歩く姿を表現する語には「よろ〳〵とつくうば竹のつえ」（『塵塚俳諧集』一一四五）「よろ〳〵と酔て伏みの里がよひ」（『塵塚俳諧集』一三一〇）などがあるが、これらは足もとの確かでないさまをいう。

25、ふりもふつたるふりのよき袖
若衆の茶湯をちゃくりちゃと出して　（『鷹筑波』二二四七）

「ちゃ」に「茶」を掛け、茶湯を手早く出したと詠む。『日本国語大辞典』ではこの句が初出例である。

26、①さんしやう事にむせわたらばや
かうぶりのす物がたりのつれ〴〵に　（『守武千句』六五七）
②祖父は墻《カキ》のしりへにそたつ
つれ〳〵と隠居所の花守て　（『正章千句』三三一二）

「つれづれ」に後接する助詞「と」「に」について、大坪氏の注（1）の書（二九三頁）には、

『万葉集』では、トを取るものよりニを取るものが多いが、『古今集』以後、その勢力が逆転し、時代と共にその差が大きくなって来る。ニよりトへの変化は、擬声語が擬声語らしくなって来たということであろう。

と記されている。①は素物語が長々と続く状態を表し、②はしみじみと花を見て退屈さをしのぐさまを表す。このように②では心の空虚さを感じ取れるが、①の「に」が後接する場合には、情感が込められていなくて、音象徴語らしくない普通の言葉に近い語の印象を受け、感覚的表現でないことは確かである。

27、二条の家に生れ月影
　でつかりとかさね畳にをしなをり　（『紅梅千句』二八七）
辞書類には収録が見られないが、飯田正一氏は「でっかり」を「どっかり」の意とし、「どっかりと重ね畳に坐っているというので、二条家の権威も匂わせたか」と注釈を施す。

28、①あかがりはいづくをさして帰るらん
　ちろり〳〵とあゆむ道の邊　（『鷹筑波』一九五四）
「ちろり」は「ちらり」の音韻変化した語である。①の句は、遠くに見える明かりが見え隠れするさまを詠み、ゆっくり歩くさまを含ませたか。同語でも次の句では自然の情景を描写する。

　②さくら花なと光陰をしらさらん
　　春こそちろりちろり也けれ　（『守武千句』八七八）
桜の花が一瞬に散ってしまうように、春もすぐに過ぎ去っていくことを表現し、①とは意味用法に相違がある。『閑吟集』に「世間《よのなか》はちろりに過《すぐ》る、ちろり〳〵」と見え、世の中が忽ち変化していくことを表す用法がある。

29、恋てふものは誰に手ならひ
　唐やうはちんふんりんのふり心　（『宗因七百韻』五三）
「ちんふんりん」は「ちんぷんかん」をもじったものだろう。「ふり心」を導き出すために「ちんふんりん」としたと捉える。

30、四條五條にほこりこそたて
　ばたくさとすきや畳の面がへ　（『鷹筑波』三八五二）
「ばたくさ」には「あわただしく事を行う」意があり、ばたばたとあわただしく畳の表替えをすると詠む。

31、蒸竹のよ捨し袖もふしなやみ
　色づく蓼のみそ〳〵となる　（『紅梅千句』四四六）

右の句では蓼が伏し乱れるように思い悩む様子を「みそみそ」と表現する。『沙石集』（巻七）では「アラユル蛇、一口ツ、カミテミソ〳〵トカミナシテ」と見え、細かく嚙み砕くことを意味する。

32、①松一木ぬるい誹諧聞て居る
　のんどりとしも靏をみる袖　（『七百五十韻』五〇六）
②梅津の邊におほき春草
　のんどりと神垣ひろき宮どころ　（『紅梅千句』八五一）

『玉塵抄』（三）に「雪ノキエテノンドリトナッタコトゾ」と用例が見える。①は、のんびりと鶴を見るさまを表し、②では、境内がゆったりと広くのどかであると詠む。

33、板木ふしおこす源氏のうつくしさ
　みるりと見ゆるうし若の影　（『紅梅千句』六九八）

「みるり」は「みずみずしい」という意を持ち、光源氏から牛若丸を付け、牛若丸の美しさを象徴する語と捉える。

34、舟頭の多くみゆるや船の中
　風にわた〳〵ふるひこそすれ　（『鷹筑波』七一六）

風にぶるぶる震え恐れる状態を「わだわだ」と描写する。『狭衣物語』（巻三下）には「わだわだとわななかれ、頓にも動かれ給はざりけり」と見える。

35、物讀に邪魔《ジャマ》の衣を擣《ウチ》すさむ

千聲萬聲わちゃくちゃ〳〵　（『當流籠抜』二六六）

「わちゃくちゃわちゃくちゃ」はとめどもなくよくしゃべるさまを表現する用語である。『日本国語大辞典』では当該句を初出例とし、『常陸帯』『世話用文章』には「和茶苦茶」と収録がある。

◇鳥の動作

36、かへる古郷の哥そ春めく
　はんがりと啼を霞にうちあふぎ　（『紅梅千句』五二三）

「はんがり」は辞書に収録がないが、飯田正一氏は「「はんなり」のもじりか」「「はんなり」と帰る鴈（はんがりのかりに鴈をかける）」と注釈を施す。

◇自然の情景

37、天神かこゐはしだての月
　初しほに浪のうね〳〵二ツ紋　（『西鶴五百韻』七五）

「うねうね」は畑のうねのように高くなったり低くなったりして続いている状態をいう。謡曲「草子洗」に「蒔かなくに何を種とて浮き草の、波のうねうね生ひ繁るらん」と用例が見え、波が限りなく打ち寄せるさまを描写する。

38、①出てから矢庭に入な月の弓
　水と空の月はぎんかり二つ哉　（『鷹筑波』八二二）
②運上のくたもの共の年ぎりに
　ゆびさす月のかけはぎんがり　（『鷹筑波』二三四）

前掲5の②では、「か、〳〵とすむ大寺の場の月」（『正章千句』三一九）と月が明るく照らすさまを「かかかか」

と表現する句を提示した。この「かかかか」には光の強さがあらわれているが、「ぎんかり」は同じ月の光でもきらきらと静かに光り輝くさまを感じさせる。『反故集』『世話用文章』には「銀許《ギンガリ》」と見える。

39、荒《アラ》行をするかとすれはふるひつき
　ぐれり〳〵と曇る嶺々　（『正章千句』四一二）

峰々が次々に曇っていく様子を「ぐれりぐれり」と描写する。『日本国語大辞典』ではこの句を初出例とする。

40、ほたるひかめく竹藪のうち
　げじ〳〵と霧の雫はきえ果て　（『塵塚誹諧集』一四九八）

「げじげじ」には嫌われ者・憎まれ者などの意味があり、霧が消えて蛍のはかない光を見ることが出来たと詠んだのだろう。

41、いつち鹿子の逃ていぬらむ
　野はしらり〳〵と明る五月闇　（『正章千句』九四三）

「しらり」については23で「知らないふりをする。平気なさま。」の意味があることを既述した。「しらりしらり」は辞書に収録がないが、この句では「夜が明けて空が白んでくるさま」を詠む。

42、かた一つにているかずの釜
　しろりくろりとみゆる川づら　（『鷹筑波』八九一）

川面が白く見えたり黒く見えたりする状態を詠むのだろうか。「しろりくろり」は辞書に収録がない。

43、枝をひかばちりりんてんや枇杷の花　（『鷹筑波』三一九六）

「ひかば」から連想して三味線の音と「散る」を掛けて、花が残らず散ってしまったことを「ちりりんてん」と詠んだのだろう。

44、此哥朝夕みれはこそあれ
ふらひ〳〵頭《ヅ》をふる花のふゝきよの　（『宗因七百韻』七七）

吹雪でふらふら揺れる花の情景を「ふらひふらひ」と詠み、「ふらりふらり」と同意と捉える。

45、みんづりと見ゆる若木やはたち花　（『紅梅千句』四〇一）

「はたち花」は「はたち」と「橘」の掛詞。「みんづり」は「みず〳〵しい」意。生き生きとした若木の形容に用いる。類似語に前掲33の人の美しさを表現する「みるり」がある。

46、ふるきざうりをすつる猿楽
にた〳〵山のかずの多さよ　（『鷹筑波』一二八七）

47、みかの原むらり〳〵と雲わきて　（『鷹筑波』一二八八）

46の「似田山」は本物に似ているが品質の悪いさまや物をいい、通人でもないのにいきがっている人のことも意味する。一二八八番は46の「にた山」から「みかの原」を付け、『新古今和歌集』九九六番の「みかのはらわきてながるゝいづみ川いつみきとてか恋しかるらん」を典拠とし、「むらりむらり」は女性への恋心の高まりを、ゆっくり雲が立ち上るさまに譬えたのだろうか。

48、すゞの子は竹の一寸ぼうしかな
吹風やゆり〳〵こぼす花の露　（『塵塚誹諧集』四〇三）

花の縁語「百合」と「揺り」を掛けて、風に揺られてこぼれ落ちる露の情景を「ゆりゆり」と詠む。

◇物の状態・程度

49、猴《マシ》啼て胸どき〳〵と〳〵
こつつり下戸の住捨し菴　（『軒端の独活』三六三）

「こっつり」には「堅いものがぶつかって立てる音。少しばかり。ぽっちり。」の意がある。「少し下戸」と解釈するのだろうか。それとも「こっそり」の意か。

50、くふまじや珍《メヅラ》しくとも雑喉《ザコ》の鮨《スシ》
　卒度《ソツ》ばかりも辛き蓼の穂　（『紅梅千句』六四〇）

「卒度《ソツト》」には「少しばかり」の意がある。『運歩色葉集』には「卒度《ソツト》」、『易林本節用集』「率度《ソツト》」、『合類節用集』「卒度《ソツト》」〈曰レ少ヲ〉、『書言字考節用集』「卒度《ソツト》」の収録が見える。『文明本節用集』には「卒度《ソツト》〈又作卒土〉」とあるが、「卒土」は「卒度」と『孟子』（万章章句上）に見える「地の続く限り」を意味する「率土」が混合した表記である。用例には『周易抄』（天正一三～一九年（一五八五～九一）成）に「爰ハ始テ初心ナ程ニ大鳥ノ飛様ニ百里モ二百里モ飛叓ハナラヌソ卒度ツ、飛カヨイソ」（三六　38オ）とあり、『言継卿記』第一（天文一三年（一五四四）二月一四日）では「と」の借字に「與」を当てる。

このような漢字と振り仮名による表記については、玉村文郎氏が「ここにいう音象徴語は、いわゆる擬音語・擬態語の類の総称である」といい、『青春』の音象徴語には、「湿《しっと》り」「空《うつ》とり」などの「漢字プラス平仮名り」表記、あるいは漢字に振り仮名を付す複表記が多いことを述べる。[9] 近世初期俳諧の音象徴語の調査では、漢字と振り仮名による表記は、この「卒度《ソツ》」一例しか見出せなかった。

51、しぎりみつちやの哥の父母
　とつともと敷銭の文字も定らなんた　（『當流籠抜』二五七）

『日本国語大辞典』には「とっと」を強めたいい方とある。『狂言記』には「釜といふ物は家々にある物でござる、それを掘り出したと言ふて、とつとも申ますまひ、是は無用でござる」（『狂言記拾遺』巻二　鬮罪人）と用例が見える。

以上、これまでにいくつかの語を取り上げて考察を重ねてきた結果、俳諧では、伝統的な律文とは異なり、既成のことばにこだわらない自由な表現を用いる特殊な一面がある。『日本国語大辞典』の挙例において、近世初期俳諧が初出例とされる語には、例えば「ぎんがり」「ぎゃあぎゃあ」「ぐれりぐれり」「ちゃくりちゃ」「でっかり」「ばたくさ」「みるり」「むしむし」「むらりむらり」「わちゃくちゃわちゃくちゃ」や『日本国語大辞典』の初出例より近世初期の俳諧集の方が早い語には「こっつり」「むしゃくしゃ」などがある。また『日本国語大辞典』『江戸時代語辞典』（潁原退蔵著・尾形仂編　二〇〇八年　角川学芸出版）に収録されない語には、「うっけり」「ちりりんん」「はんがり」「ふらひふらひ」などがある。これらの語は、古い用例を探し出す余地は残されているが、俳諧において創作された可能性は考えられる。新しい語以外にも、古典的用法を踏まえた語と共に、音象徴語は、字数の制約がある短詩型の中で、理路整然と説明をしなくても、作者独自の発想により、その場に応じた的確な言葉を駆使して、読者に音声や物事の状態を伝達する重要な役目を担っている。

三　漢語の音象徴語

音象徴語の中には、漢語系の音象徴語がある。それらを仮名表記と漢字表記に分類し、さらに拍数・型式別に語を提示することにしたい。また若干の語を取り上げて、その意味用法を検討していくことにする。

三－一　漢語の仮名書き音象徴語

〔　〕内には、対応すると考えられる漢字を記す。

㈠擬声語（延三語　異なり二語）

◇貞門
・四拍【単純反復型】（物音）さつさつ〔颯々〕（『鷹筑波』二一三八）
◇談林
・四拍【単純反復型】（物音）さつさつ〔颯々〕（『宗因七百韻』五七三）
52、「さつさつ」〔颯々〕
①二本の杉なの中の土筆
さつ〳〵の聲をうたふ酒盛　（『鷹筑波』二一三八）
②さげ髪の末を心に念願し
さつ〳〵の袖振ル鈴の音　（『宗因七百韻』五七三）
①は風の吹く音を表し、②は鈴の音を表す。
『志不可起』（巻六上）には「風ノ音ナトハ颯々《さつ〳〵》也又物ノ気味ヨキハ察々《さつ〳〵》ナラン…」とある。
53、「ちやうちやう」〔喋々・丁々〕
ちやう〳〵ときこえてとまることもなし　（『守武千句』五九七）
飯田正一氏の『守武千句注』では「ちやうちやう」について、「丁々ど」と「帳々と」の掛詞とし、前句「くはんしんちやうをよみ人しらす」から、勧進帳を読む声が「しきりに帳々と聞こえるだけ」と記される。しかし、勧進帳をしきりに読み続ける声とし、「喋々」「丁々」が適応するのではないだろうか。
・此尼持仏堂にて、かねをあまたたびちやう〳〵と物さわがしげにうちて、（『古今著聞集』巻一六・五五一）
・鐘をつくやうにつるうちちやうちやうどして、おほにはへぞ走り出でける
（『義経記』四・土佐坊義経の射手に上る事）

右の前者の例では、鐘の音を表し、何度も何度も打つ様を描写することからは、53の句意にも通じる用法である。後者では弓の張り具合を試す弦の音が鐘をつくようであるといい、物音を表現することばとして用いられる。

㈡擬態語（一二語）

◇貞門

・四拍【単純反復型】らくらく（『塵塚誹諧集』一三八八）　ばうばう（『正章千句』六九〇）　もうもう（『守武千句』七六八）　こふこふ（『塵塚誹諧集』六九四）　てんてん（『鷹筑波』五一三）　ばくばく（『鷹筑波』二七〇七）　ふんふん（『鷹筑波』三四五）　へうへう（『鷹筑波』二四二一）　れきれき（『鷹筑波』三一三二）

◇談林

・四拍【単純反復型】べんべん（『江戸八百韻』六二三）　くうくう（『軒端の独活』六〇九）

・八拍【複合反復型】くふくふじゃくじゃく（『西鶴五百韻』一四三）

右の一二語中いくつかの例を次に呈示しておくことにする。

54、「こふこふ」〔煌々〕

あし毛馬に鳥毛のよろひ打かけて

布幕にすみこふ〳〵と紋付て（『塵塚誹諧集』六九四）

55、「てんてん」〔転々〕

座頭の坊ひたと平家や習ふらん

瀧の音は絶てん〳〵の世の中に（『鷹筑波』五一三）

56、「れきれき」〔歴々〕

御座敷はれき〳〵とある右左（『鷹筑波』三一三三）

57、「べんべん」〔便々〕

咄し数奇鴬とんてべん〳〵と　（『江戸八百韻』六二三）

58、「くふ〳〵じやく〳〵」〔空々寂々〕

ふくと汁くふ〳〵じやく〳〵腹心　（『西鶴五百韻』一四三）

58の「くふ〳〵じやく〳〵」は、仏教語であり、漢語「空寂」を強めた語である。この句では無心にふくと汁を食べる様を表し、「くふ」は「空」と「食う」の掛詞とするために仮名書きとする。54の「こふこふ」は、光の表現ではなく「はっきりと」の意と捉え、漢字に当てるなら明らかの意を持つ「煌々」だろう。また、55では世の中が次々と移り変わりゆくさまを表すと捉え、「転々」の漢字が対応するとした。56では座敷が右左に整然と並ぶ様子を詠んだものと捉え、57の「べんべん」は、咄し数寄が長々と話をする様相を詠んだのだろう。

以上のように、漢語の仮名書き一二語中、54から58の五例しか例句を挙げていないが、提示しなかった七例では、次のような漢字が対応すると考えられる。

らくらく〔楽々〕　ばうばう〔茫々〕　もうもう〔朦々〕　ばくばく〔莫々〕　ふんふん〔芬々〕　へうへう〔飄々〕

くうくう〔空々〕

また、例文に挙げた五句の中で、58以外の四例は同語で漢字表記される例がある。次にそれらを含め漢字表記の漢語音象徴語について述べることにしたい。

三－二　漢字表記の音象徴語

漢字表記の音象徴語は談林俳諧のみに見え、貞門俳諧にはあらわれない。漢語系音象徴語の漢字表記の語と共に、語形が同じで漢字・仮名表記の両者がある用例についてもここに提示し、意味用法を検討していきたい。

（一）擬音語（一語）

・四拍【単純反復型（漢字畳語）】（物音）丁々

59、「丁々」

①伐木の髪の毛抜ィて丁々と　（『軒端の独活』三九三）

②ちやう〳〵ときこえてとまることもなし　（『守武千句』五九七）

謡曲「山姥」の「伐木丁々どして、山さらに幽なり」を典拠とし、樹木を連続して打つ音の響き渡る様を表す。ヨミは「ちょうちょう」とも読めるが、校注者は「たうたう」と振り仮名を付す。

（二）擬態語（九語）

・四拍【単純反復型（漢字畳語）】暗々　峨々　胶《カウ》々　深々　渺ゥ々　歴々　転々

【□＋然】茫然　浩然

60、「胶《カウ》々」

とこしなへ爪《ツメ》の燭火胶《カウ》々と　（『軒端の独活』四二一）

「胶」は「交」と同じで、光の形容には用いない文字である。ここは「皎」（または「晈」）として用いられ、ほのかな光ではあるが、白い光が明るく照らす情景を表現する。月の光を表す語では用例5の②の「かかかか」や38の「ぎんがり」がある。前者では大寺の庭をかっかと強く照らす様を、後者ではきらきらと光り輝く様を詠み、これら「胶《カウ》々」を含む三種の光を表す用語は、それぞれの場に即した表現法を採用しているといえる。また、前掲の例文54の仮名書き語での「こふこふ」は光の表現ではなく、当該句とは異義語である。

61、「転々」

練薬をそれ佛法にときたまふ

五重轉々《テン》印籠に有リ　（『江戸八百韻』五七二）

この句は印籠に薬を入れて、仏法を説き歩くことをいうのか。56の「てんてん」は世の中が移り変わるさまを詠み、両者は次々と移りゆくさまを表し同意と捉えられる。

62、「歴々」

風歴々ト摩詰《マキツ》が芭蕉庭に破れ　（『軒端の独活』五二一）

謡曲「芭蕉」に、王維（摩詰）の「袁安臥雪図」の故事を語る場面がある。これを典拠とし、冬には枯れ尽す、ありもしない雪中の芭蕉を、ありありと見えるように描いたことを「歴々」と表現する。

63、花茫然ン侍　児扶《ヲモトヒトタスケ》　起す玉ク蒲團　（『軒端の独活』五四九）

白居易の長恨歌「侍児扶起嬌無力」（侍児扶け起せば嬌として力無し）を典拠とする。王維「偶然作六首」には「楚國有狂夫茫然無心想」（楚の国に狂夫ありける　茫然として心想無なり）と、無念無想の状態を「茫然」と詠む詩がある。

64、錬薬《ネリヤク》や浩然《コウゼン》の気がつきたとて　（『七百五十韻』一三一）

孟子の公孫丑章句から「我善養二吾浩然之氣一敢問、何謂二浩然之氣一。」（我善く吾が浩然の気を養う　敢て問う、何をか浩然之氣という。）を典拠とする。この公孫丑の問いに対して、孟子は「その気というのは、この上なく大きく、この上なく強いもの」と答える。

以上のように、漢字表記の音象徴語では、漢字畳字や「□」＋「然」「焉」「乎」「爾」を中心に調査を試みたが、「焉」「乎」「爾」の使用は見えず、漢字畳字が八語（擬声語一例・擬態語七例）と「然」が付く語二語を掲出するにとどまった。

西崎亨氏は、漢語の音象徴語について『今昔物語集』に見える「ギャン・キャン（狗の鳴き声）」「コンコン（狐の鳴き声）」「ドン・トン（板敷きに落ちた音）」と漢語表記との関係などを述べ、漢語系音象徴語の研究は決して多くはないと指摘されている。[10]同じ漢語でも、「中国とわが国での意味用法に違いがないか」「漢字の異字二字における音象徴語について」などは今後の検討課題としたい。

おわりに

以上近世初期俳諧の音象徴語について検討を重ねてきた結果、

㈠用語の中には、抄物・謡曲・狂言を典拠とする語が多い。

㈡資料とした俳諧集より前の例を見出せない語が用いられる。

などの特徴が見える。

また、大坪氏の俳諧七部集を中心にした（以下俳諧七部集と略す）調査結果と比較すると、次のような相違点が認められた。

㈢俳諧七部集より、近世初期の貞門と談林の俳諧の方が音象徴語を多用する。

㈣俳諧七部集では七拍以上の音象徴語は見られないが、近世初期の貞門と談林の俳諧では七拍・八拍・一二拍の語がある。

㈤近世初期の貞門と談林の俳諧では、「卒度《ソツ》」のように漢字と振り仮名で表記する例や、「義之義之」のように漢字で表記することにより、掛詞とする工夫などが見える。

これらの俳諧七部集との差異に対して、多拍語や大坪氏のいう合成型が見える点では、川柳と共通する特徴を持つのが、近世初期の貞門と談林の俳諧であり、蕉風以外の近世の俳諧を見逃すことはできないだろう。今後、近世初期俳諧の国語学的研究は未開拓な部分が多いことから、さらに、表記・語彙の問題などを取り上げ、検討を重ねていきたいと考えている。

注

（1）大坪併治『擬声語の研究』一九八九年　明治書院／『大坪併治著作集』1・12　一九九二・二〇〇六年　風間書房
（2）小嶋孝三郎『現代文学とオノマトペ』一九七二年　桜楓社　三四頁
（3）「ちりやたらりだうだうたらり」を「ちりやたらり」と「だうだうたらり」に分けると五拍と七拍になるが、「ちりやたらりだうだうたらり」を一語とした。
（4）『擬声語の研究』巻末の付録「二　擬声語語彙表」の中古散文、今音物語・軍記物語・謡曲・狂言・抄物・キリシタン資料に収載がある語を参照した。
（5）鈴木朖『雅語音声考』享和元年（一八〇一）成立（小島俊夫・坪井美樹解説　一九七九年　勉誠社）
（6）馬淵和夫「なき声」『古典の窓』一九九六年　大修館書店
（7）赤羽学「俳諧・俳文の語彙」（佐藤喜代治編『講座日本語の語彙　第五巻　近世の語彙』一九八二年　明治書院）一二二頁
（8）「合成型」とは「単一型と単一型とを、または単一型と反復型とを組み合わせたものをいう。」とあり、「パチ・クリ→パチクリ、ガタ・ピシ→ガタピシ…」などの例が記される。（『擬声語の研究』四九頁）
（9）玉村文郎「風葉『青春』の用語と表記」（国語語彙史研究会編『国語語彙史の研究三二』二〇一三年　和泉書院）一―一六頁
（10）西崎亨「白キ狗ノ行ト哭ク―『色葉字類抄』重点部と漢語オノマトペの一斑―」（国語語彙史研究会編『国語語彙史の研究三〇』二〇一一年　和泉書院）一二九―一四四頁

調査資料

『王維』『白楽天』（『漢詩大系』第一〇・一二巻　一九八四年（一二刷）・一九六四年　集英社）／『義経記』（『新編日本古典文学全集』二〇〇〇年　小学館）／『大蔵虎明本狂言集の研究　本文篇』一九七三年　表現社／『狂言記』『後撰和歌集』（『新日本古典文学大系』一九九〇・一九九六年　岩波書店）／『狂言全集』一九一〇年再版　国民文庫刊行会／『古今和歌集』『古今著聞集』『新古今和歌集』『中世近世歌謡集』『萬葉集二』『謡曲集下』（以上『日本古典文学大系』一九五七～一九七六年　岩波書店）／『狭衣物語』（『日本古典全書』一九六五年　朝日新聞社）／『志不可起』『世話用文章』（『近世文学資料類従　参考文献編』7・9　一九七六年　勉誠社）／『慶長十年古活字本沙石集総索引―影印篇―』一九八〇年　勉誠社／『周易抄』（『京都大学国語国文資料叢書九』一九七八年　臨川書店）／『宗湛日記』一九二七年　書齋社／『増補大和言葉』『続無名抄』『常陸帯』『反故集』『懐子』（『近世文学資料類従　古俳諧編』47・10　一九七六・一九七三年　勉誠社）／『孟子』（『新釈漢文大系　第四巻』一九六二年　明治書院）／『毛詩抄』（『抄物資料集成　六巻』一九七一年　清文堂出版）／謡曲「翁」（『解註・謡曲全集　第一巻』一九三五年　中央公論社／『改訂増補俚言集覧』村田了阿編　一九二四年　近藤出版／『連歌俳諧集』（『日本古典文学全集』一九七四年　小学館）／『論語』（金谷治訳注　二〇一二年二四刷　岩波書店）／『時勢粧』『蛇之助五百韻』『軒端の独活』『塵塚誹諧集』『其便』『蕉門名家句集』『笈日記』『後の旅』『いぬ桜』『其角十七回』『一茶集』『株番』（以上『古典俳文学大系』一九七〇年～一九七二年　集英社）

結語

第二章では、『江戸八百韻』の「婀娜」「艶」「哆」、『當流籠抜』の「悶る」、『西鶴五百韻』の「日外」「性躰」「上夫衆」の漢字のヨミや用法、及び『紅梅千句』の「ふためく」が複合語「あわてふためく」へ推移する過程と、さらに、近世初期の一三俳諧集の音象徴語を取り上げて、考証を試みてきた。

第一節の「婀娜」「艶」を「ヤサシ」と読むことは、節用集に収録が見え、また、後の西鶴の浮世草子でも用いる例が見える。『江戸八百韻』のこれらの二語のヨミは、同じ「ヤサシ」でも使われる場面に違いがあり、漢字を使い分けることによって、それぞれの情景に適した表現法を採用しているとする。

第二節では、「悶」を「イキ（る）」と読む例は、文芸作品・辞書類において探すことは出来なかったが、古辞書を通して、「悶」が「いきる」のヨミに至った過程を明らかにすることができた。この漢字と振り仮名による表現法は、杉本つとむ氏の言葉を借りれば、「日本語に不足している部分を、漢字を素材におくことによって幅と奥行を持たせ」た用法であり（『西鶴語彙管見』一七九頁）、一語で二重の効果をねらう趣向を凝らした用法であるといえる。

第三節では、『江戸八百韻』に出現する「あつかい」に当てる漢字「哆」の用法について検証を行った。しかし、文献での証例を探すことに努めたが、求め得ることは出来なかった。『古文書辞典』に「あつかひ」の項の見出し字の一つに「哆」があるものの、その例文が登載されていないことには疑問が残る。当時の和訓として通行していなかったことは確かだろう。今後も検討して行く必要があると考えている。

第四節では、『西鶴五百韻』の用字の中で、有意的に熟語の一字を置き換える「性躰」「上夫」と、中国での本義と対応しない「いつぞや」のヨミとする「日外」を取り上げて考察を重ねた。これらは誤字ではなく、そこには、一語に二重の意味を持たせるための工夫など、斬新さを志向する意図を窺い知ることができる。

第五節では、『紅梅千句』に見える単純語「ふためく」が、明治期頃から日常語として衰退し、複合語の「あわてふためく」へ推移することを述べた。類似語「はためく」と比較してみると、「はためく」には雷の音・鳥の羽の音など音を伴う例が多く見られるのに対して、「ふためく」は慌てる情景を表すことが多いことから、両語の使い分けがあるとした。

第六節では、本書で資料とした一〇俳諧集に『鷹筑波』『塵塚誹諧集』『守武千句』の三作品集を加え、蕉風に入る前の近世初期の一三俳諧集から音象徴語を取り上げ考察することを試みた。大坪併治氏の俳諧七部集を中心にした音象徴語、及び川柳の音象徴語の研究結果と近世初期俳諧を比較してみると、俳諧七部集を中心にした音象徴語よりも、川柳の音象徴語との共通点があることが明らかになった。

以上ここで取り上げた語の中には、証例が見つからない語もある。「閊《イキ》る」「哆《アツカヒ》」や通常用いられる熟字「丈夫」の一字に当て字を用いる「上夫」などは、俳諧者の自由な発想による独自的な用法であり、俳諧特有の面白さや新しさが託されているのである。また、「いつぞや」に当てる「日外」は調査した結果、現段階では五山文学に見えるのが最も早く、近世初期の俳諧と五山文学との影響関係を看過することは出来ないだろう。

第三章　仮名遣いから見た近世初期俳諧集

——語頭に「お（オ）」「を（ヲ）」が付く語について——

導　言

第一章と第二章では、近世初期俳諧集の表記の研究において、漢字を中心とした問題を取り上げた。本章では、視点を転じて仮名遣いの観点から考察を加えていきたい。

本文中の仮名表記の語頭に「お」「を」が付く語と、振り仮名の語頭に「オ」「ヲ」が付く語を取り上げてみると、両者には同語において「お→ヲ」「を→オ」の相違があること、また、本文中の仮名表記の同一の語において、俳諧集による仮名遣いの相違・同じ俳諧集中での相違があることなど、仮名遣いが統一されているわけではない。

そこで、第一節では、蕉風に入る前の近世初期の俳諧を一つの文字領域として、本文中の語頭に「お」「を」が付く語と定家仮名遣を比較し、定家仮名遣を規範としているか、仮名遣いの実態に検討を加えることにする。俳諧は、和歌や連歌の線上に位置するけれども、雅語ではなく日常語が用いられ、定家仮名遣を規範とする前時代の律文とは、仮名遣いに相違があると考えられるからである。

第二節では、振り仮名の語頭に「オ」「ヲ」が付く語について、本文中の仮名表記語との比較と同時に、定家仮名遣・節用集と比較検討する。また、俳諧集による仮名遣いの差異はないか、それぞれの俳諧集の傾向を示すことを目的とする。

なお考察に際しては、語中語尾は問題とせず、本文中の仮名表記と振り仮名の語頭の「お（オ）」「を（ヲ）」のみに焦点をおき、定家仮名遣に準拠しているか、あるいは節用集と共通しているかなど、定家仮名遣を基にする仮名遣書、及び節用集を参照しながら、検討を進める。

仮名遣書は、『仮名文字遣』（天文二一年（一五五二）本）・『定家卿仮名遣』（文明本仮名文字遣所収）・不忍文庫旧蔵写本を底本とする『下官集』（以上『国語学大系　第六巻』一九八一年　国書刊行会）、並びに文明一一年（一四七九）本『仮名文字遣』（東大本『駒沢大学国語研究　資料第二』一九八〇年　汲古書院）、『仮名文字遣《かなもじづかい》』（天正六年写本・無刊記本）』（『古辞書研究資料叢刊　第一一巻』一九九六年　大空社）を参照し、本文中「定家仮名遣」と表現するのは、上記の五種の仮名遣書によるものである。今回テキストとする俳諧集は、歴史的仮名遣を主張する『和字正濫鈔』（元禄八年（一六九五）刊）刊行以前の一六四八年から一六八一年成立の一〇作品集であるので、『和字正濫鈔』を参照の対象からは除外した。また、節用集は『伊京集』〈伊〉・『明応五年本』〈明〉・『天正十八年本』〈天〉・『饅頭屋本』〈饅〉・『黒本本』〈黒〉・『易林本』〈易〉・『合類節用集』〈合〉の七種と適宜他の古辞書を使用する。

以下、本章中「仮名表記語」は本行に平仮名で書かれた語を表すものであり、また、『古典俳文学大系』での用例の検索には『古典俳文学大系ＣＤ－ＲＯＭ』を使用した。

第一節　本文中の語頭に「お」「を」が付く仮名表記語
――定家仮名遣を通して――

はじめに

近世の戯作における仮名遣いでは、屋名池誠氏が、仮名遣いに秩序がないとする否定的な評価に対して、正確に音形を示しているから、それが秩序であるとする。(1)それならば、近世初期俳諧集の実態はどうであるか、俳諧集により「お」「を」の仮名表記に差異がある語があることを問題点の一つとして、本文中の仮名表記語の仮名遣いについて考察を進めていきたい。

定家仮名遣に関しては、大野晋氏が、

仮名遣という、伊呂波の仮名の使い分けに関する規範の設定と、その実行という問題は…（略）…藤原定家に始まり、その学問につらなる行阿の『仮名文字遣』などによって中世の歌文の世界の常識となった。しかしまた、すでに見たように定家自身は世間にこれを強いるつもりはなかったらしい。ことに「お」「を」に関してはアクセントによることであったから、文字化することが困難でもあり、伝達には口伝という形式に頼らざるを得なかった。(2)

と述べる。

一方、小松英雄氏は、定家は証本テクストを整定するために「仮名の綴りを択一的に決定する必要があった」

（一七五頁）と述べ、「定家はみずから開発した文字運用の規範を子息の爲家にすら伝授した形跡が認められない」（一八三頁）とも記し、前掲の大野氏とは異なる見解を示す。(3)

中世の仮名遣いの実態では、安田章氏が「表記の分野は個人の自由になる領域を多く持つ」(4)（三頁）とし、中世の様々な仮名資料を取り上げて、「お」から「を」への書き替えによる現象など、仮名遣いと同時に仮名文字遣について詳しく論述されている（第一章　仮名文字遣原論）。

また、近世の具体的な例では、酒井憲二氏が『寛永諸家系図伝』（寛永二〇年（一六四三）完成）の仮名本を取り上げ、当時通行の仮名遣いの根幹は、「「定家仮名遣」（行阿の『仮名文字遣』の源流としての）にあったとすべき」とし、「契沖の『和字正濫鈔』によって復古訂正される以前の姿を留め」「本書に見られる仮名遣いは幕末明初まで影響を与えた可能性が濃厚である」(5)と記す。そこには、定家仮名遣とは一致しないが、俳諧の仮名遣いと共通する語が見え、幕府編纂の武家系譜集であり、その影響を看過することはできないだろう。

俳諧の仮名遣いの先行研究では、今野真二氏が荒木田守武の独吟千句の仮名文字遣いを中心として、注目すべきは守武という、「和歌・連歌世界」という一つの〈文字社会〉に身をおいていたであろう人物の表記に統一的と見なし得るだけのかなづかい並びに「仮名文字遣」がみられるということである。(6)と守武個人としての文字遣いの実態とし、今回の調査結果と重なる部分が予想される。

さらに、寺島徹氏は、江戸中期の俳諧の仮名遣いについて、蕪村・暁台・也有・士朗を対象に、定家仮名遣・歴史的仮名遣・近世通行の仮名遣いの観点から、それぞれを比較分析し、ここでも、個人により仮名遣いの傾向が異なることを明らかにされている。(7)(8)

以上のような先行研究を踏まえ、俳諧集による特徴が見られるか、定家仮名遣・節用集との関係はどうであるかなど、近世初期俳諧における仮名遣いの実態を提示して行くことにする。

一　仮名表記語と定家仮名遣の関係

定家の仮名遣いでは最も重要な項目であるとされている語頭の「お」「を」のみに焦点を置き、一〇俳諧集の本文中の仮名表記語で「お」「を」が語頭に付く語を取り上げ、俳諧集別に定家仮名遣と照合した結果を提示したのが【表二】である。

【表二】の仮名表記語は、一つの俳諧集の中では異なり語数であるが、他の俳諧集にも出現する語は重複することになる。また、定家仮名遣と一致しない語の中に、『正章千句』では「おどり」が二回、『紅梅千句』では「おどし」が二回、『當流籠抜』では「おく」が二回、『江戸八百韻』では「おゐて」が二回出現するので、不一致の延数は一六語となる。仮名表記の異なり語二二〇語中、定家仮名遣と一致する語には、定家仮名遣に準じるとした語、例えば、接頭辞「お」を用いる約三一語なども含めると一八九語があり、一致する割合が約八五・九パーセントを占め、俳諧では概ね定家仮名遣に準拠しているといえる。

大野晋氏によれば、定家仮名遣の「お」「を」の分類は、『色葉字類抄』(9)のアクセントに基づくものである（注(9)の書三一五頁）。従って、定家仮名遣に収録がない語を『色葉字類抄』（前田本・黒川本）の訓と照合してみると、次の語が収録されているのが確認できた。（—の下は『色葉字類抄』での収録状況）

・「おぢぬ」〈正〉—「ヲツ（惶・怖…）」（前田本　上81ウ・黒川本　上六五オ）
・「おびた、し」〈紅〉—「オヒタ、シ（夥）」（黒川本　中67オ）
・「おもて」〈紅・宗・西〉—「オモテ（面）」（黒川本　中64ウ）
・「おんぼう」〈江宮・七〉—「オンス（隠首）」（黒川本　中69ウの「隠」のみを照合）

右の四語の中には複数の俳諧集に出現する語もあり、『紅梅千句』「おびたゝし」「おもて」、『宗因七百韻』「おもて」、『西鶴五百韻』「おもて」、『江戸宮笥』「おんぼう」、『七百五十韻』「おんぼう」の六語を定家仮名遣と一致すると見做せば、異なり語一九五語が一致し、不一致数は『正章千句』の「おぢぬ」を加えれば延一七語となる。

【表二】定家仮名遣との対照表（俳諧集は上から成立年代順、数字は各俳諧集での異なり数）

定家仮名遣との関係						仮名表記語		
収録なし		不一致数		一致数				
を	お	を	お	を	お	を	お	
1	2	0	3	10	38	11	43	正章千句
1	4	0	2	10	28	11	34	紅梅千句
0	3	1	0	2	22	3	25	宗因七百韻
0	0	0	1	3	14	3	15	江戸八百韻
0	1	0	1	0	5	0	7	當流籠抜
0	2	0	1	1	13	1	16	西鶴五百韻
0	0	0	1	3	8	3	9	江戸蛇之鮓
0	1	0	1	1	5	1	7	江戸宮笥
0	3	1	0	2	9	3	12	軒端の独活
0	1	0	0	3	12	3	13	七百五十韻
2	17	2	10	35	154	39	181	合計

【表二】の定家仮名遣との一致度を俳諧集別に見た場合、『七百五十韻』では、定家仮名遣に収録がない語を除くとすべて定家仮名遣と一致し、『當流籠抜』は基礎となる語数が少ないが最も一致度が低い。

次に、一つは定家仮名遣に準じるとした語について、もう一つは【表二】の中で、定家仮名遣と一致しない「お」一〇語（延一四語）に定家仮名遣に収録がなく、『色葉字類抄』と一致しない『正章千句』の「おぢぬ」を加えた一五語と、定家仮名遣と一致しない「を」を用いる二語の延一七語を以下①から⑰に示し、それらが他の俳諧集での使用状況はどうであるか、用例を挙げ検討していくことにする。

○定家仮名遣「を」に対して「お」を用いる語（延一五語）

『正章千句』：おそひ・おとゝ・おどれ（二句）・おぢぬ／『紅梅千句』：おそはれ・おどす（二句）／『江戸八百韻』：おゐて（二句）／『當流籠抜』：おく（二句）／『西鶴五百韻』：おのれ／『江戸蛇之鮓』：およぶ／『江戸宮笥』：

おっ立られ

○定家仮名遣「お」に対して「を」を用いる（二語）

『宗因七百韻』：をもき／『軒端の独活』：をよぐ

次に示す用例はテキストの一〇俳諧集と、今ひとつは、『古典俳文学大系CD-ROM』の一巻から四巻と一七巻の『鷹筑波』『玉海集』『毛吹草』『山の井』の、いわゆる貞門と談林の俳諧集の句のみを対象とした。但し、動詞・形容詞ではすべての活用形を検索していないこと、同じ句が異なる作品集に重複して収録されていること、濁点の有無による識別、掛詞など、不確かな面があるので用例数は流動的であり、大よその数字である。また、ウンスンカルタの札の名（ポルトガル語）を表す「おほる」（『軒端の独活』一二一）や、「粭おこし」「産おとし」「鳥おどし」「山おろし」「雪をれ」「格子をり」「逆おとし」「宿おり」などのように、複合語の後部構成要素となる語を加えなかった。

二　定家仮名遣に準じると見做した語

語頭に「お」「を」が付く語を仮名遣書と照合した結果、ここでは、定家仮名遣に準じるとした語について言及していきたい。

◆語頭に接頭辞「お」が付く語

○おぐし―あたらおぐしをはさまれにけり　（『正章千句』五一六）
　拾遺《シウイ》をやおぐしすまして読ぬらん　正章（『紅梅千句』七一）

両句の「おぐし」は「小櫛」ではなく髪の敬語と解し、定家仮名遣に「おくしけつり　御頭梳」の収録があるので一致するとした。

○おかべ―と、におかべは露も及ばず　（『正章千句』四〇七）

前句の「田楽」からの付合で豆腐を意味する「御壁」と解する。「御壁」は定家仮名遣には収録されていないが、定家仮名遣での「御」は、「おん」「おほん」の収録と同時に、「おはします（御坐）」「おぐし（御櫛）」とあるので、定家仮名遣での「御」に対する仮名遣いは「お」であるとする。

○おりやる―老人夫婦ようおりやつたの　一鐵（『江戸八百韻』四三〇）

「おりやる」は「お入りある」の変化した語で、「お」は尊敬を表す接頭辞である。よって「おかべ」「おぐし」と同じく定家仮名遣に準じるとした。

接頭辞「お」が付く語には、ここに挙げた三語以外にも、「おつかへ人」「おねむ」「おふくろ」「おなつかし」「おなびき」「おまへ」「おより」「おかた」「おききやれ」など、全体で約三一語があり、これらは定家仮名遣に収録がないが、定家仮名遣に準じるとした。

◆その他（二通りの意味に取れる語・定家仮名遣に複数の収録がある語）

○おとす―請人の舅《ヲヂ》ぼんおとす袖の花　鬼貫（『當流籠抜』三二一）

枢《クル、》戸はおとしもあへぬ風情にて　（『正章千句』五六五）

前者の「袖の花」は「くすだま」のことであり、「くす玉を落す」と解釈した。後者の「おとし」も戸の樞をおとす意であり、「おどす」ではない。よって、定家仮名遣に「おつ〈おつる／とも〉零落」とあるので準じるとした。

○おくれじ―かる業《ワザ》の子ともは蝶におくれじと　泰徳（『江戸八百韻』九七）

『仮名文字遣』には「をくれて　後　終」の収録のみであるが、『下官集』に「をくる」「おくる」両者の収録があり、対応する漢字は表記されていないが一致すると見做した。

○おはる—終には命おはるまさかど　西鶴（『西鶴五百韻』三八四）

『仮名文字遣』に「をはるりとも　終　了　畢　訖」（五ウ）「おはつて　已」（12オ）の収録があるので一致するとした。

○おしとどめ—土車わりなく道におしとゞめ　（『正章千句』一〇八三）

定家仮名遣には「おしとどめ」の収録は見えない。「をし明かた」「をしなへて」など、複合語の前部構成要素は「をし」と表記される。右の句と同じ『正章千句』の中での、「をしまづき」（二〇七）「をしはかり」（三九五）「をしやり」（六八八）や、同じ正章が清書した『紅梅千句』でも「をしひたし」（一七二）とある。但し、同じく正章が注を施した『俳諧の註』（一〇二番の自注）には、「おしとどめ」の用例が見え、正章個人に「おし」と「をし」のゆれが窺える。単純語「押す」では、『仮名文字遣』に「をす」（文明一一年（一四七九）東大本）「をさへて　押抑」と収録されていると同時に、「おして春雨」「むまをおさへて」も収録があるので、『西鶴五百韻』での「おさえ」「おせば」、『軒端の独活』の「おさへ」「おされ」も一致するとした。

三　定家仮名遣と一致しない語

次に定家仮名遣とは一致しない語について、『古典俳文学大系CD-ROM』により用例を検索し、俳文学作品での実態を提示していきたい。（各語の下の［　］内は定家仮名遣を示す）

◆語頭の「お」に対して、定家仮名遣では「を」である語

○おそひ［をそしをそき　遅　晩］

①なぜに今夜の月はおそひぞ　（『正章千句』七七四）

用例では、「お（を）そし」「お（を）そき」「お（を）そう」を含め、「お」が約四例、「を」が約一一例見えるが、『古典俳文学大系　五巻』（『芭蕉集』）以降を含めると、「お」が約二一例、「を」が約一三例と「お」の方が多くなる。

○おとと草［をと丶〈おと丶ひの時はお也／おとうとの時もお也〉弟］

②菊の名もおと丶草とてむしり捨　（『正章千句』一〇三七）

「おとと草」は梅を花の兄として、菊は遅く咲くところから「弟草」と異名がつけられたものである。定家仮名遣に「おとと草」は収録されていないが、「をと丶　弟」と収録があるので不一致とした。用例では「おとと」が二例、「を」では「をとと」「をとと草」「花のをとと」など六例が見える。但し、蕉風の俳諧以降は「をとと」が見えず、『古典俳文学大系』全体では「おとと」六例、「をとと」六例となる。

○おく［をく露　置露〈露をきて／とも〉］［をく　置措鷹呼《ヨハフ》／鷹ヨフトヨム］

③夕暮は蔵無の濱さいておけ　百丸（『當流籠抜』三三五）

④角《スミ》かけておく御《ヲホン》しら露　鬼貫（『當流籠抜』三七六）

「お（を）く」「お（を）け」「お（を）いて」の用例では、「お」が約二三例、「を」が約一五八例出現し、定家仮名遣と一致する「を」が優勢である。但し、用例における「置いて」「於いて」などの判別が難しく、用例数は大よその数字である。

○おのれ［をのれ　己］

⑤おのれつかえば年のよる浪　西六（『西鶴五百韻』四四四）

・草履賣をのれとも云へ子規　猶水《堀田》（『軒端の独活』一一七）

一〇俳諧集中、右の二句には「お」「を」の差異があり、用例には、「をのれ」が二五例、「おのれ」が一三例で「を」が優勢であるが、蕉風以降も含めた『古典俳文学大系』全体では、「をのれ」が約五三例、「おのれ」が約八〇例で、①②と同様に「お」の使用頻度が高くなる。

○おどれ［をとる　踊　躍］

⑥おどれ〳〵といふかわりなき　（『正章千句』六一六）

⑦名残や惜き盆のおどり子　（『正章千句』四三二）

「お（を）どり」「お（を）どる」「お（を）どれ」の用例では、「お」が約三二例、「を」が約三〇例見え、「～お（を）どり」のような複合語でも三五対一〇で「お」が優勢である。

○おそはれ［をそふ　襲］

⑧楽寝《ラクネ》にはおそはれまじや小夜枕　政信（『紅梅千句』八八一）

用例では「おそはれ」が四例、「をそはれ」が二例、「をそふ」「をそひ」では「お」は用いられず、「をそふ」が一例だけ見える。

○おどし［をとす　威　𨄔］

⑨源氏をおどす頭の中将　長頭丸（『紅梅千句』七五八）

⑩ほう引のわらはべおどす元興《グハンゴウ》じ　長頭丸（『紅梅千句』九七九）

「鳥おどし」「小桜おどし」などの複合語では、「お」を用いる用例が多数を占め、単純語「おどす」「おどし」では約一八例、「をどす」「をどし」が約五例出現する。

○おゐて［をいて　於］［をひて　於］

⑪山陰の大津におゐて喧咜たて　一鐵（『江戸八百韻』五四三）

⑫上野《カウヅケ》におゐてかゝる白雲　　青雲（『江戸八百韻』一三四）

用例では「おゐて」約二一例、「おいて」二例、「をゐて」二例、「をいて」が二例出現する。

○およぶ［およはぬ〈をよふ時は／を也〉不及］

⑬七百歳におよぶ古鎌　　言水（『江戸蛇之鮓』四〇一）

用例では、およぶ六例・およばぬ四例・をよぶ一例・をよばぬ二例が見え、いずれの語形も語頭は「お」を用いることが多い。

○おつ立られ［をひ風　をひかせ　追風　逐風／をふ〈をひても〉追　逐］

⑭山公事にのほれ〳〵とおつ立られ　　幽山（『江戸宮笥』二八三）

定家仮名遣に「おっ立られ」の収録はないが、「おったつ」は「追い立てる」の変化した語であり、「追い」だけを定家仮名遣と照合し不一致とした。用例でも当該語句は見えず、「をふ（う）」「をひ（い）」「をはれ」約三三例、「おふ（う）」「おひ（い）」約二三例出現する。

○おぢぬ［『色葉字類抄』（前田本・黒川本）に「ヲツ（惶・怖…）」］

⑮鍾馗の影もおぢぬ疫病　　（『正章千句』八三四）

「おづ」は定家仮名遣には収録がなく、『色葉字類抄』（前田本・黒川本）の訓により不一致とした。用例では右の句を除くと、「おぢぬ」「おづ」「おづる」が七例、「をぢぬ」「をづ」「をづる」では二例の用例が見える。

◆語頭に定家仮名遣と一致しない「を」を用いる語

○をよぐ［およく　游泳］

⑯唐秬《キビ》や柄鮫をよくかたほ浪　　前田立見（『軒端の独活』一一八）

・中といへば大盃をおよぐ也　　如流（『江戸八百韻』三五五）

右の両句には「お」と「を」の差異があり、後者の「およぐ」が定家仮名遣と一致する。用例では、「およぐ・およぎ」が八例、「をよぐ」「をよぎ」が右の『軒端の独活』を除くと二例の用例が見える。

○をもき［をもし〈おもみの／時はお也〉重軽重也］［露おもみ〈おもきの時もお也／をもしの時はを也〉露重］

⑰笠に木葉のをもき跡付　　幽山（『宗因七百韻』六）

右の句以外に『江戸蛇之鮓』（三二三）『紅梅千句』（八八三）『江戸宮笥』（四三二）に「おもく」、『七百五十韻』（四二〇）に「おもげ」が出現する。定家仮名遣には「おもき」とあるので、⑰の「をもき」は一致しない。「おもき」は約三〇例見え、「をもき」は右の句を除くと一例が『毛吹草』（巻六・五ノ四）に、

露草やをもきが上の小夜時雨　　康甘（一五五三）

と見える。この句は、『崑山集』（四七三二）『山の井』（四一一）にも収載されるが、「をもき」は「おもき」と記され、定家仮名遣と一致する。

以上のように、定家仮名遣と一致しない語頭が「お」の仮名遣いである①から⑮の語の中で、①から⑤の五語は、定家仮名遣と一致する「を」の用例数が優勢であるが、「お」の用例がないわけではない。したがって、定家仮名遣と一致しない「お」で記されるのは、一〇俳諧集中の特殊な現象ではなく、俳諧の中では通行していた仮名遣いと見ることが出来る。また、「を」の使用が優勢である語の中で、①「おそひ（遅）」②「おとと」⑤「おのれ」では、蕉風確立後も含めた『古典俳文学大系』全体では、定家仮名遣と一致しない「お」の使用例が多くなる。この三語は『和字正濫鈔』（巻三）に、

遅　おそし　万葉和名。をの字用へからす

弟　おとゝ　和名。おとうと同し。共にをゝ用へからず。兄より年のおとれは劣《オトヽ》人のこゝろに名付たる歟

己　おのれ　万葉におほし。をの字不可用

とあり、歴史的仮名遣への推移を示すものとして注意したい。同じ俳諧集の中で、同語に対する「お」「を」の仮名遣いが相違することは稀であり、それぞれの作品集の筆者により仮名遣いに相違が見え、近世初期俳諧では、必ずしも和歌や連歌のように、定家仮名遣を規範とするのではない。

築島裕氏は、

社会一般で統一的に仮名遣いが行われるようになったのは、明治以来、近々百年ぐらいのことに過ぎない。それまでは、世間に広く通用する仮名遣いというものは存在していなかった。⑩

と述べる。右の文の「仮名遣い」は、今でいえば「現代仮名遣」「旧仮名遣」などの規則としての仮名遣いを意味し、仮名遣いが正しいか、誤りかという現代のような規定はなく、それぞれ書く人により使い分けがあったと捉えられる。

おわりに

これまで検討を重ねてきた結果、仮名表記の語頭では「お」の使用頻度が高く、それらの多くは定家仮名遣と一致する。定家仮名遣に一致しない語の用例では、「お」「を」両者の仮名遣いが出現し、その仮名遣いの差異は、俳諧集の筆者が異なることによる。定家仮名遣と一致しない⑪⑫の「おゐて」に関していうならば、『信徳十百韻』『天満千句』『江戸八百韻』『江戸広小路』などの談林俳諧集で、この表記が用いられていること、あるいは、前掲の酒井氏（二〇〇〇）の『寛永諸家系図伝』に関する考察では、「おゐて」が第一冊に九二例見え、序文以外では異例が見えない（三頁）、とあることから、当時「おゐて」の表記は通行していたと捉えられる。また、清書者が同じ『正章千句』と『紅梅千句』の定家仮名遣と一致しない語では、前者が定家仮名遣に収録はないけれども、

『色葉字類抄』と照合した結果、不一致である「おぢぬ」を加えると、異なり語で四語（延五語）があり、後者では異なり語で二語（延三語）がある。この清書者が同じ二つの俳諧集を合せると異なり語六語が定家仮名遣に適合しないことになる。この事象は他の俳諧集では、異なり語一語、または一致しない語が出現しないことと比較してわずかではあるが大きい数字を示し、清書者正章の文字意識を窺い知る事が出来る。つまり、筆者個人が慣例的に用いていた仮名遣いであり、近世初期の俳諧では、習慣として定家仮名遣の権威は保持されるものの、定家仮名遣を意識的には行っていなかったと考えられる。

注

（1）屋名池誠「「近世通行仮名表記」―「濫《みだ》れた表記」の冤《えん》を雪《すす》ぐ」（『近世語研究のパースペクティブ』二〇一一年　笠間書院）一七一頁
（2）大野晋「仮名づかいの歴史」（『岩波講座　日本語8　文字』一九七七年　第一刷　岩波書店）三三〇頁
（3）小松英雄『日本語書記史原論』一九九八年　笠間書院
（4）安田章『仮名文字遣と国語史研究』二〇〇九年　清文堂出版
（5）酒井憲二「近世初期通行の仮名遣いについて―『寛永諸家系図伝』」（『国語と国文学』第七七巻第三号　二〇〇〇年）一二頁
（6）今野真二『仮名表記論考』二〇〇一年　清文堂出版　二八五頁
（7）寺島徹「江戸中期における俳諧の仮名遣いについて」（『桜花学園大学人文学部　研究紀要』第八号　二〇〇六年）
（8）寺島徹「江戸中期の俳諧句集における仮名遣いの用法について」（『桜花学園大学人文学部　研究紀要』第一〇号　二〇〇八年）
（9）『色葉字類抄　研究並びに索引』一九六四年　風間書房
（10）築島裕『歴史的仮名遣　その成立と特徴』一九八六年　中央公論社　七―八頁

参考文献

『和字正濫鈔』（『契沖全集　第七巻』一九二七年　朝日新聞社）
『古典俳文学大系』一巻～一六巻　一九七〇～一九七二年　集英社、検索は『古典俳文学大系ＣＤ-ＲＯＭ』集英社による。

第二節　振り仮名の語頭の「オ」「ヲ」の仮名遣い

はじめに

前節では、語頭に「お」「を」が付く本文中の仮名表記の仮名遣いに焦点をおいて考察を進めてきた。そこでは、語中語尾は問題としないので正確な数字ではないが、定家仮名遣と約八六パーセントの一致を見た。本節では振り仮名の語頭に「オ」「ヲ」が付く語の仮名遣いにおいて検討を加えていきたい。なぜならば、

(一) 仮名表記語の語頭は「お」が多用されるが、振り仮名では片仮名の「ヲ」が多用される。

(二) 振り仮名と本文中の仮名表記語の同語の語頭の間に、振り仮名の「ヲ」に対して本文中の仮名表記の「お」、振り仮名の「オ」に対して仮名表記では「を」を用いる語があり、両者に相違がある。

(三) 振り仮名の仮名遣いで、同語において俳諧集による「オ」と「ヲ」の相違がある。

など、いくつかの問題点があるからである。

そこで、振り仮名の語頭の「オ」「ヲ」と、同語の本文中の仮名表記語の語頭の仮名遣いの比較、併せて定家仮名遣・節用集と照合しながら、振り仮名の仮名遣いの基盤となるものを考えることを目的としたい。

但し、一〇俳諧集中『江戸宮笥』は総漢字数三四三〇に対して、振り仮名が付されるのが七七字で約二・二パーセントという低い割合であり、語頭に「オ」「ヲ」が付く振り仮名は出現しない。従って、『江戸宮笥』を除く九俳

諧集での語を取り上げることになる。参照する節用集・仮名遣書は前節と同じである。

一　同語における振り仮名と仮名表記の語頭の仮名遣いが一致する語

本文中の仮名表記語と同語で振り仮名を付す漢字表記語の中で、両者とも語頭の仮名遣いが一致する語に九語がある。それを整理したのが次の【表二】である。

【表二】（表中〈卿〉は定家卿仮名遣による。また、複数の振り仮名（オドリ・ヲドリ／跳・躍）・仮名表記で複数ある語（おく・をく）も一致する語とした。）

振り仮名	仮名表記	定家仮名遣	節用集
跳《オドリ〈正〉ヲドル〈紅〉》 躍《ヲトリ》〈西〉	おどれ〈正〉	をとる	ヲドル〈明・天・饅・黒・易・合〉
帯《オビ》〈紅〉	おび〈江八〉	おひ	オビ〈易〉　ヲビ〈明・天・饅・黒・易・合〉
夥《オビタ、》し〈正〉	おびたゝし〈紅〉	オヒタ、シ（『色葉字類抄』）	オビタタシ〈易〉　ヲビタタシ〈伊・天・饅・黒・合〉
折《オ》る〈江八〉	おる〈正・紅・七〉	おる	ヲル〈明・饅・黒・合〉
置《ヲ》き（皷）〈七〉	おく〈当〉をく〈正・紅・宗・江宮・七〉	をく	オク〈易〉　ヲク〈天・饅・黒・易・合〉
音《ヲト》〈紅〉	をと〈正・紅〉	をと〈卿〉	ヲト〈黒・合〉
女子《ヲナゴ》（衆）〈七〉	をなご〈正・紅〉		ヲホナゴ（女郎）〈合〉
鬼《ヲニ》〈紅〉	をに〈正〉	おに・をに	オニ〈易〉　ヲニ〈饅・黒・合〉
女《ヲンナ》神〈七〉	をんな〈正・紅〉	をんな	ヲンナ〈易・合（女孺《ヲンナワラハ》）〉

【表二】の振り仮名と定家仮名遣との関係では、振り仮名・仮名表記とも定家仮名遣に収録がない「女子《ヲナゴ》」「夥《オビタヽ》し」を除くと、定家仮名遣に複数の仮名遣いがある中でいずれかと一致し、節用集とは「折《オ》る」「跳《オドリ》／おどれ」を除いた七語が、振り仮名・仮名表記の両者の仮名遣いと一致する。

表中「帯」は、『易林本』に「於」の項で「オビ」と収録があると同時に、「波」の項では「膚袴《ハダハカマ》」の下注に「帯《ヲビ》」とあり、「置く」は「遠」の項で「ヲク」とあると同時に、「浄地《シヤウヂ》」の下注では「置《オク》二塩噌《ヲ》一處也」と記されるので、これら二語は『易林本』に「オ」「ヲ」両者の収録があるとした。

「鬼」は『仮名文字遣』では、「お」「を」の両方に立項されていて「をにとも」「おにとも」と注記がある。この「〜とも」の注記は、大野晋氏[1]や坂本清恵氏[2]が、鎌倉時代後半に、アクセントが変化したことによるものと述べている。藤原定家自筆本を忠実に臨摸したとされる『拾遺和歌集』[3]（雑下　五五九）では、

みちのくのあたちのはらのくろつかにおにこもれりときくはまことか

と「おに」の表記が見え、『伊勢物語』五八段の、

むくらおひてあれたるやとのうれたきはかりにもおにのすたくなりけり

に対する注釈書でも、室町末期書写の『伊勢物語秘用抄』[4]『伊勢物語宗長聞書』[5]『伊勢物語山口記』[6]は「おに」である。しかし、一四六〇年成立『伊勢物語愚見抄』[7]では「をに」と表記され、室町期では、「鬼」の仮名遣いに「おに」と「をに」が混用されている。『古典俳文学大系』所収の句でも両者の仮名遣いが見え、『正章千句』の仮名表記「をに」は、混用の時代を反映したものであるといえる。

以上、漢字表記語に付される振り仮名と同語の仮名表記で、語頭の仮名遣いが同じである語を取り上げ検討してきた。その結果、振り仮名と仮名表記の語頭の仮名遣いが一致する語には【表二】の九語があり、それらは、定家仮名遣とも一致する。但し、「おどり」に関しては振り仮名の仮名遣いが複数ある中で「躍《ヲトリ》」との一致である。

二　振り仮名と仮名表記の仮名遣いが異なる語

次の【表二】に、同語において振り仮名の語頭が「ヲ」であるのに対して、仮名表記の語頭は「お」で記され、両者の語頭に相違がある語を、定家仮名遣・節用集と照合した結果を示すものである。

表中＊印を付す「老婆《オヒウバ》」「御傍《ヲソバ》」「隠坊《ヲンバウ》」は、節用集・定家仮名遣に熟語として収録が見えないので、「老」「御」「隠」のみを次のような語が収録されていることからの類推とする。

「老婆《オヒウバ》」＝節用集〈易〉：「老」（オイ）のみの訓、〈伊〉：「老悖」（オヒボレ）、〈天〉〈饅〉：「老悖」（ヲイボレ）、〈合〉：「老坂」（ヲヒザカ）
『仮名文字遣』：おひうと〈おいうと共〉　同上（老人）

「御傍《ヲソバ》」＝節用集〈易〉〈伊〉：「御成」（オナリ）、〈明〉〈天〉〈黒〉〈饅〉：「御成」（ヲナリ）、〈合〉：「御末」（ヲスヘ）
『仮名文字遣』：「御」は「お」

「隠坊《ヲンバウ》」＝節用集〈伊〉〈明〉〈天〉〈黒〉〈易〉：「隠密」（ヲンミツ）、〈合〉：「穏密」（ヲンミツ）
『色葉字類抄』：隠首《オンス》

「驚《ヲド》す」は『七百五十韻』で「君驚《ヲド》す春の奥なる陰よりも　常之」（七九）と見える。節用集では「驚」に「ヲドス」の訓は見えない。定家仮名遣には「おとろく」、節用集には「オ（ヲ）ドロク」「ヲドロカス」と収録があり、当該句では「おどろかす」意と捉えるが、「威す」と同じと取れば、定家仮名遣・節用集に「ヲドス」とあり一致する。

また【表二】から、『紅梅千句』では「老婆《ヲヒウバ》」であるのに対して、本文中の仮名表記では「老」に「おひ」、『宗因七百韻』では「負《ヲヒ》」の振り仮名「ヲヒ」に対して、本文中の仮名表記では「おへる」のように、同じ俳諧集の中で、振り仮名と本文中の仮名表記に差異が生じているのが見て取れる。

【表二】（表中「隠坊《ヲンバウ》」の「オン」は『色葉字類抄』による）

振り仮名	仮名表記	定家仮名遣	節用集
老婆《ヲヒウバ》〈紅〉＊	おひ〈正・紅〉	おひ・おい	オイ〈易〉 オヒ〈伊〉 ヲイ〈天・饅〉 ヲヒ〈合〉
負《ヲヒ・ヲ(ふ)》〈宗・七・西〉	おへる〈宗〉	おふ	オフ〈易〉 ヲウ〈天・饅・黒〉 ヲフ〈合〉
可笑《ヲカシキ》〈軒〉	おかし〈正・紅・宗・江八・西・江蛇〉	おかし	ヲカシ〈合〉
起《ヲキ》て〈七〉	おこす〈正・宗・江八・当・江宮〉	おき	オキ〈易〉 ヲキ〈明・天・饅・黒・合〉
奥《ヲク》〈紅〉	おく〈正〉	おく	オク〈易〉 ヲク〈天・饅・黒・合〉
御傍《ヲソバ》〈宗〉＊	おそば〈七〉	御＝お	オ〈伊・易〉 ヲ〈明・天・饅・黒・合〉
恐《ヲソレ》〈江蛇〉	おそれ〈紅・宗〉	をそれ・おそる	オソル・ヲソレ〈易〉 ヲソル〈明・天・饅・黒・合〉
頤《ヲトカイ》〈紅〉	おとがひ〈宗〉	おとかい	オトガイ〈易〉 ヲトガイ〈明・伊・天・饅・黒・合〉
威《ヲドシ》〈軒〉	おどし〈紅・宗・江八〉	をとす	ヲドス〈伊・明・天・饅・黒・易・合〉

驚《ヲド》す〈七〉	おとろかす〈西〉	おとろく	オドロク・ヲドロカス〈易〉 ヲドロク〈天・饅・黒・明・合〉
落《ヲト》す〈紅〉	おとし〈正〉	おつ・おこる	ヲトス〈伊・明・黒・易〉
大臣《ヲトヾ》〈七〉	おとゞ〈紅〉	おとゝ	オトド〈易〉 ヲトト〈伊・明・天・饅・黒・合〉
一昨日《ヲトヽヒ》〈江八〉	おとゝひ〈正〉	おとゝひ	ヲトゝヒ〈易・合〉 ヲトトイ〈伊・天〉
俤《ヲモカゲ》〈紅・宗・当〉	おもかけ〈江宮〉	おもかけ	オモカゲ〈伊・易〉 ヲモカゲ〈伊・明・天・饅・黒・合〉
隠坊《ヲンバウ》〈宗〉 隠房《ヲンホウ》〈西〉＊	おんぼう〈江宮・七〉	隠＝オン（『色葉字類抄』）	ヲン〈伊・明・天・黒・易・合〉

この片仮名で記す振り仮名と、平仮名で書かれた本文での同語における仮名遣いの差異は、築島裕氏が「定家自身の『源氏物語奥入』、『奥儀抄』などの片仮名の部分には、この「ヲ」と「オ」の区別は見られない」(8)と記していることから、片仮名表記には定家仮名遣が反映されていないと捉え、本文中の平仮名表記と振り仮名の片仮名表記の間では、「お（オ）」と「を（ヲ）」の仮名遣いが統一されていない根拠の一つであると考えられる。同時に、片仮名で記す振り仮名について、矢田勉氏が次のように述べていることが、振り仮名の片仮名表記と本文中の平仮名表記に差異が生じる要因の一つとなる。

振り仮名の由来が訓点の仮名点にあった以上、本来、振り仮名の用字は片仮名であるのが理の当然であった。振り仮名の主たる機能が、対応する漢字の音形の表示であることからしても、より表音性の傾向が強い文字である片仮名が選択されるのが自然である。(9)

以上【表二】の振り仮名と仮名表記に相違がある語では、振り仮名一五語中、二語が定家仮名遣と一致し節用集のいずれかとはすべて一致する。但し、節用集の中で『易林本』（一部『伊京集』）に限っては振り仮名の仮名遣いとは一致度が低く「老《オイ》」「負《オフ》」「起《オキ》」「奥《オク》」「御《オ》」「頤《オトガイ》」「大臣《オトド》」「俤《オモカゲ》」の八語の訓の仮名遣いは、振り仮名とは一致しないが定家仮名遣とは一致する。このように『仮名文字遣』と『易林本節用集』が密接な関係にあることについては、『易林本節用集』の巻末に「惟取《テ》二定家卿《ノ》假名遣《ヲ》一分《チ》三書《メ》伊為越於江恵之六《ツヲ》隔段《ニ》一以《テ》返《スト》レ之《ヲ》云」と易林の識語があり、橋本進吉氏は、易林本類において「ゐ」「お」「ゑ」と「い」「を」「え」が分けられているのは、「易林が仮名文字遣に依って改めたもので、その原づく所の本には、他の諸本の如く之を併せてあったものと思はれる(10)」と両者の関係を指摘されている。

また、築島裕氏が『運歩色葉集』と『易林本節用集』は定家仮名遣を使用していると述べ（注（8）の書五九頁）、今西浩子氏は、『仮名文字遣』は「易林本節用集の採録語の出典の一つであったこととは別に、仮名遣の参考資料として利用されることはなかったであろうか(11)」と両者の関係を述べる。

三　振り仮名の仮名遣いと定家仮名遣・節用集との関係

【表二】では、本文中の仮名表記と振り仮名の両者の語頭に「お（オ）」「を（ヲ）」が付く同語において、語頭の「お（オ）」「を（ヲ）」が異なる語を取り上げ、比較考察することを試みた。そこでは、本文中の仮名表記語での語頭に「お」が多用され、定家仮名遣との一致度が高く、それに対して、振り仮名の語頭の多くは「ヲ」で記され、節用集との一致度が高いことが認められた。

【表二】【表二】では本文中の仮名表記の語と共通する振り仮名二四語に限って考察してきたが、次に一〇一俳諧集の振り仮名の語頭に「オ」「ヲ」がつく延一〇一語を取り上げ、定家仮名遣との関係、或は俳諧集による特徴が見られるかを検討していくことにする。この延一〇一語の中には、同じ俳諧集で振り仮名付きで二回出現する語に「大臣」〈七〉「飲食」〈軒〉がある。また、二種以上の俳諧集に亘って出現する漢字表記語には「甥」（二回）「負」（三回）「覆」（二回）「瘧」（五回）「驕」（二回）「伯父」（二回）「跳」（二回）「俤」（三回）「御《ヲホン・オホン》」（二回）があり、異なり漢字表記語は八五語となる。[12]「御」は『當流籠抜』に「御《ヲホン》目」、『軒端の独活』に「御《オホン》しら露」とあるように、「御」の振り仮名に語頭の「オ」「ヲ」の違いがある。この二語は複合語として同じ語ではないけれど、接頭辞「御」のみを対象とした。「御」以外にも、「驕」が『正章千句』に、

幾春か驕《オゴリ》きはめし平家方　（四二三）

と「オゴリ」と振り仮名が付され、『七百五十韻』には次の句で「ヲゴリ」と振り仮名が付される。

春の夢驕《ヲゴリ》の大臣《ヲトヾ》とだへして　政定（一七九）

また、用字に違いがあるが、『軒端の独活』での「奢《ヲゴ》る」の振り仮名の語頭は「ヲ」である。これら三句の振り仮名の語頭の仮名遣いに、『正章千句』と『七百五十韻』『軒端の独活』とでは「オ」と「ヲ」の差異が見え、『正章千句』での「オゴリ」は節用集・定家仮名遣とは一致しないが、『七百五十韻』『軒端の独活』の「ヲゴリ」は節用集・定家仮名遣との一致を見る。

「跳《オドリ》」に関しては、『正章千句』では、

跳《オドリ》法度と觸る猪熊　（二一四）

と振り仮名の語頭は「オ」であるが、『紅梅千句』では、

穐の彼岸に跳《ヲド》る道場《タウジヤウ》　正章（八一八）

とあり、「オ」と「ヲ」の違いがある。この『正章千句』二一四番と『紅梅千句』八一八番の作者は同じ正章であり、両句が所収されている『正章千句』と『紅梅千句』の清書者もまた同じ正章であるという共通点がある。しか

し、両者は清書する人が同じであるにもかかわらず、振り仮名の語頭の仮名遣いには相違があり、清書する人が同じでも、振り仮名を付す人は異なることが認められる。ちなみに『西鶴五百韻』では、

　てう九十百になりても躍《ヲトリ》出　　西鶴（四一五）

【表三】（定家仮名遣と俳諧集の振り仮名の一致度）

俳諧集		正	紅	宗	江八	当	西	江蛇	江宮	軒	七	合計
延語数		7	21	15	9	5	7	3	0	14	20	101
振り仮名の語頭	ヲ	3	18	14	8	5	7	3	0	11	20	89
	オ	4	3	1	1	0	0	0	0	3	0	12
定家仮名遣	一致数	3	7	5	4	3	2	1		6	6	37
	不一致数	2	8	2	2	2	3	0		3	5	27
	収録なし	2	6	8	3	0	2	2		5	9	37
	一致度（約）	43%	33%	33%	44%	60%	29%	33%		43%	35%	37%

と「躍」に付す振り仮名は「ヲトリ」と記される。『正章千句』（二一四）の「跳」の振り仮名「オ」は、節用集とは一致しないが、『紅梅千句』（八一八）『西鶴五百韻』（四一五）の「ヲ」は、収録がある節用集七種と一致し、「驕」「跳」は、定家仮名遣と節用集では「ヲ」で一致することになる。

　このように『正章千句』では、振り仮名において多少の混乱が見え、「驕」「跳」の振り仮名「オ」は、他の俳諧集や定家仮名遣・節用集では「ヲ」を用い一致しない。「夥《オビタヽ》し」の振り仮名の語頭「オ」も『易林本節用集』以外の節用集とは不一致を示す。これらのわずか三語からの判断では早計すぎるかもしれないが、『正章千句』の振り仮名の一部は、清書者正章自身が恣意的に施したものの可能性が考えられる。

　以上のような考察から、定家仮名遣とそれぞれの俳諧集の振り仮名の一致度を整理したのが、【表三】である。【表三】の延語数は振り仮名の語頭に「オ」「ヲ」が付く語数である。【表三】では、延一〇一語中定家仮名遣と三七語が一致し、約三七パーセントを占める。定家仮名遣に収録がない語の中で、「大《おほ》なゐ」「大柄《オホヘイ》」の「大」、「老婆《ヲヒウバ》」の「老」、「落《ヲチ》武者」「落瀧《ヲチタキ》」の「落」、「追剝《ヲヒハギ》」の「追」、「御傍《ヲソバ》」「御乳《ヲチ》」「御祓《ヲハラヒ》」「御卒曽離《オソヽリ》」の「御」、「親父《ヲヤヂ》」「親仁《ヲヤジ》」の「親」、

「重目《ヲモ》」の「重」のみを定家仮名遣と照合すると次のようになる。（　）内には定家仮名遣書での事例を示す。（〔定〕は定家仮名遣、○の中の数字は出現回数）

○一致する振り仮名

「大《オホ》」〈紅〉〈軒〉（〔定〕大江山《おほえやま》・大鹿《おほじか》・大方《おほかた》…）
「追《ヲヒ》」〈宗〉（〔定〕追風《をひかぜ》・追《をふ》）
「御《オ》」〈軒〉〈七〉（〔定〕御頭梳《おくしけつり》・御座《おはします》）
「親《ヲヤ》」〈江八②〉（〔定〕をやこ）

○一致しない振り仮名

「老《ヲヒ》」〈紅〉（〔定〕老曽森《おいそのもり》・老人《おひうと》）
「御《ヲ》」〈宗③〉（〔定〕右に既述）
「落《ヲチ》」〈宗〉（〔定〕落魄《おちふる》・落葉《おち》）
「重《ヲモ》」〈七〉（〔定〕「おもみ・おもき」「をもし」とあり、『七百五十韻』では「重目」なので不一致とした）

右に『色葉字類抄』(13)にある「夥《オビタヽ》し」〈正〉を一致する語に加えれば、一致する語が四四語となり、約四三・六パーセントの一致度となる。意外に高い数字ではあるが、定家仮名遣に収録がない語に三七語があることは問題であり、漢字に付す片仮名の「ヲ」の振り仮名と、定家仮名遣の「を」が偶発的に一致したまでのことで、定家仮名遣を意識しているのではない。清書者・板下が一座の一員である俳諧集、例えば『正章千句』『紅梅千句』『軒端の独活』（推定）では、振り仮名に個人の仮名遣いが反映していると考えられるのではないだろうか。

次に、各俳諧集の振り仮名の仮名遣いと定家仮名遣の関係を「ア、振り仮名と定家仮名遣が一致する」「イ、振り仮名と定家仮名遣が不一致」「ウ、定家仮名遣に収録がない語」に分類して具体的に示しておくことにする。

	ア、定家仮名遣と一致	イ、不一致	ウ、定家仮名遣に収録なし
【正章千句】	大原《オホバラ》（ざし）伯父者《ヲヂジヤ》　愛宕《ヲタギ》	驕《オゴリ》　跳《オドリ》	夥《オビタ、》し　膃肭臍《ヲツトセイ》
【紅梅千句】	帯《オビ》　怠《ヲコタ》らす　行《ヲコナ》ひ　跳《ヲド》る 小手巻《ヲダマキ》　音《ヲト》　鬼《ヲニ》	狼《ヲ、カミ》　澳《ヲキ》　叟草《ヲキナ》　奥《ヲク》　落《ヲト》す 頤《ヲトカイ》　衰《ヲトロ》ふ　俤《ヲモカゲ》	大《オホ》なゐ　恩徳《オンドク》　老婆《ヲヒウバ》　臆病風《ヲクベウ》 瘧《ヲコリ》　落武者《ヲチ》
【宗因七百韻】	及《オヨバ》ぬ　甥《ヲヒ》　補《ヲギナ》ふ　鴛《ヲシ》 伯父《ヲヂ》	負《ヲヒ》　俤《ヲモカゲ》	追剝《ヲヒハギ》　瘧《ヲコリ》　御傍《ヲソバ》　御乳《ヲチ》　落瀧《ヲチタキ》 大根葉《ヲネバ》　御祓《ヲハラヒ》　隠坊《ヲンバウ》
【江戸八百韻】	折《オ》る　甥《ヲイ》　荊《ヲドロ》　姨《ヲバ》	一昨日《ヲト、ヒ》　惟《ヲモン》	瘧《ヲコリ》　親父《ヲヤヂ》　親仁《ヲヤジ》
【當流籠抜】	罡部《ヲカベ》　舅《ヲヂ》　遠《ヲチ》	御《ヲホン》　俤《ヲモカゲ》	なし
【西鶴五百韻】	遅《ヲソ》ひ　躍《ヲトリ》	負《ヲフ》　覆《ヲホイ》　笊《ヲサ》	瘧《ヲコリ》　隠房《ヲンホウ》
【江戸蛇之鮓】	恐《ヲソレ》	なし	臆病者《ヲク》　音高《ヲトタカ》

＊当該集九九番の「斧」に付された振り仮名が「ヲキ」のように見えるが、「ヲ」の二画目の横線が二重になっていることから、訂正が不明瞭ではあるが、誤刻と判断し除外した。

	ア、定家仮名遣と一致	イ、不一致	ウ、定家仮名遣に収録なし
【江戸宮笥】	（該当語なし）		
【軒端の独活】	御《オホン》　奢《ヲゴ》る　踈《ヲロソカ》　威《ヲドシ》　押《ヲシ》 侍児《ヲモトヒト》	可笑《ヲカシキ》　長《ヲサ》　走《ヲモムケ》	大柄《オホヘイ》　御卒曽離《オソ、リ》　臆辱《ヲクジヨク》　飲食《ヲンシキ》②
【七百五十韻】	覆《ヲ、ヒ》　置《ヲ》き（皷）　伯父《ヲチ》　男鹿《ヲ》 女子《ヲナゴ》（衆）　女《ヲンナ》（袮）	負《ヲ》ふ　生《ヲヒ》て　起《ヲキ》て　大臣《ヲトヾ》②	噫《ヲクビ》　瘧《ヲコリ》　驕《ヲゴリ》　和尚《ヲ》　乙甲《ヲチカシラ》　驚《ヲド》す 膳所《ヲモノ、》　重目《ヲモ》　阿蘭陀《ヲランダ》

右の語の中で、アの定家仮名遣と一致する語で節用集と一致しない語には「及《オヨバ》ぬ」〈宗〉「折《オ》る」〈江八〉「御《オホン》」〈軒〉があり、「帯《オビ》」〈紅〉は古本節用集六種（『伊京集』『明応五年本』『天正十八年本』『饅頭屋本』『黒本本』『易林本』）

と『合類節用集』のうち『易林本』とのみ一致し、他の節用集とは一致しない。イの振り仮名と定家仮名遣が不一致の語で、節用集とも一致しない語には「驕《オゴリ》」〈正〉「跳《オドリ》」〈正〉「御《ヲホン》」〈当〉がある。「御《ヲホン》」〈当〉は『易林本』にのみ「オホン」と収録があり、『軒端の独活』では一致するが『當流籠抜』では一致しない。「御」を「ヲホン」ではなく「御乳《ヲチ》」「御祓《ヲハラヒ》」〈宗〉のように「ヲ」と読むときは、『明応五年本』などと一致する。ウの定家仮名遣に収録がない語で節用集に収録があるが、振り仮名の仮名遣いが異なる語には「恩徳《オンドク》」〈紅〉がある。『正章千句』の「夥し《オビタヽ》」は、参照した節用集のうち『易林本』とは一致するが、他の節用集とは一致しない。ちなみに節用集に収録がない語には、以下のような語がある。

『紅梅千句』　落《ヲチ》武者
『宗因七百韻』　追剥《ヲヒハギ》　御《ヲ》傍《ソバ》　落瀧《ヲチタキ》　大《ヲ》根《ネ》葉《バ》　隠坊《ヲンバウ》
『江戸八百韻』　親仁《ヲヤジ》
『西鶴五百韻』　隠房《ヲンホウ》
『軒端の独活』　大柄《オホヘイ》　御卒曽離《オソ、リ》　臆辱《ヲクジヨク》　飲食《ヲンシキ》②
『七百五十韻』　乙甲《ヲチカシラ》　重目《ヲモ》

こうして見て来ると、以上の中で『正章千句』では、定家仮名遣・節用集の両者と一致しない「驕《オゴリ》」「跳《オドリ》」の二語があることには注意されるといえるだろう。

おわりに

振り仮名の語頭の多くは「ヲ」で表記され、同語において本文中の仮名遣いと振り仮名を比較した結果では、定家仮名遣とは【表一】と【表二】の二四語中七語が一致し、一致度が低く、節用集とは一致度が高い。この事象は、振り仮名を付す人が振り仮名を付すに当たり、節用集と同様に片仮名で記されていることも考え合わせて、参照する仮名遣いの基盤となるものが、節用集と同じであることが推測される。

さらに、振り仮名二四語のみでなく、語頭に「オ」「ヲ」が付く延一〇一語において、定家仮名遣との一致度を調査してみると、約三七パーセントの一致を見た。そこに定家仮名遣に収録がある語とは差異があるが、熟語の上部の漢字の振り仮名のみ、或は『色葉字類抄』に収録がある「夥《オビタ、》し」も含めると、約四三・六パーセントが一致することになる。その中で『正章千句』では、「驕《オゴリ》」「跳《オドリ》」のように節用集・定家仮名遣とも一致しない振り仮名が出現すると同時に、同俳諧集では、前節で述べたように、本文中の仮名表記に複合語の前部構成要素「おし」「をし」の混用、語頭では同じ正章が清書した『紅梅千句』を含めると、定家仮名遣「を」に対する「お」の使用が多いことなど、正章個人の書記に対する自由な態度を窺い知ることが出来る。

注

（1）大野晋「仮名づかいの歴史」（『岩波講座　日本語8　文字』一九七七年　第一刷　岩波書店）三一九頁

（2）坂本清恵「ゆれる〈をのこ〉とゆれない〈おとこ〉―『仮名文字遣』の諸本とアクセントの体系変化―」（『古典語研究の焦点』二〇一〇年　武蔵野書院）八二九―八三一頁

（3）片桐洋一『拾遺和歌集の研究』一九八〇年　大学堂書店

（4）『伊勢物語秘用抄』三条西家流の立場にたつ注釈書（『鉄心斎文庫　伊勢物語古注釈叢刊　第五巻』一九八九年八木書店）

（5）『伊勢物語宗長聞書』武田本系統本（『陽明叢書国書篇　第九輯』一九七六年　思文閣）

（6）『伊勢物語山口記』宗祇著（『冷泉家時雨亭叢書　第八〇巻』二〇〇八年　朝日新聞社）

（7）『伊勢物語愚見抄』一条兼良筆（『冷泉家時雨亭叢書　第四一巻』一九九八年　朝日新聞社）
（8）築島裕『歴史的仮名遣　その成立と特徴』一九八六年　中央公論社　三四頁
（9）矢田勉「振り仮名」（前田富祺・野村雅昭編『朝倉漢字講座1　漢字と日本語』二〇〇五年　朝倉書店）一七三頁
（10）橋本進吉『古本節用集の研究』一九六八年　勉誠社　一二八頁
（11）今西浩子「易林本節用集の仮名遣」（国語文字史研究会編『国語文字史の研究三』一九九六年　和泉書院）一三八頁
（12）「隠坊」と「隠房」、「躍」と「跳」、「驕」と「奢」は漢字の違いから異なり語とした。
（13）『色葉字類抄　研究並びに索引』一九六四年　風間書房

参考文献

『古典俳文学大系』一巻〜一六巻　一九七〇〜一九七二年　集英社

結　語

俳諧は和歌や連歌の線上に位置する律文の一つである。それならば、仮名遣いにおいて、どのような様相を呈しているか、本章では、語頭の「お（オ）」「を（ヲ）」のみであるが、本文中の仮名表記語と振り仮名の語頭に「お（オ）」「を（ヲ）」がつく語を取り上げて考察を試みた。考察の対象とする一〇俳諧集中、同語の語頭の「お（オ）」「を（ヲ）」において、俳諧集により仮名表記の語頭や振り仮名の語頭の仮名遣いに差異がある語が見えること、本文中の仮名表記語と振り仮名の仮名遣いには相違があることなどの問題点が見出されたからである。

一節では、語頭に「お」「を」が付く本文中の仮名表記語と、定家仮名遣との一致度を調査した。その結果では、本文中の仮名表記の語頭は、「お」の使用頻度が高く、それらは概ね定家仮名遣に準拠しているが、一致しない例もある。一致しない語を一〇俳諧集以外での使用状況を見ると、一〇俳諧集と同様に定家仮名遣では「を」であるのに反して「お」を用いる例、或は定家仮名遣では「お」であるのに俳諧集では「を」を用いる例があり、一〇俳諧集での特殊な現象ではないことが認められた。近世初期に限ることなく、天保の時代頃まで調査を進めると、時代が下るに従って、定家仮名遣で語頭に「を」を用いる語は、「お」で表記される例が多くなり、「を」から「お」の多用へと推移する様相も同時に窺うことができた。

二節では、振り仮名の仮名遣いを中心にして、本文中の仮名表記語・定家仮名遣・節用集と比較して検討を進めた結果、振り仮名の語頭では「ヲ」が多用され、それらは節用集との一致度が高い。このことから振り仮名の仮名遣いでは、節用集と同様に片仮名で記されていることも考え合わせて、定家仮名遣は反映されず、参照する仮名遣いの基盤となるものが、節用集と同じであることが推測される。

一方、本文中に見える仮名表記は、定家仮名遣に準じる傾向があるものの、中には筆者個人の自由な仮名遣いが見え、近世初期の俳諧では、定家仮名遣を意識的には行っていなかったといえる。

終　章　本書の結論と今後の課題

――研究叢書――

堀景山伝考　高橋俊和著　481　一八〇〇〇円

中世楽書の基礎的研究　神田邦彦著　482　一〇〇〇〇円

テキストにおける語彙的結束性の計量的研究　山崎誠著　483　八五〇〇円

節用集と近世出版　佐藤貴裕著　484　八〇〇〇円

近世初期『万葉集』の研究　北村季吟と藤原惺窩の受容と継承　大石真由香著　485　一一〇〇〇円

小沢蘆庵自筆　六帖詠藻　本文と研究　蘆庵文庫研究会編　486　二六〇〇〇円

古代地名の国語学的研究　蜂矢真郷著　487　一〇五〇〇円

歌のおこない　萬葉集と古代の韻文　影山尚之著　488　九〇〇〇円

軍記物語の窓　第五集　関西軍記物語研究会編　489　一三〇〇〇円

平安朝漢文学鉤沈　三木雅博著　490　一二五〇〇円

（価格は税別）

■著者紹介

田中巳榮子（たなか　みえこ）
一九四一年　大阪府に生れる
二〇一三年　関西大学大学院博士後期課程修了
学　　位　博士（文学）
現　　在　関西大学東西学術研究所非常勤研究員
専　　攻　近世表記史

研究叢書495

近世初期俳諧の表記に関する研究

二〇一八年二月二五日初版第一刷発行
（検印省略）

著　者　田中巳榮子
発行者　廣橋研三
印刷所　亜細亜印刷
製本所　渋谷文泉閣
発行所　有限会社　和泉書院

大阪市天王寺区上之宮町七－六
〒五四三－〇〇三七
電話　〇六－六七七一－一四六七
振替　〇〇九七〇－八－一五〇四三

本書の無断複製・転載・複写を禁じます

©Mieko Tanaka 2018 Printed in Japan
ISBN978-4-7576-0867-2　C3381

索　引

凡例　本書中の重要な語を対象とし、現代仮名遣の五十音順に排列した。但し、資料編は索引の対象としなかった。

あ 行

か 行

さ 行

た 行

な 行

は 行

ま 行

や　行

ら 行

わ 行

資料編

【資料一】『紅梅千句』の振り仮名を付す語と俳諧作法書との関係

1、俳諧作法書の『はなひ草』『俳諧御傘』『俳諧類船集』を資料としてその見出し語と『紅梅千句』の振り仮名を付す語と一致する語について示した。
2、語の欄の＊は、『紅梅千句』中に複数回出現する語の中で、振り仮名を付す・付さない両者がある場合に振り仮名を付す句番号を記した。
3、三書の（　）内には表記の違い・ヨミの違いを示した。
4、「泉郎人」では複合語と単純語の差異があるが、「泉郎」のみを対象とした。
5、三書で振り仮名がある場合は（漢字：振り仮名）で記した。
6、振り仮名のヨミについて、現代仮名遣・五十音順に排列した。

	語	振り仮名	『はなひ草』	『俳諧御傘』	『俳諧類船集』
1	垢	アカ			○
2	蘆	アシ	○	○	○
3	熱田	アツタ			○
4	泉郎人	アマ人	○(蜑：あま・海人)	○(海士)	
5	鮎	アユ	○	○	○
6	蟻	アリ			○
7	粟	アハ	○		○
8	鮑	アハビ			○
9	哀れ＊165	アハ(れ)			○(憐：アハレミ)
10	笊籬	イカキ			○
11	軍	イクサ	○(いくさ)		○
12	石上	イソノカミ			○
13	戴け	イタダ(け)			○(頂ク)
14	鼬	イタチ			○
15	泉	イツミ	○	○	○
16	電	イナヒカリ	○(いなびかり)	○(いなびかり)	○(稲光：イナヒカリ)
17	守宮	イモリ		○	
18	飢し	ウヘ(し)			○
19	謡ふ	ウタ(ふ)	○(うたひに)		○(謡：ウタヒ)
20	鵜舟	ウ舟	○		
21	酔＊155	エイ	○		○(酔：エフ)
22	條	エタ			○(枝：エダ)
23	箙	エビラ	○(えびら)		
24	縁	エン	○(えん)		○
25	猿猴	エンコウ	○(ゑんこう)		
26	狼	ヲヽカミ			○
27	澳	ヲキ	○(沖：おき)	○(沖：おき)	
28	奥＊256	ヲク		○(奥といふ字)	
29	行ひ＊444	ヲコナ(ひ)	○(をこなひ)		
30	小手巻	ヲダマキ		○(をだまき)	○
31	音＊766	ヲト	○(音に：をとに)	○	
32	落す＊868	ヲト(す)			○
33	跳る	ヲド(る)	○(躍：をどる)		○(踊：ヲドリ)

	語	振り仮名	『はなひ草』	『俳諧御傘』	『俳諧類船集』
34	鬼＊919	ヲニ	○	○	○
35	帯	オビ		○	○
36	俤	ヲモカゲ	○(おもかげ)	○(面影)	○
37	甲斐	カイ			○
38	抱へし	カヽ(へし)			○(掲：カヽユル)
39	香久山	カク山			○(天香久山：アマノカク山
40	霍乱	クハクラン	○(くわくらん)		
41	篭	カゴ			○
42	首途＊154	カトデ	○(かどでに)		○(門出)
43	哥舞妓	カブキ			○
44	蕪	カブラ			○
45	壁	カベ	○		○
46	鎌倉	カマクラ			○
47	上＊444	カミ	○		
48	瓶	カメ			○
49	萱葺	カヤブキ		○(萱ふき)	
50	粥	カユ			○
51	碓	カラウス			○
52	河狩	河ガリ	○(河がり)		
53	牙	キバ			○
54	貴布祢	キブネ	○		○(貴舩：キフネ)
55	桐	キリ	○	○	○
56	鯨	クジラ			○
57	薬玉	クスタマ	○	○(くす玉)	
58	具足	グソク	○(具足のもち：ぐそくのもち)		○
59	組いれ	クミ(いれ)			○(組：クミ)
60	蔵	クラ	○		○
61	栗	クリ	○(くり)		○
62	景＊830	ケイ			○
63	稽古	ケイコ	○		
64	喧咙	ケンクハ			○(喧嘩：ケンクハ)
65	碁	ゴ			○
66	格子	カウシ	○		○
67	牛王	ゴワウ			○
68	氷砂糖	氷ザタウ		○	
69	碁盤	碁バン			○
70	苔	コケ			○
71	輿	コシ			○
72	胡椒	コセウ			○
73	鈎簾	コス	○	○	○
74	暦	コヨミ			○

	語	振り仮名	『はなひ草』	『俳諧御傘』	『俳諧類船集』
75	垢離	コリ			○
76	衣＊772	コロモ	○	○	○
77	催馬楽	サイバラ	○	○	
78	冴還り	サヘカヘ(り)	○(さえかへる)		
79	桜＊307	サクラ	○	○	○
80	大角豆	サヽゲ	○(さゝげ)		
81	桟敷	サジキ	○(桟敷：さんじき)		
82	指身	サシミ			
83	座頭＊785	ザト	○		○
84	砂糖	サタウ			○
85	金精	サビ			○(渋：サビル)
86	三味線	サミセン			○(三絃：シヤミセン)
87	敷つめ	シキ(つめ)	○(敷：しく)		○(敷：シク)
88	樒	シキミ			○
89	歯朶	シダ	○(しだ)		
90	注連	シメ			○
91	麝香	ジヤカウ			○
92	主	シウ	○		
93	従者	ジウザ	○		
94	珠敉	ジユズ	○		○
95	精進	サウジ	○(精進：しやうじん)		○
96	書院＊510	シヨエン	○		○
97	虱　＊813	シラミ			○
98	尻	シリ			○
99	白髪	シロカミ	○(しらが)	○(しら髪：しらが)	○(白髪：シラガ)
100	神泉苑	シンゼンエン			○
101	新発意	シンホチ			○
102	巣＊110	ス	○(鳥の巣：鳥のす)	○	○
103	水晶	スイシヤウ			○
104	透とをり	スキ(とをり)			○(透；スク)
105	鮨	スシ	○		○(鮓)
106	薄＊972	スヽキ	○	○	○
107	硯	スヾリ			○
108	諏訪	スハ		○(諏訪の明神)	○
109	施行	セギヤウ			○
110	節分＊896	セチブ	○(節分：せつぶん)	○(節分：せつぶん)	○
111	雪隠	セツチン			○
112	洗濯	センダク			○
113	雑煮	ザウニ	○	○	
114	候＊470	ソロ	○(候の字)		
115	醍醐	ダイゴ	○(だいご)		○

	語	振り仮名	『はなひ草』	『俳諧御傘』	『俳諧類船集』
116	鷹師	鷹ジヤウ	○(鷹匠：たかじやう)		
117	薪	タキヾ	○	○	○
118	蓼＊640	タテ	○		○
119	給	タベ・タブ	○		
120	珠	タマ	○(玉)	○(玉の字)	○(玉)
121	團子	ダンゴ			○
122	挑燈	テウチン			○
123	墜栗	ツイリ	○(墜栗花：ついくわつ花)		
124	頭巾	ヅキン	○		○
125	皷	ツヾミ			○
126	燕	ツバメ	○		○
127	礫	ツブテ			○
128	詰る	ツム(る)			○(結：ツメル)
129	摘る	ツメ(る)			○(摘：ツム)
130	釼	ツルギ			○(剣：ツルギ)
131	躰＊123	テイ	○(体の字)		
132	亭主＊839	テイシユ	○		
133	手形	手ガタ			○
134	敵	テキ	○		○
135	出来て	デキ(て)			○(出来：デクル)
136	鉄炮＊766	テツハウ	○		○
137	照＊763	テル			○
138	田楽	デンガク			○
139	道場＊818	タウジヤウ			○
140	燈篭＊36	トウロ			○
141	科	トカ			○
142	土鯲	ドヂヤウ			○(鯲：ドヂヤウ)
143	閇	トツ	○(とざし)		
144	十津川	トツカハ			○
145	蜻蛉	トンハウ			○
146	直す	ナヲ(す)			○(直：ナヲル)
147	泣いる	ナキ(いる)		○(泣：なく)	
148	渚	ナギサ	○	○	○
149	茄	ナスビ	○(なすび)		○(茄子：ナスビ)
150	那智	ナチ			○
151	納豆	ナツトウ			○
152	靡く	ナビ(く)		○(なびく)	○
153	新枕	ニヰ枕			○
154	迯(こむ・て・かへり)	ニゲ(こむ)	○(にぐる)		
155	尼公＊612	ニコウ	○		
156	場	ニハ	○(場の字)	○	

	語	振り仮名	『はなひ草』	『俳諧御傘』	『俳諧類船集』
157	人形	ニンゲウ	○		○
158	縫たて	ヌイ(たて)			○(縫：ヌヒ・ヌフ)
159	盗み＊724	ヌスミ			○
160	寐る	ネ(る)	○(寝：ねる)	○(寝の字：ねるのじ)	○(寝：ネル)
161	軒＊202	ノキ	○	○	○
162	拭ひ	ノゴ(ひ)			○
163	歯	ハ			○
164	這まはり	ハヒ(まはり)			○(這：ハフ)
165	博士	ハカセ			○
166	謀	ハカリゴト	○(はかりごと)		○
167	化物	バケ物			○
168	蜂	ハチ			○
169	濱＊644・835	ハマ	○	○	○
170	蛤	ハマグリ	○(はまぐり貝：はまぐりかい)		○
171	拂ふ	ハラ(ふ)			○
172	張子	ハリコ			○
173	菱	ヒシ	○		○
174	琵琶	ビハ			○
175	蓋	フタ			○
176	踏たて	フミ(たて)			○(踏：フム)
177	臍	ヘソ			○
178	別当	別タウ			○
179	紅粉	ベニ	○(べに)		○
180	蛇	ヘビ			○
181	部や	ヘ(や)	○(部屋：へ屋)		○(部屋)
182	蓬莱＊899	ホウライ			○
183	骨	ホネ			○
184	前	マヘ	○(前の字：まへの字)		
185	槇尾・槇の尾	マキノヲ・マキ(の尾)			○
186	三寸	ミキ			○
187	親王	ミコ	○(みこ)	○(みこ)	
188	溝＊789	ミゾ	○		○
189	乱し髪	ミダ(し髪)			○(乱髪：ミダルカミ)
190	湖	ミツウミ			○
191	翠	ミドリ	○(青きにみどり)	○(青きに緑：あをきにみどり)	
192	宮笥物	ミヤゲ物			○(土産物：ミヤゲ)
193	行幸	ミユキ	○	○(御幸)	○
194	麦飯	ムギ飯	○		
195	胸＊882	ムネ		○	

	語	振り仮名	『はなひ草』	『俳諧御傘』	『俳諧類船集』
196	厩	ムマヤ			○(馬屋)
197	眠蔵	メンザウ	○		
198	文字余り	モジアマ(り)	○	○(文字あまり)	
199	餅突	餅ツキ	○もちつき		
200	持＊223	モツ			○(持：タモツ)
201	海雲	モヅク	○		
202	戻る＊308・644	モド(る)			○
203	森＊764	モリ	○	○	
204	痩て	ヤセ(て)			○
205	雇はれ	ヤト(はれ)			○(傭：ヤトフ)
206	矢橋	ヤバセ			○
207	山科	山シナ	○	○	○
208	湯	ユ	○		○
209	譲る	ユヅ(る)			○
210	指	ユビ			○
211	夕立＊245	ヨダチ	○(夕立：夕だち)	○	○(白雨：ユフダチ)
212	夜這	夜バイ	○(夜ばひ)		
213	落葉	ラクエウ		○	
214	琉球	リウキウ			○
215	悋気	リンキ	○(りんき)		○
216	礼	レイ			○
217	恋慕	レンボ	○(れんぼ)		○
218	廬路	ロヂ	○		○(路地：ロヂ)
219	脇＊689	ワキ			○
220	鷲	ワシ			○
221	忘れ	ワス(れ)		○(忘字：わすれ字)	
222	鰐口	ワニ口	○(わに口)		○
223	藁	ワラ			○
224	藁や	ワラ(や)			○(藁屋)
225	破篭	ワリゴ			○(破子：ワリコ)
	異なり数		101	46	176
	延数		107	48	191

【資料二】『紅梅千句』の振り仮名を付す語と条件との関係

1、＊印を付す語は、振り仮名を付す・付さない両者がある語である。
2、振り仮名付き語の中でいずれかの条件に適応する語に○印を記入、○の中の数字は出現回数を示す。
3、節用集における収載について一致するものに○（394語）、漢字が異なる語には△（40語）、訓が異なる語には▲印（25語）、漢字の収載はあるが訓がない語は●（５語）、収載がない語に×印（155語）を記す。
4、複数回出現する語の中で、振り仮名を付す・付さない両者がある場合、初出に振り仮名を付す場合に○（34語）、再出に振り仮名を付す場合に×（39語）を「初出語」項目に記した。
5、『紅梅千句』での用字が一部平仮名表記である「かい楯」「すき間」「まん中」「部や」と節用集での表記「掻楯」「透間」「真中」「部屋」は一致するものとした。
6、節用集との関係では、「クジラ」に「鯨」「鯢」、「ミキ」に「三寸」「三木」、「ジユズ」に「念珠」「珠数」の異なる漢字表記があり、異なり振り仮名付き語数616語に加え619語に対する合計数である。
7、「巣」「鬼」「尼」「虫」「离」は現行の字体を使用し、「巣」「鬼」「尼」「虫」「離」と記した。
8、節用集との照合には、『黒本本』『明応五年本』『伊京集』『天正十八年本』『饅頭屋本』『易林本』『合類節用集』の７種を使用した。
9、「分（ワキ）て」は節用集には動詞「分（ワカツ）」とあるので、異義により不一致とした。
10、「踏たて」「踏あひ」「踏ぬ」はそれぞれ異なる語とした。
11、字音語では振り仮名を付す部分のみではなく、熟語・複合語の一語全体が字音語であるかを見るものである。
12、振り仮名のヨミについて、現代仮名遣・五十音順に排列した。

	語	振り仮名	句番号	文頭語	付合語	字音語	初出語	節用集との関係		
								収載状況	異表記	異訓
1	愛敬	アイキヤウ	612	○	○	○		○		
2	挨拶＊	アイサツ	76			○	○	○		
3	垢	アカ	527					○		
4	崇め	アガ(め)	517					○		
5	灰汁	アク	253					○		
6	悪行	アクギヤウ	817	○	○	○		○		
7	明六つ	アケ六つ	303	○	○			×		
8	浅からぬ	アサ(からぬ)	82		○			○		
9	浅沢	アササハ	478					○		
10	蘆	アシ	267	○	○			○		
11	畔	アゼ	483					○		
12	價	アタヒ	847					○		
13	熱田	アツタ	900	○	○			○		
14	敦盛	アツモリ	415					×		
15	葵上	アフヒノウヘ	689		○			×		
16	鐙	アブミ	362		○			○		
17	泉郎人	アマ人	356	○	○			△	蜑人	
18	天山	アメ山	982					○		
19	鮎	アユ	673	○	○			○		
20	歩み	アユ(み)	652		○			○		

	語	振り仮名	句番号	文頭語	付合語	字音語	初出語	節用集との関係		
								収載状況	異表記	異訓
21	荒薦	アラコモ	267		○			×		
22	諍ふ	アラソ(ふ)	251					○		
23	あら寒	(あら)サム	742					×		
24	荒波	アラ波	736					×		
25	霰酒	アラレ酒	901					×		
26	蟻	アリ	97		○			○		
27	歩き	アリ(き)	863					△	行	
28	粟	アハ	198	○	○			○		
29	鮑	アハビ	721	○				△	鮑・石決明	
30	哀れ＊	アハレ(れ−ママ)	165				×	○		
31	笊籬	イカキ	131		○			○		
32	生別れ	イキ(別れ)	855					×		
33	軍	イクサ	179					○		
34	生つ	イケ(つ)	839					○		
35	衣桁	イカウ	504	○	○	○		○		
36	射さす	イ(さす)	943					○		
37	急かせ	イソ(かせ)	487					○		
38	石上	イソノカミ	518	○	○			○		
39	戴け	イタダ(け)	330 875	○ (875)	○ (875)			○		
40	鼬	イタチ	127 788	○ (127)	②			○		
41	一合	イチガウ	333	○	○	○		○		
42	一日	一ジツ	840		○	○		×		
43	一揆	一キ	754	○	○	○		○		
44	泉	イツミ	474		○			○		
45	営み	イトナ(み)	567	○				○		
46	電	イナヒカリ	709	○	○			○		
47	守宮	イモリ	732	○				○		
48	飢し	ウヘ(し)	452					○		
49	土龍	ウグロモチ	481		○			○		
50	右近	ウコン	466		○	○		●		
51	宇治香	宇治カウ	70			○		×		
52	艮角	ウシトラズミ	619		○			×		
53	謡ふ	ウタ(ふ)	227					○		
54	有得	ウトク	574			○		○		
55	有得者	ウトク者	880		○	○		×		
56	温飩	ウドン	235		○	○		○		
57	鵜舟	ウ舟	258					×		
58	産湯	ウブユ	245		○			△	初湯	
59	瓜種	ウリタネ	739	○	○			×		
60	運	ウン	398			○		○		
61	雲龍	ウンレウ	802		○	○		×		

【資料二】『紅梅千句』の振り仮名を付す語と条件との関係

	語	振り仮名	句番号	文頭語	付合語	字音語	初出語	節用集との関係		
								収載状況	異表記	異訓
62	酔＊	エイ	155				○	○		
63	詠	エイ	949			○		○		
64	穢多	エタ	709		○	○		○		
65	條	エタ	609					○		
66	恵比須講	エビスカウ	903	○		○		×		
67	箙	エビラ	206	○				○		
68	縁	エン	277	○		○		○		
69	猿猴	エンコウ	915	○	○	○		○		
70	縁付	エンヅキ	761 930	○ (761)	○ (761)			×		
71	燕尾	エンビ	940		○	○		○		
72	老婆	ヲヒウバ	790					▲		ウバ
73	狼	ヲ、カミ	672		○			○		
74	大なゐ	オホ(なゐ)	396		○			×		
75	澳	ヲキ	151		○			○		
76	叟草	ヲキナ草	701					△	白頭草	
77	奥＊	ヲク	256			○	×	○		
78	臆病風	ヲクベウ風	48	○	○			×		
79	怠らす	ヲコタ(らす)	562					○		
80	行ひ＊	ヲコナ(ひ)	444		○		○	○		
81	瘧	ヲコリ	753	○	○			○		
82	小手巻	ヲダマキ	382	○	○			○		
83	落武者	ヲチ武者	662		○			×		
84	音＊	ヲト	766				○	○		
85	頤	ヲトカイ	603		○			○		
86	落す＊	ヲト(す)	868	○	○		×	○		
87	跳る	ヲド(る)	818					○		
88	衰ふ	ヲトロ(ふ)	596					○		
89	鬼＊	ヲニ	919	○			×	○		
90	帯	オビ	757					○		
91	俤	ヲモカゲ	410					△	面影	
92	折烏帽子	折エボシ	948	○	○			×		
93	恩徳	オンドク	346		○	○		○		
94	蛾	ガ	409		○	○		○		
95	甲斐	カイ	470			○		○		
96	蠶	カイコ	207		○			○		
97	海草	カイサウ	605	○	○	○		△	海藻	
98	害せぬ	カイ(せぬ)	670			○		▲		コロス
99	かい楯	(かい)ダテ	485					○		
100	海童	カイドウ	163	○	○	○		×		
101	買もの	カヒ(もの)	796					△		
102	薫らし	カヲ(らし)	615		○			○		
103	抱へし	カヽ(へし)	967		○			▲		イダク

	語	振り仮名	句番号	文頭語	付合語	字音語	初出語	節用集との関係		
								収載状況	異表記	異訓
104	鷺鹿	カヾシ	906	○	○			△	案山子	
105	篝	カヾリ	257					○		
106	掻合せ	カキ(合せ)	581					×		
107	垣杭	垣グヰ	739					×		
108	隠す	カク(す)	928					○		
109	香久山	カク山	952		○			△	餘香久山	
110	隔やみ	カク(やみ)	173	○	○	○		×		
111	霍乱	クハクラン	311	○	○	○		○		
112	隠れなし	カク(れなし)	941	○				△	無レ隠	
113	籠	カゴ	756	○	○			○		
114	かさね疊	(かさね)ダヽミ	287		○			×		
115	梶	カヂ	809		○			○		
116	楫枕	カヂ枕	835					×		
117	嫁せざる	カ(せざる)	652	○	○	○		○		
118	堅かりし	カタ(かりし)	511	○				○		
119	方違へ	カタタガ(へ)	897		○			×		
120	徒若党	カチワカタウ	222	○	○			×		
121	化狄	クハテキ	599			○		×		
122	首途＊	カトデ	154				○	○		
123	兼＊	カネ	749 926				○	○		
124	下坯	カヒ	399		○	○		×		
125	哥舞妓	カブキ	800	○		○		○		
126	蕪	カブラ	261		○			○		
127	壁	カベ	770		○			○		
128	鎌倉	カマクラ	533					○		
129	上＊	カミ	444	○	○		×	○		
130	瓶	カメ	245		○			○		
131	亀が谷	(亀が)ヤツ	331		○			▲		カメガヘ
132	萱葺	カヤブキ	283	○				○		
133	粥	カユ	842	○	○			○		
134	荷葉	カヨウ	208			○		▲		ハスノハ
135	辛き	カラ(き)	640					○		
136	碓	カラウス	895	○	○			○		
137	烏瓜	カラスウリ	828	○	○			△		
138	河狩	河ガリ	816					○		
139	元興じ	グハンゴウ(じ)	979			○		○		
140	寒垢離	カンゴリ	340		○	○		×		
141	観じ	クハン(じ)	51			○		×		
142	感じ入	カン(じ入)	553					×		
143	閑所	カンジヨ	302			○		○		
144	勧請	クハンジヤウ	900			○		○		
145	勧進帳	勧進チヤウ	520		○	○		×		

	語	振り仮名	句番号	文頭語	付合語	字音語	初出語	節用集との関係		
								収載状況	異表記	異訓
146	勧進坊主	クハンジンバウス	217		○	○		×		
147	綺	キ	27		○	○		○		
148	鬼界が嶋	キカイ(が嶋)	767		○			○		
149	紀の路	(紀の)ヂ	644		○			○		
150	后	キサキ	857		○			○		
151	牙	キバ	482					○		
152	貴布祢	キブネ	918	○	○	○		○		
153	花車＊	キヤシヤ	574	○		○	○	○		
154	脚布	キヤフ	634 812			②		○		
155	裾	キヨ	81		○	○		○		
156	堯	ギヨウ	718	○	○	○		●		
157	業々し	ギヤウ(々し)	353			○		△	凝凝	
158	狂乱	キヤウ乱	430			○		○		
159	玉殿	ギヨクデン	942		○	○		×		
160	玉兎	ギヨクト	407			○		○		
161	桐	キリ	678	○	○			○		
162	器量	キリヤウ	587	○	○	○		○		
163	奇麗＊	キレイ	509			○	○	○		
164	琴	キン	295		○	○		○		
165	吟	ギン	124			○		○		
166	槿花	キンクハ	839	○	○	○		▲		ムクケ・アサカホ
167	銀公	キンコウ	1			○		×		
168	欽明	キンメイ	387	○		○		○		
169	喰くらべ	クヒ(くらべ)	831					×		
170	公宴	クエン	777			○		×		
171	茎	クキ	922					○		
172	草薙	クサナギ	426	○	○			○		
173	鯨	クジラ	262					○		
	鯢	クジラ	1008					○		
174	薬玉	クスタマ	690		○			○		
175	楠	クスノキ	485	○				○		
176	具足	グソク	669		○	○		○		
177	国人	クニウト	846					×		
178	狗品	グヒン	495			○		×		
179	組いれ	クミ(いれ)	715					○		
180	蔵	クラ	725		○			○		
181	栗	クリ	193					○		
182	景＊	ケイ	830		○	○	×	○		
183	稽古	ケイコ	551			○		○		
184	化生	ケシヤウ	943			○		○		
185	解怠	ケダイ	341		○	○		○	懈怠	

	語	振り仮名	句番号	文頭語	付合語	字音語	初出語	節用集との関係		
								収載状況	異表記	異訓
186	結構	ケツコウ	951			○		○		
187	蹴る	ケ(る)	869					○		
188	喧咜	ケンクハ	886	○	○	○		○	喧嘩	
189	元亨	ゲンカウ	596			○		×		
190	建水	ケンスイ	543	○	○	○		△	硯水	ミズコボシ
191	碁	ゴ	834		○	○		○		
192	御威勢	御イセイ	744			○		×		
193	濃茶	コイチヤ・コヒ茶	413 555					×		
194	請て	コヒ(て)	536		○			○		
195	糠	カウ	207			○		○		
196	功	コウ	291		○	○		○		
197	格子	カウシ	419		○	○		○		
198	麴	カウジ	297	○	○			○		
199	香水	カウズイ	748		○	○		×		
200	行成	カウゼイ	695	○	○	○		×		
201	高祖	カウソ	521		○	○		○		
202	牛王	ゴワウ	137			○		○		
203	氷砂糖	氷ザタウ	667					×		
204	五月五日	ゴグハチゴニチ	224		○	○		●		
205	碁盤	碁バン	181		○	○		○		
206	漕ぐ	コ(ぐ)	415					○		
207	国阿	コクア	265		○	○		×		
208	御供	ゴクウ＊	198			○	○	×		
209	苔	コケ	838					○		
210	輿	コシ	10					○		
211	乞食＊	コジキ	846	○	○	○	×	▲		コツジキ
212	胡椒	コセウ	234		○	○		○		
213	鈎簾	コス	411		○			△	簾箔	
214	こせ瘡	(こせ)ガサ	729		○			△	疒	
215	牛頭天皇	ゴヅ天皇	282	○	○	○		○		
216	小猫	小ネコ	190		○			×		
217	此土	此ド	386		○			×		
218	木間	コノマ	764					×		
219	五百羅漢	五百ラカン	66		○	○		×		
220	細か	コマ(か)	665					○		
221	籠り人	(籠り)ド	141		○			×		
222	子安	コヤス	470					○		
223	暦	コヨミ	864					○		
224	垢離	コリ	266	○		○		○		
225	氷掻て	コリカキ(て)	527 955	○ (527)	○ (527)			○		
226	衣＊	コロモ	772	○	○		×	○		

	語	振り仮名	句番号	文頭語	付合語	字音語	初出語	節用集との関係		
								収載状況	異表記	異訓
227	菜	サイ	192			○		○		
228	災難	サイナン	424	○		○		○		
229	催馬楽	サイバラ	294		○	○		○		
230	宰府	サイフ	855		○	○		○		
231	材木	ザイモク	768		○	○		○		
232	冴還り	サヘカヘ(り)	407					△	寒返	
233	桜＊	サクラ	307		○		○	○		
234	提重箱	サゲジウバコ	715					×		
235	雑喉	ザコ	639			○		○		
236	大角豆	サヽゲ	132		○			△	小角豆	
237	桟敷	サジキ	714					○		
238	指身	サシミ	509		○			○		
239	座頭＊	ザト	785		○	○	×	○		
240	砂糖	サタウ	820	○	○	○		○		
241	実朝	サネトモ	777		○			×		
242	真盛	サネモリ	859	○	○			×		
243	鯖	サバ	845					○		
244	金精	サビ	388					▲		カネノサビ
245	三味線	サミセン	784		○	○		○		
246	懺悔する	サンゲ(する)	259	○	○	○		○		
247	三途河	三ヅ河	539		○			×		
248	三の間	サン(の)マ	772		○			×		
249	山荘	サンザウ	970		○	○		○		
250	讒奏	ザンソウ	856	○	○	○		○		
251	塩亍	シホヒ	606	○	○			○		
252	色紙形	色紙ゲウ	971			○		×		
253	敷つめ	シキ(つめ)	220					×		
254	樒	シキミ	91					○		
255	獅笛	シヽブエ	680	○				×		
256	時宗	ジシユ	492		○	○		○		
257	侍従	シジウ	615		○	○		○		
258	時守寺	ジシユデラ	324		○			×		
259	時正	ジシヤウ	675			○		○		
260	歯朶	シダ	1002		○	○		○		
261	自堕落	ジダラク	611	○		○		△	自隋楽	
262	七賢	七ゲン	227	○	○	○		○		
263	濕気＊	シツケ	380		○	○	○	○		
264	品＊	シナ	209		○		○	○		
265	渋柿	シブガキ	934	○	○			○		
266	注連	シメ	117 549 650	○ (549·650)	③			○	註連	
267	下をなご	シモ(をなご)	447		○			×		

	語	振り仮名	句番号	文頭語	付合語	字音語	初出語	節用集との関係		
								収載状況	異表記	異訓
268	麝香	ジヤカウ	383 814	○ (814)	○ (383)	②		○		
269	娑婆世界	シヤバセカイ	547			○		×		
270	執	シウ	711			○		○		
271	主	シウ	966	○	○	○		○		
272	拾遺	シウイ	71	○	○	○		×		
273	従者	ジウザ	966		○	○		○		
274	珠敉	ジユズ	358			○		△	数珠	
	念珠	ジユズ	160		○			○		
275	鍾馗	セウキ	880	○		○		○		
276	精進	サウジ	509			○		○		
277	正真	正ジン	971	○	○	○		×		
278	憔悴	セウスイ	394	○		○		○		
279	商舩	シヤウセン	512	○		○		×		
280	書院＊	シヨエン	510		○	○	○	○		
281	虱　＊	シラミ	813		○		×	○		
282	尻	シリ	933	○	○			○		
283	尻馬	シリムマ	540					×		
284	白髪	シロカミ	858		○			▲		白ハツ
285	城責	城セメ	806		○			×		
286	神泉苑	シンゼンエン	281		○	○		○		
287	真鍮	シンチウ	322	○	○	○		○		
288	神農	神ノウ	226		○	○		○		
289	新発意	シンホチ	468		○	○		○		
290	腎薬	ジンヤク	938		○	○		×		
291	神輿	シンヨ	197			○		▲		ミコシ
292	新羅	シンラ	27			○		○		
293	人倫	ジンリン	525			○		●		
294	巣＊	ス	110	○	○		○	○		
295	推	スイ	687		○	○		○		
296	水晶	スイシヤウ	475	○	○	○		○		
297	菅井黨	スカヰタウ	594	○	○			×		
298	透とをり	スキ(とをり)	939					×		
299	透間·すき間	スキマ·(すき)マ	601 742		○ (742)			○		
300	鮨	スシ	639		○			○		
301	錫	スヽ	583					○		
302	涼かぜ	スヾ(かぜ)	764					×		
303	薄＊	スヽキ	972	○	○		×	○		
304	煤けたる	スヽ(けたる)	137	○				×		
305	硯	スヾリ	511		○			○		
306	敉百里	ス百里	776			○		×		
307	窄て	スベ(て)	933					▲		スボム

	語	振り仮名	句番号	文頭語	付合語	字音語	初出語	節用集との関係		
								収載状況	異表記	異訓
308	墨付	スミツキ	808		○			×		
309	諏訪	スハ	741			○		○		
310	情＊	セイ	275			○	○	○		
311	施行	セギヤウ	927	○	○	○		○		
312	節	セチ	691		○	○		○		
313	節分＊	セチブ	896		○	○	×	○		
314	雪隠	セツチン	676		○	○		○		
315	摂津	セツツ	149		○			○		
316	洗濯	センダク	14			○		○		
317	銭湯	センタウ	728		○	○		×		
318	善導大師	ゼンダウ大師	468	○		○		×		
319	臓	ザウ	452			○		○		
320	増水	ザウスイ	172		○	○		○		
321	雑煮	ザウニ	866	○	○			○		
322	草履	ザウリ	782		○	○		○		
323	惻	ソクイン	585	○	○	○		×		
324	卒度	ソツ度	640	○		○		○		
325	蘇民	ソミン	283	○	○	○		○	蘇民将来	
326	候＊	ソロ	470				×	○		
327	誰＊	タ	232				×	▲		タソ・タレ
328	醍醐	ダイゴ	444		○	○		○		
329	帝釈天	タイシヤクテン	244	○	○	○		○		
330	大徳	ダイ徳	492			○		×		
331	手折じ＊	手ヲラ(じ)	609	○			×	○		
332	鷹師	鷹ジヤウ	506					○		
333	高養歯	高ヤウシ	933					×		
334	薪	タキヾ	714	○	○			○		
335	卓散＊	タクサン	889	○		○	×	○		
336	出す＊	ダ(す)	54 695 828				○	▲		イダス
337	糺河原	タヾス河原	672	○	○			×		
338	尋＊	タヅネ	616				○	○		
339	蓼＊	タデ	640				×	○		
340	陀佛	タブツ	817		○	○		×		
341	給	タベ·タブ	252 759	○ (252)	○ (252)			▲		タマフ
342	珠	タマ	703	○				○		
343	戯れて	タハム(れて)	185 541		○ (541)			○		
344	團子	ダンゴ	762		○			○		
345	知死期	チシゴ	719			○		○		
346	調菜	テウサイ	261			○		○		

	語	振り仮名	句番号	文頭語	付合語	字音語	初出語	節用集との関係		
								収載状況	異表記	異訓
347	挑燈	テウチン	288 656		○ (288)	②		○		
348	沈香亭	ヂンカウテイ	872	○	○	○		×		
349	鎮守	チンジユ	517		○	○		○		
350	墜栗	ツイリ	536	○	○	○		△	墜栗花	
351	杖	ツエ	789	○	○			○		
352	塚穴	ツカアナ	238					△	壙	
353	勴む	ツカ(む)	524					○		
354	付そめ	ツキ(そめ)	731					×		
355	着ぬ	ツキ(ぬ)	767					△	著	
356	頭巾	ヅキン	603			○		○		
357	盡し	ツク(し)	944					○		
358	漬ざる	ツケ(ざる)	923		○			○		
359	皷	ツヾミ	941					○		
360	燕	ツバメ	423		○			○		
361	礫	ツブテ	692		○			○		
362	詰る	ツム(る)	956					▲		ナジル
363	摘る	ツメ(る)	171	○				○		
364	釣針	ツリ針	868					△	鈎・釣鉤	
365	出る＊	ヅ(る)・デ(た)	92 717 889				×	▲		イヅル
366	劔	ツルギ	426		○			○		
367	弦葉＊	ツル葉	58	○			○	×		
368	躰＊	テイ	123		○	○	○	○		
369	亭主＊	テイシユ	839		○	○	○	○		
370	手飼＊	手ガヒ	870	○	○		×	×		
371	出来さん	デカ(さん)	305					×		
372	手形	手ガタ	724		○			△	契	
373	敵	テキ	661	○		○		○		
374	出来て	デキ(て)	744 807					×		
375	鉄炮＊	テツハウ	766	○	○	○	×	○		
376	照＊	テル	763				×	○		
377	田楽	デンガク	196		○	○		○		
378	典薬	テンヤク	312		○	○		○		
379	道場＊	タウジヤウ	818		○	○	×	○		
380	盗賊	タウゾク	214		○	○		○		
381	同朋	ドウボウ	957	○	○	○		○		
382	納涼	タウリヤウ	936			○		○		
383	燈籠＊	トウロ	36	○	○	○	○	○		
384	科	トカ	861	○				△	過	
385	冨樫	トガシ	316	○	○			○		

	語	振り仮名	句番号	文頭語	付合語	字音語	初出語	節用集との関係		
								収載状況	異表記	異訓
386	鋒る	トガ(る)	602 738		○ (738)			○		
387	斎	トキ	261		○			○		
388	得度	トクド	635			○		○		
389	とし越	(とし)コシ	356		○			△	歳越	
390	杜子美	トシミ	984	○	○	○		○		
391	閇目	トヂメ	557	○				×		
392	土鰍籠	ドヂヤウカコ	571					×		
393	土鰍	ドヂヤウ	130		○			△	鰍·土魚	
394	屠蘇白散	トソビヤクサン	451		○	○		○		
395	閇	トツ	324		○			○		
396	十津川	トツカハ	756		○			○		
397	飛次第	トビ次第	424					×		
398	苫	トマ	720					○		
399	鈍漢	ドンカン	53	○	○	○		○		
400	蜻蛉	トンハウ	499		○			○		
401	貪欲	トンヨク	527			○		○		
402	菜	ナ	171		○			○		
403	直す	ナヲ(す)	797					○		
404	中飲	中ノミ	542		○			×		
405	仲麿	ナカマロ	461	○	○			×		
406	泣いる	ナキ(いる)	43					×		
407	渚	ナギサ	344		○			○		
408	茄	ナスビ	989	○				△	茄子	
409	那智	ナチ	835	○	○	○		○		
410	納豆	ナツトウ	715	○		○		○		
411	撫られ	ナテ(られ)	503		○			○		
412	菜畑	ナバタ	380	○	○			×		
413	靡く	ナビ(く)	586 705		○ (705)			○		
414	鉛	ナマリ	765		○			○		
415	何歳	ナンザイ	402		○			×		
416	尼公＊	ニコウ	612		○	○	×	○		
417	二条家	二条ケ	778		○	○		×		
418	二の町	ニ(の町)	827	○				×		
419	二幅	二フク	582		○	○		×		
420	新枕	ニヰ枕	797		○			○		
421	煮る	ニ(る)	298 493		○ (493)			○		
422	入部＊	ニウブ	780	○	○	○	○	○		
423	迯こむ	ニゲ(こむ)	709					×		
424	迯て	ニゲ(て)	886					○		
425	迯かへり	ニゲ(かへり)	919					×		

	語	振り仮名	句番号	文頭語	付合語	字音語	初出語	節用集との関係		
								収載状況	異表記	異訓
426	場	ニハ	412					○		
427	若僧	ニヤク僧	587			○		×		
428	人形	ニンゲウ	484			○		○		
429	縫たて	ヌイ(たて)	450					×		
430	盗み＊	ヌスミ	724		○		×	○		
431	熱痰	ネツタン	667	○		○		×		
432	寐る	ネ(る)	931 990		○ (990)			○		
433	納受	ナウジユ	211	○		○		○		
434	農人	ノウニン	897	○	○	○		○		
435	軒＊	ノキ	202		○		○	○		
436	拭ひ	ノゴ(ひ)	552 809		○ (809)			○		
437	野良猫	ノラネコ	507	○				×		
438	乗鞍	ノリクラ	725	○	○			○		
439	乗	ノル	755		○			○		
440	歯	ハ	561		○			○		
441	這まはり	ハヒ(まはり)	733					×		
442	墓	ハカ	629					○		
443	博士	ハカセ	660	○		○		○		
444	謀	ハカリゴト	353	○				○		
445	勵す	ハゲマ(す)	534					○		
446	化物	バケ物	710		○			△	妖化物	
447	運べ	ハコ(べ)	215					○		
448	秦氏	ハダウヂ	771	○	○			×		
449	蜂	ハチ	921	○	○			○		
450	八ど	ハチ(ど)	953		○	○		×		
451	初子	ハツネ	103		○			×		
452	咄す	ハナ(す)	840	○				○		
453	羽ぶるひ	ハ(ぶるひ)	170					△	翥	
454	濱＊	ハマ	644 835		○ (644)		×	○		
455	蛤	ハマグリ	737	○				○		
456	刃物	ハ物	194	○	○			△	刃	
457	拂ふ	ハラ(ふ)	958					○		
458	張子	ハリコ	795		○			○		
459	板木	ハンギ	697	○	○			×		
460	斑女	ハンジヨ	559		○	○		×		
461	繁昌＊	ハンジヤウ	964 1008	○ (964)	○ (964)	②	×	○		
462	脾	ヒ	452			○		○		
463	僻言	ヒガコト	645					△	僻事	
464	引捨	ヒキスツ	730					×		

	語	振り仮名	句番号	文頭語	付合語	字音語	初出語	節用集との関係 収載状況	異表記	異訓
465	卑下	ヒゲ	354			○		○		
466	火事	ヒ事	426		○			▲		クワジ
467	菱	ヒシ	805		○			○		
468	臂	ヒヂ	531					○		
469	左り	ヒダ(り)	947		○			○		
470	人＊	ヒト	755		○		×	○		
471	人香	人ガ	814		○			×		
472	皮肉	ヒニク	696	○	○	○		○		
473	日々記	日ニツキ	3		○			×		
474	百草	ヒヤクサウ	225	○	○	○		×		
475	百人一首	ヒヤクニンシユ	285	○	○	○		×		
476	白散	ビヤクサン	651	○	○	○		○		
477	昼狐	ヒル狐	431					×		
478	琵琶	ビハ	992		○	○		○		
479	便宜	ビンギ	538			○		○		
480	秉拂	ヒンホツ	588		○	○		○		
481	麸	フ	493			○		○		
482	無興	ブケウ	987		○	○		○		
483	吹出す	吹ダ(す)	417	○				×		
484	覆面	フクメン	457	○	○	○		○		
485	分限	ブゲン	320		○	○		○		
486	節	フシ	227					○		
487	蓋	フタ	274 432	○ (274)	○ (274)			○		
488	二歯	フタバ	372		○			×		
489	二女狂ひ	フタメクル(ひ)	946	○	○			×		
490	不断香	フダンカウ	973	○		○		×		
491	扶持	フチ	595		○	○		○		
492	不図	不ト	836	○		○		○		
493	舟逍遥	フナゼウヨウ	287		○			×		
494	舟鉾	フネボコ	655	○	○			×		
495	踏たて	フミ(たて)	805		○			×		
496	麓寺	フモト寺	260					×		
497	風爐釜＊	フロ釜	580				○	×		
498	壁	ヘイ	25			○		○		
499	臍	ヘソ	382		○			○		
500	別	ベチ	795		○	○		○		
501	別当	別タウ	453			○		○		
502	紅粉	ベニ	254					○		
503	舳の杏	ヘ(の杏)	738		○			×		
504	蛇	ヘビ	238					○		
505	部や	ヘ(や)	733					○		

	語	振り仮名	句番号	文頭語	付合語	字音語	初出語	節用集との関係 収載状況	異表記	異訓
506	邊＊	ヘン	756 898		○ (756)	②	×	○		
507	法＊	ホウ	783			○	×	▲		ノリ
508	坊	バウ	785		○	○		○		
509	法躰	法タイ	940	○		○		○		
510	蓬莱＊	ホウライ	899	○	○	○	×	○		
511	亍菜	ホシナ	359		○			×		
512	程＊	ホド	545				×	○		
513	骨	ホネ	364	○	○			○		
514	誉る	ホム(る)	580					○		
515	補薬	ホヤク	82	○	○	○		○		
516	法論味噌	ホロミソ	629		○	○		○		
517	本復	本フク	746			○		○		
518	前＊	マヘ	825				×	○		
519	槙尾・槙の尾	マキノヲ・マキ(の尾)	637 993	○ (637)	②			△	槙尾寺	
520	天蓼	マタヽビ	508		○			○		
521	町若衆	マチワカ衆	390	○	○			×		
522	まつ黄	(まつ)キ	467		○			×		
523	真鶴	マナ鶴	403	○	○			○		
524	摩利支天	マリシテン	859		○	○		×		
525	稀＊	マレ	437				×	○		
526	まん中	(まん)なか	169					○		
527	幔幕	マンマク	456		○	○		○		
528	実＊	ミ	535				○	○		
529	三木＊	ミキ	875		○		×	×		
	三寸	ミキ	300	○				○		
530	親王	ミコ	290					▲		シンワウ
531	水梨	水ナシ	935					×		
532	溝＊	ミゾ	128 789	○ (128)	②		○	○		
533	御田植	ミタウヘ	981					×		
534	乱し髪	ミダ(し髪)	798	○	○			▲		ミタレガミ
535	御帳台	ミチヤウダイ	500	○	○			×		
536	湖	ミツウミ	565	○				○		
537	翠	ミドリ	2	○	○			○		
538	蓑笠	ミノカサ	898		○			○		
539	蓑龜	ミノガメ	1002	○				○		
540	身延	ミノブ	259					△	身延山	
541	宮笥物	ミヤゲ物	605		○			×		
542	宮司	ミヤジ	786	○				△	宮仕・宮子	
543	行幸	ミユキ	677		○			▲		ギヤウカウ
544	麦秋	ムキ秋	492	○	○			▲		ハクシウ

	語	振り仮名	句番号	文頭語	付合語	字音語	初出語	節用集との関係 収載状況	異表記	異訓
545	麦飯	ムギ飯	355	○	○			○		
546	無慙	ムザン	524	○		○		○		
547	虫気＊	虫ケ	269	○			○	○		
548	蒸竹	ムシ竹	445	○	○			×		
549	鞭	ムチ	891					○		
550	胸＊	ムネ	882	○			×	○		
551	厩	ムマヤ	453 793					○		
552	妻敵	メカタキ	532		○			×		
553	珍し＊	メヅラ(し)	639				○	○		
554	眠蔵	メンザウ	95		○	○		○		
555	麵類	メンルイ	493	○	○	○		○		
556	毛氈	モウセン	937			○		○		
557	最上	モガミ	255	○	○			○		
558	文字余り	モジアマ(り)	823		○			×		
559	餅突	餅ツキ	902		○			×		
560	餅躑躅	モチツヽジ	609		○			△	羊躑躅	
561	持＊	モツ	223	○			×	○		
562	海雲	モヅク	355		○			○		
563	戻る＊	モド(る)	308 644				○	○		
564	者＊	モノ	351				○	○		
565	樅	モミ	159	○				○		
566	百の媚	モヽ(の)コビ	560	○				×		
567	餬ふ	モラ(ふ)	544 833					○		
568	森＊	モリ	764	○	○		○	○		
569	紋＊	モン	678		○	○	○	○		
570	門徒	モント	674	○		○		○		
571	焼めし	ヤキ(めし)	140	○	○			×		
572	厄	ヤク	760	○	○	○		○		
573	痩て	ヤセ(て)	190					○		
574	雇はれ	ヤト(はれ)	997					○		
575	柳鮠	柳バエ	349		○			×		
576	矢橋	ヤバセ	250		○			○		
577	山科	山シナ	675		○			○		
578	仙びと	ヤマ(びと)	181	○				×		
579	止ぬ	ヤメ(ぬ)	528					○		
580	湯	ユ	395 924		○ (924)			○		
581	維摩経	ユイマ経	74	○	○	○		×		
582	靭	ユキ	358	○	○			▲		イキ
583	譲る	ユヅ(る)	249		○			○		

	語	振り仮名	句番号	文頭語	付合語	字音語	初出語	節用集との関係		
								収載状況	異表記	異訓
584	指	ユビ	968					○		
585	柚べし	ユ(べし)	716	○	○	○		×		
586	柚味噌	ユ味噌	192		○	○		○		
587	瓔珞	ヤウラク	385		○	○		○		
588	与謝	与サ	975			○		○		
589	夕立＊	ヨダチ	245	○	○		○	▲		ユフダチ
590	夜這	夜バイ	786					○		
591	讀＊	ヨム	553				×	○		
592	娌入	ヨメリ	119 796	○ (796)	○			△	嫁	
593	楽寝	ラクネ	881	○	○			×		
594	落葉	ラクエウ	502			○		○		
595	律	リツ	992	○		○		●		
596	琉球	リウキウ	783	○	○	○		○		
597	龍脳	リウナウ	591	○	○	○		○		
598	霊＊	リヨウ	774		○	○	×	▲		レイ
599	料	レウ	241			○		×		
600	礼	レイ	876		○	○		○		
601	例＊	レイ	902	○		○	×	○		
602	悋気	リンキ	531 988		○ (988)	②		○		
603	恋慕	レンボ	653 750	○ (653)	○ (750)	②		○		
604	廬路	ロヂ	158	○	○			△	路次	
605	廬地口	ロヂ口	960		○			×		
606	脇＊	ワキ	689		○		○	○		
607	脇ぐるひ	ワキ(ぐるひ)	731					×		
608	分て	ワキ(て)	209					×		
609	鷲	ワシ	524		○			○		
610	輪珠数	ワジユズ	260	○	○			×		
611	忘れ	ワス(れ)	757					○		
612	鰐口	ワニ口	978		○			○		
613	佗言	ワビゴト	945	○				○		
614	藁	ワラ	1001					○		
615	藁や	ワラ(や)	649		○			△	草亭	
616	破籠	ワリゴ	630	○	○			○		
	合計			196	347	247	34			

【資料三】　10俳諧集における振り仮名を付す語

1、○の中の数字は出現回数を示す。
2、『正章千句』の「もとゝし」の振漢字「基俊」は除外した。
3、振り仮名のヨミについて、現代仮名遣・五十音順に排列した。

	漢字	振り仮名	正	紅	宗	江八	当	西	江蛇	江宮	軒	七	回数
あ	嗟	アヽ					○						1
	嗚呼	アヽ									○		1
	藍	アイ			○								1
	相あひ蒲団	アヒ(あひ)ブトン										○	1
	哀猿	アイヱン									○		1
	愛敬	アイキヤウ		○									1
	挨拶	アイサツ・アヒサツ		○	○							○	3
	相圖	アイヅ					○						1
	相住	アヒズミ										○	1
	遇	アフ									○		1
	葵	アフヒ							○				1
	葵上	アフヒノウヘ		○									1
	阿呼	阿ウン				○							1
	和物草゛	アヘモノ草゛										○	1
	白雲	アヲ雲									○		1
	青昆布	アヲコブ										○	1
	青苧	アヲソ										○	1
	青駄	アヲダ										○	1
	青丹	アホニ										○	1
	障泥	アヲリ										○	1
	垢	アカ		○				○					2
	閼伽桶	アカヲケ	○										1
	銅	アカヽネ										○	1
	皹	アカヽリ	○										1
	胼	アカヽリ				○					○		2
	茜	アカネ										○	1
	赤肌	赤ハダ							○				1
	赤膚山	アカハタ山				○							1
	崇め	アガ(め)		○									1
	赤裳	アカモ					○						1
	揚屋	アガリ屋										○	1
	上らふ	アガ(らふ)						○					1
	明(ニ)	アキラカ(ニ)										○	1
	灰汁	アク		○									1
	悪行	アクギヤウ		○									1

	漢字	振り仮名	正	紅	宗	江八	当	西	江蛇	江宮	軒	七	回数
あ	欠	アクビ									○		1
	朱	アケ							○		○		2
	揚代	アゲ代										○	1
	明六つ	アケ(六つ)		○									1
	揚屋	アゲ屋					○						1
	腮	アゴ									○		1
	網子	アゴ										○	1
	麻	アサ									○		1
	浅からぬ	アサ(からぬ)		○									1
	浅沢	アササハ		○									1
	浅漬	浅ツケ・アサヅケ							○			○	2
	朝朗	朝ボラケ			○	○							2
	朝政	アサマツリゴト										○	1
	鯏	アサリ								○			1
	蘆	アシ		○									1
	無レ状	アヂキナシ									○		1
	朝	アシタ										○	1
	旦	アシタ										○	1
	履	アシダ	○										1
	明日	アス				○							1
	飛鳥河	アスカ河				○							1
	小豆	アヅキ				○							1
	射垜	アヅチ							○				1
	東	アヅマ						○					1
	畔	アゼ		○									1
	阿蘇	阿ソ				○							1
	化	アダ										②	2
	價	アタヒ		○									1
	愛宕講	アタゴ講										○	1
	化野	アタシノ・アダシ野			○	○							2
	暖	アタヽカ						○					1
	化名	アダナ				○							1
	化人	アダ人										○	1
	化部屋	アダ部屋									○		1
	哆	アツカヒ				○							1
	熱田	アツタ		○									1
	厚鬢	アツビン					○						1
	敦盛	アツモリ		○									1
	蹟	アト									○		1

【資料三】 10俳諧集における振り仮名を付す語

	漢字	振り仮名	正	紅	宗	江八	当	西	江蛇	江宮	軒	七	回数
あ	穴	アナ										○	1
	穴師	アナシ							○				1
	豈	アニ	○										1
	兄弟子	兄デシ				○							1
	阿尓摩尓摩々祢	アニマニマヽネ										○	1
	姉女郎	姉チヤウラウ										○	1
	亜誹	アハイ									○		1
	髗骨	アバラボネ										○	1
	鵞	アヒル				○							1
	虻蜂	アフハチ				○							1
	鐙	アブミ		○									1
	膏	アブラ										○	1
	油氣	油ケ									○		1
	唖方	アハウ										○	1
	泉郎	アマ	○										1
	蜑	アマ										○	1
	天兒	アマガツ							○				1
	阿麻久佐	アマクサ					○						1
	尼衣	アマゴロモ	○										1
	尼店	アマタナ				○							1
	天の磐樟	アマ(の)イハクス										○	1
	天彦姫	アマヒコ姫									○		1
	泉郎人	アマ人		○									1
	烏柹	アマボシ										○	1
	網	アミ			○						○		2
	編笠	アミ笠										○	1
	飴	アメ			○								1
	糖	アメ	○										1
	粭	アメ				○							1
	天	アメ										○	1
	天山	アメ山		○									1
	綾竹	アヤ竹				○							1
	誤り	アヤマ(り)			○								1
	菖蒲	アヤメ				○						○	2
	菖蒲草	アヤメ草				○							1
	歩み	アユ(み)		○									1
	鮎	アユ		○									1
	荒行	アラ行	○										1
	荒薦	アラコモ		○									1

	漢字	振り仮名	正	紅	宗	江八	当	西	江蛇	江宮	軒	七	回数
あ	あら寒	(あら)サム		○									1
	諍ふ	アラソ(ふ)	○	○									2
	荒波	アラ波		○									1
	荒働	アラハタラキ						○					1
	あら筵	(あら)ムシロ			○								1
	荒目	アラメ	○										1
	霰酒	アラレ酒		○									1
	顕(し・れ)	アラハ(し)			○	○							2
	蟻	アリ		○									1
	歩き	アリ(き)		○									1
	分野	アリサマ									○		1
	或	アル・アルイ			○						○	②	4
	主	アルジ				○							1
	荒し	アレ(し)				○							1
	淡	アハ										○	1
	粟	アハ		○									1
	阿波嶌	アハシマ						○					1
	蚫	アハビ		○		○							2
	鮑	アハビ										②	2
	哀れ	アハレ		○									1
	行脚	アンギヤ	○										1
	安康	アンコウ					○						1
	按じて	アン(じて)					○						1
	行燈	アンドン										②	2
	按摩	アンマ			○	○		○			○		4
い	藺	イ				○							1
	遺愛寺	イアヒ寺・イアイジ				○	○						2
	飯	イヽ・イヒ			○							○	2
	家産	イエヅト	○										1
	硫黄が嶋	イワウが嶋	○										1
	笊籬	イカキ		○							○		2
	瑞籬	イガキ					○					○	2
	雷	イカツチ									○		1
	怒て	イカツ(て)					○						1
	如何	イカナルカ										○	1
	五十嵐殿	イガラシ殿					○						1
	錠	イカリ						○					1
	怒猪	イカリヰ										○	1
	生骸	生カハネ									○		1

	漢字	振り仮名	正	紅	宗	江八	当	西	江蛇	江宮	軒	七	回数
い	閊る	イキ(る)					○						1
	生灵	イキ灵	○										1
	生別れ	イキ別れ		○									1
	幾億	イクヲク										○	1
	幾日	イクカ・イツカ			②								2
	軍	イクサ		○									1
	幾夕へ	イク(タへ)										○	1
	異香薫	異香クン									○		1
	生つ	イケ(つ)		○									1
	衣桁	イカウ		○								○	2
	砂	イサゴ				○							1
	射さす	イ(さす)		○									1
	伊弉諾	イサナギ					○						1
	十六夜	イザヨヒ	○										1
	胃糸	イシ						○					1
	石臼	石ウス						○					1
	礎	イシスヱ・イシヅエ				○						○	2
	石灰	石ハイ						○					1
	放會	イシハヂキ	○										1
	石焼	石ヤキ							○				1
	意趣	イシユ										○	1
	急がせ	イソ(がせ)		○									1
	礒際	礒キハ						○					1
	五十	イソジ										○	1
	五十年	イソジ										○	1
	石上	イソノカミ		○									1
	懐て	イダキ(て)				○							1
	頂	イタヽキ				○							1
	戴け	イタダ(け・く)		②								②	4
	鼬	イタチ		②								○	3
	韋駄－天	イダ天						○					1
	虎杖	イタドリ										○	1
	痛や	イタ(や)									○		1
	一合	イチガウ		○									1
	一時	イチジ					○						1
	一日	一ジツ		○									1
	掲焉	イチシルク									○		1
	一陣	一ヂン						○					1
	逸物	イチモツ					○						1

	漢字	振り仮名	正	紅	宗	江八	当	西	江蛇	江宮	軒	七	回数
い	一揆	一キ		○								○	2
	斎宮	イツキノミヤ										○	1
	何国	イツク			○								1
	一轍	一テツ										○	1
	泉	イツミ		○									1
	厭ひ	イト(ひ)	②										2
	営み	イトナ(み)		○									1
	伊奈左	イナサ					○						1
	電	イナヒカリ		○									1
	古し	イニ(し)									○		1
	狗	イヌ							○				1
	祈	イノリ			○								1
	渭濱	イヒン									○		1
	疣	イボ	○										1
	未	イマダ										○	1
	妹	イモウト	○										1
	妹背	イモセ				○							1
	守宮	イモリ		○									1
	弥	イヤ										○	1
	甍	イラカ				○							1
	煎鰯	イリイハシ										○	1
	煎菽	イリマメ	○										1
	入替り	入カハ(り)			○								1
	色	ユロ・イロ	○									○	2
	色人	イロビト										○	1
	巖	イハホ									○	○	2
	岩城山	岩キ山										○	1
	曰	イハク			○						○		2
	鰯	イワシ					○						1
	岩殿	岩ドノ										○	1
	所謂	イハユル									○		1
	家主	イハラジ	○										1
	因果	インクハ						○					1
	婬女	イン女	○										1
	印子	ヰンス										○	1
	院殿	院テン										○	1
	淫乱	インラン	○										1
う	鵜	ウ						○					1
	上	ウヘ			○								1

	漢字	振り仮名	正	紅	宗	江八	当	西	江蛇	江宮	軒	七	回数
う	樹屋	ウエキ屋										○	1
	飢し	ウヘ(し)		○							○		2
	上野	ウヘ野				○							1
	上宮	ウヘ宮	○										1
	穿チ	ウガ(チ)									○		1
	浮瓢	浮フクベ									○		1
	黄鸝	ウグヒス	○										1
	土龍	ウグロモチ		○									1
	動せ	ウゴカ(せ)						○					1
	右近	ウコン		○									1
	鬱金	ウコン										○	1
	宇治香	宇治カウ		○									1
	艮角	ウシトラズミ		○									1
	後	ウシロ				○							1
	後堂	ウシロダウ										○	1
	後飛	ウシロトビ										○	1
	薄饁	ウスカサ									○		1
	薄情	薄ナサケ						○					1
	薄縁	薄ベリ				○							1
	虚	ウソ									○	③	4
	嘯け	ウソフ(け)	○										1
	謡ふ	ウタ(ふ)		○									1
	疑がはで	ウタ(がはで)	○										1
	歌屑	歌クヅ							○				1
	打頪て	打ウナツイ(て)				○							1
	擣すさむ	ウチ(すさむ)					○						1
	幻	ウツヽ				○							1
	梁	ウツハリ										○	1
	簕猿	ウツボ猿										○	1
	埋む	ウツ(む)						○					1
	埋れ	ウヅモ(れ)										○	1
	肘	ウデ					②						2
	腕	ウデ	○		○	②							4
	独活	ウド									②		2
	有得	ウトク		○									1
	有得者	ウトク者		○									1
	温飩	ウドン		○			○						2
	鰻	ウナキ									○		1
	乳母	ウバ・ウハ				○					○	○	3

	漢字	振り仮名	正	紅	宗	江八	当	西	江蛇	江宮	軒	七	回数
う	烏羽	ウバ										○	1
	産毛	ウブケ										○	1
	鵜舟	ウ舟		○									1
	産湯	ウブユ		○									1
	産	ウミ			○								1
	海鬼燈	ウミホウヅキ										○	1
	生(ム)	ウ(ム)										○	1
	埋て	ウメ(て)				○							1
	恭	ウヤ〱シク									○		1
	裏屋	ウラ屋										○	1
	瓜種	ウリタネ		○									1
	湊ひて	ウルホ(ひて)									○		1
	漆	ウルシ					○						1
	漆紋	ウルシ紋					○						1
	上氣	ウハキ										○	1
	上氣人	ウハキビト										○	1
	上桟敷	ウハサジキ										○	1
	後妻	ウハナリ	○										1
	上塗	ウワヌリ					○						1
	蝎	ウハヽミ	○										1
	運	ウン		○									1
	温暖	ウンダン					○						1
	雲龍	ウンレウ		○									1
え	柄	エ										④	4
	餌	エ										○	1
	詠	エイ		○									1
	映して	ヱイ(じて)									○		1
	酔たる	エイ(たる)		○									1
	永平寺	エイヘイシ					○						1
	恵心	エシン										○	1
	夷	エゾ	○										1
	蝦夷	エゾ				○							1
	餌釣	ヱヅリ										○	1
	穢多	エタ・エツタ	○	○		○							3
	肢	エダ										○	1
	條	エタ		○									1
	恵比須講	エビスカウ		○									1
	恵比須殿	エヒス殿	○										1
	箙	エビラ		○								○	2

【資料三】 10俳諧集における振り仮名を付す語

	漢字	振り仮名	正	紅	宗	江八	当	西	江蛇	江宮	軒	七	回数
え	鬼	ヱヘン									○		1
	栄耀	エヨウ・ヱエウ						○				○	2
	えり裏	(えり)ウラ			○								1
	襟掛	ヱリ掛									○		1
	襟山	ヱリサン									○		1
	縁	エン	○	○	○								3
	椽	エン			○	○							2
	縁覚の亮	エンガク(の)スケ										○	1
	縁組	縁クミ						○					1
	猿猴	エンコウ		○									1
	炎上	エンジヤウ					○						1
	鷰丹	エンタン										○	1
	縁付	エンヅキ		②									2
	燕尾	エンビ		○									1
	閻浮檀金	エンブダゴン				○							1
お	甥	ヲヒ			○	○							2
	負	ヲヒ・ヲ(ふ)・ヲフ(つ)			○			○				○	3
	老婆	ヲヒウバ		○									1
	生て	ヲヒ(て)										○	1
	追剥	ヲヒハギ			○								1
	黄金	ワウゴン					○						1
	黄疸	ワウダン	○										1
	樗	アフチ			○								1
	尩弱	ワウチヤク								○			1
	覆	ヲヽヒ・ヲホイ						○				○	2
	大瘧	大ヲコリ			○								1
	狼	ヲヽカミ		○									1
	大口舌	大クセツ						○					1
	大觴	大サカツキ				○							1
	大酒宴	大ザカモリ										○	1
	大酌子	大シヤクシ					○						1
	大葛篭	大ツヽラ				○							1
	大吃	大ドモリ								○			1
	大なゐ	オホ(なゐ)		○									1
	大幣	大ヌサ				○							1
	大寝坊	大ネ坊				○							1
	大原ざし	オホバラ(ざし)	○										1
	大柄	オホヘイ									○		1
	大焼	大ヤケ										○	1

	漢字	振り仮名	正	紅	宗	江八	当	西	江蛇	江宮	軒	七	回数
お	御しら露	ヲホン(しら露)					○						1
	御目	オホン目									○		1
	可笑	ヲカシキ									○		1
	御筐	御カタミ						○					1
	罡部	ヲカベ					○						1
	澳	ヲキ		○									1
	置き皺	ヲ(き皺)										○	1
	起て	ヲキ(て)										○	1
	補ふ	ヲキナ(ふ)			○								1
	叟草	ヲキナ草		○									1
	奥	ヲク		○									1
	臆辱	ヲクヂヨクト(右訓) マジメ(左訓)									○		1
	奥歯	奥ハ・奥バ				○			○				2
	噫	ヲクビ										○	1
	臆病風	ヲクベウ風		○									1
	臆病者	ヲク病者							○				1
	怠らす	ヲコタ(らす)		○									1
	行ひ	ヲコナ(ひ)		○									1
	瘧	ヲコリ		○		○		○				○	4
	驕	オゴリ・ヲゴリ	○									○	2
	奢る	ヲゴ(る)									○		1
	長	ヲサ									○		1
	筬	ヲサ						○					1
	鴛	ヲシ			○								1
	押	ヲシ									○		1
	伯父	ヲチ・ヲヂ			○							○	2
	舅	ヲヂ					○						1
	男鹿	ヲ鹿										○	1
	伯父者	ヲヂジヤ	○										1
	和尚	ヲ尚										○	1
	遅ひ	ヲソ(ひ)						○					1
	御造作	御ザウサ			○								1
	御卒曽離	オソヽリ									○		1
	御傍	ヲソバ			○								1
	恐	ヲソレ							○				1
	愛宕	ヲタギ	○										1
	小手巻	ヲダマキ		○									1
	遠	ヲチ					○						1

	漢字	振り仮名	正	紅	宗	江八	当	西	江蛇	江宮	軒	七	回数
お	御乳	ヲチ			○								1
	乙甲	ヲチカシラ										○	1
	落瀧	ヲチタキ			○								1
	落武者	ヲチ武者		○									1
	膃肭臍	ヲツトセイ	○										1
	音	ヲト		○							○		2
	頤	ヲトカイ		○									1
	乙門	乙カド										○	1
	落す	ヲト(す)		○									1
	威	ヲドシ									○		1
	驚す	ヲド(す)										○	1
	音高	ヲトタカ							○				1
	大臣	ヲトヾ・ヲトヽ										②	2
	一昨日	ヲトヽヒ				○							1
	跳	オドリ・ヲド(る)	○	○									2
	躍出	ヲトリ出						○					1
	荊	ヲドロ				○							1
	衰ふ	ヲトロ(ふ)		○									1
	女子衆	ヲナゴ衆										○	1
	鬼	ヲニ		○									1
	大根葉	ヲネバ			○								1
	姨	ヲバ				○							1
	御祓	ヲハラヒ			○								1
	帯	オビ		○									1
	夥し	オビタヽ(し)	○										1
	俤	ヲモカゲ		○	○		○						3
	侍児	ヲモトヒト									○		1
	膳所	ヲモノヽ										○	1
	走	ヲモムケ									○		1
	重目	ヲモ目										○	1
	惟見る	ヲモン(見る)				○							1
	親仁	ヲヤジ				○							1
	親父	ヲヤヂ				○							1
	及ぬ	オヨバ(ぬ)			○								1
	折し	オラ(し)				○							1
	阿蘭陀	ヲランダ										○	1
	折烏帽子	折エボシ		○									1
	踈	ヲロソカ									○		1
	飲食	ヲンシキ									②		2

	漢字	振り仮名	正	紅	宗	江八	当	西	江蛇	江宮	軒	七	回数
お	恩徳	オンドク		○									1
	女神゛	ヲンナ神゛										○	1
	隠坊	ヲンバウ			○								1
	隠房	ヲンホウ						○					1
か	蚊	カ				○						○	2
	蛾	ガ		○									1
	我	ガ						○					1
	峡	カヒ				○							1
	甲斐	カイ		○									1
	紙屋川	カイ川										○	1
	咳氣	ガイキ										○	1
	会稽	クハイケイ	○										1
	蠶	カイコ		○									1
	海草	カイサウ		○									1
	害せぬ	カイ(せぬ)		○									1
	かい楯	(かい)ダテ		○									1
	海童	カイドウ		○									1
	腕	カイナ	○										1
	買呑	買ノミ				○							1
	開闢	カイヒヤク										○	1
	買もの	カヒ(もの)		○									1
	買(て・ふ)	カウ(て)・カハ(ふ)			②								2
	還り	カヘ(り)				○							1
	歸り	カヘ(り)						○					1
	顧	カヘリミル										○	1
	蝦蟆	カヘル									○		1
	花焔	花エン									○		1
	火焔	火エン			○								1
	何億	カヲク										○	1
	薫らし	カヲ(らし)		○									1
	抱へし	カヽ(へし)		○									1
	挑	カヽゲ				○							1
	驚鹿	カヾシ		○									1
	鹿驚	カヽシ	○										1
	篝	カヾリ・カヽリ		○				○				○	3
	墻	カキ	○										1
	石花	カキ				○							1
	鎰	カギ				○	○						2
	鑰	カギ										○	1

	漢字	振り仮名	正	紅	宗	江八	当	西	江蛇	江宮	軒	七	回数
か	掻上	カキ上									○		1
	掻合せ	カキ合せ		○									1
	掻板	カキ板				○						○	2
	垣杭	垣グヰ		○									1
	輿(とゞめ・ひそめ)	カキ(とゞめ・ひそめ)	②										2
	掻ならす	カキ(ならす)									○		1
	掻餅	カキ餅										○	1
	蝸牛	クワ牛									○		1
	鍵蕨	カギ蕨	○										1
	楽	ガク	○										1
	額	ガク							○				1
	隠し男	カク(し男)						○					1
	隔番	カクバン						○					1
	隠(れ・す)	カク(れなし・す)		②									2
	楽屋	ガクヤ・ガク屋						○				○	2
	香久山	カク山		○									1
	隔やみ	カク(やみ)		○									1
	霍乱	クハクラン		○									1
	欽る	カク(る)・カケ	②										2
	闕五器	カケ五器					○						1
	梯	カケハシ										○	1
	欠ゆく	カケ(ゆく)				○							1
	絲遊	カケロフ				○							1
	野馬	カケロフ										○	1
	駕篭	カゴ			○								1
	篭・籠	カゴ		○							○		2
	囲	カコフ				○							1
	圍	カコミ	○										1
	瘡	カサ					○						1
	葛西	カサイ								○			1
	家財	カサイ	○										1
	風折	カザヲリ										○	1
	挿頭	カサシ				○							1
	かさね畳	(かさね)ダヽミ		○									1
	瘡蓋	カサブタ					○						1
	餝る	カザ(る)										○	1
	樫	カシ			○								1
	楫	カヂ						○					1
	梶	カヂ		○									1

	漢字	振り仮名	正	紅	宗	江八	当	西	江蛇	江宮	軒	七	回数
か	かし駕篭	(かし)カゴ			○								1
	樫の筒	カシ(の)ドウ										○	1
	楫枕	カヂ枕		○									1
	迦葉	カセウ							○				1
	糟	カス						○					1
	敉	カズ									○		1
	幽な	カスカ(な)				○							1
	霞	カスム	○										1
	嫁せざる	カ(せざる)		○									1
	鹿背山	カセ山										○	1
	肩	カタ				○						○	2
	堅かりし	カタ(かりし)		○									1
	片頬	カタカハ										○	1
	堅ごゝろ	カタ(ごゝろ)									○		1
	堅炭	カタ炭					○						1
	かた隅	(かた)スミ			○								1
	方違へ	カタタガ(へ)		○									1
	貌	カタチ				○					○		2
	像	カタチ									○		1
	象	カタチ									○		1
	顔	カタチ										○	1
	交野	カタノ										○	1
	片肌	カタハダ										○	1
	帷子・帷	カタヒラ					○					○	2
	形躬	カタミ			○								1
	記念	カタミ										○	1
	陸	カチ			○								1
	歩行	カチ				○					○		2
	化中	クワ中									○		1
	歩若党	カチワカタウ		○									1
	羯鼓	カツコ	○										1
	髪僧	ガツソウ					○						1
	癩病	カツタイ								○			1
	合點	カツテン										○	1
	葛	カツラ						○					1
	桂川	カツラ川						○					1
	化狄	クハテキ		○									1
	門	カド	○					○				②	4
	瓦燈・瓦灯	クワトウ・クハトウ			○		○						2

【資料三】 10俳諧集における振り仮名を付す語

	漢字	振り仮名	正	紅	宗	江八	当	西	江蛇	江宮	軒	七	回数
か	首途	カドデ		○									1
	角根	カト根									○		1
	鉄床	カナ床								○			1
	鉄火箸	カナ火箸										○	1
	鉄棒	カナホウ	○										1
	兼	カネ		②									2
	銀	カネ			○			○				○	3
	銅	カネ				○							1
	兼康	カネヤス					○						1
	庚午	カノヘムマ										○	1
	彼土	カノド										○	1
	下坯	カヒ		○									1
	鹿皮	カヒ									○		1
	カビタン人	(カビタン)ビト										○	1
	哥舞妓	カブキ		○									1
	甲	カブト										○	1
	蕪	カブラ		○									1
	禿	カブロ					○				○		2
	壁	カベ		○									1
	竈	カマ			○								1
	釜	カマ										○	1
	鎌	カマ					○						1
	蟷螂	カマキリ	○			○							2
	鎌倉	カマクラ		○									1
	竈風呂	カマ風呂										○	1
	蒲鉾	カマホコ						○				○	2
	上	カミ		○									1
	髪	カミ						○					1
	神慮	カミコヽロ			○								1
	紙袍袋	カミコ袋										○	1
	剃刀	カミソリ					○						1
	瓶	カメ		○									1
	亀が谷	亀(が)ヤツ		○									1
	貨物	クハ物・クワ物							②				2
	鴎	カモメ				○						○	2
	榧	カヤ									○		1
	栢	カヤ										○	1
	萱葺	カヤブキ		○									1
	粥	カユ	○	○		○							3

	漢字	振り仮名	正	紅	宗	江八	当	西	江蛇	江宮	軒	七	回数
か	荷葉	カヨウ		○									1
	唐	カラ									○		1
	碓	カラウス		○								○	2
	傘	カラカサ	○										1
	辛き	カラ(き)		○									1
	空車	カラ車										○	1
	枯し	カラ(し)	○										1
	芥辛子	カラシ					○						1
	烏瓜	カラスウリ		○									1
	虚潜上	カラゼンシヤウ										○	1
	搦捕	左ーカラメトリ	○										1
	假	カリ				○			○				2
	假初	カリソメ										○	1
	苅つくす	カリ(つくす)									○		1
	假縅	カリトヂ										○	1
	仮枕	カリ枕									○		1
	臥龍	グワ龍									○		1
	迦陵頻	カレウビン	○			○							2
	果李	クワリン	○										1
	故	カルカユヘ				○							1
	軽衫	カルサン				○							1
	軽業・かる業	カルワサ・(かる)ワザ				○					○		2
	餉	カレイ井	○										1
	乾かず	カハ(かず)									○		1
	河狩	河ガリ		○									1
	蟾	カハヅ	○										1
	革つゞら	カハ(つゞら)			○								1
	皮の面	カハ(の)メン										○	1
	瓦	カハラ				②							2
	土器	カハラケ			②								2
	丸	クワン										○	1
	顔淵	ガンエン					○						1
	看経	カンキン					○						1
	元興じ	グハンゴウ(じ)		○									1
	寒国	カンコク	○										1
	寒垢離	カンゴリ・寒コリ		○					○				2
	寒山	カンサン					○						1
	歓企	クハンジ									○		1
	観じ	クハン(じ)		○									1

	漢字	振り仮名	正	紅	宗	江八	当	西	江蛇	江宮	軒	七	回数
か	感じ入	カン(じ入)		○									1
	樒	カンシキ									○		1
	閑所	カンジヨ		○									1
	勧請	クハンジヤウ		○									1
	勧進帳	勧進チヤウ		○									1
	勧進坊主	クハンジンバウス		○									1
	龕前堂	ガン前堂	○										1
	神田	カンタ										○	1
	五調	ガンデウ	○										1
	寒笛	カンテキ					○						1
	鉋屑	カンナクズ				○							1
	假名月	カンナヅキ	○										1
	間鍋	カンナヘ・カンナベ				②						○	3
	堪忍	カンニン						○					1
	看板	カンバン						○					1
	間冷	カンヒヤ									○		1
	看病	カンビヤウ	○										1
き	氣	キ						②					2
	綺	キ		○									1
	儀	ギ										○	1
	奇異	キイ						○					1
	帰依	キヱ										○	1
	競ふ	キホ(ふ)					○						1
	鬼界が嶋	キカイ(が嶋)		○									1
	桔校	キ、ヤウ						○					1
	菊持童	菊ヂドウ							○				1
	纐纈	キクトヂ	○										1
	樵夫	キコリ	○										1
	后	キサキ		○									1
	着更衣	キサラキ				○							1
	雉子	キジ				○							1
	氣隨意	キズイ										○	1
	背炉	キセル					○						1
	北側	北カワ						○					1
	几帳	キチヤウ	○										1
	絹	キヌ										○	1
	甲子	キノエ子	○										1
	紀の路	(紀の)ヂ		○									1
	牙	キバ		○								○	2

	漢字	振り仮名	正	紅	宗	江八	当	西	江蛇	江宮	軒	七	回数
き	蹱	キビス					○					○	2
	黍畠	キビ畠						○					1
	貴布祢	キブネ		○									1
	肝	キモ						○					1
	擬文章	ギモン章	○										1
	花車	キヤシヤ		○									1
	脚布	キヤフ		②		○							3
	来やれ	キ(やれ)				○							1
	急	キウ										○	1
	九軒	九ケン					○						1
	舊苔	キウタイ						○					1
	旧里	キウリ					○	○					2
	裾	キヨ	○	○									2
	虚	キヨ				○							1
	興	ケウ			○								1
	堯	ギヨウ		○									1
	行棊	ギヤウギ						○					1
	業々し	ギヤウ(々し)		○									1
	狂乱	キヤウ乱		○									1
	清	キヨキ										○	1
	玉殿	ギヨクデン		○									1
	玉兎	ギヨクト		○									1
	玉楼	玉ロウ										○	1
	曲彔	キヨクロク										○	1
	御す	キヨ(す)									○		1
	虚労	キヨラウ				○							1
	桐	キリ		○									1
	伐	キリ			○								1
	切蠓	キリウヂ										○	1
	器量	キリヤウ		○									1
	麒麟	キリン					○		○				2
	斬	キル										○	1
	着る	キ(る)										○	1
	奇麗	キレイ		○							○		2
	際	キハ					○						1
	際墨	キハ墨									○		1
	琴	キン		○									1
	吟	ギン		○									1
	槿花	キンクハ		○									1

	漢字	振り仮名	正	紅	宗	江八	当	西	江蛇	江宮	軒	七	回数
き	銀公	キンコウ		○									1
	巾着	キンチヤク										○	1
	金殿	キンデン										○	1
	巾頭	キントウ					○						1
	銀鍋	銀ナベ										○	1
	禁盃	キンバイ	○										1
	金蓋	キンブタ										○	1
	欽明	キンメイ		○									1
	訓蒙図彙	キンモフズイ						○					1
く	喰	クヒ・クイ・クラ(ひ)		○	○							③	5
	水鶏	クイナ							○				1
	宮	クウ									○		1
	寓言	グウ言								○			1
	公宴	クエン		○									1
	茎	クキ		○			○		○				3
	嗅	クサク						○					1
	草薙	クサナギ		○									1
	蕈	クサビラ	○										1
	鎖	クサリ										○	1
	櫛	クシ						○			○		2
	虞氏	グシ	○										1
	串蒟蒻	串コンニヤク										○	1
	孔雀	クシヤク・クチヤク				○		○					2
	鯨	クジラ		○									1
	鯢	クジラ		○									1
	屑	クヅ			○								1
	崩(して・れ)	クヅ・クツ(して・れ)	○			○			○		○		4
	薬玉	クスタマ		○									1
	楠	クスノキ		○									1
	葛	クズ										○	1
	口舌	クゼツ					○						1
	具足	グソク		○									1
	具足櫃	具足ヒツ			○								1
	砕(て・き)	クダケ(て・き)				②		○					3
	下す	クダ(す)										○	1
	愚癡	グチ	○										1
	朽(なむ)	クチ(なむ)										○	1
	口真似	口マネ										○	1
	沓踏皮	クツタビ										○	1

	漢字	振り仮名	正	紅	宗	江八	当	西	江蛇	江宮	軒	七	回数
く	轡	クツハ										〇	1
	口説	クドク・クドキ			〇							〇	2
	国人	クニウト		〇									1
	首	クヒ					〇		〇				2
	頸	クビ			〇								1
	狗品	グヒン	〇	〇									2
	凹て	クボメ(て)					〇						1
	隈	クマ										〇	1
	角鷹	クマタカ	〇										1
	組いれ	クミ(いれ)		〇									1
	蔵	クラ		〇									1
	愚等	グラ									〇		1
	藏為替	藏ガハセ										〇	1
	水母	クラゲ										〇	1
	椋橋川	クラ橋川							〇				1
	掠橋山	クラ橋山・クラハシ山							〇			〇	2
	挍	クラベ					〇						1
	暗み	クラ(み)									〇		1
	栗	クリ		〇									1
	庫裏	クリ								〇			1
	繰臺	クリダイ										〇	1
	繰ぬる	クリ(ぬる)						〇					1
	来	クル										〇	1
	グルスイ躍	(グルスイ)ヲドリ									〇		1
	胡桃	クルミ										〇	1
	啳猫	グルメウ									〇		1
	樞戸	クル丶戸	〇										1
	闇う	クラ(う)										〇	1
	鍬	クハ										〇	1
	群集	クンジユ					〇						1
	薫ずる	クン(ずる)	〇										1
け	気	ケ										〇	1
	笥	ケ			〇								1
	夏	ゲ	〇										1
	景	ケイ	〇	〇									2
	藝	ゲイ			〇								1
	稽古	ケイコ		〇				〇					2
	競馬	ケイバ	〇										1
	外科箱	ゲクハバコ										〇	1

	漢字	振り仮名	正	紅	宗	江八	当	西	江蛇	江宮	軒	七	回数
け	下疳	下カン					○						1
	芥子	ケシ									○		1
	蜒	ゲシ〳〵										○	1
	化して	ケ(して)										○	1
	化生	ケシヤウ		○									1
	化粧	ゲシヤウ			○								1
	梳る	ケヅル					○						1
	解怠	ケダイ		○									1
	下踏袋	ゲタ袋										○	1
	假契	ケチ					○						1
	假契買	ケチ買					○						1
	假契部屋	ケチヘヤ					○						1
	結解し	ケツケ(し)	○										1
	結構・結講	ケツカウ・ケツコウ		○					○				2
	結し	ケツ(し)				○							1
	血脉	ケツミヤク						○					1
	解毒	ゲドク				○							1
	毛兜羅面	毛トロメン								○			1
	実	ゲニ			○								1
	鑷	ケヌキ									○		1
	下卑	ケビ				○							1
	閲す	ケミ(す)									○		1
	螻	ケラ									○		1
	蹴る・蹴立る	ケ(る)・ケ(立る)		○			②						3
	賢	ケン	○										1
	眩暈	ケンウン								○			1
	喧哗	ケンクハ		○				○					2
	元亨	ゲンカウ		○									1
	乾坤	ケンコン						○					1
	弦数	ケンサク					○						1
	現じ	ゲン(じ)					○						1
	建水	ケンスイ		○									1
	慳貪	ケンドン					○						1
	玄鬢	玄ビン							○				1
	痃癖	ケンヘキ								○			1
こ	戸	コ									○		1
	碁	ゴ		○									1
	御威勢	御イセイ		○									1
	濃茶	コイチヤ・コヒ茶		②									2

	漢字	振り仮名	正	紅	宗	江八	当	西	江蛇	江宮	軒	七	回数
こ	請て	コヒ(て)		○									1
	殫膸	コイズネ				○							1
	功	コウ		○									1
	糠	カウ		○									1
	笄	カウガイ					○						1
	恒河砂	ガウカシヤ									○		1
	高言	カウゲン					○						1
	胶々	カウ(々)									○		1
	麹	カウジ		○									1
	格子	カウシ	○	○									2
	香水	カウズイ		○									1
	行成	カウゼイ		○									1
	浩然	コウゼン										○	1
	高祖	カウソ		○									1
	嗷訴	ガウソ	○										1
	高足	カウソク					○						1
	後朝	コウテウ	○										1
	高津	カウツ				○							1
	上野	カウヅケ				○							1
	強盗	カウトウ・ガウダウ					○					○	2
	九十	カウ十									○		1
	寄蟲	ガウナ									○		1
	行年	カウネン										○	1
	首	カウベ				○							1
	光明遍照	光明ヘンチヨ						○					1
	綱目	カウ目									○		1
	高麗	カウライ					○						1
	高楼	カウロウ					○						1
	肥	コヘ・コヱ			②						○		3
	肥肉	コエジヽ										○	1
	牛王	ゴワウ		○									1
	小面	コオモテ								○			1
	凍	コホリ									○		1
	氷砂糖	氷ザタウ		○									1
	五月五日	ゴグハチゴニチ・コ月五日	○	○									2
	金	コカネ・コガネ									○	○	2
	困	コカラシ									○		1
	五器	五キ						○					1
	故郷	コキヤウ	○										1

	漢字	振り仮名	正	紅	宗	江八	当	西	江蛇	江宮	軒	七	回数
こ	古郷	コキヤウ						○					1
	漕	コグ・コキ		○								○	2
	国阿	コクア		○									1
	極印	コクイ				○							1
	虚空	コクウ			○								1
	御供	ゴクウ		○									1
	獄卒	ゴクソツ					○						1
	苔	コケ		○									1
	苺	コケ				○							1
	莓	コケ									③		3
	柿	コケラ	○										1
	小督	コガウ										○	1
	五侯	五コウ									○		1
	九	コヽノ			○								1
	和綸子	コヽリンズ										○	1
	小齋	コサイ										○	1
	来(ざる・ぬ)	コ(ざる・ぬ)	○									○	2
	越	コシ										○	1
	輿	コシ		○									1
	乞食	コジキ		○					○				2
	胡椒	コセウ		○									1
	扈従	コショウ・コサウ・コセウ			②	②					○		5
	鈎簾	コス		○									1
	牛頭	コヅ・ゴヅ		○								○	2
	こせ瘡	(こせ)ガサ		○									1
	五節供	五セツク									○		1
	御前	ゴゼン										○	1
	御僉議	御セン儀				○							1
	攀ける	コソリ(ける)									○		1
	火燵	コタツ									○	○	2
	木玉	コタマ					○					○	2
	樹神	コタマ							○				1
	國家	コツカ					○						1
	骨箱	コツ箱							○				1
	小粒	小ツブ										○	1
	泥鏝	コテ										○	1
	御殿	ゴテン						○					1
	如	コト									○		1
	物	コト	○										1

	漢字	振り仮名	正	紅	宗	江八	当	西	江蛇	江宮	軒	七	回数
こ	事闕	事カキ						○					1
	故殿	コトノ	○										1
	五人与	五人グミ			○								1
	粉糠	コヌカ				○							1
	粉糠寺゛	コヌカ寺゛										○	1
	粉糠袋	コヌカ袋										○	1
	古奴見	コヌミ										○	1
	小猫	小ネコ		○									1
	此土	此ド		○									1
	木葉	コノハ										○	1
	木間	コノマ・コマ		○								○	2
	鮗	コノシロ					○						1
	木皮	コハ										○	1
	小袴	コバカマ										○	1
	琥珀	コハク					○						1
	碁盤	碁バン		○									1
	小額	小ヒタイ						○					1
	五百羅漢	五百ラカン		○									1
	鼓腹	コフク									○		1
	呉服店	呉服ダナ										○	1
	粉服綿	コブクメン									○		1
	胡粉	ゴフン										○	1
	牛粉	ゴフン					○						1
	護摩	ゴマ	○					○					2
	光	コマイヌ	○										1
	細か	コマ(か)		○									1
	駒掫	コマサラヘ				○							1
	胡麻餅	ゴマ餅										○	1
	徑	コミチ			○								1
	小女郎	小メ郎				○							1
	菰かぶり	コモ(かぶり)				○					○		2
	芥山	ゴモク山									○		1
	御物	ゴモツ	○										1
	薦舟	コモ舟										○	1
	籠り人	籠(り)ド		○									1
	御門	ゴモン										○	1
	篭屋	コ屋										○	1
	子安	コヤス		○									1
	暦	コヨミ		○				○					2

	漢字	振り仮名	正	紅	宗	江八	当	西	江蛇	江宮	軒	七	回数
こ	垢離	コリ		○									1
	籠履	コリ					○						1
	樵	コリ・コル				○						○	2
	氷掻て	コリカキ(て)		②									2
	此等	此ラ						○					1
	衣	コロモ		○								○	2
	強食	コハ食				○							1
	強(リ)	コハ(リ)				○							1
	魂	コン										○	1
	近衛	コンヱ									○		1
	矜迦羅	コンカラ	○										1
	金光寺	コンクハウジ										○	1
	金翅鳥	コンジテウ										○	1
	紺青	コンセウ							○				1
	渾沌	コントン									○		1
	昆若	コンニヤク	○										1
	昆弱	コンニヤク						○					1
	蒟蒻	コンニヤク				②							2
	建立	コンリウ							○				1
	紺瑠璃	コンルリ										○	1
さ	賽	サイ			○								1
	菜	サイ		○									1
	塞翁	サイヲウ			○								1
	最後	サイゴ					○						1
	彩色	サイシキ				○							1
	罪障	サイシヤウ	○				○						2
	催促	サイソク					○						1
	災難	サイナン		○									1
	催馬楽	サイバラ		○									1
	宰府	サイフ		○									1
	境目	サイメ	○										1
	材木	ザイモク		○									1
	冴還り	サエカヘ・サヘカヘ(り)	○	○									2
	寒かへる	サエ(かへる)			○								1
	轉り	サエヅ(り)			○								1
	小男鹿	サヲ鹿			○								1
	逆おとし	サカ(おとし)						○					1
	逆	サカサマ				○						○	2
	倒	サカシマ									○		1

	漢字	振り仮名	正	紅	宗	江八	当	西	江蛇	江宮	軒	七	回数
さ	杯	サカヅキ										○	1
	肴棚	サカナダナ			○								1
	逆巻	サカマク				○							1
	月代	サカヤキ	○			○	○		○			②	6
	前	サキ				○							1
	先	サキ						○					1
	鷺	サギ						○					1
	開	サク										○	1
	探目	サク目									○		1
	桜	サクラ		○									1
	下髪	サケ髪				○							1
	提重箱	サゲジウバコ		○									1
	雑喉	ザコ		○									1
	珊瑚樹	サゴジユ										○	1
	狭衣	サ衣	○			○							2
	栄螺	サヾイ・サイ									○	○	2
	捧	サヽグ									○		1
	大角豆	サヽゲ		○									1
	笹竹	サヽ竹										○	1
	細々浪	サヾ浪										○	1
	笹原	サヽ原			○								1
	佐々良榎壮子	サヽラエオトコ									○		1
	匙	サジ					○						1
	剤	サジ						○					1
	桟敷	サジキ		○									1
	座敷能	座敷ノウ										○	1
	指身	サシミ		○									1
	流石	サスガ	○										1
	授くる	サヅ(くる)				○							1
	摩れ	サス(れ)	○										1
	座頭	ザト		○									1
	砂糖	サタウ		○									1
	茶堂	サダウ										○	1
	悟	サトリ・サトツ(た)									○	○	2
	三日	サ日										○	1
	核	サネ									○		1
	実朝	サネトモ		○									1
	真盛	サネモリ		○									1
	鯖	サバ		○									1

	漢字	振り仮名	正	紅	宗	江八	当	西	江蛇	江宮	軒	七	回数
さ	小蠅	サハヘ									○		1
	砂鉢	サハチ			○								1
	砂鉢舟	サハチ舟									○		1
	鏽	サビ				○							1
	金精	サビ		○									1
	寂けき	サビ(けき)									○		1
	淋しき	サビ(しき)						②				○	3
	鉆矢	サビヤ										○	1
	狭間	サマ	○										1
	三味線	サミセン		○									1
	小筵	サムシロ										○	1
	狭莚	サムシロ				②							2
	寒病	サムヤミ									○		1
	鮫	サメ										○	1
	覚て	サメ(て)										○	1
	鞘	サヤ										○	1
	小夜	サヨ										○	1
	小夜踊	サヨ踊										○	1
	晒	サラシ										○	1
	更級	サラシナ				○							1
	晒櫃	サラシビツ				○							1
	譟	サハギ				②						○	3
	騒ぐ	サハ(ぐ)										○	1
	障	サハリ									○		1
	産	サン	○										1
	懺悔する	サンゲ(する)		○								○	2
	三皇	三クワウ	○										1
	桟敷	サン敷						○					1
	筭術	サンシユツ				○							1
	残暑	ザン暑	○										1
	山荘	サンザウ		○									1
	三途河	三ヅ河・サウツカ		○							○		2
	讒奏	ザンソウ		○									1
	讃談	サンダン	○										1
	三の間	サン(の)マ		○									1
	散薬	サンヤク	○										1
し	死	シ			○							○	2
	汐風	シホ風			○								1
	塩辛	シホカラ			○								1

	漢字	振り仮名	正	紅	宗	江八	当	西	江蛇	江宮	軒	七	回数
し	塩垢離	シホゴリ	○										1
	汐時	シホトキ			○								1
	塩亍	シホヒ		○									1
	鹿	シカ										○	1
	死骸	シガイ	○										1
	尸	シカハネ									○		1
	柵	シカラミ									○		1
	直	ジキ									○		1
	時宜	ジギ					○						1
	閾	シキイ					○						1
	敷鰹	シキカツヲ										○	1
	色紙形	色紙ゲウ		○									1
	仕着せ	シキ(せ)			○								1
	敷つめ	シキ(つめ)		○									1
	樒	シキミ		○					○				2
	紫金錠	シキンヂヤウ										○	1
	羆	シクマ									○		1
	霡	シグレ	○										1
	繁(し・からん)	シゲ(し・からん)			○				○				2
	茂鼻毛	シゲ鼻毛									○		1
	重まよふ	シゲ(まよふ)									○		1
	地獄	ヂコク						○					1
	獅子	シ子				○							1
	獅笛	シヽブエ		○									1
	蜆貝	シジミ貝						○					1
	肉	シヽムラ									○		1
	蜆	シヽメ・シヾミ				○						○	2
	時宗	ジシユ		○									1
	侍従	ジジウ		○									1
	時守寺	ジシユデラ		○									1
	師匠	シシヨウ						○					1
	時正	ジシヤウ		○									1
	下枝	シヅエ										○	1
	辞世	ジセイ	○										1
	自然	シセン・シゼン						②					2
	地蔵	地サウ						○					1
	下	シタ										○	1
	歯朶	シダ		○									1
	仕たい	シ(たい)										○	1

	漢字	振り仮名	正	紅	宗	江八	当	西	江蛇	江宮	軒	七	回数
し	自躰	ジタイ			○								1
	慕	シタフ									○		1
	下面	下オモ									○		1
	仕出し	シダ(し)									○		1
	下戚腹	下シヤクハラ					○						1
	下闇	下ヤミ							○				1
	自堕落	ジダラク		○									1
	七賢	七ゲン		○									1
	実	ジツ・シツ	○			○	○						3
	湿気	シツケ		○		○							2
	躾方	シツケ方									○		1
	悉退散	シツタイサン					○						1
	七寶	シツホウ					○						1
	尿	シト	○										1
	褥	シトネ									○		1
	品	シナ		○									1
	死出	シニデ										○	1
	死人	死ビト				○							1
	篠薄	シノ薄										○	1
	司馬温公	シバヲンコウ	○										1
	柴積車	シバツミ車										○	1
	屡啼	シバナク・シバ啼	○								○		2
	渋團扇	シブウチワ・シブ團扇				○			○				2
	渋柿	シブガキ		○									1
	時平	シヘイ										○	1
	四壁	四ヘキ	○										1
	紫磨	シマ					②						2
	嶋鵯	嶋ヒヨトリ									○		1
	自慢	ジマン						○					1
	清水精舎	シミヅ精舎										○	1
	注連	シメ		③					○				4
	下をなご	シモ(をなご)		○									1
	下妻	シモツマ								○			1
	霜焼	霜ヤケ							○				1
	邪	ジヤ									○		1
	蛇	ジヤ							②				2
	寂	シヤク					○						1
	酌子	シヤクシ					○						1
	錫杖	シヤクヂヤウ	○										1

	漢字	振り仮名	正	紅	宗	江八	当	西	江蛇	江宮	軒	七	回数
し	赤熊	シヤグマ										○	1
	吃逆	シヤクリ	○										1
	邪見	ジヤケン										○	1
	硨磲	シヤコ									○		1
	麝香	ジヤカウ		②									2
	蛇の鮓	ジヤ(の)スシ						○					1
	娑婆世界	シヤバセカイ		○									1
	邪魔	ジヤマ					○						1
	砂利	ジヤリ				○							1
	砂裏	ジヤリ								○			1
	秋長老	シウ長老										○	1
	主	シウ	○	○									2
	執	シウ	○	○									2
	拾遺	シウイ		○									1
	従者	ジウザ		○									1
	姑	シウトメ					○						1
	執ねき	シウ(ねき)	○										1
	壽永	ジユ永						○					1
	腫気	シユキ			○								1
	樹下	ジユゲ					○						1
	柱杖	シユジヤウ					○						1
	念珠	ジユズ		○									1
	珠数	ジユズ		○									1
	術	ジユツ					○						1
	出離	シユツリ					○						1
	崇徳院	シユトクイン					○						1
	須弥	シユミ						○					1
	修羅	シユラ			○								1
	棕櫚箒	シユロ箒									○		1
	錠	ジヤウ					○						1
	章歌	セウガ										○	1
	生姜	シヤウガ						○					1
	生姜酢	生ガ酢				○							1
	賞翫	シヤウクハン			○								1
	鍾馗	セウキ		○									1
	床机	シヤウギ										○	1
	上客	シヤウキヤク	○										1
	小弓	小キウ				○							1
	鉦鼓	シヤウゴ										○	1

	漢字	振り仮名	正	紅	宗	江八	当	西	江蛇	江宮	軒	七	回数
し	荘厳	シヤウゴン				○	○						2
	精進	サウジ・シヤウジ		○	○								2
	正真	正ジン		○									1
	小人	セウ人	○										1
	盛親僧都	ジヤウシンソウヅ					○						1
	幛(ス)	シヤウ(ス)									○		1
	憔悴	セウスイ		○									1
	常是	ジヤウゼ					○						1
	商舩	シヤウセン		○									1
	粧束	シヤウゾク						○					1
	性躰	シヤウタイ						○					1
	請待	シヤウタイ	○										1
	焼酎	シヤウチウ						○					1
	證沉	シヤウチン					○						1
	焦熱	セウネツ				○							1
	樟脳	シヤウナフ								○			1
	肖柏	セウハク										○	1
	淨玻璃	ジヤウバリ					○						1
	笙咸角篥	シヤウヒチリキ	○										1
	常舞臺	ジヤウ舞臺										○	1
	小便	小ベン			○								1
	上紅	上モミ								○			1
	声聞	シヤウモン										○	1
	松葉軒	セウエウケン										○	1
	書院	シヨエン		○									1
	徐凞齋	ジヨキサイ									○		1
	職	シヨク	○										1
	蜀江	シヨク江	○										1
	所作	シヨサ						○					1
	序品	ジヨホン					○						1
	新羅	シラキ・シンラ	○	○									2
	調	シラヘ・シラブ								○	③		4
	虱	シラミ		○									1
	尻	シリ		○								○	2
	尻馬	シリムマ		○									1
	簾簏	シレヌモジ										○	1
	銀	シロカネ									○		1
	白髪	シロカミ		○									1
	城責	城セメ		○									1

	漢字	振り仮名	正	紅	宗	江八	当	西	江蛇	江宮	軒	七	回数
し	白庭鳥	シロ庭鳥								○			1
	白比丘尼	白ヒクニ						○					1
	皺	シハ	○										1
	爲行	シワザ									○		1
	咳嗽	シハブキ	○										1
	晉	シン					○						1
	腎	ジン					○						1
	真切	シン切							○				1
	真剪	シンキリ									○		1
	真紅	シンク								○			1
	深谷	シンコク									○		1
	腎せい	ヂン(せい)						○					1
	神泉苑	シンゼンエン		○									1
	身躰	シンタイ	○										1
	進(ン)退	進ダイ・シンダイ						○			○		2
	真鍮	シンチウ		○			○						2
	神農	神ノウ		○									1
	心の臓	シン(の)ザウ					○						1
	新発意	シンホチ		○									1
	腎薬	ジンヤク・ヂンヤク		○				○					2
	神輿	シンヨ		○									1
	人倫	ジンリン		○									1
す	巣	ス		○									1
	酢	ス										○	1
	頭	ヅ			○								1
	推	スイ		○									1
	吹饁	吹カサ									○		1
	水腫	スイシユ										○	1
	水晶	スイシヤウ		○									1
	随身	スイジン	○										1
	翠黛	スイタイ									○		1
	水嚢	スイノフ					○						1
	水門	スイモン	○										1
	蘂葉	スイヤウ									○		1
	水籠	水ラウ					○						1
	居られ	スヘ(られ)	○										1
	菅井黨	スカヰタウ		○									1
	透とをり	スキ(とをり)		○									1
	透膠	スキニカワ					○						1

【資料三】 10俳諧集における振り仮名を付す語

	漢字	振り仮名	正	紅	宗	江八	当	西	江蛇	江宮	軒	七	回数
す	透間	スキマ		○									1
	すき間	(すき)マ		○									1
	幞	ヅキン										○	1
	頭巾	ヅキン		○									1
	直	スグ				○							1
	救ふ	スク(ふ)					○						1
	すく藻	(すく)モ				○							1
	双六	スコロク						○					1
	渚沙	スサ										○	1
	鮨	スシ		○				○					2
	筋	スヂ									○		1
	厨子	ヅシ					○						1
	圖す	ヅ(す)					○						1
	煤	スヽ					○						1
	錫	スヽ		○									1
	涼かぜ	スヾ(かぜ)		○									1
	薄	スヽキ		○									1
	鱸	スヾキ			○								1
	雪ぐ	スヽ(ぐ)	○										1
	煤気	スヽ気	○										1
	煤けたる	スヽ(けたる)		○									1
	煤箒	煤ハキ						○					1
	煤拂	スヽ拂				○							1
	進出たる	スヽミ(出たる)						○					1
	勸	スヽメ						○					1
	硯	スヾリ		○									1
	裙・裾	スソ				○						○	2
	裙野	スソ野				○							1
	須達	スタツ										○	1
	廃(ル)	スタレ(ル)・スタ(れ)									②		2
	鉈	スツ	○										1
	既に	スデ			②	○		○				②	6
	已に	スデ(に)				○							1
	捨蓋	捨フタ									○		1
	臑	スネ									②		2
	簀子	スノコ	○									○	2
	敉百里	ス百里		○									1
	窄て	スベ(て)		○									1
	皇	スヘラキ・スメロギ									○	○	2

	漢字	振り仮名	正	紅	宗	江八	当	西	江蛇	江宮	軒	七	回数
す	圖法師	ツバウシ・ヅボウシ						○				○	2
	隅	スミ	○		○						○	○	4
	角	スミ					○	○					2
	須弥	スミ										○	1
	栖	スミカ					○						1
	澄て	スミ(て)			○								1
	住かえ	スミ(かえ)						○					1
	住初	住ソメ									○		1
	角縮綿	スミヂリメン										○	1
	墨付	スミツキ		○									1
	菫	スミレ										○	1
	摺粉木	スリコ木				○							1
	擂子木	スリコギ						○					1
	摺鉢	スリハチ						○					1
	尖	スルド									②		2
	諏訪	スハ		○									1
せ	情	セイ		○									1
	旌旗光	セイキ光									○		1
	青牛	セイギウ					○						1
	西山	セイ山				○							1
	青磁	セイジ					○						1
	聖誹	セイハイ									○		1
	清涼殿	セイリヤウデン					○						1
	夕日	セキジツ	○										1
	石上	セキジヤウ					○						1
	施行	セギヤウ		○									1
	寂寥	セキリヤウ									○		1
	背くらへ	セ(くらへ)						○					1
	節	セチ		○									1
	雪踏	セチダ・セキダ					○					○	2
	節分	セチブ		○									1
	説相筥	説相バコ										○	1
	雪隠	セツチン・センチ		○								○	2
	摂津	セツツ		○									1
	絶命	ゼツ命					○						1
	泊門	セト										○	1
	背中	セナカ			○								1
	背	セナカ										○	1
	狭き	セバ(き)	○										1

	漢字	振り仮名	正	紅	宗	江八	当	西	江蛇	江宮	軒	七	回数
せ	仙	セン	○										1
	為方	セン方	○										1
	銑屑	センクズ										○	1
	嬋娟	センゲン										○	1
	善哉	ゼンザイ										○	1
	穿鑿	センサク				○							1
	禅山	ゼン山										○	1
	全盛	ゼンセイ									○		1
	洗濯	センダク	○	○								○	3
	洗濯物	センタク物							○				1
	銭湯	センタウ	○	○									2
	前頭	セントウ									○		1
	善導大師	ゼンダウ大師		○									1
	冉伯牛	ゼンハクギウ					○						1
	紫蕨	ゼンマイ									○		1
そ	添	ソヒ・ソウ			②								2
	臓	ザウ		○									1
	奏す	ソウ(す)	○										1
	雑巾	ザウキン・サウ巾				○	○						2
	象牙	ザウゲ					○						1
	掃除	サウジ						○					1
	荘周	ソウ周									○		1
	増水	ザウスイ		○									1
	騒動	サウトウ									○		1
	雑煮	ザウニ		○									1
	草履	ザウリ		○									1
	草履取	ザウリ取			○								1
	葬礼	サウレイ						○					1
	惻隠	ソクイン		○									1
	素戔烏	ソサノヲ									○		1
	楚女	ソヂヨ					○						1
	蘇生	ソセイ	○										1
	麁相	ソサウ			○								1
	育	ソタチ						○					1
	生立	ソタテ									○		1
	卒度	ソツ度		○									1
	蘓鉄	ソテツ										○	1
	外海	ソト海						○					1
	衣通姫	ソトホリビメ										○	1

	漢字	振り仮名	正	紅	宗	江八	当	西	江蛇	江宮	軒	七	回数
そ	外面	ソトモ			○								1
	外露地	ソトロヂ										○	1
	備	ソナヘ				○					○		2
	其	ソノ			○								1
	園	ソノフ			○								1
	最昔	ソノカミ									○		1
	蕎麦	ソバ						○					1
	蘓摩那華油	ソマナケユ										○	1
	蘇民	ソミン		○									1
	染る	ソム(る)										○	1
	染かねて	ソメ(かねて)			○								1
	初て	ソメ(て)										②	2
	恁麼	ソモサン					○						1
	虚病	ソラ病				○							1
	剃	ソリ				○							1
	素履	ソリ									○		1
	反椀	ソリワン										○	1
	候	ソロ		○									1
	曽呂盤	ソロ盤							○				1
	十露盤	ソロバン				○							1
	損	ソン	○				○						2
た	對	タイ	○										1
	臺	ダイ	○										1
	大虚	タイキヨ									○		1
	對決	タイケツ				○							1
	醍醐	ダイゴ		○									1
	太閤	太カウ				○							1
	大蛇	大ジヤ						○					1
	帝釈天	タイシヤクテン		○									1
	太真殿	タイシンデン					○						1
	代相	ダイサウ									○		1
	橙	タイ〜										○	1
	抱つ	ダイ(つ)						○					1
	大徳	ダイ徳		○									1
	胎内	タイナイ					○	○					2
	堤婆	ダイバ						○					1
	太夫	ダイブ										○	1
	大無尽	大ムジン・大無ジン				○					○		2
	蝛蜼	タイラギ										○	1

	漢字	振り仮名	正	紅	宗	江八	当	西	江蛇	江宮	軒	七	回数
た	田植	田ウエ			○								1
	手折じ	手ヲラ(じ)		○									1
	倒る	タホ(る)									○		1
	誰(が)	タガ・タ(が)		○	○							○	3
	高き	タカ(き)										○	1
	鷹師	鷹ジヤウ		○									1
	高養歯	高ヤウシ		○									1
	薪	タキヾ		○									1
	薪割	薪ワリ				○							1
	焼	タク										②	2
	燼	タク									○		1
	抱	ダク					○						1
	類	タクイ						○					1
	卓散	タクサン		○									1
	託宣	タクセン	○										1
	猛り	タケ(り)									○		1
	堕罪	ダザイ					○						1
	嗜	タシナム				○							1
	出す	ダ(す)		③									3
	扶起す	タスケ(起す)									○		1
	尋	タヅネ		○									1
	黄昏	タソカレ									○		1
	唯	タヽ・タヾ						②					2
	糺河原	タヾス河原		○									1
	彳	タヽスム									○		1
	直	タヽチ									○		1
	疊	タヽミ	○			○							2
	鑪鞴	タヽラ				○							1
	断	タチ					○						1
	立游	立ヲヨギ										○	1
	橘	タチバナ										○	1
	忽	タチマチ			○			○					2
	靍	タヅ										○	1
	達丹	タツタン				○							1
	韃靼	タツタン									○		1
	貴き	タツト(き)										○	1
	蓼	タテ・タデ		○			○	○	○				4
	建	タテ										○	1
	伊達	ダテ			○							○	2

	漢字	振り仮名	正	紅	宗	江八	当	西	江蛇	江宮	軒	七	回数
た	縦	タトヒ・タト(ひ)						②					2
	疊紙	タヽウ紙									○		1
	譬は(は・たり)	タトヘ(ば・たり)						②					2
	店	タナ			○							②	3
	谷上山	タナカミ山										○	1
	店賃	タナチン						○					1
	織姫	タナハタ						○					1
	豁	タニ									②		2
	烟草	タバコ									○		1
	莨菪盆	タバコ盆				○		○					2
	旅草鞋	旅ワラヂ				○							1
	給	タブ		○									1
	陀佛	タブツ		○									1
	給酔	タベエフ・タベ(酔)		○	○								2
	魂	タマ			○								1
	珠	タマ		○									1
	卵そうめん	タマゴ(そうめん)						○					1
	玉札	玉ヅサ	○										1
	玉蛭	玉ビル										○	1
	袂	タモト						○					1
	太夫揃	太夫ソロヘ						○					1
	幸	タヨリ									○		1
	盥	タライ			○					○			2
	達磨大師	達磨大シ	○										1
	戯言	ダハコト										○	1
	戯れに	タハム(れに)・タハフ(る)・タハ(れ)		②		○					○		4
	多化礼嶋	タハレ嶋				○							1
	戯女	タハレメ						○					1
	痰	タン							○				1
	痰気	タンケ	○										1
	團子	ダンゴ		○									1
	檀那	タンナ						○					1
	痰持	タン持								○			1
	探幽	タンユウ					○						1
ち	力瘤	力コブ					○						1
	苣	チサ								○			1
	知死期	チシ期・チシゴ	○	○									2
	千束	チツカ				○						○	2

	漢字	振り仮名	正	紅	宗	江八	当	西	江蛇	江宮	軒	七	回数
ち	茅原	チ原				○							1
	着到	チヤクタウ										○	1
	茶縮綿	茶ヂリメン										○	1
	茶湯	茶タウ						○					1
	茶瓶	チヤビン										○	1
	中興	チウコウ										○	1
	寵愛	テウアイ			○								1
	調楽	デウガク	○										1
	調菜	テウサイ		○									1
	挑燈	テウチン		②									2
	蝶番ひ	テフツガ(ひ)					○						1
	兆典主	テウデンス				○							1
	重寶	テウホウ						○					1
	猪口	チヨク									○		1
	塵	チリ					○					○	2
	塵紙	チリ紙					○						1
	沉	ヂン									○		1
	沈香亭	ヂンカウテイ		○									1
	鎭守	チンジユ		○									1
つ	追従	ツイシヨウ(左訓)	○										1
	墜栗	ツイリ		○									1
	杖	ツエ		○									1
	塚穴	ツカアナ		○									1
	仕来て	ツカヘキ(て)			○								1
	爴む	ツカ(む)	○	○									2
	突	ツキ	○										1
	接木	ツギ木			○								1
	付そめ	ツキ(そめ)		○									1
	撞出し	ツキダ(し)			○								1
	突出す	ツキ(出す)					○						1
	継銅壺	継ドウコ									○		1
	着ぬ	ツキ(ぬ)		○									1
	継馬	ツギ馬							○				1
	盡し	ツク(し)		○									1
	造	ツクル										○	1
	繕ふ	ツクロ(ふ)				○							1
	刷	ツクロフ									○		1
	黄楊	ツゲ										○	1
	漬ざる	ツケ(ざる)		○									1

	漢字	振り仮名	正	紅	宗	江八	当	西	江蛇	江宮	軒	七	回数
つ	告て	ツゲ(て)										○	1
	付階子	ツケハシゴ										○	1
	蘿	ツタ				②			②				4
	蔦	ツタ				○		○				②	4
	槌音	ツチ音			○								1
	塊	ツチクレ										○	1
	筒	ツヽ				○							1
	躑躅	ツヽシ・ツヽヂ						○				○	2
	皷	ツヾミ		○									1
	包	ツヽミ						○					1
	包み箸	ツヽ(み箸)										○	1
	包み饅頭	ツヽ(み)マンヂウ										○	1
	葛篭	ツヽラ			○								1
	綴る	ツヽ(る)・ツヾレ	○							○			2
	裰	ツヾレ				○							1
	勒め	ツト(め)・ツトメ	○					○					2
	綱	ツナ			○		○	○					3
	常	ツネ						○					1
	角盥	ツノダライ										○	1
	鍔	ツバ					○						1
	唾	ツハキ										○	1
	翅	ツバサ							○				1
	燕	ツバメ	○	○									2
	礫	ツブテ		○									1
	爪切丸	ツマ切丸										○	1
	爪櫛	ツマグシ					○						1
	爪さき	ツマ(さき)	○										1
	詰る	ツム(る)		○									1
	爪	ツメ									○		1
	結奉公	ツメ(奉公)			○								1
	摘る	ツメ(る)		○									1
	露霥	露シクレ	○										1
	強蔵	ツヨザウ						○					1
	強弓	ツヨ弓				○							1
	頬	ツラ				○							1
	連(る・るゝ・て)	ツラナ・ツ(る)・ツレ(て)				②		○		○		○	5
	氷柱	ツラヽ									○		1
	釣針	ツリ針		○									1
	鉤薬鑊	ツリヤクハン										○	1

	漢字	振り仮名	正	紅	宗	江八	当	西	江蛇	江宮	軒	七	回数
つ	出る	ヅ(る)		②									2
	釼	ツルギ		○								○	2
	弦葉	ツル葉		○									1
	釣瓶	ツルベ						○					1
	弦舛	ツル舛					○						1
て	出逢	デアヒ										○	1
	躰	テイ		○									1
	泥	デイ	○										1
	亭主	テイシユ		○									1
	貞徳	テイトク						○					1
	出女	デ女			○								1
	手飼	手ガヒ		○									1
	出来さん	デカ(さん)		○									1
	手形	手ガタ		○									1
	敵	テキ		○									1
	出来て	デキ(て)		②									2
	手繰	テグリ										○	1
	手錠	テヂヤウ										○	1
	出(た・かす)	デ(た・かす)		○	○								2
	方便	テタテ										○	1
	鉄灸	テツキウ					○						1
	調布	テヅクリ										○	1
	調市	デツチ								②			2
	鐵鍔	テツツハ										○	1
	鉄砲	テツハウ		○									1
	鉄鉢	テツハチ										○	1
	蝸虫	デヽムシ										○	1
	出刃	デバ							○				1
	出端哥	デハ哥									○		1
	出離れ	デハナ(れ)				○							1
	テリ布	(テリ)フ										○	1
	照	テル		○									1
	田家	デンカ	○										1
	田楽	デンガク	○	○									2
	電光	デンクハウ										○	1
	天柱	テンジユ								○			1
	傳奏	テンソウ			○								1
	轉々	テン(々)				○							1
	巓峯	テンホウ									○		1

	漢字	振り仮名	正	紅	宗	江八	当	西	江蛇	江宮	軒	七	回数
て	典薬	テンヤク		○									1
と	樋	トヒ						○					1
	胴	ドウ・トウ				○			○				2
	道桶	ダウ桶					○						1
	桃華	トウクワ									○		1
	蕃椒	タウガラシ										○	1
	唐秬	唐キヒ・タウキビ									○	○	2
	道外	タウケ							○				1
	道戯舞	ダウケマヒ										○	1
	道外役	ダウケ役						○					1
	銅壷	ドウコ				○						○	2
	童子	ドウシ									○		1
	道場	タウジヤウ		○									1
	同塵	ドウヂン				○							1
	盗賊	タウゾク		○									1
	筒取	トウ取				○							1
	豆腐	トウフ										○	1
	同朋	ドウボウ		○									1
	胴骨	ドウ骨・ドウホネ				○						○	2
	納涼	タウリヤウ		○									1
	燈籠	トウロ		○									1
	融	トホル										○	1
	科	トカ		○									1
	富樫	トガシ		○									1
	鋒る	トガ(る)		②									2
	眨	トキ	○										1
	斎	トキ		○									1
	伽	トギ					○	○					2
	磨立て	トギ(立て)						○					1
	吐逆	トキヤク				○							1
	渡橋	ド橋									○		1
	常盤橋	トキハ橋			○								1
	毒	ドク	○										1
	徳叉迦	トクシヤカ					○						1
	得度	トクド		○									1
	徳屋	トク屋										○	1
	髑髏	ドクロ	○										1
	斗鶏	トケイ	○										1
	時計	トケイ										○	1

【資料三】 10俳諧集における振り仮名を付す語 (310)81

	漢字	振り仮名	正	紅	宗	江八	当	西	江蛇	江宮	軒	七	回数
と	解初て	トケ(初て)				○							1
	床	トコ			○							○	2
	常	トコ									○		1
	長	トコシナヘ									○		1
	兎鶻	トコツ									○		1
	常闇	トコ闇				○							1
	凝海藻	トコロテン					○						1
	刀自	トジ										○	1
	とし越	(とし)コシ		○									1
	杜子美	トシミ		○									1
	閇目	トヂメ		○									1
	土砂	ドシヤ								○			1
	鯲	ドヂヤウ				○							1
	土鯲	ドヂヤウ	○	○									2
	土鯲篭	ドヂヤウカコ		○									1
	十千貫目	ト千貫目										○	1
	都卒	トソツ									○		1
	屠蘇白散	トソビヤクサン		○									1
	苧	トチ	○										1
	閇	トツ		○							②		3
	十津川	トツカハ		○									1
	鶏冠	トツサカ				○	○						2
	土堤町	ドテ町										○	1
	隣	トナリ									○		1
	殿子	トノツコ									○		1
	飛ばしり	ト(ばしり)				○							1
	鳶	トビ			○								1
	鳶色	トビ色				○							1
	飛来り	トビ(来り)										○	1
	飛次第	トビ次第		○									1
	飛つく	トビ(つく)										○	1
	扉	トビラ										○	1
	濁酪	ドフロク					○						1
	土扁	ドヘン						○					1
	泊り	トマ(り)						○					1
	苫	トマ		○									1
	笘屋	トマ屋			○								1
	富	トミ										○	1
	友	トモ			○								1

	漢字	振り仮名	正	紅	宗	江八	当	西	江蛇	江宮	軒	七	回数
と	供先城	トモサキ城									○		1
	豊年	トヨトシ										○	1
	豊みて	トヨ(みて)										○	1
	土龍	トリウ									○		1
	執體	トリナリ									○		1
	泥	ドロ	②			○					○		4
	鈍漢	ドンカン		○									1
	緞子	ドンス				○							1
	飛(た・て)	トン(た・て)						②					2
	鈍太郎殿	ドン太郎殿						○					1
	蜻蛉	トンハウ		○		○							2
	貪欲	トンヨク		○									1
な	菜	ナ		○									1
	泣た	ナイ(た)							○				1
	直す	ナヲ(す)		○								○	2
	中	ナカ										○	1
	長辛螺	ナガニシ										○	1
	中飲	中ノミ		○									1
	仲麿	ナカマロ		○									1
	詠め	ナガ(め)										○	1
	泣いる	ナキ(いる)		○									1
	渚	ナギサ		○								○	2
	啼て	ナキ(て)						○					1
	投(かへし・る)	ナゲ	○				○					②	4
	歎(かし・き)	ナゲ(かし・き)										②	2
	情	ナサケ			○								1
	梨壷	ナシツボ			○								1
	茄	ナスビ		○									1
	謎子	ナゾ〜	○										1
	灘	ナダ			②				○		○	○	5
	宥	ナダメ									○		1
	那智	ナチ		○									1
	號られ	ナツケ(られ)									○		1
	納豆	ナツトウ		○									1
	撫られ	ナテ(られ)		○									1
	七面	ナヽヲモテ										○	1
	七子	ナヽコ									○		1
	名主	ナヌシ										○	1
	四十九日	ナヽナヌカ	○										1

【資料三】　10俳諧集における振り仮名を付す語

	漢字	振り仮名	正	紅	宗	江八	当	西	江蛇	江宮	軒	七	回数
な	菜畑	ナバタ		○									1
	靡	ナヒク・ナビ(く)	○	②									3
	鍋	ナベ										○	1
	半酔	ナマエヒ										○	1
	生貝	ナマ貝									○		1
	生壁	ナマカベ										○	1
	鱠	ナマス									○		1
	膾	ナマス							○			○	2
	生風呂	ナマ風呂						○					1
	鉛	ナマリ		○								○	2
	滑	ナメラカ	○								○	○	3
	納屋	ナヤ										○	1
	穡	ナリハイ	○										1
	成	ナル										○	1
	鳴神	ナルカミ						○					1
	馴て	ナレ(て)										○	1
	何歳	ナンザイ		○									1
	難産	ナンザン	○										1
	何人	ナンニン						○					1
	何本	ナンボン	○										1
に	新枕	ニヰ枕		○									1
	面皰	ニキビ	○								○		2
	握(らせ・る)	ニギ(らせ)				○					○	○	3
	悪き	ニク(き・み)										②	2
	迯疵	ニゲキズ				○							1
	迯(て・こむ・る)	ニゲ(て・こむ)・ニグ(る)		③				○					4
	尼公	ニコウ		○									1
	濁(り・る)	ニゴ(り・る)			②	○							3
	入室	ニシツ	○										1
	煮染	煮シメ									○		1
	二条家	二条ケ		○									1
	二の町	ニ(の町)		○									1
	二幅	二フク		○									1
	二夜	二ヤ										○	1
	若僧	ニヤク僧		○									1
	入心	ニウ心									○		1
	入部	ニウブ		○									1
	女房	女ホ・女ボ								○		②	3
	薤	ニラ				○							1

	漢字	振り仮名	正	紅	宗	江八	当	西	江蛇	江宮	軒	七	回数
に	睨へ	ニラマ(へ)										○	1
	煮る	ニ(る)		②									2
	場	ニハ		○									1
	庭竈	庭カマド							○				1
	人形	ニンゲウ		○									1
	人彡	人ジン			○								1
	人足	人ソク							○				1
	忍冬	ニンドフ						○					1
	忍辱	ニンニク					○						1
ぬ	縫(たて・ふ)	ヌイ(たて)		○				○					2
	脱で	ヌイ(で)									○	○	2
	縫涅槃	縫ネハン									○		1
	縫殿寮	ヌイ寮									○		1
	糠	ヌカ				②							2
	抜捨て	ヌキ(捨て)										○	1
	抜し	ヌケ(し)	○										1
	幣	ヌサ							○				1
	盗	ヌスミ		○									1
	布小	ヌノコ										○	1
	塗出し	ヌリダ(し)										○	1
ね	根	ネ	○										1
	寝覚人゛	ネサメ人゛										○	1
	捻杖	ネヂ杖										○	1
	捻箸	ネヂバシ										○	1
	妬み	ネタ(み)										○	1
	佞智者	ネチモノ										○	1
	根継	ネツギ										○	1
	熱痰	ネツタン		○									1
	寝肌	ネハダ			○								1
	寝間	ネマ										○	1
	寐巻	ネマキ			○								1
	居る	ネマ(る)	○										1
	練薬	ネリ薬				○							1
	錬薬	ネリヤク										○	1
	寐る	ネ(る)		②									2
	念佛	ネンブツ										○	1
の	能	ノフ						○					1
	能因	ノウ因							○				1
	納受	ナウジユ		○									1

	漢字	振り仮名	正	紅	宗	江八	当	西	江蛇	江宮	軒	七	回数
の	農人	ノウニン		○									1
	軒	ノキ		○									1
	拭ひ	ノゴ(ひ)		②									2
	現	ノゾキ										○	1
	臨けり	ノソミ(けり)									○		1
	法	ノツトル									○		1
	咽	ノト									○		1
	喉	ノド				○		○					2
	罵る	ノヽシ(る)										○	1
	伸(す)	ノバ(す)			○								1
	延為替	ノベガハセ										○	1
	登る	ノホ(る)									○		1
	呑(んと)	ノマ(んと)・ノミ				○					○		2
	蚤	ノミ				○							1
	鑿	ノミ					○						1
	野等猫	ノラネコ		○									1
	のら羊	(のら)ヒツシ									○		1
	糊	ノリ			○			○					2
	法	ノリ							○				1
	憲清	ノリ清	○										1
	乗鞍	ノリクラ		○									1
	糊漉	ノリコシ									○		1
	糊細工	ノリ細工						○					1
	駕	ノリモノ				○							1
	乗	ノル		○									1
	暖簾	ノンレン・ノウレン				○	○						2
は	歯	ハ		○		○						○	3
	刃	ハ	○										1
	蛽	バイ									○		1
	貝	バイ										○	1
	徘徊	ハイクワイ					○						1
	配所	ハイシヨ	○										1
	這出	ハヒデ										○	1
	蝿虎	ハイトリクモ	○										1
	蝿まいり	ハイ(まいり)						○					1
	這まはり	ハヒ(まはり)		○									1
	銀餅	ハヘブキ										○	1
	墓	ハカ		○									1
	博士	ハカセ	○	○									2

	漢字	振り仮名	正	紅	宗	江八	当	西	江蛇	江宮	軒	七	回数
は	博多	ハカタ	○										1
	袴篭裏	袴ゴリ										○	1
	謀	ハカリコト	○	○									2
	箒	ハキ						○					1
	脛	ハギ			○							○	2
	掃落す	ハキ落す										○	1
	掃溜	ハキダメ				○							1
	剥たる	ハギ(たる)	○							○			2
	箔	ハク			○	○						○	3
	吐	ハク・ハキ・ハカ(ん)				○	○				○	○	4
	貘	バク									②		2
	歯茎・歯莖	ハグキ				○						○	2
	白居易	ハクキヨイ					○						1
	白蛇散	ハクシヤサン							○				1
	薄暮山	ハクホ山									○		1
	歯黒	ハグロ	○									○	2
	箔椀	ハクワン										○	1
	刷	ハケ					○						1
	刷毛	ハケ						○					1
	化蛛	バケ蛛									○		1
	化て	バケ(て)				○							1
	勵(す)	ハゲマ(す)・ハゲミ		○							○		2
	妖物	バケ物										○	1
	化妖物	バケ物	○										1
	化物	バケ物		○									1
	筥	ハコ			○								1
	運(べ・ぶ・ばせて)	ハコ(べ・ぶ・ばせて)		○								②	3
	挟み	ハサ(み)									○	○	2
	挟筥	ハサミ筥									○		1
	筴箱	ハサミ箱									○		1
	箸	ハシ										○	1
	橋桁	橋ケタ	○										1
	階子	ハシゴ					○						1
	はし爪	(はし)ツメ			○								1
	橋結	橋ツメ			○								1
	櫨紅葉	ハシ(紅葉)										○	1
	巴豆	ハヅ							○				1
	はすは女	(はすは)メ			○								1
	破損	ハソン			○								1

	漢字	振り仮名	正	紅	宗	江八	当	西	江蛇	江宮	軒	七	回数
は	肌	ハダ			○		○	○					3
	秦氏	ハダウヂ		○									1
	裸	ハタカ						○			○		2
	旅篭	ハタゴ			○								1
	二十	ハタチ				○		○					2
	機殿	ハタトノ	○										1
	機	ハタモノ									○		1
	撥	バチ				○							1
	蜂	ハチ		○									1
	八ど	ハチ(ど)		○									1
	八熱	八ネツ									○		1
	初	ハツ									○		1
	初子	ハツネ		○									1
	鼻	ハナ						○					1
	噺	ハナシ・ハナ(し)						③					3
	咄す	ハナ(す)		○									1
	盧橘	ハナタチバナ					○						1
	甚し	ハナハダ(し)					○						1
	離れ屋	(離れ)ヤ										○	1
	羽	ハネ				○							1
	刎馬	ハネ馬								○			1
	祖母	バヽ					○				○	○	3
	帚	ハヽキ							②				2
	幅廣	ハヽビロ				○							1
	葉廣柏	葉ヒロ柏				○							1
	[illegible]字	ハフジ										○	1
	羽ぶるひ	ハ(ぶるひ)		○									1
	濱	ハマ		②									2
	蛤	ハマグリ		○									1
	刃物	ハ物		○									1
	早	ハヤ										○	1
	頓	ハヤ									○		1
	速碪	ハヤ碪									○		1
	囃子	ハヤ子						○					1
	早津	ハヤ津									○		1
	鶻	ハヤフサ										○	1
	拂ふ	ハラ(ふ)		○									1
	腹ごゝろ	ハラ(ごゝろ)	○										1
	腹這	腹ハヒ・ハラバヒ									○	○	2

	漢字	振り仮名	正	紅	宗	江八	当	西	江蛇	江宮	軒	七	回数
は	妊まし	ハラ(まし)						○					1
	孕	ハラミ				○							1
	腸	ハラワタ・ラワタ・ワタ					○				○	○	3
	鍼	ハリ										○	1
	張子	ハリコ		○									1
	不レ霽	ハレザル									○		1
	腫たる	ハレ(たる)						○					1
	半襟	半ヱリ									○		1
	板木	ハンギ		○									1
	反魂香	ハンゴン香	○				○						2
	斑女	ハンジヨ		○									1
	半畳	ハンデウ			○								1
	磐石	バンシヤウ・バンジヤク	○			○							2
	繁昌し	ハンジヤウ(し)		②									2
	半挿	ハンザウ				○							1
	萬歳・万歳	バンゼイ・万ゼイ	○						○				2
	槃特	ハントク							○				1
	半櫃	ハンビツ										○	1
	半分	ハン分	○										1
	半夜	ハンヤ				○							1
	范蠡	ハンレイ						○					1
ひ	脾	ヒ		○									1
	脾胃	ヒイ				○							1
	柊	ヒイラギ				○							1
	火燧石	ヒウチ石										○	1
	稗團子	ヒヱダンゴ										○	1
	僻言	ヒガコト		○									1
	挽	ヒキ	○										1
	引負	引ヲイ						○					1
	引捨	ヒキスツ		○									1
	曳窓	ヒキ窓										○	1
	比丘尼	ビクニ										○	1
	蜩	ヒクラシ			○								1
	髭	ヒゲ										○	1
	卑下	ヒゲ		○	○								2
	火事	ヒ事		○									1
	日来	日コロ				○							1
	膝	ヒザ	○		○		○						3
	醤	ヒシホ										○	1

	漢字	振り仮名	正	紅	宗	江八	当	西	江蛇	江宮	軒	七	回数
ひ	菱	ヒシ		○									1
	肱	ヒヂ										○	1
	臂	ヒヂ		○									1
	海鹿	ヒジキ								○			1
	非情	ヒジヤウ					○						1
	砒霜石	ヒサウ石				○							1
	潜に	ヒソカ(に)									○		1
	日剃	日ソリ									○		1
	美樽	ビソン									○		1
	額	ヒタイ						○				○	2
	直甲	ヒタ甲									○		1
	浸す	ヒタ(す)						○					1
	左り	ヒダ(り)		○									1
	乞食國	ヒダルイコク									○		1
	畢境	ヒツキヤウ				○							1
	跛行	ビツコ									○		1
	筆耕	ヒツカウ								○		○	2
	蹄	ヒヅメ										○	1
	旱	ヒデリ	○										1
	非田梅	ヒテンハイ				○							1
	人	ヒト		○									1
	他	ヒト			○								1
	人足	ヒト足							○				1
	人香	人ガ		○									1
	一救	一スクヒ				○							1
	人魂	人タマ				○		○					2
	魂魄	ヒトタマ							○				1
	一番	一ツガヒ				○							1
	一筆	ヒト筆							○				1
	一間	一マ										○	1
	人御々供	人ミコク	○										1
	一群	一ムラ						○					1
	獨	ヒトリ			○								1
	雛	ヒナ							○				1
	皮肉	ヒニク		○									1
	日々記	日ニツキ		○									1
	樋の口	ヒ(の口)						○					1
	雲雀	ヒバリ			○								1
	狒々	ヒヒ									○		1

	漢字	振り仮名	正	紅	宗	江八	当	西	江蛇	江宮	軒	七	回数
ひ	響かせて	ヒヽ(かせて)				○							1
	平目	ヒボク							○				1
	隙毎に	隙ゴト(に)										○	1
	干物	ヒ物								○			1
	百足	百アシ			○								1
	白散	ビヤクサン		○									1
	百草	ヒヤクサウ		○									1
	百人一首	ヒヤクニンシユ		○									1
	冷汁	ヒヤ汁										○	1
	比翼	ヒヨク						○					1
	瓢箪	ヒヨタン						○					1
	平蛛	平クモ									○		1
	開闢	ヒラケハシマル									○		1
	毘蘭樹	ビランジユ	○										1
	干る	ヒ(る)				○							1
	昼	ヒル						○					1
	昼嵐	ヒル嵐										○	1
	昼狐	ヒル狐		○									1
	拾ひ	ヒロ(ひ)									○		1
	尾篭	ヒロウ	○		○								2
	天鵝毛	ヒロウド										○	1
	天鵝絨	ヒロウド										○	1
	天鵝鼻緒	ヒロウトバナオ										○	1
	麋鹿	ビ鹿									○		1
	琵琶	ビハ		○									1
	鬢	ビン						○	○				2
	頻迦	ビンガ									○		1
	便宜	ビンギ		○									1
	鬢水	ビン水	○										1
	鬢	ビンツラ									○		1
	貧乏	ヒンボウ					○				○		2
	貧乏神	ヒンボウ(神)						○					1
	秉拂	ヒンホツ		○									1
ふ	麸	フ		○									1
	譜	フ	○										1
	富貴	フウキ				○							1
	風蘭	フウラン										○	1
	豊干	ブカン					○						1
	葺	フキ					○						1

	漢字	振り仮名	正	紅	宗	江八	当	西	江蛇	江宮	軒	七	回数
ふ	吹出す	吹ダ(す)		○									1
	不孝	フケウ	○										1
	無興	ブケウ		○									1
	吹嵐	フキ嵐							○				1
	和巾	フクサ								○			1
	服巾	フクサ									○		1
	服紗	フクサ						○					1
	鰏	フクト					○						1
	覆面	フクメン		○									1
	梟	フクロウ	○										1
	含で	フクン(で)										○	1
	分限	ブゲン		○									1
	籮	フゴ										○	1
	房	フサ									○		1
	無作法	ブサ法									○		1
	襖栬	フサ栬					○						1
	巫山	ブ山									○		1
	節	フシ		○									1
	節穴	フシ穴										○	1
	藤川	フヂ川						○					1
	蘭	フヂバカマ					○						1
	諷誦文	フジユ文	○										1
	不祥	フシヤウ						○					1
	不如歸	フジヨキ	○										1
	普請	ブシン			○								1
	襖	フスマ			○							②	3
	衾雪	フスマ雪	○										1
	伏芝	フセシバ										○	1
	蓋	フタ	○	②		②	○						6
	猪	ブタ				○							1
	家猪	ブタ								○			1
	舞臺	フタイ									○		1
	二歯	フタバ		○									1
	二女狂ひ	フタメクル(ひ)		○									1
	補陀楽	フダラク	○										1
	不断香	フダンカウ		○									1
	扶持	フチ・ブチ		○		②							3
	舞蝶	ブ蝶									○		1
	不図	不ト		○									1

	漢字	振り仮名	正	紅	宗	江八	当	西	江蛇	江宮	軒	七	回数
ふ	不動	フトウ	○										1
	懐	フトコロ			○								1
	犢鼻褌	フドシ										○	1
	太股	フトモヽ					○						1
	蒲團	フトン			○	○					○	○	4
	舩遊び	舩アソ(び)	○										1
	舟逍遥	フナゼウヨウ		○									1
	舩底‘	フナゾコ			○								1
	鮒鱠	フナナマス						○					1
	夫人	ブニン										○	1
	舟鉾	フネボコ		○									1
	不犯	フボン	○										1
	踏たて	フミ(たて)		○									1
	踐	フム									○		1
	麓寺	フモト寺		○									1
	降らし	フ(らし)										○	1
	振	フリ			○								1
	瓜	フリ									○		1
	鰤	ブリ					○						1
	振鬮	フリクジ										○	1
	不律義	フリチギ					○						1
	古かね店	(古かね)ダナ			○								1
	古着店	古着タナ				○							1
	古巣	古ス										○	1
	古狸	古タヌキ					○						1
	無礼講	ブレイ講	○										1
	風爐釜	フロ釜		○									1
	不破	不ハ						○					1
	文	ブン	○										1
	糞	フン	○			○				○			3
	分	ブン	○										1
へ	歴	ヘ					○						1
	壁	ヘイ		○									1
	兵鼓	ヘイコ									○		1
	閉門	ヘイモン			○								1
	僻諧	ヘキ諧									○		1
	碧玉	ヘキ玉									○		1
	壁書	ヘキ書							○				1
	臍	ヘソ		○			○	○					3

	漢字	振り仮名	正	紅	宗	江八	当	西	江蛇	江宮	軒	七	回数
へ	臍土器	ヘソ土器						○					1
	臍の緒	ヘソ(の緒)									○		1
	隔つ	ヘダ(つ)			○		○					○	3
	別	ベチ		○									1
	鼈甲	ベツカウ								○			1
	竃	ヘツヽイ							○		○		2
	別当	別タウ		○									1
	諂はふ	ヘツラ(はふ)										○	1
	紅粉	ベニ		○								②	3
	經ぬ	へ(ぬ)										②	2
	舳の枩	へ(の枩)		○									1
	蛇	ヘビ・ヘヒ		○		○			○				3
	部や	へ(や)		○									1
	篦	ヘラ					○					○	2
	篦竹	ヘラ竹									○		1
	縁	ヘリ				②							2
	邊	ヘン		②									2
	辨天	ベン天					○						1
ほ	法	ホウ		○	○								2
	坊	バウ		○									1
	反故	ホウグ						○					1
	宝劔	ホウケン						○					1
	亡母	バウボ			○								1
	蓬莱	ホウライ		○									1
	頬	ホウ					○						1
	鬼灯	ホウヅキ				○							1
	頬髭	ホウ髭					○						1
	吠	ホエ				○							1
	朗	ホカラ・ホラケ									②		2
	僕	ボク	○										1
	鉾	ホコ									○		1
	歩行	ホ行									○		1
	墋	ホコリ					○						1
	干菜	ホシナ		○									1
	干瓜	ホシフリ										○	1
	細蛇	ホソクチナハ				○							1
	細脛	ホソハギ										○	1
	穂蓼	ホタデ			○								1
	法躰	法タイ		○									1

	漢字	振り仮名	正	紅	宗	江八	当	西	江蛇	江宮	軒	七	回数
ほ	布袋	ホテイ					○						1
	程	ホド		○									1
	蜀魂	ホトヽギス										②	2
	頭	ホトリ										○	1
	骨	ホネ		○									1
	灰	ホノ									③		3
	焰	ホノヲ										○	1
	懐慈童	ホヽ慈童									○		1
	誉る	ホム(る)		○									1
	補薬	ホヤク	○	○									2
	吼	ホユ									○		1
	掘ふ	ホラ(ふ)	○										1
	法論味噌	ホロミソ		○									1
	反古	ホンゴ					○						1
	本草綱目	本ザウコウ目							○				1
	本朝通鑑	本朝ツカン						○					1
	煩悩	ホンノウ						○					1
	本復	本フク		○									1
	凢夫心	ホンブシン	○										1
	飜訳	ホンヤク	○										1
ま	間	マ										○	1
	毎朝	マイテウ	○										1
	前	マヘ		○									1
	密夫	マオトコ	○										1
	真瓜	マクハ										○	1
	摩迦陀國	マカダ國					○						1
	摩訶魯鈍	マカタハケ									○		1
	真銀	マカネ										○	1
	牧	マキ										○	1
	摩詰	マキツ									○		1
	槙尾・槙の尾	マキノヲ・マキ(の尾)		②									2
	巻向	マキモク				○							1
	巻轆轤	巻ロクロ							○				1
	真桑	マクハ									○		1
	馬子	マゴ										○	1
	真菰	マコモ										○	1
	猴	マシ									○		1
	馬嶋	マジマ					○						1
	坐	マス									○		1

	漢字	振り仮名	正	紅	宗	江八	当	西	江蛇	江宮	軒	七	回数
ま	桝	マス										○	1
	藩架墻	マセ墻	○										1
	胯	マタ									○		1
	天蓼	マタヽビ		○									1
	斑	マタラ								○			1
	町若衆	マチワカ衆		○									1
	まつ黄	(まつ)キ		○									1
	真倒	マツサカザマ			○								1
	真白	マツ白	○										1
	真直	マツスグ			○								1
	松脂	マツヤニ										○	1
	馬刀	マテ								○			1
	纏ふ	マト(ふ)	○										1
	俎	マナイタ							②	○			3
	俎板	マナイタ										○	1
	真鶴	マナ鶴		○									1
	俎箸	マナバシ・マナ箸			○						○		2
	招く	マネ(く)	○			○							2
	間歩	マブ					○						1
	幻	マホロシ									○		1
	継子	マヽコ	○										1
	継母	マヽ母					○						1
	摩利支天	マリシテン		○									1
	圓裸	圓ハダカ	○										1
	稀・希	マレ		○				○					2
	丸	マロ									○		1
	まん中	(まん)なか		○									1
	幔幕	マンマク		○									1
み	実・實	ミ		○				○					2
	御明	ミアカシ						○					1
	木乃伊	ミイラ				○							1
	御折敷	ミヲシキ										○	1
	漂冷	ミヲジルシ							○				1
	研石	ミガキ石										○	1
	御影	ミカゲ										○	1
	帝	ミカト						○					1
	三寸	ミキ		○									1
	三木	ミキ		○									1
	御鬮	ミクジ					○						1

	漢字	振り仮名	正	紅	宗	江八	当	西	江蛇	江宮	軒	七	回数
み	三行半	三クタリ半			○								1
	親王	ミコ		○							○		2
	御格子	ミカウシ										○	1
	御慮	ミココロ									○		1
	御こゝろ	ミ(こゝろ)	○										1
	神輿	ミコシ										○	1
	尊	ミコト			○		○						2
	水棹	ミサホ	○										1
	短弓	ミジカ弓									○		1
	短ふ	ミチカ(ふ)						○					1
	未熟	ミシユク									○		1
	未進	ミシン					○						1
	湖	ミツウミ・ミヅウミ		○								○	2
	水碓	水カラウス						○					1
	御厨子	ミヅシ										○	1
	水漬	水ツケ						○					1
	水梨	水ナシ		○									1
	溝	ミゾ		②		○		○					4
	御田植	ミタウヘ		○									1
	乱し髪	ミダし髪		○									1
	御棚	ミタナ										○	1
	三谷	ミタニ										○	1
	満	ミチ							○				1
	道人	ミチビト										○	1
	御帳臺	ミチヤウダイ		○									1
	御戸代	御トシロ									○		1
	碧	ミトリ									○		1
	翠	ミドリ		○									1
	緑	ミドリ										○	1
	緑漬國	ミトリ漬國									○		1
	御名	ミ名				○	○						2
	水上	ミナカミ										○	1
	漲り	ミナギ(り)					○					○	2
	醜ふ	ミニク(ふ)						○					1
	御野	ミノ										○	1
	蓑	ミノ			○								1
	蓑笠	ミノカサ		○									1
	蓑亀	ミノガメ		○									1
	身延	ミノブ		○									1

	漢字	振り仮名	正	紅	宗	江八	当	西	江蛇	江宮	軒	七	回数
み	耳掻	ミミカキ										○	1
	木菟	ミヽツク	○										1
	御室	ミ室				○							1
	御もと	ミ(もと)										○	1
	土産	ミヤゲ・ニヤゲ			○ニヤゲ							○	2
	宮笥物	ミヤゲ物		○									1
	宮司	ミヤジ		○									1
	御山	ミ山							○				1
	行幸	ミユキ		○									1
	海松	ミル			○								1
	弥勒	ミロク	○			○							2
	明朝	ミン朝									○		1
む	蜈	ムカデ	○									○	2
	麦秋	ムキ秋		○									1
	麦飯	ムキ飯		○									1
	麫實	ムキミ										○	1
	麦藁	麦ワラ										○	1
	酬ひ	ムク(ひ)								○			1
	𤢖犬	ムクイヌ									○		1
	葎	ムグラ										○	1
	聟	ムコ										○	1
	向疵	向キヅ							○				1
	无(無)慙	ムザン	○	○									2
	蒸	ムシ										○	1
	蒸菓子	ムシ菓子				○							1
	虫気	虫ケ		○									1
	虫積	虫シヤク				○							1
	蒸竹	ムシ竹		○									1
	席	ムシロ									○		1
	生子	ムスコ										○	1
	結ひ	ムス(ひ)						○					1
	娵	ムスメ										○	1
	鞭	ムチ		○									1
	褯	ムツキ								○			1
	胸先	ムナ先										○	1
	胸	ムネ		○									1
	棟	ムネ						○					1
	謀叛	ムホン	②										2

	漢字	振り仮名	正	紅	宗	江八	当	西	江蛇	江宮	軒	七	回数
む	厩	ムマヤ	○	②									3
	驛	ムマヤ	○										1
	無慾者	ムヨク者					○						1
	群雲	ムラ雲						○					1
	村栬	村モミヂ				○							1
	群	ムレ									○		1
	室咲	ムロ咲				○							1
め	女	メ	○										1
	明輝	メイキ									○		1
	目疣	メイボ										○	1
	名譽	メイヨ						○					1
	妻敵	メカタキ		○									1
	眼鏡・目鏡	メカネ・メガネ				②							2
	目利	メキヽ					○						1
	恵み	メグ(み)									○		1
	盲	メクラ									○		1
	廻リ	メグ(リ)										○	1
	食	メシ										○	1
	馬頭	メヅ										○	1
	滅金	メツキ					○					○	2
	珍しく	メヅラ(しく)		○									1
	碼碯	メノウ									○	○	2
	目膿	目ヤニ							○				1
	眠蔵	メンゾウ		○									1
	麺類	メンルイ		○									1
も	藻	モ			○			○					2
	妄執	モウシウ						○					1
	毛氈	モウセン		○									1
	燃	モエ			○							○	2
	燃入	モヘ入									○		1
	萌黄	モエキ									○		1
	最上	モガミ		○									1
	藻屑	モクズ										○	1
	目代	モクダイ			○								1
	沐浴	モクヨク								○			1
	木蘭色	モクランシキ										○	1
	文字余り	モジアマ(り)		○									1
	鵙	モズ										○	1
	海雲	モヅク		○									1

	漢字	振り仮名	正	紅	宗	江八	当	西	江蛇	江宮	軒	七	回数
も	持来子	モチキゴ										○	1
	餅突	餅ツキ		○									1
	餅躑躅	モチツヽジ		○									1
	持	モツ		○				○					2
	牧渓	モツケイ	○										1
	没収	モツシユ									○		1
	物相	モツサウ							○				1
	求る	モトム(る)										③	3
	元來	モトヨリ						○					1
	戻る	モド(る)		②				○					3
	者	モノ		○									1
	物怨じ	モノヱン(じ)	○										1
	物裁	物タチ										○	1
	樅	モミ		○									1
	穀	モミ										○	1
	紅	モミ										○	1
	栬	モミヂ									○		1
	木綿	モメン				○						○	2
	木綿財布	モメンザイフ										○	1
	股	モヽ	○										1
	百の媚	モヽ(の)コビ		○									1
	摸様	モヤウ								○			1
	囉ひ	モラ(ひ)								○			1
	餬ふ	モラ(ふ)・モロ(ふ)	○	②									3
	森	モリ		○									1
	守	モリ・モル				○					○	○	3
	貰て	モラフ(て)						○					1
	諸	モロ〱										○	1
	紋	モン		○									1
	文	モン					○						1
	門徒	モント		○									1
や	屋内	屋ウチ									○		1
	樓船	ヤカタ										○	1
	野干	ヤカン					○						1
	薬鑵	ヤクハン									○	○	2
	焼めし	ヤキ(めし)		○	○								2
	厄	ヤク		○									1
	疫病	ヤクビヤウ										○	1
	櫓	ヤクラ									○		1

	漢字	振り仮名	正	紅	宗	江八	当	西	江蛇	江宮	軒	七	回数
や	焼兼る	ヤケ(兼る)				○							1
	薬研	ヤゲン						○					1
	婀娜	ヤサシ				○							1
	艶しき	ヤサ(しき)				○							1
	安んじて	ヤス(んじて)					○						1
	痩て	ヤセ(て)	○	○									2
	痩豕	ヤセブタ									○		1
	八十瀬	ヤソセ										○	1
	厄害	ヤツカイ						○					1
	奴	ヤツコ				○	○						2
	扉(はれ・ひ)	ヤト(はれ・ひ)		○				○					2
	宿り	ヤド(り)						○					1
	栁	ヤナギ									○		1
	柳鮠	柳バエ		○									1
	屋鳴	ヤナリ										○	1
	矢橋	ヤバセ		○									1
	養父入	ヤブ入				○	○						2
	藪医師	ヤブクスシ			○								1
	山鬼	山アラシ				○							1
	山禿	山カブロ									○		1
	山陵	ヤマガラ										○	1
	山科	山シナ		○									1
	八岐	八マタ									○		1
	仙びと	ヤマ(びと)		○									1
	棣棠	ヤマブキ				○							1
	山茨	山ブキ				○							1
	山守	山モリ										○	1
	闇	ヤミ						○			②		3
	病目	ヤミ目									○		1
	止ぬ	ヤメ(ぬ)		○									1
	漸	ヤヽ									○		1
	夜遊	ヤユウ									○		1
	鎗	ヤリ									②		2
	鑓	ヤリ	○			○							2
ゆ	湯	ユ		②									2
	維摩経	ユイマ経		○									1
	木綿襷	ユフダスキ				○							1
	木綿付鳥	ユフツケ鳥							○				1
	優な	イフ(な)	○										1

【資料三】 10俳諧集における振り仮名を付す語　(290)101

	漢字	振り仮名	正	紅	宗	江八	当	西	江蛇	江宮	軒	七	回数
ゆ	夕栄	タバヘ・タバエ					○					○	2
	夕催ひ	タモヨ(ひ)					○						1
	幽霊	ユウレイ						○					1
	床	ユカ	○										1
	弓懸	ユガケ	○										1
	明衣	ユカタ				○	○						2
	浴衣	ユカタ									○	②	3
	邪む	ユガ(む)						○					1
	靭	ユキ		○									1
	行ずり	ユキ(ずり)										○	1
	譲る	ユヅ(る)		○									1
	豊し	ユタケ(し)									○		1
	油単	ユタン				○							1
	弓断	ユダン	○										1
	湯津	ユヅ					○						1
	弓槻	ユツキ							○				1
	茹章魚	ユデダコ										○	1
	湯桶	ユトウ										○	1
	指	ユビ		○								○	2
	指抜	ユビ抜									○		1
	柚べし	ユ(べし)		○									1
	柚味噌	ユ味噌		○									1
	梦	ユメ										②	2
	湯谷	ユヤ										②	2
	免され	ユル(され)			○								1
よ	容儀	ヨウギ				○							1
	養歯	ヨウジ									○		1
	甕窓	ヨウソウ									○		1
	洋中	ヤウチウ	○										1
	永沉焼	ヤウチンヤキ									○		1
	楊名	ヤウメイ										○	1
	瓔珞	ヤウラク		○									1
	横川	ヨ(川)			○								1
	斧	ヨキ				○			○				2
	慾	ヨク					○						1
	横帋	ヨコ帋						○					1
	よこ槌	(よこ)ヅチ			○								1
	横手	ヨコテ						○					1
	与謝	与サ		○									1

	漢字	振り仮名	正	紅	宗	江八	当	西	江蛇	江宮	軒	七	回数
よ	葭	ヨシ							○				1
	攀て	ヨヂ(て)									○		1
	便が	ヨス(が)					○						1
	棄門	ヨステビト										○	1
	四隅	ヨスミ										○	1
	粧ひ	ヨソ(ひ)・ヨソホ(ひ)									○	○	2
	夕立	ヨダチ		○									1
	涎	ヨダレ				○					○		2
	涎懸	ヨタレ懸							○				1
	四つ手	ヨ(つ)デ										○	1
	夜殿	ヨドノ										○	1
	世中	ヨノ中			○								1
	夜這	ヨバイ・夜バイ・夜バヒ	○	○								○	3
	呼續	ヨビツギ					○						1
	呼	ヨブ			○								1
	読	ヨム		○									1
	娵	ヨメ				○							1
	嫂いり	ヨメ(いり)	○										1
	嫂入	ヨメリ		②									2
	四方霧	四方キリ									○		1
	夜	ヨル				○		○					2
	弱者	ヨワ者					○						1
	弱律儀	ヨハ律儀									○		1
ら	鸞	ラ									○		1
	来迎	ライカウ			○								1
	礼盤	ライハン	○										1
	癩病	ライビヤウ	○										1
	羅漢達	ラカン達				○							1
	裸形	ラギヤウ										○	1
	楽長老	ラク長老										○	1
	楽寝	ラクネ		○									1
	落葉	ラクエウ		○									1
	楽里	ラク里									○		1
	羅紗	ラシヤ				○	○					○	3
	欄干	ラン干							○				1
	蘭渓織	ランケイ織								○			1
	卵塔	ランタウ	○										1
	濫妨	ランバウ	○										1
り	里魚	リキヨ						○					1

	漢字	振り仮名	正	紅	宗	江八	当	西	江蛇	江宮	軒	七	回数
り	律義	リチ義						○					1
	陸修静	リクシユセイ					○						1
	理屈	リクツ					○						1
	驪山	リ山									○		1
	律	リツ		○							②		3
	利發	リハツ			○								1
	琉球	リウキウ		○									1
	龍灯	リウトウ						○					1
	龍脳	リウナウ		○									1
	霊	リヨウ・レイ		○							○		2
	料	レウ		○									1
	龍	レウ・リウ	○						○				2
	両岸	両ガン					○						1
	龍鷁	リヤウケキ									○		1
	寥亮	リヤウ々									○		1
	利慾	利ヨク									○		1
	厘	リン									○		1
	悋気	リンキ・リン気	○	②	○								4
	淋境	リンキヤウ									○		1
	臨時	リンジ	○										1
	淋病	リンヒヤウ	○										1
	輪寳	リンボウ										○	1
る	瑠璃	ルリ										○	1
れ	例	レイ		○									1
	礼	レイ		○									1
	麗菓子	レイ菓子									○		1
	鈴錫杖	レイシヤクジヤウ						○					1
	霊地	レイチ						○					1
	靈寶	レイホウ						○					1
	灵文	レイモン	○										1
	連飛	レントビ			○								1
	恋慕	レンボ		②									2
	連理	レンリ						○					1
ろ	爐	ロ	○										1
	勞咳	ロウガイ					○						1
	籠輿	ロウゴシ										○	1
	呂記	ロキ									○		1
	録	ロク	○										1
	緑青	ロク青・ロクシヨウ							○			○	2

	漢字	振り仮名	正	紅	宗	江八	当	西	江蛇	江宮	軒	七	回数
ろ	六孫王	六ソン王					○						1
	轆轤頸	ロクロクビ	○										1
	廬路	ロヂ		○									1
	廬地口	ロヂ口		○									1
	廬齋	ロセイ					○						1
わ	我	ワカ			○								1
	脇	ワキ		○									1
	脇ぐるひ	ワキ(ぐるひ)		○									1
	分て	ワキ(て)・ワケ		○						○			2
	樽	ワク										②	2
	籰	ワク									○		1
	業	ワザ						○					1
	鷲	ワシ		○					○				2
	輪珠数	ワジユズ		○									1
	讒	ワツカ								○			1
	忘れ	ワス(れ)		○									1
	綿	ワタ			○								1
	轍	ワダチ	○										1
	滄海	ワダヅミ										○	1
	渡辺	ワタナヘ				○							1
	割て	ワツ(て)				○							1
	鰐口	ワニ口		○									1
	佗言	ワビゴト		○									1
	佗たる	ワビ(たる)			○								1
	藁	ワラ		○		○							2
	藁屑	藁クヅ									○		1
	草鞋	ワラヂ・ワランヂ						○				②	3
	蕨	ワラヒ・ワラビ			○							○	2
	藁や	ワラ(や)		○									1
	童	ワランベ							○				1
	破篭	ワリゴ		○	○								2
	割衾賣	ワリ衾ウリ						○					1
	悪	ワル			○								1
	割レ跟	(割レ)カヽト									○		1
	合計数		292	656	204	294	236	247	100	49	384	610	3072

生には、偏に感謝申し上げるのみである。

また、本書出版をお引き受け下さった和泉書院の廣橋研三社長には大変お世話になり、未熟ながらも今こうして、一冊の本にまとめることが出来たことに厚く御礼申し上げる。

最後に、本書を出版するにあたって、乾先生に序文を賜りたいとお願いしたところ、この思いに快くご承諾いただいたことにも、重ねて心より御礼を申し上げたい。

二〇一八年一月九日

田中巳榮子

本書は、独立行政法人日本学術振興会平成二十九年度科学研究費助成事業（科学研究費補助金）（研究成果公開促進費　課題番号１７ＨＰ５０６９）の交付を受けたものである。

補訂したもの
第二節　振り仮名の語頭の「オ」「ヲ」の仮名遣い
右の論文の後半部を独立させて補訂したもの

以上の構成により、近世初期俳諧を表記の視点から捉えて考察を進め、この分野の空白部分の研究が進む一助になることを願って、本書を出版することにした。至らない点は多々あるけれども、つとに指摘されている表現としての振り仮名に、少しは触れることができたこと、また、様々な表記形態があることなど、表記の実態の一端を提示し、基礎的な研究成果として俳諧の特質を報告できたのではないかと思っている。

振り返ってみれば、人生の中で、何か一つのことをやり遂げたいと、大阪女子大学人文社会学部人文学科に社会人学生として入学し、何を研究の目的にするかを模索しているときに、これだと確信したのが乾善彦先生による国語学の講義であった。講義の内容に、今までにない新鮮さと興味深さを抱いたのを覚えている。入学当初は大学院進学など考えもしなかったのに、充実した学生生活を送っている間に、更に研究を続けたい意欲が沸き起こり、三年生の時には先生に大学院に進学したい旨を申し出た。その後大阪女子大学は大阪府立大学と統合し、大阪府立大学大学院人間社会学研究科に進学することになり、引き続き乾先生にご指導を賜ることになる。元々、卒業論文では『新撰万葉集』（寛文版）の異体字を取り上げるなど、漢字に興味が深く、先生のご助言をいただいて、未開拓分野である本書の研究テーマに取り組むことになった。大阪府立大学で博士前期課程を修了した後は、一年間研究生として在学し、その次の年には乾先生が関西大学へ転任されることになったので、折角ここまで研究を続けてきたのだからと、中途半端に終わることに満足せず、転任された年の秋に、関西大学博士後期課程に進学することを決意した。このような社会人入学から始まった学生に対して、時にはやさしく、時には厳しくご指導を賜った乾先

第二章　近世初期俳諧の用字・用語考証

第一節　『江戸八百韻』に見える「やさし」の用法—「婀娜《ヤサシ》」「艶《ヤサ》し」について—

「近世初期俳諧における「やさし」の用法—『江戸八百韻』に見える「婀娜《ヤサシ》」「艶《ヤサ》し」について—」『国文学』九五号　関西大学国文学会　二〇一一年

第二節　『當流籠抜』における「悶《イキ》る」について

「近世初期俳諧の用字考証—『當流籠抜』における「悶《イキ》る」について—」『国文学』九六号　関西大学国文学会　二〇一二年

第三節　『江戸八百韻』に見える「哆」の訓みについて

関西大学『国文学』九八号　関西大学国文学会　二〇一四年

第四節　『西鶴五百韻』の用字—熟字訓と当て字—

関西大学『東西学術研究所紀要』四七輯　二〇一四年

第五節　『紅梅千句』に見える「ふためく」について

『国語語彙史の研究三十四』国語語彙史研究会　二〇一五年　和泉書院

第六節　近世初期俳諧における音象徴語

『国文学』一〇〇号　関西大学国文学会　二〇一六年

第三章　仮名遣いから見た近世初期俳諧集—語頭に「お（オ）」「を（ヲ）」が付く語について—

第一節　本文中の語頭に「お」「を」が付く仮名表記語—定家仮名遣を通して—

「仮名遣から見た近世初期俳諧集」『国文学』九七号　関西大学国文学会　二〇一三年の前半部を独立させて

あとがき

本書は、博士論文に新しく二つの論文を加え、全体にわたって加筆訂正したもので成り立っている。今、本書と既発表論文との関係を示すと以下のようになる。

第一章　振り仮名が付される漢字表記語と表記形態

第一節　『紅梅千句』における振り仮名

「『紅梅千句』における振り仮名の一考察」『上方文化研究センター　研究年報』第九号　大阪府立大学　二〇〇八年

第二節　『軒端の独活』と『江戸宮笥』の表記

「『軒端の独活』『江戸宮笥』を中心にした表記の考察」『上方文化研究センター　研究年報』第一〇号　大阪府立大学　二〇〇九年

第三節　『正章千句』の振り仮名

「『正章千句』の振り仮名に関する一試論」『国語文字史の研究十二』二〇一一年　和泉書院

第四節　『宗因七百韻』と『七百五十韻』の表記―振り仮名の機能と表記形態の特徴―

『国文学』九四号　関西大学国文学会　二〇一〇年

以上、表記史に関する研究において、近世初期の俳諧を資料として、検討を進めてきた。俳諧は、和歌の線上に位置する短詩型の文学である。しかし、表記の面では、和歌とは多くの相違点がある。俳諧は和歌のように雅語を用いるのではなく、作者が発したことばをそのまま文字言語として表す特徴があり、その語彙は複雑である。また、少ない字数で、俳諧の滑稽味を表出するために、漢字に重層した意味を持たせ、ことばの使用範囲を拡大させる用法も生じてくる。

日本では、漢字のヨミが漢字一字に対して、必ず固定しているとは限らず、漢字列二字以上の熟字に対して一字一訓には対応しない熟字訓もある。また、日本で作られた国字と呼ばれる漢字も見える。そこで、作者が意図する意味を読者が正しく理解するための手段が必要となる。その手段の一つとして漢字に振り仮名を付すことが求められるのである。

如上のように俳諧の表記法について、近世初期俳諧集の中で、一〇俳諧集（第二章第六節は一三俳諧集）を調査の対象とし、考察を加えた結果、振り仮名に関しては、前掲の（一）から（六）のような機能があること、また、漢字の用法において、本来の漢字を意識的に置き変えて新しさを志向していること、仮名遣いでは定家仮名遣を意識的には行っていないことなどを提示し、俳諧の大よその表記の実態をつかむ事ができた。但し、第二章三節の「哆」について、あるいは同章四節の「日外」のヨミなどでは、より詳細な史的調査が必要であると考えている。また、考察の対象とする資料では、音象徴語以外では一〇俳諧集中、貞門の俳諧集が二集、談林の俳諧集が八集で談林に偏りすぎていることから、今後貞門の俳諧集をもう少し取り上げ検討しなければならないだろう。加えて用語の問題を整理することや、周辺の律文の作品との比較も必要であり、多くの課題が残されたままである。

場面に適応した「はだかる」の義をもつ「哆」を採用したとする。これは「閊《イキ》る」と類似する二重表現法であり、表現としての振り仮名と捉えられる。四節の熟字訓「日外（いつぞや）」については、『空華日用工夫略集』以前、或は同書と近世との間の事例など、通時的な調査の必要性が課題として残された。また、「上夫」のような当て字では、新しい表現法を指向する結果、遊戯的に音が共通する「丈」から「上」に漢字を置きかえ高貴な人の意を包含させたものであるとする。

このような考察の結果、第二章では第一章の（一）から（五）の振り仮名の機能に加え、新たに、（六）二重イメージのように表現性を重視した振り仮名があることを新たに付け加えることにした。

さらに、五節では、現在では日常語として用いられなくなった単純語「ふためく」の衰退過程を述べ、六節では、初期俳諧一三作品集における音象徴語の調査を試み、抄物・謡曲・狂言などを典拠とする例の多いことや、他で事例を見ない独創的な語がある実態を明らかにした。それらの語は、漢字の当て字や造字と共に、俳諧の面白味を引き出す一つの方法であり、俳諧は特殊であるといわれる所以の一つであるのかもしれない。

第三章では、これまでの漢字を主とした考察から離れ、仮名遣いから俳諧集を見る事にした。

第三章一節では、本文中に見える語頭に「お」「を」が付く仮名表記語を定家仮名遣と比較して見ると、概ね定家仮名遣に準拠している。一致しない語を一〇俳諧集以外の俳文学作品で見ると、一〇俳諧集と同じ仮名遣いが見られる作品集もあり、近世初期の俳諧では、定家仮名遣の権威は保持されるものの、意識的には定家仮名遣を行っていないことを提示した。二節では振り仮名の語頭の仮名遣いを考察した結果、「ヲ」が多用され、それらは節用集との一致度が高い。この事象は、節用集と同様に振り仮名は片仮名で記されることも考え合わせて、参照する仮名遣いの基盤となるものが節用集と同じであることが推測されるとする。

日本語書記の史的研究に於いて、通時的に論を展開して行くには、まずそれぞれの時代における共時的な調査検討がなければ論じることはできない。

そこで本研究では、江戸時代初期という時代設定をし、今まで国語学的研究において、殆んど取り上げられなかった俳諧集を資料として、表記の面を中心にして考察を重ねてきた。その結果、振り仮名に関しては振り仮名を付す場面・機能などの諸問題、或は漢字表記における当て字など、内蔵されている多くの問題の、ごく一斑ではあるが明らかにすることが出来たのではないかと思う。

第一章では、振り仮名に関する問題を中心に、どのような場合に振り仮名が付されるか、振り仮名の機能などを検討し、同時に振り仮名の形式にも触れた。そこでは難読字に付す振り仮名を基本として、次のようなことが認められた。

（一）振り仮名には意味を弁別する機能がある。
（二）易しい漢字でも語形を示す振り仮名がある。
（三）同じ漢字でも用法が異なる場合は、出現頻度が低い用法に振り仮名が付される。
（四）振り仮名の文字種には片仮名が用いられる。
（五）読本（よみほん）のように左右両側に付ける振り仮名は希である。

第二章では、談林の文字世界における特異な表記・ヨミなどについて検討を加えた。第一節の「やさし」に当てる「婀娜」「艶し」の二種の漢字表記は、文脈における表現性を重視したものとする。また、二節での「悶《イキ》る」は、漢字「悶」と振り仮名「イキ（る）」により、二つの映像を合わせた斬新な表現法を採用しているとする。三節の「哆」に関しては、現段階では『合類節用集』と『書言字考節用集』以外では、辞書・用例ともに「あつかひ」と読む事例が見出せない。「哆」に「アツカヒ」と振り仮名を付すことについて、いくつかの仮説を立て、その中で